U0960409

怀念母亲——摄于20年前，那时母亲80岁

聂震宁小说选

長樂

CHANG LE

聂震宁 | 著

GUANGXI NORMAL UNIVERSITY PRESS
广西师范大学出版社
·桂林·

图书在版编目（CIP）数据

长乐：聂震宁小说选 / 聂震宁著．—2 版．—桂林：广西师范大学出版社，2018.12
ISBN 978-7-5598-1342-8

Ⅰ．①长… Ⅱ．①聂… Ⅲ．①中篇小说－小说集－中国－当代②短篇小说－小说集－中国－当代 Ⅳ．①I247.7

中国版本图书馆 CIP 数据核字（2018）第 255893 号

广西师范大学出版社出版发行
（广西桂林市五里店路 9 号 邮政编码：541004
网址：http://www.bbtpress.com）
出版人：张艺兵
全国新华书店经销
广西民族印刷包装集团有限公司印刷
（南宁市高新区高新三路 1 号 邮政编码：530007）
开本：880 mm × 1 240 mm 1/32
印张：12.625 字数：260 千字
2018 年 12 月第 2 版 2018 年 12 月第 1 次印刷
册数：0 001~5 000 册 定价：68. 00 元

如发现印装质量问题，影响阅读，请与出版社发行部门联系调换。

再版自序

我已经老了。尽管我周边的朋友并不这么认为，尽管有人初次见我，对着自况衰老的我，断然惊呼“怎么可能”，可是从生理年龄而论，我无疑是老了的。老有老的好处。因为老了，顺理成章就成了老出版家，就有了不做出版而倚老卖老去做出版讲座的理由。然而，不做出版的老出版家究竟还能做多长时间的出版讲座，当然这是可以质疑的。

一次出版讲座结束时，有些听众上前来排队请我签名，通常是在我的编辑出版学论著上签名，不料，排在最后的一位男士，他递上来的是我多年前的一本小说选《长乐》，1998年广西师范大学出版社出版。很显然，那是一本盗版书，纸张和印装质量都很差。面对自己暌违已久的旧著，一时间我有点儿转不过神来，有一点欢喜，可对盗版书又很不高兴。我的表情使得面前的这位哥们不能不说话。他说，我在网上读过您这本书里的部分作品，很喜欢，可是在多家网店和书店都买不到这本书，后来是在一个小书摊那儿弄到的，虽然是盗版，总比没有好，您是老作家了，请给我写句鼓励的话吧。

写句话没有问题，人家是如此地喜欢自己的作品。可是，他竟然称我是“老作家”，这可让我心生愧意了。自从1994年做了出版社社长，我就停了小说创作，也可以说就停了一个青年作家的生涯，一心去帮别的作家做书去了。有时候，虽然被人们称为著名出版家、作家，可我总觉得前面这个出版家是实的，后面这个作家却有点虚，像是躲在出版家后面，捎带着说说而已。尽管为了留住作家的感觉，在出版社社长岗位上也间或发表一些散文，出版了散文随笔集《书林漫步》等，可实在没有多大的出息。我之于作家的记忆，似乎还停留在青年作家时期，不期然，我竟成了“老作家”。

在人们的印象中，所谓老作家，通常是指那些笔耕不辍、著作等身、头顶光环的老年作家。我老是老了，可作为作家，与那些老作家基本上不搭界，哪里好意思就“老”起来呢！

为此，自从离开中国出版集团公司总裁岗位，不再直接从事出版实务之后，我就重新拿起文学这支笔，写散文、随笔，出版了随笔集《舍不得读完的书》和文学作品集《天国之翼》，并开始小说创作的准备，暗中给自己打气，至少要在有生之年把这个作家的身份做得实一些。

因为，文学创作毕竟是我此生的第一爱好。正如名副其实的著名老作家李国文先生在《长乐》初版序言中赐予我的一句箴言：文学是条不归路。诚哉斯言！有过一段时日不短的文学创作生涯之后，好像就很难彻底割舍了。倘若我从现在起一直写到年纪更老，那时让人称作“老作家”，也许能稍微心安理得。反正，目前作品这个样子，即使年纪再老，被人称作“老作家”，终归不像。

想起国文老师赐予的箴言，于是我替那位喜欢我作品的男士，在那本盗版的《长乐》扉页上写了一句“文学是条不归路”，既是自况，也是共勉。

现在，广西师范大学出版社提议重版《长乐》，我自然是巴不得的。他们说是为了满足读者的需求。因为出版社已经接到不少读者的询问，希望买到正版的《长乐》。而在我这里，却看作是对我重拾文学创作的鼓励。我将永远感激他们。

是为自序。

2018年10月7日于北京民旺园

序：文学是条不归路

李国文

震宁打来电话，嘱我为他将出的这本小说集写些什么，我很高兴地答应了。

我和震宁，算得上是忘年交，但结识，却是开始于一段文字的缘分。那时，我在《小说选刊》工作，成天要看小说，老实说，那不是一项愉快的差事。因为，如果说读好的作品，是一种享受的话，那么，看坏的东西，就是难以忍受的痛苦了。通常是这样，不中意者常八九，差强人意者有一二，令人击节赞赏者，便不多得。八十年代中期，虽算是新时期文学的丰收季节，但从大量平庸之作中，挑选出说得过去、拿得出手的佳制，也是要经过一番披沙拣金的努力。

当然，经过一番灵魂被锯的痛苦阅读以后，一无所获，那懊丧是不言而喻的。如果记忆可靠的话，震宁的《长乐》就是在这样踌躇为难的时刻，出现在我的案头。同事们都觉得马上要发稿的这一期，分量不够，便发动大家到在京的各兄弟刊物编辑部，看看在印刷中的样稿，有无出色之作，权且借来一阅。当我读罢从《人民文学》取回的散页校样，震宁笔下那个活生生的小城，若隐若显地出现在我脑海时，我想，可以了。因为在作品中，小城成为一个涌动着灵韵跃动的鲜活体，成为小说中的活灵活现的主人公，使我震惊，因为这是我第一次读到中国作家进行这种尝试的作品。

我从来主张，小说或者其他样式的文学作品，总得要给读者新的启示才好，哪怕是一点点，庶几不辜负读者对自己的期待。果然，《长乐》正是以这种创新的生气，圈内圈外，都给予了较好的评价。而且，作为短篇，在结构上也是无懈可击的，语言也挺别致新颖。从那以后，我便希望能结识这位年轻人，而且，也果然成了能够推心置腹的文学朋友。

关于震宁的这篇《长乐》，最近又发生了一件趣事。因为明年恰逢建国五十周年，盛世出书，也是中国文化的传统，各家出版社便有推出回顾半个世纪来中国文学成就汇集的选题。无独有偶，我和崔道怡先生分别承担了北京两家大出版社的这套丛书短篇小说卷的编选任务，当我们交换各自的编选想法时，萃取的着眼点并不相同，标准的衡量也不尽一致，但对《长乐》这一篇作品，却都在选中，这也说明对震宁作品的一种客观的评价。

那时，我们还不算熟悉，虽然，他在京城读书，应该有很多机会碰上，但他在人群里，总是稍稍站在后边的一个，或许多少有些矜持，但他脸上，保持着的坦然的笑容，让人感到亲切。直到后来，他在漓江社，策划了一套重新评点古典文学名著的选题，邀王蒙先生评点《红楼梦》，高晓声先生评点“三言二拍”，以及我来评点《三国演义》，交往便多了起来，两人的心距也就大大缩短。这样，在商讨书的过程中，得以更近地观察震宁。

其实，他开朗坦真，幽默风趣，为人大度，生性豁达，有一点诗人的浪漫气质，他的谈吐，多少具有一些学者风度，人情世故，自有方圆，规矩道理，很具分寸，总之，是位值得信赖的朋友。而且，他对艺术的看法，对作家和作品的评论，对古典文学和西方文学的状态，都有许多精彩的见解，时有智慧的火花迸发出来，使我获益不少。他为这套评点本所写的总序，连王蒙先生也是很称道的。看到这一批青年作家的成熟和成长，不能不马上想到“后生可畏”这个成语。

近些年来，他作为一个尽心尽力的出版工作者，不免要影响他的创作，写得比较少了。但正如在拙作《莎士比亚》一书中，谈到那位皮鞋匠的儿子时，认为他实际上拥有商人的和诗人的两个灵魂。他很会攒钱，也很善经营，从一个跑龙套的临时演员，到编剧，到剧场的股东，到成为他家乡斯特拉特福特的一名绅士，可谓金镑贯穿了他的一生，但当他拿起鹅毛笔，埋头于煤气灯下，写他的剧本时，诗人的灵魂，便战胜了商人的灵魂，力求极致，尽善尽美，笔下遂出现了不朽的诗篇。震宁作为出版家，在商言商，与我们这些作者结算稿费版税时，也是锱铢必较，绝不感情用事，很会为出版社赚钱的。但他一旦埋下心写他的作品时，我相信，也必是全身心地投入，会沿着他的创作道路，写出具有他独特风格的作品。

文学是具有诱惑力的事业，只要迈开第一步，便会义无反顾地走下去。也许由于这样或那样的原因，走得快一些，走得慢一些，但这是一条不归路，顺此，他会在创作上继续给我们带来欣喜，那是一定的。

我期盼着。

一九九八年十月于北京

目　录

快乐的故事

不快乐的故事

森林的故事

Contents

Happy Stories

Sad Stories

Stories of the Forest

—快乐的故事—

快乐人人都有，喜恶各有不同。

——题记

长 乐

长乐是一座城。但它也像是一个人。

长乐有了极高的年岁。三里之城，七里之廓，现今只剩下一座城门东四牌楼，孤零零的，如一个孤寡老爹，张着个没得牙、黑洞洞的嘴，当起大街，晒太阳，打瞌睡。大地方的人物初来乍见，恐怕就会生出许多怜悯：老了。

这种怜悯不仅讨厌，而且可笑。老，对一个人来说，那当然不是很得意的事，可是长乐是一座城，老城更令人留恋、向往。长乐一九八三年重修县志，其《历史概述篇·建置沿革章》写道："公元前一〇八年（汉武帝元封三年）设长乐县，迄今一九八三年，凡二千零九十一年之历史。举目全球，世有长乐一千八百年之后，方有美利坚合众国。"执笔者是民国时期长乐县府的书记（文书）、现任县政协副主席的龙兴老先生。他既能计算出长乐的年岁，又能远比美国，而且把美国称为美利坚合众国，长乐朝野一时誉之为"大手笔"。可惜长乐生在偏远的广西西北山区，若是生于黄河流域，中原大地，胜数黄帝尧舜，夏商周秦，又比美利坚合众国多活过多少千年，龙兴老先生的大手笔又能生出多少华彩！

其实，长乐的骄傲远不止此。太平天国翼王与天王洪秀全分裂后，回师广西，驻长乐达六月之久，县志就写道："别处仅驻数日，惟见长乐人杰地灵，有帝王之气，驻半年，改长乐为龙城，似有立国之意。"文间虽不无憾意，但与诸多历史古都，乃至北京南京相比并列，实也仅差无几了。为此，大凡客来，长乐就要很殷勤地引导客人去参观翼王亭等古迹，一面郑重其事地介绍，一面郑重其事地从客人脸上看取表情。

人所拥有的一切，大约都是可以引为骄傲的，至于引为骄傲的理由，也大约都是找得到的。流过长乐城北的龙江，并不为长乐所独占，可是，在长乐看来，整条龙江却只是流经长乐的这一段经得看，耐得玩，爽神。龙江年年发大水，在河中最高的乌龟石快要被漫过的时候，必有消息传来，说是下游的柳州（被长乐认为是一座极大的城市）沿江的沙街已经进水。于是，长乐在紧张之中得到欣慰和优越感，偌大的柳州被淹，而自己仍然没事，到底强他几分。洪水期间，若是上游地方来人，惊讶这里的大水，说上游只发了一点水，长乐或者就斜了眼小觑那上游人，或者就露一回富有的微笑，紧张的富有。龙江年年淹死一两个人，淹死的若是本乡本土的人，长乐难免感叹天时、命运、征兆，这当然不是长乐本身的事；若死者是外方人，尤其是北方人，长乐就在一阵毛骨悚然之后，意味深长地点点头："看看，是不是？游过黄河长江的人，游不过龙江！"当然这就是长乐自身的骄傲了。

我是长乐的子孙，自然一点也没有不认祖宗爹娘的意思，也不曾伙同了大地方的异乡人来挖苦家乡。“长乐长乐，得乐且乐，知足长乐。”长乐几千年来这样教育我们这些子孙，当真也能免去些必要的烦恼，而增添了安居乐业的信心，临危不惧的勇气。讲排场，广西四大镇，没得长乐的份，长乐就知趣地不同四大镇比，而是跨过头去同“美利坚合众国”比，掉过头来同一切比他小比他土的小镇比。比历史比地理比楼比街比男人本事比姑娘漂亮，能比什么比什么，总会比出乐趣、比出神气来。讲富贵繁华，柳州旧时的商号几时愿意几时能吞掉长乐，玉林的农家比起长乐的农家就同鹏雀相比一样，但长乐可以懒得去理睬这些，只开口闭口谈都安七百弄（今属大化瑶族自治县——编者）的缺水，天峨凤山的险陡，南丹瑶寨的贫困，谈笑之间，长乐焉不长乐？只要长乐住得安逸爽神，就好！这，是长乐的第一要义。

世风日下，也有些后生竟不想让长乐安逸爽神。看了点报纸，下了回桂林，开口闭口就是日本美国，上海北京。长乐硬是看不起这些浅薄之徒。为此长乐就编了个长乐菜刀的故事，说是长乐菜刀天下有名，长乐的一个懵懂后生硬是不信，有一回同人争辩，硬讲他从北京买回来的一把菜刀最好。人家嘘他。他急了，即刻回家拎来那把刀，结果，当即被指出，刀角上印有三个模糊的篆字，正是“长乐刀”三字！——你看，跑到天远地远的北京，你买回来的也还是长乐货。众人把那懵懂后生都笑蔫了。长乐保留了这个节目，作为长乐刀胜过一切刀的证据，也作为给对家乡妄自菲薄的后生的教训。

长乐总要生出些妄自菲薄的后生，而且一年比一年见多起来，放肆起来。这几年，从外面回来或者打主意到外面去的后生们，总要一面走在长乐的南街和北街，一面大骂古城的衰败。长乐以十字街为中心，分成东西南北街。县委、县政府、武装部、百货大楼、贸易公司、文化馆之类新建筑，都排在东街和西街上，这样一来，长乐最紧要的大员如来视察必在东西街上行走，东西街自然就铺上了水泥路面。而南街和北街大都是苏杭铺（小百货铺）和杂货铺，再有就是老长乐住家。长乐的头面人物极少在这两条街道上走动。他们没得闲空。因此上南街和北街至今都还是旧时的路面。拿北街说吧。这石板路还是光绪八年考举得中的冯玉捐资铺筑的，原先必是光鲜闪亮，十分气派。如今大石板已纷纷断裂，半街石板半街黑泥。大雨天北街积起一街的雨水，半天消不掉，大人怄气不方便行走，娃仔欢喜可以卷起裤腿在水里耀武扬威，享受跋涉的艰难和征服浩荡洪水的痛快，有时就叠些纸船，放它急急地随水漂去，引动少年人离开长乐，游历四海的幻想。近几年有了电动小艇之类的高档玩具，这些不肯很快消退的积水就给现代化玩具造成了极方便的用武之地。阴雨天则讨厌了，一切人都要发愁。南街是一街泥汤，剩下几处稍高的砖头，供行人作跳跃前进；北街的石板路一年总要滑倒三几个老爹老奶，使他们为此终生不用再走这样的路。滑倒的老人们往往埋怨或嗟叹自己的老迈和不中用，极少埋怨长乐。埋怨长乐的大都是些后生。他们一方面年少气盛，一方面又有些大城市的异性朋友来访，总觉得长乐丢了他们的脸面，他们只好一边引导朋友在北街上滑行，南街上跳跃，一边咒骂长乐的晦气，用这样的咒骂，既显示自己鸿鹄之志，也向朋友表白歉疚之心。

然而，谁曾料想，就是这样的街道，同样也为长乐赢得了骄傲。

北京的一家电影制片厂要拍一部故事片，需要一座保留着二十世纪二十年代风貌的桂西北小城作外景，居然一眼看中了长乐。据说人家找遍了全广西，最中意的就是长乐。长乐不禁喜出望外。哪个讲长乐只晓得摆年纪谈古董？长乐也是欢迎新鲜事物的。为此，长乐开了县委常委会，县长办公会，爱国卫生会，治安保卫会，街道居民组长会和居民小组会，等等等等会，大小共计三九二十七次会，都是研究接待电影摄制组的有关事项。总算有了如下几项重要部署。首先，明确提出“为长乐争光”的口号；接着就决定到时候东街西街各幢高楼上插彩旗，各单位张贴欢迎标语，南北二街则由各居民组分段负责打扫卫生，由县委办公室牵头，卫生局为主，组织检查评比；县招待所立即着手准备新铺盖；食品公司全力保证肉禽蛋品；还要借此春风吹开精神文明的花朵：学校告诫学生，单位告诫职工，街道告诫居民，杜绝粗话脏话，掀起又一个“五讲四美"的热潮。如此等等。由于欢喜，长乐的饮食起居都有点不正常了，总觉得饱饱的，慌慌的，却又是神气十足的。一个人生活里有了一个很迫近又很喜人的盼头，常有这样的感觉，而长乐在这方面的感觉尤其强烈。他寂寞多年了。他盼着贵客，如同一个娃仔盼着过年。他数着日子，默默地数。

日子数到七天，长乐迎来了两个电影厂的后生。他们是来打前站帮摄制组安排生活的。两个后生长得一式的漂亮，穿得一式的新奇，都一式的卷着舌头说话（北京话）。长乐很满意，他就满意来访的有身份的客人显出身份来。“客贵主有脸”，这是长乐的俗话。先前来过两个中年人，说是导演和摄影，来选外景，虽然他们选中了长乐，给长乐脸面，可惜两人都长得穿得说得平平常常，同县委干部差不多，曾叫长乐暗暗失望过，人走了还不时疑其身份是否属实。现在来的两个后生呢，有点像。

县里领导去县招待所看望了两位先遣客人。第一把手比较忙，去的是县委副书记、副县长、人大常委会副主任和政协副主席。主宾进行了亲切友好的谈话。两个电影厂的后生当然很会说话，同喋喋不休的中国电影一样喋喋不休。县里“四大家”领导学了电影《新闻简报》上国家领导人会见外宾时的微笑，不停地对两位贵客微笑。会见是礼节性的，道了一路辛苦，说了天气哈哈哈，互相酬答了许多“很好很好”“哪里哪里”。两位走南闯北见多了大世面的京城后生，本来就有点京城人的心理毛病：感到小地方人对京城敬仰，便顿时觉出自己许多应得敬仰之处，说话的口气不经意就有了点居高临下的神气。

“……你们来拍电影，是我们长乐的光荣。其实，我们长乐的建设还很差……”

“是差些！要不，怎么广西七十多个县就挑中你们呢？你们还停留在二十年代的水平……”

长乐谦卑的微笑僵住了。

京城后生的眼睛生在头顶上，竟无所觉察，痛快淋漓地照讲下去。

“……不过也好，你们那烂街道保存得越久就越值钱，要不我们导演可就苦了。以后，我们可以给你们宣传宣传，别的厂也可以来，现成的民国小城外景……”

长乐的脑子一夜没休息。县里“四大家”领导一夜没睡。当夜他们苦着脸苦着嘴研究了，一致认为事情到了这个地步，虽然是错把耻辱当成光荣，但是为了礼仪，为了不让群众晓得，还是得将错就错，赶快拍完片了事，下不为例。

然而，不晓得哪里漏的风声，第二天一早，全城的主要聊天扯谈的地方：县委大院的大榕树脚，莫三娘的米粉店，石志祥的旧书摊，大桥头的棋摊……都扯到了长乐错把耻辱当成光荣的耻辱。长乐是全广西最落后的县城。电影一拍出来，全广西晓得，全国耻笑。

长乐似乎一个早晨醒过来了。

不行。当然不行！长乐自己是什么样子，长乐自然认得（好像很多时候又不大认得），哪个叫他电影厂的人说穿！说穿了哪个又叫他满城风雨传遍！县里“四大家”领导认定，这不再是客气不客气的问题，而是欺侮人。欺侮长乐？欺侮比美利坚合众国多活了1800年，如此这般人杰地灵的长乐？岂有此理！既然是欺侮，那就好办。长乐虽是礼仪之城、长乐之地，然而也有浩然正气、铮铮硬骨，他从来就晓得应该怎样对待外来的欺侮。长乐不是全广西最落后吗？长乐不让你电影制片厂来拍电影，不给你拍我的落后模样，看你又奈我其何！

果断决定，迅速传示。两个京城后生的嘴张开合不拢了。他们一点也不明白，长乐为何一夜之间变了脸色。原先说饮食住行都不成问题，现在却说一切都成问题：没有肉食指标，食品公司不供应；县里要开“三干”会，招待所没床位；对外来拍电影一事没先例，县里要再研究研究。两个后生忙不迭点头哈腰：没肉吃，不要紧；没床位，住小旅社；要研究，我们就等研究。长乐眼看自己的“将挡”“土掩”都给破了，便索性破釜沉舟：要大修南街北街，铺水泥路面，修葺破房。——你不是说我“落后”么？那我理应立即把“落后”去掉，你还想说什么？！

京城后生百思不得其解而没得话了，回去。摄制组百思不得其解而乱骂了一通话，然后没得话，另打主意。

长乐又一次保全了面子，照旧长乐。乐中带了点苦味。

长乐又一次击败了外方人，当然长乐。乐中有点儿气虚。

只是，大修南街北街的愿已经许下，长乐也不能知不足而长乐了。看来硬是要修好两条老街，才能踏实地理直气壮地乐一回。

一九八五年十二月

从 善

我们照旧把长乐城看作是一个人。

长乐是一个爱面子的人。

在上一篇《长乐》里，长乐破败的老街被北京的电影制片厂选作外景，起初以为得了面子，十分的欢喜，后来发觉这是丢人现眼的事，而电影厂的轻狂后生又肆无忌惮地嘲笑他，自觉大伤面子，一怒之下，就驱逐了北京来客，维护了文明古城的尊严。故事至此，我以为不会再有什么起伏，只说是长乐“看来硬是要修好两条街，才能踏实地理直气壮地乐一回”。其实不然。我用这么一句话来做上一篇的尾巴，正好犯了一个不大不小的差错。我对长乐的了解还是很浅薄很无知。就是不修老街，长乐也一样乐得踏实，乐得理直气壮。弹丸小城战胜了京城大都，争得了几大的面子，还有什么比这更值得长乐的呢？

事实上，那故事之后，长乐就为这战绩津津乐道了不长不短的一个时期。只要有客人来，他总要把对“北京的”而且是“电影的”“制片厂”战而胜之的故事演述一回。不晓得从几时起，导演被据说成大导演谢晋，明星则据说成刘晓庆，越发说明胜利来之不易。如果客人的级别达到在第一招待所下榻的标准，长乐便在同客人进行礼节性会见时谈起。谈话时，当然应当做成漫不经心的样子，信手拈来的样子，不屑提起而提起的样子。这是长乐的风度——大家的风范，伟人的气度。如果那客人是平民百姓，亲朋戚友，长乐就在冬天吃狗肉和夏天吃鱼生的时候谈它。借酒盖脸，大声演说那故事，使它如长乐的三花酒一般浓烈，一般令人兴奋。

至于老街，一时半暂是不能修的。比美利坚合众国多活了一千八百岁，如此这般人杰地灵的长乐，难道被几个轻狂后生鄙视一回，嘲笑一下，就慌了乱了鸡飞狗跳而不亦乐乎了么？真是这样，也就太心虚太气短太不老成世故太不临危不惧因而太不长乐了。不是长乐硬要留那满街的雨水给娃仔航行纸船，不是长乐不体恤父老乡亲在泥泞中跋涉的艰难，实在是人争一口气，鬼争一炉香。不能不争！这一时半暂，长乐只是衷心地希望，那些在石板路上滑倒而终生不起的老爹老奶，以后无事不要出门，不要再添乱子。对那些引导外地来的异性朋友在烂泥路上跳跃行进的后生，长乐则语重心长地要求，不要咒骂长乐，要为家乡分忧，体谅小城的难处，维护长乐的面子。

为了面子，长乐愿意作出一些慷慨的牺牲。《长乐日报》上有一篇文章，写维护长乐人的面子的故事：

北京兴卖淡豆浆，若要喝甜的，得事先声明，另付糖钱。我前年去北京读书，初时不明就里，懵懵懂懂就喝那淡豆浆，直觉恶心。忽见同桌有一汉子正从桌上一只小白瓷罐里舀盐调豆浆，以为是白糖，不禁暗喜，赶紧跟着也去舀了一匙羹。一喝，竟是咸的。我也从未喝过咸豆浆。正在沮丧的时候，发觉那汉子朝我冷笑，大有讥诮之意，我立刻无名火起。心想，我就是错把盐当成糖，可又关你什么事，你北京人看不起我们外地人不是？索性再舀一匙羹盐。他还冷笑。我再舀，而且也毫不吃亏地还他一个冷笑。豆浆被我弄成一碗苦海。他在苦海那边尴尬且狼狈。我在苦海这边胜利而兴奋，然后昂首阔步而去。

坦率地说，这篇文章就是我写的，文中所记的事也是我的经历。即使远离长乐，我也不曾忘记维护一个长乐人的面子。为了这面子，我的父老兄弟都能容忍满街的泥泞，甚至有些可敬的老人不惜牺牲自己的生命，我的一角钱一碗的豆浆又算得了什么呢？

在广西，我们长乐的彩调剧是上得大场合的，柳州桂林都服气。只是这两年挨电影电视，尤其是武打录像冲击，就不大有人肯去看那舞花扇和走矮步了。长乐为此十分难过，然而无奈。去年，三个很有身份的人物（大约是处级，又大约是厅级，还据传是副省级）路过长乐，提出要看长乐彩调。县文化局就认真组织了一场演出，剧目点的是长乐最叫响的《王三打鸟》和《王二报喜》。县委通知各机关单位组织人员来看。长乐巴望有身份的人赞扬长乐彩调。客人笑，长乐就笑，为感激他们的笑而笑。客人不笑了，长乐就更不笑，为不能使他们愉快而深感抱歉。可是，没有想到，戏还不曾演到十分钟，客人就打起瞌睡，半场未完，三人竟然起身，鱼贯而去。这是自有长乐彩调以来失败最惨重的一回。喜剧演成了悲剧。《王三打鸟》里的小生王三，恨不能一鸟枪撂倒那些家伙。全场上千观众，一阵骚动，有人笑，有更多的人呵斥："笑什么！"说也奇怪，以往很难安静的彩调剧场，这一回倒渐渐安静下来了。而且是静穆，安静与肃穆，悲壮的安静与肃穆。受了欺负的长乐人，无论爱看彩调的还是不爱看彩调的，这晚上忽然都对彩调亲切起来，悲壮地把早已看腻了的彩调看下去，并对顽强演出的小城明星们报以热烈的掌声，表示了崇高的敬意。

据说，那一夜，小城的狗竟然断断续续叫了一夜。长乐人也一夜兴奋不已，直到今年还为那次团结战斗的故事感叹不已。

其实，长乐并不总是排外。他也讲究从善如流，只是不能不要面子。

长乐曾经很反感过啤酒和咖啡。那是十年前。"马尿，硬是马尿！"长乐骂啤酒。而咖啡，"同涮锅水一样，臭锅巴！"他一点也不明白，那些外国男女何以对马尿和涮锅水一样的东西津津有味到那么一种地步。听说广州上海很兴这些洋名堂，他就嗤之以鼻，认为假洋鬼子十分可笑而又可悲，甚至于可耻。那时候，看长乐的模样，谁都不敢想象，如今，那被他认作马尿的东西业已淹没了长乐的饭桌，而热腾腾的涮锅水，小城也有两家个体户出售，一块钱一杯，恋爱中的小城男女大都爱来这里附庸大都市的风雅。这是长乐自己变过来的，自自然然。假若那些大地方来的人逼迫长乐人喝那"马尿水"和"涮锅水"，那么，他们就是渴死饿死，或者就去喝真的马尿和涮锅水，也未必肯低下高傲的头颅，去喝那耻辱的洋货！

长乐是广西的大县份，四周围的三个县加起来也不比他。长乐虽然不免因此会有些强者的高傲，但也讲究伟人的胸怀，这两样东西，各有各的用处。几十年来，安平县时常同他争些山林地界。民国三十七年，两县民团连同民众血战一回，互有伤亡，结下世仇。地盘大小，长乐当然十分看重。可是，近几年安平县只是一味地求和。人家的乡长来求长乐的一个村长，县长来求他的副县长，带了香菇、木耳和笑脸来。长乐得了哀求，就动了恻隐。待到把哀求享受够了，七片山林就作为报酬划给了人家。长乐帮助了弱小一回，自觉身份又高了一等。

所以，但凡我的外地朋友要来同长乐办事，尤其有心思要占点便宜，我就同他如此如此，这般这般，告诫一番。其实就是一个意思：以阴柔克阳刚。一般来说卓有成效。

只是，老街一时不修，现成的民国街景随时还在，总还有人来找麻烦。

又有人要来拍电影！

这回是广州的电影制作中心，拍的当然还是民国初年的故事，武打片。消息是县文化馆长在南宁听到的。因为有了上回的经验，长乐当然不再把拍电影的人放在眼里。这回既不再开县委常委会，县长办公会，爱国卫生会，三九二十七种会，也不会欢喜得心慌慌的。他只是微笑——轻蔑的微笑，颇有城府的微笑，“任凭风浪起，稳坐钓鱼船”的微笑。别人的请求将再次证明自己的富有，而对手的失败又要再次体现自己的强大。他有了经验和心理准备，倒也乐意有这样与人交锋的机会，不然日子过于寂寞冷清。

广州方面还不曾来人，长乐就已经严肃了面孔。又一次严阵以待，众志成城。

长乐的面孔摆了蛮久，还不见对手来。长乐愤怒起来，愤怒那大地方的人还不快快前来哀求他，害得胜利的喜悦来得太迟。他愤愤地说：“再来求，更加没门！”长乐早已没有城门，但他习惯同外方人说“没门”——不准进入的意思。

十天半月过去，小城无战事。长乐又犯疑心，说不定广州人找到了别的地方，已经轰轰烈烈地拍起电影来了。这不免使得他有点酸溜溜的。他就酸溜溜地说：“哪个县城给他们拍电影，暴露阴暗面，那就太丧失城格了！”他直想把这真理广播出去，号召全中国的县城，抵制此类事件。他还恨恨地想象，广州人遭到了各地的抵制，只好迂迂地转来哀求长乐，那就太妙了！到时候，一定要不慌不忙地调侃他，不紧不慢地揶揄他，钝刀子割他的肉，猫玩老鼠一样，玩得他死去活来。然后，黑起脸，礼送出境。

战端未起，长乐就已经美美地享受起胜利的喜悦来了。

广州人还是没来，却来了地委书记。他来检查工作。工作谈完，书记说了一段题外话：“有个事同你们先打声招呼，”一般来说，上级领导的招呼就是命令，长乐的书记赶紧洗耳恭听，“广州的电影制作中心看中了你们的旧街，下个月就来拍一部片子。人家找到我，还有王专员，我们都答应了。你们接待接待。他们那个导演张正江是我大学同学……”长乐的书记呆了，几乎要问：“什么什么？”当然，脱口而出的只能是：“好的好的！”能说不好吗？长乐不怕大地方，但是怕管他的地委书记——县官不如现管！

长乐苦恼了。很难过。对手成了地委书记，奈何！直到书记坐小车离去，长乐才从惊愕中醒过来。痛骂“电影骗子”，并且认清了敌我友，指出：“广州人比北京人狡猾！”寻思寻思，他又赌气道：“我们要修街道！”地委书记已经走远，听不到这话，等于没说。即使听到了，也会叫他“等一等”，还是等于没说。于是又哀叹：“官大一级压死人！”忽然就有了要求平等的民主意识，但这显然又不现实，只好悲壮地牺牲掉这神圣的意识。

难道长乐了两千多年，从此便不长乐了么？当然不会。不然不叫长乐。

长乐有长乐的活法。

沉痛了一些天，长乐忽然就想通了。他安慰众人也安慰自己：“地委书记都来求了，还能哪样？这个面子给就给吧……”语气里竟有了居高临下施恩于书记的意思，心理上倒也高出了书记一等。安平县的县长来求情，长乐可以忍痛割山林给他，那么，掌管长乐在内的十二个县的地委书记来求情，让他的同学来拍一回电影也未尝不可吧？地委书记的招呼，竟又成了长乐的荣耀和骄傲。“若不是地委书记来求，鬼都没门！”长乐这样说着，又有一派凛凛威风。

长乐照旧长乐。

长乐还暗暗预习，等到广州人来，要先黑起脸，磨他几回，吓他几回。想象那大地方的人，必定要赔他若干张笑脸，以及甜甜绵绵的好话，长乐觉得这倒也不错，蛮有意思。

一九八七年三月

有 朋

让广州人来拍电影，长乐总有点遗憾。他想，与其让广州人占这份便宜，倒不如当初同北京人交朋友。北京到底是首都。北京人到底相貌堂堂。北京话到底动听悦耳，是普通话，官话。而广州人讲普通话，在电影里已经不止一次被嘲笑。尤其让长乐看不起眼的是，广州人总爱打扮成香港人的新潮模样。他固执地认为，香港人如何新潮都是有道理的，而广州人既不是香港人，那么，如何新潮都是没得道理的。旧时长乐恨假洋鬼子，现时则讨厌假港客。

长乐极讲究朋友的身份。

《长乐县志》对长乐历代交友殊荣，总有记载。《历史概述篇·建置沿革章》这样记载："公元前六年（汉哀帝建平元年），设长乐郡。与桂林同为郡府之地。时柳州尚未有郡守之荣。"世界旅游城市桂林，长乐曾与它同为郡守之地，可见早年间长乐也是有身份的。而如今威风煊赫的柳州，居然当年还在长乐之下，足见没有理由骄傲而冷落长乐。尤其是《人物篇》，更见长乐攀亲交友之乐。"公元742年（唐玄宗天宝元年），唐玄宗李隆基两广选美，长乐民女青玉入选，初为宫女，玄宗偶尔临幸，大悦，几欲择为妃子，皆因杨贵妃嫉恨，设鸩酒毒害而死。”好不容易才有一个姑娘能同皇帝睡觉，长乐差点就要成为皇亲国戚，可恨那祸国殃民的杨贵妃，夺了长乐眼看就要到手的荣耀。后人凭吊，悲愤不已！不过，长乐的姑娘要麻烦大名鼎鼎的杨贵妃亲手设毒加害，那姑娘也就死得壮烈，死得其所，规格很高。

我在长乐上的中学。我的班主任，原先被错划为右派。前年，我回长乐城过老历年，约了几位同学去同老师拜年。他问我，在南宁工作可曾见过某某书记，然后说：“土改时我听过他的报告。”好像要由此证明他早就同某某书记有过亲密关系。他又问我，认识某副厅长么？我说见过，还认为那是一位很有才干的领导同志。他就笑眯眯地说：“五九年，我们一帮右派在安平农场劳动，我们同一个劳动小组，我还当过他的组长呢！”俨然一副老上级笑谈下级的神气。那天，老师招待我们喝酒。席间他还问我，在北京大学学习，可曾见过某某某教授、某某某教授。我若说没见过，他就一脸写满失望；倘若说见过，他就微微点头，大有这学生没有白教的欣慰；再要说有所接触呢，他便给我肃然起敬的注视，不免令我感动。为了自己的虚荣心，也为了满足亲爱的老师的厚望，我顺口扯了若干次的谎。瞎说见过或者经常见到或者听过某某某某的课，让他欢喜不已。有一位同学问到原籍广西的王力先生，我也顺口瞎说去年秋天见过，很老了，夫人扶着他。老师诧异，说：“王力不是去世了么？”我吃了一惊，慌忙改口道：“哦，哦，不是王力，我说的是朱光潜……”其实朱先生也已作古。当时，我真吓出一身冷汗。可是，不出几天，长乐便传出我同若干知名教授十分之熟识的喜讯。我不禁惶然，可又无力辩解，只好惭愧至今。

然而，阳鬼王是不会惭愧的。

阳鬼王是小城做大力的头子。大力就是抬棺材埋死佬的行当。这行当因为同死紧密相关，给人恐惧感和神秘感，因此对大力头子的传说，也就神秘起来。阳鬼王年轻时在桂系军队里当过兵，参加过台儿庄大战。“他见过李宗仁！”长乐不可思议地传说，“在台儿庄大战！”这么一说，俨然阳鬼王就有了第五战区司令长官李宗仁的威风，台儿庄血战的气势。阳鬼王又说他到过延安，还说在延安见过毛主席，同朱德总司令在一个集上赶过集。想必那时开群众大会见一回毛主席并不困难，而同朱德在一个集上赶集，也是平常之事，解放区军民同乐，绝不会涉及同朱德赶集的资格审查问题。然而，长乐却郑重其事地同外面来的人介绍他与毛主席、朱德总司令的亲密关系，这样一来，长乐也就同延安有了某种非同一般的关系。阳鬼王会弄一些刀枪棍棒。长乐盛传他于民国某某年参加过南京的国术大赛。也不清楚他在那大赛里胜负战绩如何，反正他参加过，也就好像有了国术大赛的骁勇。若有人解释说国术就是武术，他就极为不满，“不叫武术！”他很鄙薄一些人的无知，“叫国术。武术是一般的武艺，国术是国家的武艺！”他纠正道，一脸严重的表情。

逢着过老历年，长乐必定要舞龙舞狮，玩抬阁。所谓抬阁，就是选一些标致的童男童女，妆扮成《白蛇传》《梁祝》《红楼梦》这些古装戏里的才子佳人，让一辆辆披红挂彩的脚踏三轮车载起，在大街小巷游行。童男童女既不必唱，也不必作戏，只是供人们观赏那一张张粉嘟嘟的小脸蛋，换取一些婆娘疼爱无比的啧嘴声。因为旧时兴用轿子抬，故称抬阁。

长乐的抬阁闻名遐迩。

去年临近老历年，就有毗邻的三个县邀请长乐的龙狮抬阁去表演。那些小县城，长乐哪里看得起眼！就苦起脸，表示心有余而力不足，还表示渴慕者甚众，应接不暇，很腻烦的样子。就在这时，柳州也下了帖子邀请，长乐喜出望外。想长乐区区一县，竟受到柳州堂堂一市盛情邀请，县志又可以做一回文章了。于是乎，全城早早地为即将去柳州表演而兴奋和慌张起来。舞龙舞狮的日夜操练。童男童女的老娘逢人就抱怨："忙到死！该生！我那个女过年要去柳州妆抬阁，做行头，忙不清楚！"抱怨里充满了喜悦。而阳鬼王，不仅是埋死人的领头人，也是龙狮抬阁队的领队，年年都扛一把关公大刀走在队伍前头。他也有三星髯，不晓得为什么，总长不到戏文里关公的那种地步。为此，他遗憾，长乐也遗憾。这回得了柳州的邀请，他早早就拦腰扎起了红布带，有事无事往大街上走。脸色严峻而庄重。脚步匆匆，显出赴柳表演之情势紧急。

可是，柳州欺负长乐。他们对长乐的飞龙醒狮既不喝彩，对长乐的抬阁也不啧嘴，而对赫赫有名的阳鬼王，不仅不表示敬意，反而嗤嗤嘲笑，笑他的关公大刀，笑他的八字方步，笑他的三星髯，笑他的红布腰带，笑他的煞有介事、拿龙作虎。最不能容忍的是，柳州把他们放在市郊工厂区表演。尽管长乐安慰自己也告慰乡亲：柳州人眼看比不过长乐，就故意装聋作哑不喝彩；而安排在大工厂区，则是想请长乐去镇住最不爱看舞龙舞狮的工人，等等，等等。总而言之，羞辱是明显的，仇恨从此结下。长乐悲愤地想，几时柳州有难，来乞求长乐搭救，一定要挖心掏肺地羞辱他一回。

柳州一时半会还不会有难，有了难也未必就要来求长乐。长乐这时就想起早先那些盛情邀请他们去表演的小县城。立刻给他们答复，即日前往作巡回表演。想象到那些小县城受宠若惊，感恩戴德，甚至热泪盈眶，长乐就先热泪盈眶起来。又想象到柳州闻讯后大吃一惊，并且尴尬，并且懊悔，并且自惭形秽，长乐不禁有了报复的痛快，痛快里含着委屈。

龙狮抬阁队出巡了。小县城当然感激和拥戴：长乐不嫌贫爱富，长乐扶助弱小……然而，柳州并无长乐所期待的反应，似乎是不曾晓得。长乐真是于心不甘！

不承想，左推右挡顶不住的广州的电影制作中心，竟然给长乐带来了复仇的良机。

电影拍的是武打功夫片，就近在长乐一带聘请一些会武术的群众演员。从柳州请来了四个，长乐也是四个（与柳州人数相等，长乐基本满意）。此外，安平县和几个小县也来了一二三个不等。长乐让阳鬼王也去参加。导演和武术指导测试了，皱了皱眉头，同意了。阳鬼王就同导演说国术与武术无论如何是不同的，导演只是点头微笑。阳鬼王从此时时穿起软底练功鞋，弄了一条旧时剧班的练功灯笼裤套上。晌午傍晚，喝了酒，红起双颧，招摇过市。见了县委干部，以往是热烈地握手，现在是庄重的抱拳拱手，一派霍元甲的派头。而听说柳州的武林高手也要来，他立刻拍桌打凳，呔了一声，喝道：

“万万不能！”

长乐劝道：

“君子受辱，拍案而起，乃匹夫之勇也！”

他便一捋三星髯，力图做成关公夜读《春秋》的造型，用很好的膛音叫道：

“有仇不报非君子！”

长乐也有一部三星髯，远比阳鬼王的要长，他慢慢地去捋，做出刘备的宽容与诸葛孔明的睿智模样，悠悠地说：

“君子报仇，十年不晚！”

阳鬼王埋怨道：

“没有一点阳刚之气！”

“不，”长乐眯缝起眼睛，说道，“柔中有刚，圆中有方，方为大家风范！”

阳鬼王无论如何也还得听长乐的，只好忍气吞声，认了。

长乐很巴望接待一回自高自大的柳州人。他自有办法对付他们。他热情地到火车站接了四位柳州武林高手，然后，又热情地让他们住在第二招待所，这是赶圩的农民和卖药的客商都能住的地方。几个小县的武术运动员第二天才到，却住进了第一招待所，那是长乐最高级的宾馆。长乐对小县的客人，嘘寒问暖，说起话来，柔软至极，温存至极，熨帖至极。柳州的武林高手却被晾在一边，稀里糊涂，只觉窝囊。

长乐好客，大摆接风酒宴。小县朋友正坐餐厅中央的大圆桌前，柳州人却被塞到旮旯边之小桌上。为此，导演和制片主任大惑不解。长乐立刻深明大义：“越是偏远山区来的，越要照顾好。柳州嘛，大地方啰，见多识广，坐在哪里他们自己也无所谓的。”柳州人只好点头承认此话不错。被人打落了门牙还得吞进肚里，这是长乐整治人的本事。

大剌剌的柳州拳师，何曾受过这种冷遇！只好抓起酒杯，颇有点借酒浇愁的凄凉。喝下肚的长乐三花酒，直化成滴滴火油，长乐却过来笑眯眯地劝他们：“多喝多喝！满上满上！干了干了！”吃进去的一切山珍海味都是酸的，长乐却过来大大方方地劝他们：“吃菜吃菜！味道不错吧！比起你们柳州来，差不多吧？”长乐直想说，比起你们柳州，我这还算是宽容大度的了。可怜那四位柳州武林高手，堂堂七尺好汉，徒有浑身武艺，却不知如何才能杀到那堂而皇之、丰而盛之、热而闹之的中央大圆桌去。那里宾主正频频举杯，客人们十分感激：长乐盛情。长乐重礼。长乐厚道。长乐礼贤下士。长乐够哥们儿意思。长乐阿拉自家人。长乐好也。长乐亚克西。长乐 OK！好话不嫌多，长乐一律“哪里哪里”地接受了。

总还是柳州人可怜。惯常有的那种大地方人初到小地方来的趾高气扬荡然无存，蔫了。在后来拍电影的日子里，他们努力同长乐搞好关系，紧巴巴地陪在趾高气扬的阳鬼王左右，陪他走路，陪他喝酒，陪他说话，陪他笑，陪他说国术与武术无论如何是不同的。阳鬼王本想声色俱厉地训斥他们一回，以解心中怨气。长乐赶紧劝他：“君子不计前嫌！伯夷、叔齐，不念旧恶。咱们是大人，大人不计小人过……”阳鬼王遂换成抱怨的口气，同他们叙说背时的柳州之行。四位柳州人连声道歉。其中一人当场就宣称他的原籍是南京。

柳州城无论如何要比长乐城大，能同他交一个平起平坐的朋友，到底不易。于是，阳鬼王同柳州武林高手讲和了。如此一来，一切饮食起居的规格便在小县之上。在那些拍电影的日子里，长乐大街上，阳鬼王同柳州拳师时常并肩走路，小县的人簇拥在他们身后。阳鬼王很诡，总故意抢在柳州人前头半步，造成柳州人也紧随长乐人的形势。长乐对此表示满意。

一九八七年三月

男 婚

大凡文明地方的人，都看重男婚女嫁。长乐人自然也是这样。但他们从电影上见到西方婚礼的大概情形，只觉得教堂仪式令人毛骨悚然，而自由同居又乱七八糟。我猜想，大约西方人又会认为长乐婚礼中的花轿哭嫁不可思议，重礼相聘和三拜九叩又十分的烦琐。这些还只是婚嫁的仪式。仪式容易变化。现今长乐城也偶有极简易的婚礼，简易到只请一桌酒席，只要当事的人家不怕左邻右舍亲朋戚友撇嘴白眼，以至于疑心新娘的肚子里有问题就得了。当然多数还是讲究排场的，为的是让众人对新婚“验明正身”。但有的讲究得好笑。女家到男家本是同街同巷，几十步之距，却一下成了楚河汉界，天堑鸿沟，不可捷直过去。男家就去租用县外贸公司唯一的一辆上海牌小轿车，披红挂彩，载起新娘经水泥路石板路青砖路，游行完东门西门南街北街才很不情愿似的轰轰烈烈驶到男家门前。只此一条，已见气势之宏大。也有两家同住一个院子，着实不好再用小汽车接亲，只好忍痛割爱。

不容易变的是人的心思。长乐更多的心思放在男婚上头，我们就先说男婚。

长乐讨厌好高骛远追求大地方姑娘的轻狂后生。长乐尤其讨厌好高骛远追求大地方姑娘而又惨败得一塌糊涂的轻狂后生。

南街有个赖癫子。赖癫子一发癫就掏出卵来当大街屙尿，吓死近边的姑娘，就连生过三男二女的老婆妈们都为此战战兢兢，惨不忍睹。这时候非得要搬来埋死佬的阳鬼王，当街痛骂癫子一顿："有本事就去美国找个镶金边的洋老婆回来！不得就去戳墙！卵本事没有，来这块发什么花癫！"硬是把一个四十大几胡子拉碴的赖癫子骂得软塌塌的，流出鼻涕眼泪一大把，伤心不已。赖癫子是花癫，也就是说，为了女人而癫的。对花癫，长乐不大肯原谅，而对赖癫子这样的花癫，长乐尤其不肯原谅。

对赖癫子怎么能够原谅呢？他家只不过是磨豆腐的，就凭他广西大学毕业，硬是把原先订了婚的北门李三妹丢开。李三妹是本分人家的黄花女，觉得从此没脸见人，家住在龙江河边，就近跳了龙江河。长乐的大街小巷尽是声讨磨豆腐的赖家大仔的不平之声，但长乐又为世无包龙图，斩不了那逍遥法外的"现代陈世美"而痛苦不堪。据说"现代陈世美"不仅没有被斩，反而又寻了个南宁的姑娘，这样长乐就越发气愤不过。到底，凡事总有报应。两年后，赖家大仔竟然发了癫被人送回来，说是挨那个南宁姑娘甩了。他先是不思茶饭，后来单位劝他回老家长乐休息，忽然他就癫了。对这种神奇不已的报应，长乐欢迎。尽管有时候看着这人不人鬼不鬼的亲生子弟，不免要动恻隐之心。在那月黑风高的深夜，癫子披头散发，与狂风一齐尖声怪叫，奔跑于幽黑的小街陋巷，把这座古城跑成一片辽远而空洞的荒漠，这时刻，长乐心痛心悸简直无法用言语诉说。然而，第二天天一亮，又觉得癫子命该如此，理该如此。还没有死人嘛！

长乐倒不肯让赖癫子简单轻松地死掉。活着，可以当活教材，长乐说。至于癫子活得艰难，活得人鬼不辨，活得要死不活，长乐难受一番也就忍了。活了一个赖癫子，但愿少出别的赖癫子一样的后生。这叫作惩前毖后，治病救人。

剃头的吕家老二就是一个完全可能成为赖癫子一样的后生。长乐已经为他心烦气闷多年，或者反过来说，吕老二已经搅得长乐气闷心烦多年。

吕家老二居然年已三十六不曾婚配，硬是把“男大当婚”的古训糟蹋得一塌糊涂。倘若这老后生是个迷迷糊糊的憨仔，长乐也会为他的婚事给予足够的热情和关心；倘若他是因为脸麻或者嘴歪或者聋哑瘸盲而讨不上老婆，长乐也会去游说一些乡下妹仔来嫁他；倘若他是一个贫家子弟，譬如孤儿寡母，譬如双亲早亡，这也很好，长乐有博大的丰富的同情心来可怜他。可惜都不是！十几年来，这精条条白生生的后生一直领导长乐城的生活新潮流。只此一端，就害得长乐心烦意乱乃至痛心疾首过无数回。对精明高强的人，长乐恨不得一下就能揪出他的一大堆缺点和隐私，同情心绝对是不肯有的。“猴子精多要跌下树！”这是长乐对太精明的人的诫语，说着说着，就成了咒语，充满了应验的企望。

吕老二是个情种。念小学六年级他就懂得同女同学递纸条谈些莫名其妙的热乎话，而且同那个女同学一谈就是十二年。那是一朵小学校花，后来又是中学校花，并且生长成了大学的校花。可吕老二没有进得大学。他有一个剃头的老子，老子又把他培养成剃头的儿子。那校花开在南宁的大学里，自然就让能进大学校园里逛荡的后生掐走了。他只好遥遥相叹。他一面替人剃头，一面暗想如何割下那情敌的头。

从第一回恋爱的失利开始，他三个月不理发，遂领导了长乐城大包头发式的新潮流。而后就甩动着长头发，同几个小兄弟举办了长乐城的第一个家庭舞会，搂着县文艺队的几个女演员在他满是廉价香皂气味的剃头铺子里转圈，遭到派出所的取缔，铺子关门歇业十天。歇业的十天里，他就穿上牛仔裤或者喇叭裤在街上逛荡。有一阵子，他还穿起黑布唐装，围起条大围巾，做出五四时期演讲学生的种种潇洒。长乐十分痛苦，无穷的力量却不晓得如何整治住这个不安定的因素。而吕老二对长乐的痛苦却没有丝毫的同情。

他没有同长乐妹子结婚的意思。前一阵子说是捞得了一个上海的白姑娘，不久又传说玩上了一个巴蜀的红脸妹。他的本事硬叫长乐诧异。省歌舞团到长乐演出三日，第二天他就有本事把歌舞团的女高音请进了长乐最堂皇的“长乐”咖啡店。长乐为此感到不可思议而大伤脑筋。虽断定必有有伤城格的无耻行径，却又无从追究。

广州的电影摄制中心来长乐拍电影，自然陡涨了吕老二的乐趣。先来的几位姑娘，无非就是化妆师和服装师一类职员，他当成了女演员，同聚在十字街口的一帮后生说：“怪了，不太熟悉嘛！”那口气很是居高临下，好像中国电影界的女演员都在他的关照之下。接着他便评点起来："不行，那个不行，太丑了，丑得不能原谅！""那倒是个小尤物，不过，太小了，小得不忍下手！"就像一个富有经验而食欲正旺的美食家，端坐在丰盛的宴席前，正要举箸夹菜，嘴里早已满是唾液。长乐就不明白这个剃头佬何以如此胆大妄为，敢在可望而不可即的电影明星们的身上打起鬼主意来。

不过，吕老二错把黄铜当成金子，只是把鬼主意打到了那些比女演员似乎低一等的职员身上。长乐很庆幸。吕老二是他的后生，他却不愿意让自己的后生捞上一个如花似玉的姑娘。他怕后生的失败丢了他的脸面，坏了他的名声。电影是那么奇特，拍电影的演员当然神圣。长乐虽然自信自足而自得其乐，但也知趣，不肯做毫无把握的事体。就算那是赤裸了身子的天仙美女，只要没有条件得手。他也就装作视而不见地走开去，把脸面把名声把自尊心保护起来。

可是，不知闹的什么鬼名堂，吕家老二硬是有本事勾了一个女演员上他家来。

吕家的剃头铺，在电影摄制组到来前三天，挂起了"亚太发廊"的红字招牌，想必取的是为亚洲太平洋人服务的意思，或者可以解释为这是一间坐落在亚洲东部太平洋西岸的发廊。这当然很有气派又很合理。这招牌吸引了电影厂人的目光，吕老二用热烈的目光迎接那些异地人的目光。更要紧的是后来就进来了一位女演员，也算是代表长乐人以外的亚洲太平洋人对它进行首次访问。

"请问，吕桂明家在哪里?"一个长发披肩的女演员问街上人。吕桂明就是吕老二，由于他不属于任何单位，女演员问了几个人，得到的都是认真的摇头和庄重的“不知道”。最后一位大妈是东门街的居民组长，她终于在脑子里把吕老二和吕桂明接通，这才指示了“亚太发廊”。

那些庄重得出奇的长乐人，当天就把女演员找吕老二的新闻传遍了小城。

长乐为此惊愕。

首先是怀疑。

吕老二被人问起，却总是神秘地微笑，只说“早就认识了”，多话硬是不说。长乐怀疑吕老二车大炮。阳鬼王有幸在影片里充当群众演员，自以为要负起维护本影片摄制组的同事，尤其是需要实行权益保护的女同事的名誉的责任和义务，不屑地抨击吕老二：“他睡梦打八更！电影演员坦率大方，他就以为别人有情有义！人家看得起你一个剃头佬？”他那埋死佬的行当在小城历来排在末流，可是这并不妨碍他在与神奇的电影沾上边之后对剃头佬表示蔑视。吕老二的老娘上街买菜，几乎走不上十步，就要接受一次采访。采访者虽然是一些街坊婆娘：“恭喜了啵！”一句很客气的祝贺话，包含的意思却是：“难道真的有值得恭喜的事吗？”吕家老娘为三十六岁不曾讨得老婆的老儿子早已脸上无光多年，这时候也就不管三七二十一，接受了恭喜但求脸上有光再说。这就使得所有的恭喜者不大欢喜。最不欢喜的是“亚太发廊”的左邻右舍，他们都是本分人家。他们既不相信吕家老二能有如此的风流，又企望能在那位长发披肩的女演员来吕家玩耍时，隔墙听到一些风流的响动。结果是发廊里整日响着立体声音乐掩盖了风流的痕迹。个体铺子通常震响的立体声音乐，原来还有掩盖男女风流的功能！

看来，吕老二当真有了艳福。

自然，长乐又该有些新的认识。

那女人必定有某种毛病，不然怎么“送货上门”呢？于是，关于影星们的私生活，种种趣闻逸事，上溯到三十年代，赵钱孙李，就近八十年代，刘关张王，离婚姘居，未婚私生，桃色自杀，似是而非却又言辞凿凿。几天里，长乐充分显示了它掌故家的博闻强记的天才，无可辩驳地证明它并不封闭并不与世无争并不孤陋寡闻且充满忧患意识，为此它又一次感到快乐，为那些名伶们的行为放纵因而不干不净因而开怀大笑。眼前这个女演员理当与那些趣闻逸事有关，因而也不干不净因而也开怀笑她。紧接着，关于女演员的罗曼史也有探马报来，以电子速度传遍九街二十七巷。说她“恋爱过，与多人拥抱亲嘴，差点没同一个外国佬结婚”，说她“没有本事全靠导演看中”，并有与导演隐私种种细节。长乐不愧有两千余年的人生经验，不消明明白白地说话，却能把话说得明明白白。倘若那位女演员以诬陷诽谤罪告到海牙国际法庭，也必定落得个“证据不足”而被驳回。

吕老二不顾舆论，照旧同电影演员招摇于长乐眼中，并且同一切熟人打招呼，进而又同整个影片摄制组也熟络起来，邀了一大群男女到他家吃“马打滚”糯粉团和煮田螺。摄制组在南街正式开拍，他也去跑前跑后地帮忙，同那大声吆喝的导演小声地说话，同那位不大合群的女演员合成一群。可惜那女演员饰演的是一个反抗恶霸凌辱的烈女子，又好像与那些电影界的种种桃色行径毫无关系。长乐只好绝望地哑口无言。长乐的一大帮后生也就对吕老二的艳福绝望地企羡起来。

摄制组在长乐一住三个月。长乐起初的神秘惊疑由于熟知而渐见坦然，仿佛生活原本如此。而吕老二同女演员的情爱，也就成了长乐生活的一部分。长乐无可无不可地认可了。

长乐一旦认下那演员作自己的媳妇，就反过来替吕老二操心起来，巴望不要变卦，不要再造出一个折腾长乐的赖癫子。摄制组离开后，吕老二晓得了长乐的操心，就在一个月内拿出了那姑娘的三封来信，打消了城中几千人的疑虑。长乐因此无忧无虑蛮欢喜。

吕老二在长乐心中的好印象就随着他婚事的稳固而稳固下来。他被列入长乐的光荣谱里，与那些娶了上海北京的姑娘，或者钻了“南风窗”，抵达南洋入赘，或者讨了某省某市某厅局部委办首长的千金的长乐子弟们排列成英雄方阵。想那电影明星们何等的风流多情，居然愿意安分守己于长乐，足见长乐人杰地灵。至于前些时对那姑娘人品的种种传闻，本来就似是而非，自然就非掉了。长乐装作什么不愉快的事也没曾发生过的样子，甚至祈望自己的子弟婚事有出息，最好出息到皇帝招驸马。皇帝的女儿都被我们长乐的男人睡了，一切地方一切人物自然通通不在话下。多少年来就是这样，每当娶了一个大地方的姑娘，长乐就要忍不住傲视那大地方一回，隐隐有侮辱了人家一回的快感。倘若不成功呢，那当然就是外方人的无心肝，小城个别后生的无能耐。倒霉如赖癫子，那是他自作自受，长乐不能负责。

所以，半年后，当吕老二被那女演员抛弃的时候，长乐一点也不负责同情他。

吕老二外出半月，都传说是要带那姑娘回来结婚，十多天以后，他孤身一人地回来了，蔫塌塌的，脱了一层皮似的瘦，眼圈发黑，头发蓬乱，从西门车站走到东门街，惊动了半城人。

最可叹的是人财两空！

赖癫子正巧在“亚太发廊”门口傻笑，见了吕老二，就伸出鸡爪一样的手，要同他握手。吕老二当即骂了一句脏话，拨开了赖癫子的脏手，急忙进家去。癫子就在门口大声唱起歌来：“为什么天边没有云彩？……”

“背时鬼！又要多出一个癫子了！”长乐很敏感，各条神经都警惕起来。

好像都在准备吕老二发癫，但又都带着悲天悯人的神情去探望他。先去探望的总是街坊父老，父老里又总是老太婆们先行。尽管她们往昔痛恨“亚太发廊”门窗上张贴的各种金发女郎的妖精像，事到如今，远乡的妖精也抗不住老太婆们永远不肯老去的好奇心。随后就有阳鬼王，就有各级年龄的后生，很快，镇里小学的学生走过门前，也贼头贼脑地溜过去。然而，所有的人都不曾见到吕老二。他老娘说他病了睡了，大家就明白这是说吕老二癫了。一律通情达理地点头无话。把话留到街上去说。

事情到了这步田地，长乐却有预言家胜利的释然和欣悦。“我早就晓得……”“这回见火色了吧？”长乐一方面为自己子弟的失利难过，对那无心肝的妖精愤恨；一方面又为自己曾有过的预言而庆幸，庆幸轻狂后生的失利，这同时也可以再次成就一个反面教员，有利于教育子孙后代，也有利于进一步确立自己在广大后生心目中德高望重的权威。

总之，吕老二应当尽快地顺理成章地癫去。

然而，几天后，“亚太发廊”的立体声又一次响彻半条街，门窗上的金发女郎照旧搔首弄姿，不改一如既往的浪笑。吕老二重操旧业，而且照旧神清气爽。头一天就清醒地梳弄了十个脑袋。当夜，他照旧潇洒地光顾了县文艺队的舞会，把小城女明星一个个搂过去跳舞。平时也很有标榜开放的女士们这回却有点战战兢兢，在一个眼看就要成为癫子的男人的怀里险些窒息过去。后来他索性就一个人疯狂地跳开了迪斯科，在场的人又都以为他将这样疯跳一辈子。舞会结束时，赖癫子在舞场外面唱起歌来：

为什么天边没有云彩？……

刚好是舞曲间歇，大家都听到了，又都把疑问的目光投向吕老二。

一九八七年五月

女嫁

男婚女嫁，素来连在一起。这里分开来写，是因为在长乐看来，二者到底不同。男子娶妻，娶的是本城女子倒也没甚好说，倘若娶的是外方人，那么，谁能料到是祸国殃民的妲己，还是支撑家业的穆桂英？生出来的后代是否还是长乐人，晓得生龙生凤还是生鼠打洞？这自然关系长乐长久安乐的大事。女儿出嫁，虽也是亲生骨肉，可毕竟“嫁出去的女，泼出门的水”，生死好歹不见为净，至多回门省亲时哭诉一番罢了，不大能直接影响到长乐以后的日子。只此一条，可见男婚女嫁之区别。

何况又不止这一条。长乐虽然看重男婚，但儿子成婚后，带来的常常是无休止的婆媳之怨、妯娌之争，以及儿子怕老婆的懊恼。只觉得从此阴霾不开，日月不明，苦难难有尽头，几乎要疑惑当初成婚之日是否有过喜气洋洋的感觉。女儿出嫁，自然也少不了婆媳之怨、妯娌之争，可是逢到一年一度省亲之日，女儿率领男人同儿女衣锦还乡，大体能当着家乡人的面颐指气使，神态大有皇后专权的味道。那些刁男人，无论平时如何压迫老婆，这种时候大都能狡猾地装成一副和善宽厚、受气挨骂而又十分听话的面孔，满足女人一时的面子，临时的自尊。长乐看到的就总是和风丽日、太平盛世，自然心满意足地得意于女儿的本事。

何况还不止这些。

男子讨得老婆，在心理上，长乐总觉得占了便宜。男女授受之事，受辱的绝对是女人。长乐有了这样的感觉，嫁女之时，就总不如男婚那样趾高气扬，欢喜得硬气。总有隐隐的耻辱感和失落感。嫁往的地方越大，这耻辱感和失落感就莫名其妙地越强烈。倘若嫁的是一个金发白脸蓝眼睛全身长满黄汗毛的洋人，长乐认为那简直就是奇耻大辱了。近几年，时常听闻某女歌星、女影星远嫁洋人的故事，长乐汗毛直竖，不能想象，那些娇嫩的姑娘是如何忍受洋鬼子蹂躏的，并庆幸长乐不曾有如此伤风败俗之事。基于此种心理，长乐也就不太肯大张旗鼓地庆贺嫁女。这又是男婚女嫁的不同点之一。

还有很多不同。但有一点很重要的相同，那就是都不赞成去冒追求大地方人的危险，无论男女。追求成功了便罢，也可以庆贺；倘若失败呢，男子就该癫（正如《男婚》里介绍），女子则该死。

长乐城里有一个姑娘叫作“上海青”。上海青原名尚晓青，不晓得为什么，从儿时起，被人叫成“上海青”这么一种蔬菜的名称。在长乐看来，上海是洋气很重的地方，而尚晓青从成为值得长乐警惕的大姑娘起，举止穿着，就很有些洋气，这样，叫她做上海青也颇得点儿神似。不料，上海青却在恋爱中栽到一个上海后生的手上。半个月前她特地去了上海，据说要去订婚，结果是哭着回来了。这就在长乐引起了一段故事。

长乐城所有关心男婚女嫁的人都关心这件事。

一个姑娘同大地方男人的婚恋失败，长乐立刻感到自己也受了侮辱，自然就怨恨起姑娘来。怨恨她把耻辱，还有不安和动乱带回小城来。失败就失败，受辱就受辱，一个人忍受也就算了，应当努力让长乐眼不见为净才对，不该叫长乐也来同她一起承受。还有，从上海青的失败中，长乐城自觉不敌上海滩，这也很让它懊丧。

上海青回到长乐后三天不肯露脸。

长乐寻思，不晓得这个姑娘将以什么颜面上街，又以怎样的表情去同她老娘到十字街口卖汤圆。将心比心，长乐人都觉得这样的事无脸见人。可是大家又巴望上海青快些上街，给众人的眼睛检验一番，看胖了还是瘦了。胖了，大约是怀孕；瘦了，大约也是怀孕。想那自由开放的大地方人，怎么会不食送到嘴边的肥肉？上海青算是完了。她回来的第二天，城里就有消息传播：上海青恐怕是怀上了，第三天晌午又说其实早已受孕三月，第三天傍晚那胎儿就长到了六个月。想必那是一个怪胎，无需十月怀胎便可一朝分娩。

第四天，那个上海后生寻到长乐城来。他同上海青解释，那个气走上海青而又比她丑十倍以上的薄嘴皮苏州姑娘并不是他最终所爱。最终所爱还是她上海青！上海后生是标本式的奶油小生。不过，他带的礼物却毫无油水，除了随身带的几盒“良友”香烟，再有就是为清洁口腔以便接吻的半盒胶姆口香糖，还一再指出是外汇兑换券买的。上海青不打算再同他接吻，所以就不肯接受那半盒口香糖。他把两盒

"良友"香烟送给上海青的爸，老人家不愿做他的良友，把他的"良友"烟晾在堂屋的八仙桌上，顽强地继续抽他的生烟叶。

长乐自从上海后生到来，就把主要批判力放到这外来的谈判者身上了。为了平安，长乐倒也巴望上海青回心转意，同那上海后生结婚算了。上海人来求长乐女，很好，本身就是很体面的事。长乐城和上海青都正好顺梯下楼，免了一次彻底的耻辱。然而，这人居然没有一个求亲的样子，无论他怎么解释动身仓促来不及备办礼物，长乐都觉得这是很大的轻慢，不只是轻慢上海青，而是轻慢长乐城。长乐对大地方轻慢从来就有高度的敏感。它觉得这上海人一点也没有把长乐放在眼里，不懂得到长乐来的客人（除开上级首长）都应当暂时夹起尾巴来。这是礼貌。而他，在招待所里嫌被子脏，并且岂有此理地问有没有臭虫；在米粉店吃鲜肉粉，竟然十分可笑地嫌肉太生；还毫无道理地叫嚷："广西太热了，简直不能住！"全不肯讲句把好话。在这样的情况下，长乐认为上海青不能轻易应允了上海仔，要先给他一个下马威！

不少人主动帮着上海青给那后生下马威。立刻，上海后生就发觉招待所的几个女服务员的眼睛都有缺陷，老用眼白看人。他在街上问路，又发觉几个后生的听觉都有毛病，竟毫无反应。继而发觉自己似乎已经不存在，在米粉店买鲜肉粉，他挤在前排，售货员却总忙着卖给后来的人，他叫唤也没用。他同上海青发牢骚，称长乐人是乡下人，乡气太重。上海青就奋起反击，叫他滚蛋，英勇地捍卫长乐的尊严。

上海后生后来又同上海青的爸妈吵闹起来。全城怫然。上海欺负长乐！不能嫁，当然不能嫁！若是上海青本人要嫁也不行，事关长乐的荣誉。男婚女嫁素来不只是哪一个人的事。招待所的女服务员的白眼看人迅速变成了黑眼盯人。上海后生败走长乐，收拾了行李要退房，大声叫唤却无人理睬，只好忍痛牺牲两元钱押金。出得门来要坐三轮车，三轮车司机的面孔比国境线上的哨兵还要威严，到车站的两公里路程只得以步代车，真正成了狼狈逃窜。长乐开心透了！

这时候，上海青才云开日出一般地出现在十字街，同她老娘继续卖汤圆。经过一次抗御外侮的战斗，长乐对她基本上达成了谅解。仔细看她，从发式到服饰，都没有带上上海的洋气，还是原先那一头烫发和那一套铁锈红西服。乳房没有可疑地高耸起来，走路时臀部没有颤颤摇动，不像已经被人睡过。脸上也只照旧略略抹了一点胭脂，并没有更红——倘若更红，会使长乐心痛地想到她的脸蛋已经被上海后生放肆地狂吻过了。长乐愿意相信上海人丁点儿便宜也没占到。

长乐可怜它的女儿，可怜这没有屈从大地方人的利诱威逼的好女儿，并真诚地祈望她有一个平安幸福的归宿，千万不要嫁不出去而遭那上海后生耻笑。因此，不久有消息传出，说有一位广州的工程师托人来同上海青提亲，长乐就十分欢喜。紧接着又有省城某厅长的儿子把上海牌小轿车停在上海青家门口，还有附近驻军的一位营长来她家玩过两回……这些很能冲掉上海后生留下的晦气，证明上海人欺负长乐女乃是不知好歹的愚蠢。长乐对他的大姑娘与外地男人的交往，难得地表现出愉快的宽容。

上海青起初还畏惧于古城的规矩和要命的人言，不大敢公开同那些朋友往来。后来街坊老婆妈们代表长乐给了她大度的赞许和强有力的怂恿，她这才敢于放胆地去进行爱情上的广种薄收。

这样，上海青就又犯了一个错误。

一个人的同情心总也有限。长乐即便是一个有了两千余岁的伟人，他所能给予上海青的同情心总不能没有一个限度。长乐还很忙，在现代社会有无穷多的应酬无穷多的荣辱需要谨慎对付。不到三个月时光，长乐对上海青婚事的热情很快就被吕家老二同电影女演员的暖昧故事以及其他种种凡俗杂事冲淡了。上海青所享受的那些宽容随着长乐热情的消逝而消失了。她应当同其他待在闺中的姑娘一样约束着过日子。可惜她还不曾意识到这一现实情况。她放心放胆地在外地男人中穿梭外交，企望金梭银梭织就一张幸运的大网，网住一个可心的人儿。她忘记了自己早已在另外一张大网里做人。

闲言碎语又从那些曾给予上海青大度的赞许和强有力的怂恿的街坊老婆妈们嘴里嚷出来：

“恁多后生你就没看中一个？眼花缭乱了吗？”

“听说，现时大城市里的姑娘光谈恋爱不结婚？”

“吓死人！柳州有一个开的士的姑娘脚踩三条船，挨三个后生用刀子分了她的肉……”

这些话直接同上海青说了。上海青是灵醒人，灵醒过来就气得脚软，刚刚昂了起来的脸又深深地埋了下去。

姑娘能把脸埋下去却不能把闲言碎语埋起来。她那照旧不变的烫发和铁锈红西服这时成了“东洋婆”的证据，反过来任何一件新衣又都存在一个来历问题有待研究。乳房依然没有高耸，大约是被太多的男人摸瘪了。

这一下，上海青就不再只是把脸埋下去，而是要把身子全部埋在家里。

埋在家里也还是在长乐城里。怕人见？必定有了见不得人的丑事。不然，好端端的，为人不做亏心事，半夜拍门心不惊，为哪样又不敢见人？她家在十字街的汤圆摊歇了一天，她老娘一天不见露脸，那必定是全家无脸；倘若又露脸了呢，那自然是硬撑门面了。逻辑倒很严密，严密得让人找不到出路。

往昔那些大剌剌的外地求婚者也日渐稀少了。偶尔出现，往往会得到意外的热情接待。卖凉粉的老太婆会同他说起上海青早先恋爱失利的故事，卖米糕的大嫂会同他说到另一个追求者如何风流而富有。说话的技巧很高：“听说他们已经……”戛然而止。用的是启发式教学法，足以使那些人碗里的甜凉粉变酸，米糕不用调醋。有一次来了一个广东湛江的男人，说是上海青的表哥，寄宿在她家，半夜治安联防队就来查户口，把门拍得惊心动魄。

上海青不能不大大地收敛了。尽管她始终弄不明白，对待她的婚事，长乐前后竟有截然不同几副面孔，恩恩仇仇都是长乐。她二十来岁的年纪还无法理解两千多岁的长乐。

只要姑娘收敛，长乐也就不太理会了。但愿她重新做人，大体上可以重新做人的，虽然人的价格不太一样了。

上海青的故事渐渐平静。她照旧平静地同老娘在十字街卖桂花芝麻汤圆。拿她作话题的人因为说累了，也就不大说起。

到了年底，上海青忽然出嫁，嫁到偏远的凤山县去了。听说男方只是一个中学音乐教师，而且是凤山本地人，凤山不知比长乐穷多少倍小多少倍无名多少倍，上海青嫁的还是那里的一个土生土长满口土话的男人。长乐愣住了。一个如花似玉的姑娘从此要被一个小地方的土男人睡了！

完了！长乐断定上海青完了，堕落了。上海青太不自爱。既然她不自爱，长乐也就不再爱她了。至于长乐是否真正爱过她，谁也说不清楚。

一九八七年五月

酒 话

一个不算偶然的原因，几个在外地做事的长乐人回到长乐城。他们原先都是长乐中学的学生，现在又都在外地得意。所谓得意，是请教别人的职业时的常用恭敬之辞，这里如是说，则不仅是恭敬，还是描述。用得意这个词描述绝大多数外出工作归来的长乐人的神气，尤其是他们在街上行，走时脸上那一片神情，实在是再准确不过了。不管他们本意如何，反正他们必须得意。为了自己也为了亲友，更为了生于斯长于斯的长乐城，他们不能不得意。得意的旧时同窗应当聚一聚，这样他们就聚一聚了。聚一聚当然要喝酒，喝了酒当然要受些酒精中毒，要讲些酒话，这样他们就讲了酒话。

“酒话是不能乱说的。啧啧。”其中一个戴近视变色镜的说。他不停地啧着牙缝里的碎肉烂菜叶。

“当然不能乱说。呃呃。”另一个戴近视变色镜的赶紧给予肯定。他不停地打着酒嗝。

“对的对的，不能乱说。”

“是的是的，乱说不得。”

也是戴近视变色镜的其余二人唯恐落后地表示。其紧张之状相当可疑，像在为自己洗刷、辩白。

“记得啵？啧啧。江武谋，72班的江武谋，就为这个疯的。一九七五年，江武谋在南宁参加一个什么鬼会议，会议会餐，他喝醉了，就乱喊：‘以后各位到了南宁就来找我，记好，我姓江，江青的江，武，武则天的武，谋，阴谋诡计的谋，江武谋！’这还了得么！第二天领导把他传了去，当即他就被吓得哭起来，哭呀呀的，疯了。啧啧。”

“呃，现在还在柳州龙船山医院住吧？”

“大概是吧。老婆早就离了婚，84班的哈丽华。”

“对的对的。听讲是因为江武谋半夜三更摸进女厕所，挨人家抓出来，哈丽华才同他离婚。”

“是的是的。就是因为疯了，他才去钻女厕所的。”

“啧，这个人疯也疯得没水平。疯起来干什么不得！啧啧！屙屎屙尿有什么好看，臭气熏天的……”

“得得得，呃！这桌酒席都挨你讲臭了！要是我疯起来，什么都敢干。法律，呃，不找疯子的麻烦。欣克利干了里根两枪，一张精神病诊断书，屁事没得。总统白挨了两枪，娘都没得骂两声，绅士呃风度呃。”

“啧，那你也去学欣克利搞两火试试呀，莫讲总统，就是一个小乡长也要把你的小命勾去了。”

“对的对的，反正你杀了人就偿命，我们不兴精神病那一套。”

“呃，法律要服从科学的。”

“科学？哈哈，恐怕你当真疯了。科学？啧啧！”

“这又怪了，既然疯了，还顾得什么法律科学。要是疯了，我就先把我教的那个班上的两个王八蛋学生，一个是副市长的孙子，一个是百万富翁的仔，痛痛快快地揍一通，打他个一佛涅槃，二佛出世！呃，呃！”

“好，为老阮敢于发疯干一杯！”

四个人响当当地碰了一杯，十分豪气地干了。

“啧啧，我呀，我要是疯了，就在台上乱唱乱喊乱跳。唱了大半辈子桂剧。总唱老不死的老生，腻到喉咙口了！”

“对的对的。我要是疯了，校对稿子我就乱来，对的改成错的，错的通通留住，乱校乱接排乱留空乱连页码，对的对的，索性不校对，一律签字付印！”

“是的是的。我呢，我要坐到厅长办公椅上去，命令厅长：你今天上午把这件事落实好，明天早上八点派车到我家，送我儿子上医院。是的，还要他也来逗我的儿子玩耍，我儿子骂他，还要他笑。是的，那辆皇冠归我用，要厅长给我开车门，扶我进去，手要遮着我的头顶，要这样，弯一点，优雅一点，要遮好，遮得不好，瞪他一眼，给客人递烟时故意漏过他！”

这时，四个人就胜利地大笑起来，笑声很古怪。笑够了，胜利地碰了一杯，喊一声“干”，又干了。

“呃，呃，要是疯了，你们离不离婚？”

“啧，疯了还离什么婚！疯了就随便啰。喜欢上哪个，不用怕别人传播桃色新闻，也不用怕领导去查，照直好下去，赤条条来去无牵挂。反正，我疯了，啧啧啧！”

“是的是的，这是个问题，这是个问题。即使要离，最好由老婆提出来，不然我挨做一回陈世美。女方提出来的，不是我喜新厌旧。当然，最好我们厅长说：‘离吧，领导上支持你！’我们那里不同别处，人事处小黄闹离婚，婚还没离脱，副处长的任命就先离掉了。”

“对的对的，我也难。老婆帮大忙呀，没她两天家里就乱套。再有，对的对的，生理上，换上别个，恐怕我更不行。到底是轻车熟路。”

“啧，轻车熟路？”

顿时，三个人冲着“轻车熟路”炸出一串满含意味的大笑。“轻车熟路”也羞羞地萎萎地跟着讪笑。

“呃——”

“你呢？啧，讲你自己！”

“我，呃，你讲你是轻车熟路，我是无路可走啊！同她多要一回，她就。有一回，硬被她掀下床来……”他竟然呜咽起来。

“哭什么，哭什么！你不是疯了么，那就离婚嘛，哭什么！啧。”

“呃呜，呃呜。你想离，她就满院子大骂，无中生有，真真假假，你叫我怎么做人！人家都说：恐怕有事实基础，不然他老婆怎么骂得出来。”

“是的是的，这是个问题，是个问题！”

“她又疑心我同音乐组的小梅老师偷情，她不问情由，冲着小梅就骂骚狐狸，小梅一个纯洁少女，哪里受得了，死活不肯上课，躲在宿舍哭。你们说，我怎么做人，呜呜……”他哭出声来，只一下，鼻涕口水巴满了下巴，俨然一个受尽了委屈的小孩。这哭声，这样子，实在有点好笑。其余三人想劝不好劝，要笑又觉失礼，就不停地深有同感地唉声叹气。

借着又一次的干杯建议才把场面活跃起来。

“啧，恐怕要等到这些婆娘们也疯了她们才肯离婚!”

“我老婆还不算疯吗？学校老师都一致认为她是更年期精神分裂症。她越疯越不肯离。”

“你才怪了，你不是疯了吗？疯了你还怕什么！跟她开战！啧啧，你一疯她就醒了。”

“是的是的，疯了就没什么顾忌了。”

“对的，不过，于心不忍。”

短暂的沉默。

城南传来了鼓乐声，小城舞厅正在悠悠地奏乐。可以想象得出长乐的后生们在明灭幻化的彩灯下悠悠地旋转翩跹。

“你们都会跳交际舞了吧？”

“啧，我还是国际标准舞。”

“呃，我能去跳么？你们想想看……”

“对的，我也不敢。我们出版社的头头讨厌跳舞，说，究其实就是男女的合理性接触，他相信弗洛伊德，看什么都往性上面找原因。”

“啧，要是疯了，敢不敢？”

“那当然敢!”

“当然!”

“是的，敢！不过，你是用不着等疯的。”

“我要是疯了，才不去跳了呢！市委书记的老婆最爱到我们团的舞厅跳舞，她有狐骚，熏得死人！她就爱同我跳，说是年龄相当，舞姿也相当，可笑！团长硬派我陪她。我们的舞厅就是她要书记批字拨款建的，敢得罪她吗？我就背时了，一晚上闻那狐骚，我都要挨臭气熏疯了。要是真疯了，量她还敢来找我！就算现在是‘文革’，她就是江青，我也不怕!”

“如果是‘文革’，你不怕？用不着江青，就是你们的书记夫人……”

“我不怕，我是疯子!”

“疯子？游街，批斗，砖头棍棒敲你，‘木决’！怕不怕?”一听到木决，四个人都不作声了。有的举起筷子在一片狼藉的桌面上空逡巡了一下，因为没了食欲，不晓得应该夹什么菜才好，但又不能空筷收回。这样就随便夹了一粒花生米，随便送进口中，随便地嚼了好久。

“对了，你们注意到了没有？做什么都要讲一个‘德’字。你们当老师的要讲师德，唱戏的有戏德，我们文人要讲文德，你们搞政治的呢？德政还是政德。对的对的，喝酒的有酒德，疯了，要讲疯德。”

“疯了还讲疯德，那还是什么疯子?”

“怎么不讲，有的疯子去抢人家的东西吃，有的当起大街屙尿，有的去摸女人，有的就比较文明。这就是疯德。”

“是的，是有这么个问题。”

“啧，有高低文野之分？”

“呃，可以这么说，有恶疯子和善疯子之分。”

“对的，你们说，你们作恶疯子还是善疯子？"

“我作恶的，是的，鬼怕恶人，我疯了就去揭发我们厅长，他有两回受贿，我亲眼见的，百元一张的，信封装，厚厚一沓。我实在不愿撞见这种事，背时才撞上。我晓得厅长已经认为我是一个祸根，时时想除掉我。我疯了就去揭发，去喊，去中纪委告他！”

“啧，你又没证据，处理不了他，要你反坐。”

“坐个屁！老子是疯子。”

“好，敢闹就好！”

“对的，要恶。我疯了也要做恶疯子。我就把那些写撒谎文章的、写马屁文章的，一个个罚他们跪下来，撒谎的自己打自己的耳光，下流坯就自己脱裤子示众。”

“呃，你这是‘文革’遗风，中世纪的刑罚。不行不行！”

“我是疯子，疯子不管是不是中世纪的。”

“呃，我呢，我想做一个善疯子。第一件事就是取消重点中学、重点班，非重点的学生、老师太可怜了，不平等！”

“不行，你疯了也做不到这一点。不然，照你这样说，真是疯力无边了。这样我也可以说等我疯了就提工资降物价，提前小康，还有……啧啧，一九五八年说的，今天吃社会主义的饭，明天喝共产主义的酒，那才是大疯哩！结果怎么样？”

“那是穷疯了！”

“你是气疯了！”

“呃，呃！看来，还是要恶。我疯了就去赶走那些批条子钻进我们重点中学的小崽子，反正我疯了，就骂他们的老子，批条子的头子，一个个地点出来，大曝光！”

“是的。”

“对的。”

“啧啧，我若是疯了，还是前头讲的，我就在台上乱唱乱喊乱跳，不是骂娘，是撇开那点假剧本假导演，把眼见的心想的听闻的，还有的亲朋戚友、三姑六婆，要讲要申诉曝光。动真格的！爽神不爽神？”

“爽神，爽神！”

“爽不爽？”

“爽、爽、爽！”

“爽神就干完这杯酒！”

……

次日。四个老同学要分别了。他们要分别回到四座城市去得意，所以就得意地由各自的亲朋戚友浩浩荡荡地送往火车站去。这样的送行场面真正是兴奋而又得意，在此不必细说。这四位在站台上瞅了个空，摆脱了亲朋戚友的包围，聚在一起说了几句都认为必须说的话：

“昨晚上都喝多了。是的，喝多了。”

“那些话就当没说。酒话是不能乱说的。”其中一个戴近视变色镜的说。

“当然不能乱说。”另一个戴近视变色镜的赶紧给予肯定。

“对的对的，不能乱说。”

“是的是的，乱说不得。”

也是戴近视变色镜的其余二人唯恐落后地表示。其紧张之状相当可疑，像在为自己洗刷、辩白。

他们经过这一番紧急磋商，达成决议：为了避免不愉快的事情发生，那些酒话就从来不曾说过。由于通过了上述决议，一趟列车就进站停稳了，车站广播及时地响起：

“长乐车站到了，长乐车站到了……”

一九九〇年一月

梦 话

梦话也是不能随便说得的。

可是，谁说梦话又能做到字斟句酌文从字顺因而言必有中言必有据言出法随言之成理因而不恶言不谄言不胡言不狂言不妄言不戏言不花言巧语恶语伤人妖言惑众呢？实话说，醒着的人尚且未必能绝对做到，何况人在梦中谵言呓语呢？令人尴尬难堪的是，能不能做到是一回事，生活中我们不时会这样被别人要求或者这样去要求别人，却又是另一回事。

桂耀华在长乐中学上初三时，我们住在同一学生集体宿舍，他半夜不知怎么懵懵懂懂但又字正腔圆地喊了一句梦话："国军来啦！"有同学听到了，第二天报告学校，立刻就成了阶级斗争惊心动魄的典型事例。桂耀华是地主的儿子，地主的儿子做梦还在欢呼"国军来啦"（当然是欢呼绝不可能是惊呼、戏呼，更不可能是看了战斗故事影片而模仿影片中人物乱呼），真正是梦想复辟变天啊，阶级斗争惊心动魄啊，千万不要忘记阶级斗争啊。当吴副校长在全校教职工学生大会上用这一连串的"啊啊"来揭示"国军来啦"的阶级斗争的严重性时，我紧张得头皮发麻心口发寒，我相信同学们大都会与我同感。我记得那天的天气很不好，乌云密布，有无声的寒风漫过学校大操场。（现在已经退休的龚老师回忆说那天并没有风，更不是寒风，“很安静，会场很安静。”他脸上露出遥想的神情，然后感慨系之。“那时候开大会总是很安静的。”）梦想复辟变天的地主阶级的孝子贤孙桂耀华就很安静地被开除了学籍。这样的故事，而今说起来简直是笑话，可这绝对是二十五年前我亲身经历的事。

我也有说梦话的毛病。可当时我并不认为应当与桂耀华同病相怜。我家三代贫农，我的梦话当然不能与他相提并论。不过桂耀华的下场不免令我暗暗害怕，害怕某一天说出什么错误的梦话来，成为忘本变质的典型。我知道这是完全可能的。经常，早晨起床，便有同学大声告诉我：“昨晚上你做梦唱歌！”或者是：“昨晚上你做梦念俄语！”而我自己怎么也回忆不起来夜里曾经做过唱歌、念俄语之类的梦。根据我的自我观察以及与一些同病者的体验交流，可以肯定地说，做梦与说梦话往往不是一回事，不是一回事！这是必须提请梦研究者所注意的。那时候我在宿舍里向嘲笑我的同学们申诉这一真情，近乎哀求乞怜，他们就是不相信。后来我竟然形成了一种畸形心理，只要有一天早晨没人说我讲梦话，我就会有显然的解脱感；桂耀华因为梦话罹祸之后，我接连几个晚上都恐惧得不敢睡熟。后来，我索性借故家里要我搬回去，从宿舍里逃了出来。住在自己的家里总可以随便说梦话了罢。

其实不然。我和妻的关系一度十分紧张，就是为了说梦话的缘故，因为有个夜晚我说梦话时叫了一句："桂花，我爱你!"我们的新婚蜜月立刻提前结束。妻当即急忙把我摇醒，气咻咻地问我桂花是谁？我说什么桂花，昏沉沉又要睡去。她紧追不舍地又连连摇我，委屈而又讥诮地说："桂花把你甩啦?"我忽然就清醒过来了，连忙问她怎么回事。我一急，妻便有点得意，狡黠地冷笑道："梦见桂花啦?"我浑身一热，明白梦话坏事了，烦躁而又难堪，说梦话怎么能当真呢，我想同她谈谈梦话现象研究的一些心得。谁知她倏地坐起来，俯视着我，成居高临下之势说："日有所思夜有所梦，你不承认?"我百般无奈，只是一连声地辩白此"夜有所梦"绝非夜有所梦话。妻哪里听得进去，她急溜溜醋溜溜地说："别装了，梦话已经招供了，你说你爱桂花，那又何必跟我结婚。你这骗子！"然后就给男人下了总体评判：男人都是靠不住的东西。我一面急着指天发誓，恨不能像"文革"时期跳一曲表忠舞"，一面紧急搜肠刮肚回忆曾经有过接触的所有女性的名字，始终没想起桂花乃何许人也。我还在那里寻寻觅觅，妻却哭了，凄凄惨惨戚戚。那一夜，当然不可能将息了，我只是怎一个愁字了得!

那以后的一个不知的时期里，我觉得妻不仅是一名小学教师，更称得上一个并不缺乏想象力的恪尽职守的女警察、女法官、女检察官，搜查术、跟踪术、审讯术，无一不是无师自通。后来到底查无实据，她只好采取了"先挂起来、控制使用"的政策，有时候提一提，目的是警钟长鸣，而我为了取信于妻，十年来时时刻刻小心检点自己的行为，在与女性的交往时大体不曾有过出格的事。直到这次要写关于梦话的文字，我才忽然想到了另一种可能性：难道就不可能是对着桂花——桂树的花——抒情吗？尤其是十年前我还是小布尔乔亚气味十足的业余散文作者。我赶紧把这一可能性报告了“女法官”。“女法官”似有所省悟，嫣然一笑，只说：“梦话还真害人！”

也有人从梦话里捞到过好处。

倪亚光就轻而易举地捞到了不小的好处。倪亚光是上海知识青年。一个精瘦的太阳穴上鼓着青筋的小白脸。这小子是我们公认的小滑头。他是从来不说梦话的。可是，一九七四年大学招收工农兵学员，县委下来两位同志物色招生对象，倪亚光忽然就说起梦话来了。后来我才听说，招办那两位干部，居然也有听人说梦话的怪癖。他们认为那是最有说服力的材料，绝对不是装假出来的。当时，他们就听到了知青们的许多梦话，许多梦话都是与招工招生回城回家的祈求有关。可是倪亚光的梦话却连声是：“不走不走就是不走！农村……是我的家……扎根……”那两个赶紧摇醒他，问他怎么啦。倪亚光便激动地叙述起来。当然是很合格的扎根派语言了。父母要他回上海他竟然以死来抗争，太不简单了。于是他很简单地就上了大学，而且是复旦大学。当时很多知青把这当成笑话，我却最是愤愤不平。按说讲梦话我是一把手，远近知青点是有了名的，怎么就让从来不说梦话的倪亚光借梦话发了迹呢。不过事后想想，也觉得自己的脑袋真是倪亚光说的“不灵光”。那几天，我怕半夜说梦话出差错，几乎都不曾认真睡着过，困得我要死。怎么就没想到他的那一招呢！为此我懊悔了三年。

梦话给我带来的大都是晦气。

我们长乐县教育局，从局领导到一般干部到打字员，都是蛮好的同志，平和、谨慎、朴实、敦厚。为中国青少年之师表，理应如此，尽管这样度日很累。在班上同志间的透明度是很高的，谁出去时间长了一点，譬如说上厕所罢，别的同志并没发问，本人就应该自言自语：“上厕所。”声调不能太高，以免影响别人，维持到同室的人都能听清楚即可。电话铃响，是男的找女的或者是女的寻男士，摘耳机的倘若不是他本人，那么通罢电话那人就得向帮助传呼者自自然然地说一声：“我妹妹。”“我哥哥。”“老师的亲戚托办事。”谁听了都当作不经意，谁都很用心地听个清楚。更有甚者，如果一位妙龄女郎，尤其是那种穿着入时脸上带粉带彩的妙龄女郎，到办公室来寻访谁，那么谁的解释必须更加自觉主动。解释，成了我们每天的功课。以至于不解释反而觉得浑身不自在。我在这样的人际环境里工作了八年，倒也应付自如，不出什么大的差错。

于是有消息说要提拔我为副局长。我很激动，暗暗激动。将近不惑之年了，胜利来之不易，不能有一点闪失。

提拔我的迹象愈来愈明显。县里分管文教的副县长要带我去地区出席普教工作会议。按说应当是副局长去的。当我得知确实是各县副县长和教育局副局长的会议之后，我浑身舒服极了，真想笑一笑。我立刻提醒自己，要做最后笑的人，尤其是在提拔这类问题上。

我和李副县长就住进了地区招待所。

我们住的是带卫生间的双人房间。“你怕打呼噜吗？”李副县长问我，接着就大咧咧地说，“我的呼噜还是很有水平的哟。在大学时同学们说我是额窦共鸣。哈哈！”他大笑了几声。一副宽边变色近视镜挡不住那张微黑的宽脸透出来的豪爽气。

“不要紧不要紧。”我慌忙答道。

他眼睛忽然一亮。想起了什么，说：“对了，你爱说梦话，听你们张局长说过你的笑话。”——我为此将永远不能原谅我的妻，她竟然向我们局长报告过她所怀疑的“桂花”其人——“我们正好配对，我打呼噜，你说梦话，说说唱唱，闹他个‘天翻地覆慨而慷！’”他粗喉大嗓地说道。

我已经听不进李副县长的玩笑了。我得解释关于“桂花”的梦话。我提拔在即，一个钱财，一个女人，这两档子事最影响一般小公务员的晋升提拔的。我烧着脸，惴惴不安地对副县长解释道：

“其实，根本就没有桂花这个人，我老婆她……”

“不要解释不要解释，越解释越不清楚。我就从来不解释什么事。”

“可是，不过……”

我还没说完，李副县长就已经进了卫生间，哗哗地冲凉了。一边冲，一边大声嚷道："好舒服！等一下你也来冲一冲吧！"

他活得好洒脱。

我暂时是没法洒脱的。同主管我的且即将提拔我的上司同寝一室，不仅不能洒脱，反而要加倍小心才是。梦话，尤其是容易引起误会的梦话，特别是容易伤害他人的梦话，有关道德品质的梦话，关系到政治态度的梦话，断然是不能说的。可是我怎么能保证不会说这样的梦话呢！一个巨大的阴影笼罩着我，压迫着我，我哪里还能安睡。于是彻夜都在听副县长大人抑扬顿挫的呼噜声，我想他怎么能如此地肆无忌惮、旁若无人呢！不过，说他旁若无人也未必，有两次我一翻身，他就停了呼噜，问我是不是睡不着。他的睡眠看来还是蛮醒觉的，梦话是万万不能说的了。

三天的会议，连续三个不眠之夜。在镜子里我发现自己熬脱了形，眼圈发黑，泪囊浮肿，两眼失神。我叹了口气，赶紧又冲着镜子里的我咬了咬牙，算是互相鼓励一番。马上就要散会了。我主张乘夜车返回，就是说，可以回家安安稳稳地睡觉了。我宁可在家里再出十个"桂花"梦那样的错误，也不能在副县长这里稍有差池。

李副县长已经不太爱跟我说话了。他经常皱着眉头考虑问题；有时又很尖利地看我一眼，看得我有体无完肤之感。我越发谨言慎行了。

李副县长的呼噜也少了，看来他也睡得不太深沉。有时我感觉到他也在睁着眼睛等待天亮，因为那呼吸声的节奏是被控制着的。

既然副县长醒着，我就更不能说梦话了。我甚至疑心他存心要听听我的梦话。我几次想起了倪亚光梦话中举的故事。当然，那种事太可耻，我是不干的。

登上返程的火车，李副县长微笑着问我："累了吧？"

"是的，不过……"

"没睡好觉？"

"噢，只是……"

"好像你连接几晚没睡好，我觉得出来。"

"不是的，只是……"

"怕说梦话！"

我们的目光急遽地相撞击了一下。我顿时感到快支持不住了，身心都疲惫不堪。

"其实，说梦话未必是做了与梦话有关的梦，做什么梦又未必是源于生活中的同类事，这里面挺曲里拐弯的。我就有个弟弟爱说梦话，说得稀奇古怪，他就跟我说梦和梦话柱往对不上，有时候听了广播看了电影电视，梦话里就学者说。哪有那么多的担心。"

他很怜悯地看着我。我觉得他目光在抚慰我。我心里一阵委屈，感动的委屈，被理解的委屈。我想哭。

直到现在，三个月过去了，我还是没有获得副局长的任命。传说很多，李副县长反对是其中的一种说法。我也不愿去证实。我灰心透了。

我还是想：梦话到底是不能随便说得的。

我还是迫切希望解梦研究者们尽快替我们科学地论证这样一个事实：梦话未必是梦中之话，而夜有所梦未必日有所思。或许这样我们就可以高枕而无忧，放心地说说梦话。

一九九〇年五月

—不快乐的故事—

人生不快乐事常八九，这里所写仅一二。

——题记

精神病

我和作家老姜到一个山区公社，年轻而老成的公社秘书指着他，告诉我们：魏书记。“不要叫书记，”他走过来，很亲热地握手，说，“叫老魏！”说着，把一本大红笔记本沉沉地放在桌上，便和我们扯谈。

“李记者蛮久没来了，他还在群工处？王编辑来长话要几对蛤蚧，我给人带去了，不晓得收到了没有。杨记者说要来，光打雷不下雨。赵编辑，听你的口音……”——我们竟然是同乡。再聊下去，他忽然像皮球一样从椅子上蹦起来，狠狠地握我的手，咧着嘴笑道：“原来还是大表舅哩！”这是他运用只有他懂的亲戚推理法取得的研究成果。我不懂此中奥妙。而且，看模样，他至少比我大五岁。作家老姜也是我的同乡，却未被他选作研究对象。

他四十冒尖。本来很匀称的身段，不知何故，颈脖却嫌短了一些，与身体其他部位不成比例。他嗓子沙哑，显然患着慢性咽炎，这往往是讲话音量超负荷的结果。但沙哑的嗓音一经压低，则很显柔和。“最近上面有什么新精神么？”他眨巴着眼睛问我。

“新精神？”

“对，新精神。你在省报工作，近水楼台。先给我吃点小灶。”他自卑地笑笑，缩缩脖子。

“出门了时还没有。”我很想满足这位新亲戚的要求，但又一时无从谈起，很觉内疚。

“省委正在开扩大会。会议精神连你们都还不知道？”他皱起眉头，沉思良久。

秘书来了，报告道：“我翻了两个月的《人民日报》和省报，还没有发现对水利有什么新提法、新精神，一般都是总结‘一平二调’的教训，连昔阳也挨点了。磨盘山水渠……”

“暂时不要上！他脸色忽然阴沉下来，懊恼地挥挥手，“没有得到新精神之前，不能轻举妄动!”

“可他们大队长老韦刚刚又来电话催。”

“催什么！一催我，我能催中央、省委传达新精神吗?”

“他说等水插秧。”

“我不光等水，还等上级精神哩。莫以为我就安逸！”继而转向我，说：“你看，早先省委指示，水利民工暂时回去搞生产。现在，一些人又心血来潮，要把剩余的渠道搞通。能这样目无上级党委吗?上级了解了怎么办？不行，这个头不能再去碰刀了。养仔不用教，吃亏自然刁啰!”他连连摇头，笑着，那笑，带着苦味。

这就是我们的首轮会见。紧接着，他从办公室拖出一架破旧的老“永久”，将一只黄挎包往车头一挂，一阵风地忙去了。

“丁零零!”老“永久”风驰电掣般地超越一切同路人。黄挎包在车头上一甩一甩的。众人晓得是谁来了，都跟他亲热地打招呼，觉得他和种田人不生分。因为，他尽管在会上大声训话，会后照样到农家有水喝水，有粥吃粥。众人又弄不明白，为何他时时都像消防队长出车一样紧急。他取下车头上的黄挎包，揩着脸上的汗泥，对我叹了一口气：去晚了，上级精神贯彻不下去，底下的土把戏一亮相，党报来个‘内参，我再去纠偏，蛇过打草窝啰！”

“他忙得像陀螺，团团转！”他的独生女儿向我抱怨，“吃不成餐，睡不成觉，前年又开刀割了大半个胃。忙什么？也不懂他。一天到夜，不是慌慌张张，就是愁眉苦脸。又是翻报纸，又是看文件，又是巴着上面来的人谈话，睡梦也念叨着精神精神。招呼他吃饭，头也不抬，却说要吃透精神。若不是我妈死得早……”姑娘眼圈红了。一九五九年反瞒产，这位书记蹲过监牢。老婆在家连气带病，死了。以后他也无心续弦，据说是怕继任夫人影响他的精神。这简直是笑话，我不大相信。

早几年，学大寨正火热。在县“三干”会上，有位外公社的年轻大队长介绍如何根据上级精神学大寨的体会。他听了，眉飞色舞，连顾左右，激动地说：“你们看人家，精神，精神！”弄得会上很多人转头来望他。县委书记不耐烦地喝道：“老魏，你精神什么？”他这才醒转过来，向着顶头上司，像小孩一样地缩缩脖子，伸伸舌头，笑着，做出诚惶诚恐的模样。

女儿找得了对象，向父亲汇报。他说必须对候选女婿理解上级精神的能力进行一番考核。女儿嘟着嘴：“又是精神！”然而，还是照办了。领着对象进了家。老泰山在堂前正襟危坐，不动声色，威严极了。忽然，他笑咧了嘴，蹦起来，迎上去，握手，倒茶，让座，叫女儿去打酒，不亦乐乎，完全失去了老泰山的尊严。女儿愣了，悄声问：“不考啦？”他一瞪眼：“少啰唆！”原来，这后生正是前次在县“三干”会上介绍经验的大队长。

然而，谁又料到，没过多久，翁婿反目了。女儿的泪水浸湿了几条手绢。他神色严重地打开大红笔记本，往女儿跟前一放，说：“看看就晓得了。”女儿像半夜吃黄瓜，摸不清头尾。父亲大不耐烦，指着本子上新写的一行字，说：“见了没有。中央有新精神，要批判‘突击提干’。”

女儿一鼓嘴巴：“恋爱又不是提干！”

“怎么没有一点政治头脑！我是书记，看中了一个年轻的大队长，选来当女婿，不是有意跟当前运动的精神唱反调吗？唉，人是好人，可惜！”

女儿气得一跺脚：“莫非要我去选老头子！我当你精神病喽！”

据说，“精神病”的称号就是由此而出。

“谁说我有病？我还要看现代化呢！”他向一切人宣称。于是，在他的辖区里，很辛勤地进行自行车“长征”。

“丁零零！”——于是，大队干部从办公室里迎出来。他们的会议即将作出决议了。一般来说，书记该到了。

“大家坐，大家坐。怎么样，有哪些新套套呀？”汗未揩，茶未喝，先谈工作。

“唔，这三点，你们是不是等一等，我也吃不准呀。最近地委要开个电话会，看看有什么新精神，到时再说吧。”

“丁零零！”——于是，农民们在田垌直起腰来，书记汗淋淋的面庞，使他们大为感动。

“月亮莫夸天星。我只是跑跑腿，比不得大伙辛苦。开春了啵，有点什么新盘算呀？”接过递来的旱烟杆，坐在田埂上，甜甜地抽了一口。

“要得！大伙的算盘珠今年拨得好脆崩！这样吧，先莫忙，最近县委要开‘三干’会，只要符合会议精神，我和大伙，捋袖子干！”

“丁零零！”——于是，公社大院热闹起来，干部们都回来了。党委会时常要开到黎明前结束。

“好吧，同志们刚回来，都很辛苦，长会短开吧！这几个问题很重要，必须及时解决。这样吧，最近地委要开个电话会……”

地委电话会终于在深夜召开了。他的双眼一眨不眨地盯着“三用机”，似乎那里藏有消灾消难的佛法真经。

地委书记在电话会上宣称：他对“包产到户”吃不准。这样，黎明时，他就率领着常委们，出现在四十里外的青田村晒坪上。这是他的辖区里唯一搞“包产到户”的生产队。

他把沙哑的嗓门放到了极限：

“以前上级精神不明确，我就劝过你们不要搞，常委们都可以作证嘛。现在，新精神下达了，我们就必须切实执行，不能有半点怀疑!”

一个略通文墨的青年低声嘟哝道：“那不就是‘理解的要执行，不理解的也要执行’啰?”

书记朝那青年瞟了一眼。

“我们也是按上级指示精神做的啵!”一个青年索性放炮了，并从贴身衣袋里摸出一张弄得很皱的报纸，向他抖了抖。农民们学得越来越诡，也做起有书为证的事体来了。人们都幸灾乐祸地望着他。

他慌忙接过报纸，看了一眼，却笑了。从黄挎包里掏出大红笔记本，挥了挥，说：“我这里都记有。你这是外省的报纸，申明是试点。现在新精神又下来了，能改的我们为什么不改呢？嗯?”

“如果明天另一个领导又说做得呢?”那青年这样问他。

“就再改……呵，不可能的，你当是要把戏嘛!”

众人哄笑起来。他在笑闹声中吼道：“反正现在……按精神……”

他率领常委们凯旋了。他们贯彻了上级的新精神，自己也就很精神了。于是去一户农民家找稀饭喝。

一天下午，我去找他。还未跨进办公室，就听见他的吼声，嗓音越发沙哑，给人以撕帛裂竹之感。

他正向一个裤腿卷过膝盖的中年农民发火：

“你老韦这个大队长是怎么当的！上级精神你还要不要?”他把大红笔记本往对方面前一送，“你翻翻看，全国批评了十一个水利典型，你磨盘山想凑够一打?”

“我们是受益队自动筹工，算不得‘一平二调’。”老韦毫不客气，把大红笔记本往回一推，“再讲，抗旱如救火，头苗插不下去哟。”

“唔，你的嘴巴擦过油，我说你不动。那年人家批你不造小平原，现在你对了，可你得了些什么益处？同志哥，马撞南墙还会回头，你怎么连匹马都不如呢？出头的屋椽总先烂哩！”

“总比乌龟缩壳好！”老韦鼻孔里哼了一声。

“你嘴硬，可党性更硬，没有新精神，你给我先撤下去！”

“晚啰！”老韦抓过书记的烟盒，抽出一支，啪地打燃火机。火光照着他那黝黑的瞳仁，闪现着机智的光芒。“我是来向书记报喜的。两天两夜，拿下了三百土石方。水通了，开始插秧了。”说着，甜丝丝地吸了一口烟。

书记倒抽了一口凉气，手指骨节连连敲打桌面：“有你的，有你的！明天见你的报，我不管……”

“你管好自己的乌纱就不错啰。得了，云多月不明，话多理不清。我去插秧了！”老韦猛吸了一口烟，喷着烟雾走出去，掀起一阵风。

“岂有此理，岂有此理！”我的新亲戚气得追到门口，吼道：“你给我写检讨！”老韦飘然去远了。他这才发现立在一旁的我，便一把拉住我的衣襟，痛苦得脸都歪了：“我辛辛苦苦，只管乌纱？芝麻官，不稀罕！我是为了大家相安无事呀，你评评看，这上级精神……”

这夜里，他陪我和作家老姜吃饭，喝了很多酒。他真是一只酒坛子，一大杯米酒下肚，却不忙着夹菜压酒，可能是在农民家锻炼出来的。不一会，他的眼球愈发红了，嗓子愈发哑了。一只手放在我的膝上，不停地拍打，不停地叹气，不停地述说：“养仔不用教，吃亏自然刁。教训呀！一九五九年，青田村闹饥荒，一夜间倒下五个人。消息报给我这个社长，吓得我尿都淋了裤裆。连夜带着粮所的同志赶马车送粮去。那夜又是风又是雨，在泥水里滚了四十里，一到村头，全村老少哭着迎出来，我心酸，也哭了，泪水雨水流进嘴里，那咸味，他娘的，如今还记得。呸！我运粮救农民，他娘的，总是好事吧？屁！中央那时已经有了反右倾、反瞒产的精神了，我还蒙在鼓里，他娘的，真是聋子不怕炮哩！县工作队来啦，青田村成了瞒产典型，我成了私销公粮、煽动瞒产的坏干部。手铐一扣，他娘的蹲了两个月的共产党的监牢，后来才甄别，回家老婆也死了。教训呀，谁给我的教训！哼，你以为我怕'包产到户'？你以为我怕水渠修通？只要你中央、省委各级红头文件下来，说黑是白，我也照讲不误！上级的精神呀，跟着它就不怕……"说到这，咕噜一大口酒又下肚，正准备去夹一肥肉，忽然又像记起了什么，啪地放下筷子，说一声"对了"，转身从一边抽过黄挎包，掏出那本大红笔记本，极其隆重地递给我，说："帮看看，你是报社的，看看记得全不全！"我莫名其妙地接过笔记本，打开看，只见里面记着"水利建设的新精神""政治工作的新提法""农科领导的新精神"等等，一二三四五，甲乙丙丁戊。作家老姜扶着眼镜在一旁瞄了几眼，扑哧一声笑了起来。我想笑，也想哭……

这夜里，他跟我在招待所聊到很夜深，后来索性在房里的空铺过夜。我酒有些过量，很快就睡着了。也不知过了多久，忽听有人在叫"大表舅"。是他在喊。"睡着了吗？"我连忙含糊地应了一声。"依你分析，省委扩大会的新精神可能是什么？”

“简直是精神病！”作家老姜也被叫醒了，极不耐烦地嘟哝道。

“呵？什么精神？”他听不清老姜的话，连忙追问。

老姜打了个哈欠，懒洋洋地答道：“十一届三中全会的精神，实事求是，从实际出发。”

他长长地唉了一声，就不再说话了。

我们离开这个公社时，他来送行，依依不舍地握着我的手，极其恳切地说：“大表舅，有什么新精神，你得先给我通通气，千祈千祈！”

一九八〇年六月

云里雾里走马帮

一

马帮是勒马寨的。马帮，十几匹马，几十匹马，结队成帮，驮着货，走在盘山小路上，走在芭蕉林、竹林间，走在云里雾里。

勒马寨处在云、桂、黔三省区交界的山旮旯。县上来的公路，只能到八十里外的区上。寨里人出山，走的仍然是民国初年三省烟帮踩光了的石板小路。这勒马寨的路，小眉小眼，小里小气。像有点害羞，扭扭捏捏地从勒马山上扭下来，悄悄地钻进寨口。这样的寨子，日子自然难得闹热的。

一个与外面世界不通气的寨子，总要有蛮多古怪的故事。六十年代，这里大多数人家，采取三颗黄豆记一天工分的法子，年终同记分员对账。有一家人，盛黄豆的瓦罐钻进了老鼠，于是，有一个老鼠一样的记分员趁机吞了这一家人的不少血汗工分。这个故事，曾经发表在县"四清"工作团的简报上。一九五九年，勒马寨开天辟地头一回放电影，吓跑了蛮多老阿婆。她们喊："勒妨！勒妨！"勒妨译成汉语，就是鬼。她们认为白布上的人影就是鬼影。第二回放电影，则是一九六四年，放映《上甘岭》。电影一映完，一帮娃仔立即冲到银幕下面，满地摸索，找子弹壳，找先前电影上从敌我双方的机枪、冲锋枪上蹦出来的子弹壳。子弹壳自然不曾找到，于是就骂：“哄人的，哄人的！”发现了电影哄人这一秘密，全寨老小既恼火又兴奋过蛮多天……

三十五年过去！有了山寨小学。初中生有了若干，黄豆记分大体不用。电影的疑问另有提出。公社命令他们买手扶拖拉机，走农业机械化的康庄大道。他们也老实买了一架手拖，拆散了，抬进山来，犁几亩平地，主要却用于打米。然而，众人一致评定，机器打出来的米硬是不比石碓舂的好吃。

小路不通车，穿山过坳八十里，县里干部怕来，公社干部也怕来。“天不怕，地不怕，就怕勒马和肯坝！”这个县的干部流行这句话。肯坝寨同勒马寨只隔一架山，同为全县偏远之冠。干部们说，路上时常有山猪同金钱豹。撞鬼！好山货总给这点不识货的人撞着，山里人扛猎枪满山跑都难撞到。干部们嫌这里没有白米吃，这倒是真的。没得水田，总是吃玉米；吃法也特别，把玉米粉煮成糊，叫作玉米洋。吃惯了的人说爽口，吃不惯的人多吃两餐就要呕。再有，山里缺水，一盆水用三回：洗菜、洗脸、煮猪潲。跑八十里山路，去过这样的日子，干部们能不怕？因此，上级的种种新政策，今冬全县传达，明春才到勒马。六年前，全县包产到户，都闹浮了，才传到这里。传达者竟然是山主劳福田。他爱赶圩，先得了风声。众人不信，劳福田乐得捷足先登，忙倒跑山货，等到公社干部来传达了，劳福田已经有钱拉马帮了。

勒马寨三十五年前有过马帮，就是山主劳福田家的，后来挨分掉了。如今又兴起马帮，还是劳福田的。马帮头一轮出山，给他当伙计的，还是三十五年前的两个伙计：一个叫劳伦，一个叫哥代。哥代，三十五年前是出色的赶马人，三十五年来是山寨革命出名的领头人，三十五年后的今天，出奇地，又成了个赶马人。

今天，这三个近六十岁的赶马老爹，又结伙走上了三十五年前的马帮路。

二

山崽山顶，天上地下，填满了雾。大庞庞的石山，黑密麻的树林，用厚树皮或者薄石板盖的木楼，木楼四处大大的芭蕉叶，小小的细竹叶，原本就被世界忘记得差不多了的勒马寨，这时候索性全部躲进雾里去。雾里有一声两声的鸡啼，一声两声的牛哞，一声两声的碓响，一声两声的吆喝。越有声响，越显得静寂。没有一丝风，雾才这么厚密，凝固了一样。勒马山一带的秋雾，同春雾一样，最浓，最湿，最黏，最难消散。

秋雾天，雾雨天，山路不宜走马帮！

赶马老手哥代，倒是十分庆幸有这样的浓雾。这时候，他不愿见到别人，更不愿见到她——寨子对面的勒马山脚，一堆黄土同一堆石块，埋着他的老婆，一个勾得起他一世人心思的女人——他也不愿别人见到自己。秋雾，带了寒气，贴着脸，脸皮发麻。不晓得这时自己的脸皮是白是红——白？那包稳是心里虚寒，人家这样说；红？那恐怕是怕丑，人家照旧会说。到底，还是雾好……

哥代曾经是寨子里的贫协主席，现今不搞贫协，好像还保着一个乡人民代表的牌子。总之，众人把他认定成寨子里的背龙骨（脊椎骨），凡事赖着这个近六十岁的哥代——壮族山寨里常常有一个汉子被称作哥代。哥代是大哥的意思。大哥是众人的领头人，寨子的自然领袖——于是，当众人迫不得已要弯下腰，请劳福田的马帮运新收的桐油果和八角籽、板栗和芭蕉出山换钱时，他这条背龙骨就得先弯下来，他这个哥代就得顶头挨刀。他去同劳福田说。回答是一口热气喷脸！得！新马帮，头一轮货就帮众人，只收马料钱，只是，一个条件就顶了哥代的胸口，请哥代牵头马！

劳福田同哥代虽是同岁，解放那年都还是打得死金钱豹的二十四岁，但旧时他摆的是主人的架子，山道上赶马帮，当时就全靠哥代。这一回，明明白白是想借重哥代这把生毛老手，牵头马，驯马帮，诊治马病。这倒不打紧。打紧的是贫协主席的面子，哥代的架子，当年管制山主的威风，这一下不就全倒地了吗？不倒地也是弯腰。腰直惯了，弯得下来吗？若是弯不下来，芭蕉烂了，桐油果霉了，出不得山，众人觉得头疼，若是弯下来了，他老人家怕又要腰骨疼，众人又觉得心疼。这一下，几天里，众人撞了鬼一样，轻易不敢同哥代讲话，总拿一双双怯生生的眼睛看这头发花白的老人。如同民间故事里送一个美丽的姑娘给蛇妖糟蹋一样，众人的心思是又怜悯又悲哀，又无可奈何。

劳福田的要求提出来后，哥代没有作声。面子，架子，威风，他倒无所谓。打了几十年的顶板，尤其是为众人，为达妹，那个女人，哥代的老婆，当年勒马寨和肯坝寨闻名的刘三姐一样的姑娘，哥代同劳福田红过眼，咬牙切齿。哥代胜了，得了众人的拥戴，得了姑娘全部的爱恋。都讲这一世人要赢定了的，可眼下……哥代没有法子作声，有众人的利益在里头。他是闷了头离开劳福田家的。

事情耽误了三天，全寨人都闷了三天。

前天，矮妈的二仔讨媳妇，全寨喝喜酒。劳福田缩在墙角落那一桌，大碗大碗地往肚里灌酒，灌得眼珠子死定定的，衣襟上湿了一大片，胡须上挂了许多酒珠子。忽然，他端起满满一碗酒，摇摇晃晃地挨到堂屋中央的酒桌边，对着哥代，叫了一声，立刻单腿跪下，双手举碗在头，哇哇地哭起来：

“哥代，你踢我一脚，踢我一脚！我癫了！我的眼珠子挨马尿淹了！我不该拉你老人家去赶马，害得你……我……众人……我家满仔骂我，要分家……你们莫疑我有哪样阶级想法，我是癫子！我不请你老人家就是了……你喝我这碗酒！”

满堂人都呆了，鸦雀无声。

哥代早已喝得两颧黑红，一双眼睛里像包着两团黑火，黑火一闪一闪。他不作声。没有接劳福田的酒碗，而是倏地站起来，怒喝道：“你起来。起来！不起来，我当真踢你！”劳福田赶紧爬起来。哥代从桌上抓过一碗酒，直递到劳福田的嘴巴边，动作太猛，酒泼在自己的手上。劳福田先是一惊，即刻又醒悟：哥代是要同他喝交杯酒。交杯酒是壮家交心的表示。他欢喜得把嘴巴张得大大的，任哥代灌。渴极了一样，骨碌骨碌大口喝下去，直喝得碗盖脸。然后，慌忙回敬哥代。众人不出声气地看着他们，有点欢喜，有点紧张。

“劳福田，你莫慌！”哥代把嘴边的酒碗一推，喊道。一口浓痰在他喉管里滚动，咻咻地响。“你有哪样好慌的！”哥代把一只黑黝黝的瘦骨嶙峋的大手舞起来。”“社员同志们！”——贫协主席的口气还在。“海外同胞们！”喝醉了！“不可否认”——这是哥代最顺口的一个常用词。不晓得是几时，他从山外开会回来，就学得了“不可否认”这个词。他觉得这个词很能证明自己所说的话是一个干部的口气，大凡讲正经话，一张口它就溜出来。“不可否认！但愿众人的货卖得出去，有酒喝，有肉吃，我去赶马帮！不可否认！劳福田，你莫以为我怕，就是赶虎帮、豹子帮、山猪帮，不可否认，敢去！”——酒醉心明白！“下定决心，不怕牺牲……”唱起了毛主席语录歌。没唱完，哇的一声，呕吐了，劳福田早已跌坐在地，乜斜眼睛，笑得咭咭响，像猴子笑崽一样。

众人没有像往昔欢呼别人酒醉那样，发出壮族山寨最开心的喊叫。虽然脸上挂笑，但是，笑得小心。

“马屎！嘻嘻，马屎！”哥代指着劳福田，脱口叫出当年他和伙计们给山主起的外号。马屎外面光，里头包老糠，是骂他的为人。

劳福田眼睛一亮，放了胆，也伸出手，指着哥代喊：

“马脸！哈哈，马脸！”

哥代这外号也是伙计们起的。他的脸长。

“马屎！”

“马脸！”

他们借了酒疯，呼唤旧时的外号，呼唤起一点莫名其妙的亲热。

“爽神爽神！”当年的另一个老伙计劳伦，舞起一双筷子，囔囔着鼻子，在那边喊起来，“还是我们三人共帮，爽神！夹鸟走世界啰！”他争着要帮劳福田赶马。他穷，穷得嘴边鼻涕都想舔，狗屎不臭都想吃。一脸的泡泡肉，又黄又黑，是虚胖。

……

马帮终于上路了。众人没有来看马帮出寨，不晓得为哪样，约好了似的，都没有来。哥代心里有点凄凉。那个刘三姐一样的女人，给他生下的又都是“刘三姐”，都嫁到别寨去了，这时候不会有哪个来送他。在铺天盖地的大雾里，他觉得自己无依无靠，孤零零的，缩小了蛮多——他有过高大粗壮的年月，至今仍可算得上是寨里最壮实的老人。今天，恐怕还是头一回感觉到自己瘦小。而那原本就瘦瘦小小的劳福田，高声高气地吆喝马匹和自家的满仔，透出来一股高大充实的气派。劳伦呢，倒是爽神，一面装驮，一面用衣袖揉自己的眼睛，眼睛时常有眼屎，一世人不曾醒清楚。他管你高大还是瘦小哩。眼下，哥代连一个能交流心思的人——譬如，并排坐着抽一支牛舌烟，用徐徐缓缓的烟雾，用融洽和谐的气氛，进行感情交流的老兄弟都没有。心里的郁闷和烦恼，越发加重了。

就这样，雾里响起了急促的铜铃声……

三

雾里响着急促的铜铃声。

铜铃，齐齐整整十五对铜铃，劳福田藏了三十几年，还这么亮，这么脆响。土改分马，就忘了连这铜铃配在马颈脖上分去。忘记了！缘故全在那一场分马的斗争，哥代想。那一场又险又长威风的分马斗争，哥代想起来了。

怪得很！那天也落了恁大的雾。头夜晚，工作组告诉他，明天分马。他欢喜得打起火把，翻山去到肯坝寨。一声呼哨把达妹召到大榕树脚，搂紧那肉颤颤的身子，把一口热气喷在她脸上："今夜同我了，今夜给我了！"达妹的妈却巴望姑娘嫁给来送过聘礼的劳福田。达妹妈顶着哥代的脸面："莫想空手捉鱼，白手捉鸟！有本事，牵马来接！"这一回，哥代就要牵马来接了。那夜晚，达妹就在大榕树脚的青石板上，把积了两年的温情和一个黄花女的全部好处，给了他……半夜落了雾，他摸回勒马寨，哪里还睡得着，索性就在木楼口，望天，看雾。雾色由灰黑转灰白，后来又成纯白。劳伦来找他，同他说：我要那匹头马。他鼓起眼睛。劳伦又改口：头马给你，我要那匹四蹄雪。就在那当口，雾里传来马叫声，是头马叫！为哪样从勒马山脚传来？他心里打了个愣——那时好灵醒！他同劳伦即刻去到劳福田家的马圈看，马都不见了。他叫劳伦去报告工作组。紧接着他冲上劳福田家的木楼，擂开门，把正在床上假装睡觉的劳福田一把拽起来——那时好猛！同他要马。他俩都红了眼珠子，定定地对看。不服软！

很明白，劳福田趁着雾天，把马放跑了。这些马，有的可能会顺路跑到远处去，有的可能会在雾中跌下悬崖。山主不服气把一个完整的马帮拱手交给穷苦人。众人都来了，要去找马，要斗劳福田。他说，大声地说："一个对一个，不用众人；他一个人放跑马，我一个人来收马！"一声呼哨，山回音；两声呼哨，天回音；三声呼哨，马答应。十五匹马，一匹不少，跟着哨音聚拢来，当即分田分马——十五匹马！鬼怪，今天劳福田的马帮还是十五匹。是人还在心不死？是复辟？是向贫下中农示威？不可否认！还有，劳福田放掉马，怕马铃响，摘了铜铃，这才藏得起来。不可否认！今天，又挂回他的马颈脖上了……

铃声在雾里响。铃声硬是轻浪。铃声帮劳福田广播着身份与声势。一座粪场尽是铃声，哥代几次疑心听到劳福田咕咕的笑声，心火腾的一下燃起来，接着几次又弄清楚只是铃声在笑。铃声像是故意撵着他来，顶着他的背。想象中，一只只圆鼓鼓的铜铃，像一只只瞪大了的眼睛，盯他的背，盯得他浑身发困。

胆子硬是越来越小！往昔，胆小？只有嫌人家胆小。哪个不夸哥代是水缸做的胆，大！听了这种夸奖，真觉得自己放大了蛮多。铜铃声，铜铃一样的眼睛，算是哪样？头一回斗争劳福田，头一回在正经场合大声讲话，起初还有点胆寒，怕望众人的眼睛。可是，硬起心，望下去，望见众人的眼睛，亮晶晶，都是蛮敬慕的意思。而达妹的眼睛，硬像伸出一把钩子，直来钩他的脸。即刻，他觉得自己的身架子高得很哩，自己的眼睛必是同达妹的一样亮哩。从那以后，他大凡在会上讲话，久不时总爱望达妹的眼睛，望众人的眼睛。然而，想起来心酸！这些眼睛（包括达妹的眼睛），一年比一年暗淡，接着又是发蒙，起雾。夜晚开会，他要不停地拍几下巴掌，喊：莫睡觉啵！达妹不来开会了。蛮多人也不来开会了。这个哥代硬是越做越没得神气！不可否认。不可否认！

不可否认！这几年，众人渐渐爱同劳福田扯谈。而且，那些眼睛也蛮亮哩。他不能凑近前去。到底自己不同众人，不便同他们一样。只能闷头蹲在一边，仄起耳朵听。劳福田念的是发财经，金城缺哪样货，百色积哪样货，买几多，卖几多，捞几多，这样那样，等等等等。他听了，既有点莫名其妙，又有点难受。自然，这种话，乡里县上都鼓励讲，自己是“不可否认”的。不晓得为哪样，这时候，他心里一下就会冒出自己讲得溜熟的一句话来，那就是：“反修防修忘本变天之日已经到来！”

他是这样说的：“反修防修忘本变天之日已经到来！”他是这样严肃地说的。管它通不通。他是壮人，讲汉话难，用汉话讲政治理论更难。起初，觉得苦极了。种田人就会正经种田，讲这点不清不楚的话又打不得粮食。那一年，反右倾，公社召他去开会。会上听人家哇啦哇啦讲了大半天，懵懵懂懂。夜晚打转回寨，到半路忽然一身燥热——反左还是反右，闹不清了。左右？左右？都像，又都不像。按道理，应当反左，左手不比右手得力。可是……只晓得这事严重到穷人还当不当家的问题，若是弄错了，回寨子传反了，不要命？没奈何，只好倒回头，倒回去几十里山路，天蒙蒙亮时，拍开公社秘书的门。小秘书起初还以为出了什么大事，听他讲分明，笑癫了，抓起一杆广告笔，蘸了点红颜料，点在他的右掌心，说：就反这个手。他心定了，赶回寨子去，半路遇上一场过山雨，浑身淋得精湿，唯独右手掌紧紧握着，使那红颜料没褪掉。到了夜晚，社员大会，他胜利地举起右手，说：党中央要我们反右……——右哪样呢？右手还是右……他嗯呵了几下，只好麻起脸皮说："不可否认，反右……呵，不可否认的，反右。"为何反右，哪样是右？这是没得人问的。你管他是左是右，老实种地吃谷是本分。

众人不问红黑左右自然可以，哥代不问行吗？星夜打转问左右，早已传为笑话。不久，公社韦宣委（党委宣传委员，这里的干部都要称呼官衔）下到勒马寨，批评哥代：你的任务就是掌好政权，掌好政权就要学好政治，你搞得牛头不对马嘴，莫非想让劳福田他们重新骑到你们头上来？因此所以，要好好学！

好好学，好好学！鬼晓得学成了什么鬼样子。哥代是烦透了，哥代也烦惯了，开口就有干部口气。语气不通口气在，口气在意思就在。

那回韦宣委领了中央民委的两个同志来。哥代晓得韦宣委最挑剔他讲话，所以倍加小心。夜晚开社员大会，他十分郑重其事同众人介绍：

"韦宣委来啦！宣委领得中央同志来。这位是李——"李什么呢？韦宣委往昔多次训导他，要尊重上级，有职务为哪样不叫？公社干部总是蓝民政、莫农机地叫，中央同志能乱喊同志吗？

哥代灵机一动，对了，都叫中央中央，中央叫起来几爽神！他连忙说：“这位是李中央！”

那位李同志屁股烫火一样地跳起来，连连摇手：“不不不！”哥代只当人家谦逊，微笑了，点头了，又指另一位：“这一位是……”

那边即刻站起来：“我是中央一般干部，一般干部！”哥代点点头：“那么这一位就是王一般啦！”

韦宣委急黑了脸。

那两位同志还是连连摇手：“哎呀呀，不要这样，不要这样！”

哥代报之以会心的笑容，安慰道：“不可否认的，不要虚伪啦！”

他总是把谦虚说成虚伪。当场把韦宣委气得骂娘，只好撇开哥代，由他亲自主持会议。

哥代为此当年就被撤了职，直到第二年才复职——还是得找哥代，勒马寨只有一人能当哥代。

哥代总是这样忙来忙去。他听从韦宣委的训导，为了政权牢固，把蛮多气力花费在学新鲜话上头。新鲜话没学成，劳福田的钱却捞成了。

自然，开初几年，劳福田见了哥代他们就咬牙切齿。睡梦里他都想着原先的家当，想着想着就要心疼得醒转来。他家原先也是穷得冷火秋烟的。到了他老子，穷急了，跑云甫，贩大烟，赚了三匹马驮，又打转回山里贩盐。就靠了贩盐，买了山，买了马帮。老子累死了。劳福田才成了十九岁的后生山主。解放后，他不服气，想翻天，火烧芭蕉心不死，一点也不假。若不是哥代领了众人管制他，怕也早就上山为匪来报仇了。可是，十年、二十年过去，晓得那过去的日子，如急水滩头放鸭崽，倒转过来无望，心也就死了。死了翻天的歹心，就活了登天的野心。从此把心思放在盘自留地上，放在捉蛤蚧采冬菇上，放在赶圩搞转手买卖上，为此，挨斗过，挨罚过，挨游寨过。然而，到底针挑土一样积了钱，如今又脸上光鲜起来。

不可否认！人家符合政策——正巧给他碰对了政策。鬼怪！哥代想，政策不可否认。唉！既然桐子花都开了，还怕翻西北风？既然出门打转回到家了，还怕姐姐鸟（一种不吉祥的鸟）？既然人家连马帮都拉起来了，还不准人家给马挂铜铃？罢了，罢了！耳朵疼，心口疼，也活该听。有本事，为哪样不为众人拉起一队马帮来？活该听——哥代仄起耳朵，麻起头皮，硬起心，听那脆响的铜铃声……

雾蒙得哥代脑壳发晕。他恨不得大口大口地呼吸一下新鲜空气。他巴望来一阵大风。他巴望雾快些散尽。雾蒙得脑壳发晕……

四

雾蒙得脑壳发晕。

渐渐地，雾有了隐隐约约的淡青色。雾薄了些，雾中人的精神，也应当爽气一些了。雾的淡青色，是山色映上的。马帮已经走过寨前的芔场，走过勒马山前的坡地——达妹的坟，到底过去了。到底没见着她。雾大，到底没挨她见着。那年分得马，去接亲，扶起她的腰上马。她细声说，你硬是有本事，我才同你。她说道。唉，有本事的哥代，赶马的老手，分马帮的英雄，又打转来帮人家赶马帮，帮那个当初你死活不愿嫁的劳福田。到底没见着她。雾大，到底没挨她见着。

脚踢着一块石头，哥代赶紧提起精神来。要上山路了。山上的画眉时不时哼几声，咻咻地哼，像一个病妇的呻吟。斑鸠时不时叫几声，嘶哑地叫，像一个娃仔哭哑了嗓子，一下像在远处，一下又像在头顶。听鸟叫，怕是要下雨。高寒山区，秋雾就成秋雨。秋雨难停。新马帮驮货，秋雨路滑，要过勒马山，要命了。哥代有点后悔，起初不该顶着闷气喊上路。忽然，一个姑娘叽叽喳喳地惊叫着，十分生猛地扑过哥代的头顶——是姐姐鸟！壮家最忌讳出门遇着姐姐鸟。哥代心里一惊，一大团寒气塞进胸口。他慌忙在心里默念了三声咒，紧接着大声喊道：

“虎吃的，发瘟的，走啊！”这既是驱邪又是驯马。“虎吃的，发瘟的，走啰！”他猛拽了一下头马的缰绳。头马被扯了一下，出了点力，但照旧不紧不慢，不曾兴奋起来，没有做出头马应有的模样。哥代就不停地吆喝。

“哥代，你老人家歇口气，”劳福田从后头赶上来，有点卖乖地说：“给满仔来喊，你老人家一边看着就得了。”

满仔已经垂手立在哥代身边。劳福田把哥代请来。尤其巴望他能教自己的满仔。他想得远，哥代想，他想把这马帮搞得更蕻，哥代想道。满仔是寨子里最闷头闷脑的后生，总是惨惨地笑，讷讷地说话。同他爹一样，长得青皮寡瘦，在后生堆里，畏畏缩缩。他的两个哥，一九六八年在水利工地，挨游斗，被乱棍乱石活活打死。而他，顶了个背时成分，今年二十八，还是一根“鸟不站”(一种树枝)，光棍一条。哥代有点可怜他，往昔就骂他：满仔，你一天慌哪样！你爹是你爹，你是你！你是好教育青年(可以教育好的青年)。谁知，听了这话满仔的脸色愈更发青，像有内伤。

哥代把头马的缰绳交给满仔。“虎吃的，发瘟的，走！”满仔吆喝道。哥代扎实吓了一跳。犹如半夜在山道上猛然听到一个怪物的大叫。不承想到，这个闷头仔的嗓音这么响亮，这么虎虎有生气。“虎吃的，发瘟的，走!”吆喝声激起大山的一阵阵回响。

“要得,”哥代鼓励道。听了这吆喝声，他觉得蛮爽神。

“你有力气，明年包你讨得个黄花女！”满仔龇出一口白牙笑了笑。“要时常喊，把马教熟，喊一回，拽一回缰绳，到平路，千祈莫乱喊。要教马晓得你的意思。头马第一要紧。拽绳，要有轻有重。要重时，从下往上提，莫往下压马头……”

满仔很感动，嗯呐嗯呐地答应着。

哥代总愿帮助人家，尤其愿帮软弱的人。同时，众人受劳福田家的盘剥，他没少同劳福田咬牙切齿。解放后，腰硬胆壮，就更热心为众人办事。是的，没得人敢欺压众人了——至于有时来个把干部说话霸蛮，那不算欺压，是工作方法不大爽神；逼着去炸石头造梯田，上水利，修与寨子离得天远地远的公路，那也是为了社会主义，为国家——欺压人的是贫穷。总是穷，穷得人伤心，穷得人变懒。出工计时，蛮多人(尤其是劳伦)做工时就不停地看天色，不出活。年年吃返销粮，年年派人到大队领救济棉衣、救济款。怪哪个？怪山主害的？劳伦兄弟最苦，穿裤屁股总时常露一块白肉。回回救济他，回回评工分也没亏待他，可他总还是穷，哥代都不忍看他那张虚浮发黄的脸了。

“走啊，虎吃的，豹子吃的，山猪吃的！”劳伦在马帮尾上喊。他乱喊。他开心爽神哩。

劳伦一世人好像都摆脱不了那一身破烂衣服。碰到上级救济他一件棉衣，不出半个月的光鲜，就不成样了。有一回哥代同他到公社中学忆苦思甜，他就老实说：旧社会苦哩，时常穿这种烂衣裳。他指了指身上穿的一件四处开花的烂棉衣，竟感动得下头的一帮女学生又是擤鼻涕又是抹眼泪，嘁嘁喳喳哭开了。

劳伦贪酒。没得粮食熬，没得钱买，馋极了，就走几十里路去赶圩。到圩场，他就尽钻酒行。壮家卖酒，兴放一只小酒杯在酒坛边，让买主尝，尝好了再买。劳伦就提了一只空酒罐，去尝人家的酒。酒行一排几十摊，他挨摊尝过去。尝了人家的酒，若凡旁边有别个要买，他就啧啧嘴，装着回味极甘的样子，同那人说：爽得很，爽！买这坛。他却不买。为了一小杯酒，报答卖酒人一个活广告，就很心安理得地走开去。若凡旁边无人呢，他就一面说爽得很，一面说打转再来，走开去，也不管人家卖主的眼珠子鼓出来。这样，一条酒行走过，十把杯酒下肚，等于赴了一次“长街酒宴”。有了微醺醉意，心满意足地提了空酒罐回寨。路上遇到熟人，只说：“老庚请我吃狗肉，狠命灌我，害得我差点醉，山猴子！”久而久之，有一个卖酒人，留神到这个专来博底（占小便宜）的人，准备了一杯马尿，见他来了，请他尝，直把他呛了个神魂颠倒，鬼出龙州，暗暗叫苦。

哥代替这个穷兄弟脸红，替他伤心、气愤，而又无可奈何。他自己拥有的，是到大队、公社开会的荣光，是讲点官话的气派，召集社员大会的威风，再有一点，就是同队长、会计制定救济方案的权利。救济冲顶也只能给劳伦头等，又不能多给，穷的又不只他一家。分自留地，劳伦家的地同劳福田的地紧挨着。量地时，会计故意把劳福田的地啃下一些归到劳伦份上。哥代在一边见了，蛮欢喜。可是，到头来，劳伦一片地尽种玉米，而劳福田不光种玉米，还套种黄豆、花生，末了还种起山田七这些药材来。众人眼鼓鼓看着他捞钱。后来全靠韦宣委把脸一横，说这是故意对抗毛主席的“以粮为纲”的最高指示，把劳福田斗了，才算没挨他把钱捞够。劳伦为此蛮欢喜，一脸的泡泡肉挤小了眼睛。哥代觉得这样倒心安，反正是不能让他山主转富起来。“我就靠你了，哥代！”劳伦时常袖起手，囔囔着鼻子，干笑着说。

这几年，包产到户，各人种各人的田。劳伦没得依赖，地也种得好了，不吃返销粮了。可是，钱总是缺。三个仔（七个仔活下来三个）还嫩，帮不得手，只晓得张起黄口嚼谷。劳伦急了，看准劳福田的马帮，打抢要去搭伙。十五匹马，加上四个人，拢共算十九个劳力，挣得钱，就按十九份分，买马的本钱和草料钱就算在这工钱里。劳伦欢喜得摇头摆脑。旧社会，赶几天马帮，量给你几筒米，家都养不起。比起来，天上地下。“到底是改造过来了，不敢剥削啰！”劳伦这样同哥代说。哥代不吱声。买马的本钱是高，可是，跑上半年就全还了本，而草料钱则微乎其微，这样一来，帮主还是赚大头。哥代这点脑筋还是有的。但他不愿说出来。说出来有什么用？有本事说出来，还不如有本事去拉一队马帮；没本事，趁早闭嘴！

讲本事，哥代又不服了，土改那时节，马分到各家，阴消阳散，那不说。后来总强调正经种田，不许弃农经商，养马帮做哪样？大石山，岸场地，带子地，帽子盖下是块地，收的玉米，几背篓就清楚，马帮实在无用。早晓得这样开放，十年前、二十年前就拉马帮，运山货进洋货，劳伦今天也就不用去求劳福田了。

“走呵，虎吃的，豹子吃的，山猪吃的！”劳伦一径在喊。今早在劳福田家喝了几碗酒，想必很神气。他骂马，像骂一个娃仔一样，亲昵地骂。哥代心里不爽了。这时候你倒蛮欢喜，哥代想，往后呢，后颈窝的毛，摸得着，看不见呢！若是劳福田不把你当人看，要你站到“仙人手”上去呢？……蒙得很，雾成了雨，轻易不肯散去的。等一下过“仙人手”，不晓得，哪样办啰！一时间，雾闷得哥代心慌起来了，是“仙人手”提起了哥代的心……

五

是“仙人手”提起了哥代的心。

要翻过勒马山，“仙人手”是一道险关，半边是陡壁，半边是深渊，路窄，路陡，一个急转弯下坡，人称“仙人手”。这里，陡壁是灰黑色的石灰岩，深渊里是黑密麻的老林子。陡壁上空有岩鹰停了翅膀滑翔，深渊里有老林子放声在吼——有风天吼，无风天也吼。赶马人站在转弯角上，脚杆也要打飘。每当马帮出山过“仙人手”，总要派一个最强的伙计立在那里，吆喝马，推马，引马，送马过去，老马弱马，负重过量的马，一直下坡，到这里，惯性太大，撑不住蹄，拐不过弯，就可能直直冲下深渊去。尤其在雾天，困了的马巴望那路是笔直的，巴望那填满浓雾的深渊照旧是路，照直走下去。护马的伙计，这时，要就把马顶住，他就同马一起活下来；要是躲开了，马坠了崖，他活下来也得不到安稳，马帮主的算盘会敲得他愿意早先死了才好；如果顶了马，又顶不住，那样，他就只能同马一起在悬崖边的半空中痛悔。当初，劳福田的马帮里还有一个伙计，是七百弄的一个瑶族后生，哑巴，每当过“仙人手”，劳福田就向他一指转弯角，再补上非常严厉的一眼。那远离家乡的哑巴，就青了脸皮，小心翼翼地站到那地方，嘴里发出唔唔的声音，马怕这声音，就乖乖地转弯过去。遇到马收不住蹄，他的力气会让马停住。然而，有一回驮烟叶出山，他忽然就同马一起落下了深渊。马和他是无声无息地消失的。悬崖边一时好空，空茫茫的。那天，正是早春的一个雾雨天……

今天又是雾雨天。这时候，雾现了铁灰色。空气凉津津的，雾湿润润的，有雨腥味，已经飞雨了，但是辨不出雨丝来。高寒山区的雾雨天，雾就是雨，雨就是雾。

凹凸不平的石头路，水光亮亮的，脚踏在上头，很滑。离“仙人手”还有一大段路，就这么难走了。山路上赶马帮，真是要命的活路！

“哥代，”劳福田喘着大气，嗓子沙沙的，十分的柔和，“头马就留给满仔牵。你骑那匹空马，你的腿脚不好。”

“讲鬼话！你没晓得‘马过山，船过滩，过山才算过年’这句老话？这话不可否认！骑什么鬼马！”哥代气冲冲地说。其实，他感到蛮舒坦，一种被尊重的舒坦。只是他无论如何不会接受这样的尊重。马帮里备下的空马，往昔是给马帮主骑的。现在人家让给你，为哪样？还不是为了你曾经是个贫协主席，眼下还是山寨的哥代。可是，共产党的干部，不能带领社员拉起马帮，老了脸皮，搭帮人家，有什么脸面骑马！

骑马，往昔生产队有两匹马，他同队长时常骑了去开会。路上有时会遇到寨里出山去赶圩的人，遇到最多的是劳福田和劳伦。劳伦是去赴“长街酒宴”。劳福田则是去买东西，背篓里用芭蕉叶盖起。见到哥代驱马而来，远远就喊，像叫一个久别的情人一样亲热，像喊一个失了魂的娃仔一样急切。就让路，就点头，就哈腰，就谄笑，一切都表示“我知罪，我悔过”的意思。他就是在这“知罪、悔过”的同时，赚了钱，摸了蛮多生意门路。生意门路硬是抵钱。这两年解了他的手脚，几多行情来报给他。柳州、桂林做生意，竟然进山来访他，要山货，好像县委干部下乡——愈更气派！寨里有后生同劳福田讨教。他不肯。他总像猴子笑崽一样咭咭地笑，打个马虎眼滑过去。哥代见他这个鬼样子，就心火躁。为他也为自己。若是往昔骑着马，为众人去跑钱，跑山货门路，这时候也就不受这份肮脏气了。你硬是有本事，哥代！达妹说：你有本事，我才同你，哥代！达妹细声说道。达妹，哥代的达妹，哥代的老婆，一个刘三姐一样的姑娘，一个不愿跟山主劳福田而一心要跟他穷赶马人的女人。她细声说道……

“劳伦，你莫骑了！”劳福田在后头忽然喊起来。口气里有一分客气，九分鄙夷。劳伦几时跑到马背上享福的？哥代浑身燥热。回头看，蒙蒙的雾里，隐约见劳伦从马上徐徐地溜下来。唉，劳伦哟！哥代心里发酸，眼睛发涩。你就不能争口气吗！哥代，我就靠你了，他说，哥代，我一世人背时，就靠你了，他囔囔着鼻子说道。可是，眼下又想转去靠劳福田？酒醉靠门帘？劳伦，贫雇农劳伦，一个靠了哥代几十年的穷兄弟。他总还是哥代的穷兄弟……

“要过‘仙人手’，了，要出大力的啵！”劳福田大声说。

莫非要劳伦来挡马？不得！他老了。他不灵醒。哥代，我一世人背时，就靠你了，他囔囔着鼻子说道。万万不能让劳伦在“仙人手”挡马！劳伦，贫雇农劳伦，哥代的穷兄弟……往昔，不止一次，有后生问哥代：你受苦时，为哪样不参加革命，不搞武装斗争？哥代心里懊恼，后悔当时不晓得革命。要不然，如今不就成了老革命吗？几光荣！唉，不可否认！蛇过打田埂了，倘若日后有那样的日子，不可否认，一定抢先革命一回。胜利了，老革命，起码是县里的干部。不可否认！不过，蛇过了，莫打田埂了。有本事，拉一队马帮，不给劳福田欺负劳伦……

路边，宽阔的芭蕉叶，通身闪着水光，叶子边沿聚齐了一排水珠子。几大串紫红色的山葡萄，缩头缩脑地藏在密密的青藤绿叶后面，湿淋淋，一颗葡萄像一滴血珠子。雾薄了，雨显了。一滴水珠，两滴水珠，从哥代的盘头巾滴落进颈窝。他也懒得开挎包取塑料雨衣，他愿意让清凉的秋雨淋个爽神。

马帮过坳了。马帮下山了。

“仙人手！”

马帮都停下了。

山下有成群的老虎、山猪、黑熊，在吼叫，在呻吟，在骚动——是深渊里的林涛。人被阴影罩着，马帮被魔影压着——是陡峭而又微微倾斜的石壁。雾团在“仙人手"的悬崖边缓缓蠕动。山底涌上来的风推搡着雾团。雾现出了淡蓝色。淡蓝色的雨雾，结成庞大的整体，在蠕动，就像天地在缓缓地旋转，很慢很慢，很慢很慢……

该派人去那转弯角站了！

“哥代爹。”满仔叫他。他没听见。再叫，他才如同梦醒一般，连忙应了一声，叹气似的应了一声。

“我去拦马。”满仔说。劳福田从后面过来。满仔又对他说：“爹，我去拦马！”

“你去！你想绝我家的后？”劳福田冷冰冰地说。

“要什么紧！莫非你去？”满仔应嘴道。

“自然，我去。”劳福田有点为自己的某种想法感动了似的，放柔了语调，“应当我去了！”

直到这时，哥代才猛然明白劳福田说的是什么，心头一下软了下来。一路上肚子里充的气，忽然就泄掉了。原先想得那么多，一下都不见了，心里忽然出现了一片空白。“仙人手”上一片空白……

劳福田正走往转弯角去，走往那雾团涌动的悬崖去……

“莫急！”哥代脱口喊道。劳福田吃了一惊，停下来回头看哥代。“你认得拦什么卵马！去送死还差不多。我去！”

“不不，”劳福田连连摇手。昔日的马帮主青皮寡瘦的脸上，露出隐隐的红晕。他感动得有点想哭。“这回，我该去了，哥代！你留我去。我该去了，往昔我……嗽，我是马帮……嗽，领导。以身作则，我该去……”

“去，去个卵！”哥代火爆爆地打断他的话。这种火爆爆，是朋友间无拘无束、相互关心的火爆爆。劳福田得了这种訇骂，眼睛红了。哥代朝他走来了。他赶忙转身抢在头前，继续往那片悬崖转弯角走去。

哥代同劳福田并排站在“仙人手”上。

马帮摇着铜铃——马也小心了，铃声平和轻缓了——走过来了。头马由满仔牵着，缓缓走过来。

风从悬崖下往上吹。雾从悬崖下往上涌。悬崖下有雄壮的林涛吼声，十分的壮行色。悬崖前是高耸的石壁，让人看了，弯起的腰板也想挺直。牛毛雨飘飘洒洒，淋在脸上，十分的清凉，十分的爽神。

马帮缓缓地走过来。

哥代斜了劳福田一眼。这张时时挂着狡黠和小心的神情的瘦脸上，竟然也现出一点坦然，一点自己很满意自己的坦然。哦，以身作则，他也晓得学我们共产党干部哩。又有本事捞钱，又学点共产党干部的样子，他要成大气候。……到底，有点起色了。不过，十五匹马算十五个大工。不肯帮众人找门路。到底，人底子鬼怪。鬼怪是鬼怪呀，人家要成大气候。人家的本事再加上你做哥代的本事，就要比你强。不可否认！慢着，准你学我，不准我学你？！我拢几个穷兄弟，也拉马帮，再比一回高下。你学我们，不成的，我们学你，这有哪样打难？不可否认！你拉现成货，桐油果一百斤才三十块钱，我倒要劝众人开桐油榨，一百斤果四十斤油，稳拿百把块钱，又轻便出山。哪个讲不是？不可否认！再开烤八角炉烤烟炉，养蛤蚧，养果子狸，几家合起搞，不得吃？不可否认！还要修公路。唉，修公路像讲古，先整马帮路，整宽点。要靠众人。这一回，不搞我就不搞，要搞起来，我比你劳福田软不到哪里去。不可否认，一世人了，再挨一回，你硬是有本事，哥代！达妹说过的。不可否认！有本事，我才同你，哥代！得，我牵一队马帮过你坟头……哥代，我就靠你了，劳伦说。给你靠，不可否认！我也拉马帮给你！……

“头马走慢点，”哥代对满仔说，“莫害后头的马着急，悠悠地走，压稳阵脚。”

“多谢你了，哥代，”劳福田说，“你多教点满仔，还有，哪样防马发痧，教点我们！”

“是啰，马屎！”哥代微笑着，懒懒地说，“我同你赶一个月的马帮！”

“呵？”劳福田嘴巴张得大大的。难道，哥代当真心甘情愿再当他的马帮伙计？这个共产党员，这个往昔的土改根子、贫协主席，今天的人民代表！劳福田又惊，又喜。他有点害怕了。

哥代晓得劳福田在看自己，即刻感到一种被仰望的愉快。他几天来头一回舒坦地笑了。把劳福田的门路摸清，跟他走一个月，然后，领起众人去挣钱，硬要压过他劳福田。到那时候，劳福田挨压得目瞪口呆，慌得满头大汗。哥代微微笑了，这是一个好胜的人，在一个强有力的对手跟前，在一场恶斗之前，常有的那种紧张而又自信的微笑。

“吁——唔——过去，滚过去，吁——”哥代在拦马，引马。一匹马，一匹马，转过去，转过去。压稳阵脚。慢点就慢点，转过去就是平路宽路，可以撒蹄爽爽地走，走……铜铃会像一群姑娘闹三月歌圩，朗朗地唱。雾也该散了，风爽雾就散——转过去，转过去，转过悬崖，就是平路宽路，可以撒蹄爽爽地走，走……

一九八四年十月

土牢山之死

一

果然，德山死了。

矿洞里黑黜黜的。黑暗压得人眼皮发涩，只觉得困，只觉得永远闭起眼睛才舒坦。德山死了，硬条条的，一丝不挂，摆在霉烂的竹垫子上。只是他那双眼睛，那双时时眯成一条线，时时像在瞌睡的细眼睛，在黑暗中，这时却睁得大大的，鼓睖睖的。头一个提着马灯照见他的是桂老三他爹。这个摆弄惯了死人吃惯了大力饭的鬼王，这回硬是挨死人吓了一大跳。围上来的众人，更是吃了一惊。他们没承想象到德山竟然有恁大恁精神的一双眼睛。他们甚至不敢确信德山当真死了，恍惚间，只觉得德山更精神了，再也不迂了，而且会猛然间跳起来，哭，喊，手舞足蹈，横冲直撞，会发疯。

同德山正好相反，躺在他身旁的妹凤，倒把一双亮眼睛闭得舒舒贴贴。她依偎在德山的身边，一副依恋的样子，很累的样子，众人看着直心疼。

德山和妹凤，就这样，赤条条的，并排躺在众人面前。起先他俩还是死死地抱成一团，妹凤压在德山身边，想必是男的先死，女的心疼他，抱着他，跟着死去，是鬼王出了死力才把他们掰开。眼下男的女的都并排仰面躺好了，一副大明摆白的样子，一副无忧无虑无牵无挂的神气，一时竟叫人悲哀不起来。

土牢山的这条矿洞里，死人和看死人的人都是山顶寨的。他们是春天搭伙来到土牢山挖矿找钱的。二十条汉子，加上一个姑娘，苦够了，伤心够了，挖出了这样一条没有矿的矿洞。这时刻，不晓得死了的人作何感想，活着的都急蒙了，不晓得这样光着身子抱起女人睡上八天八夜死去呢，或者连最迂的德山也不情愿地活下去。死人周围的活人，也都同死人一样了。那一丝不挂的男人，他们看了并不觉得好笑，那赤条条的女人，他们看了也不曾动心。黑暗里，人同岩石简直没有区别。

只有那盏小马灯是活的，灯苗微微颤动，在黑暗里挣扎。

二

阳春时节，正是给画眉鸟装套子，给山鸡吃火药铁砂的时候，山顶寨的二十条汉子，丢下了这些游山打猎的浪漫生活，走出了蓝靛山森林，远征土牢山。那时候，他们是那样的威风，那样欣喜，一种似乎什么都想起又什么都没想清楚的欢喜。德山的猎狗黑子赖着要跟来，挨他一脚踢得翻了几个滚，哭着夹了尾巴回去。就为这点众人也哈哈大笑了一气。德山眯起眼笑，甜蜜蜜地笑。桂老三笑得声最大，尖嗓子特别得意。这个刚刚当上村民小组长而巴望有所作为的后生家，出山卖了一回画眉鸟，回到寨子就像画眉鸟一样吵遍了几十幢木楼。他说他有了“信息革命”。他说山顶寨可以走向世界”。土牢山有锡矿，四面八方的人抢着去挖，“信息革命”！四面八方的人都在那块做世界，为哪样我们不走向世界！这里的人把打天下谋幸福称作“做世界”，“走向世界”，自然很能引动众人的心思。如今满世界的人都在做世界，山顶寨为什么不“走向世界”？当然不能不去。山顶寨虽然是桂西北角的小山寨，多见树叶少见天，但是山顶寨的人并不渺小，打过桂系军阀的白七军，打死过一匹日本鬼的大洋马，分吃过国民党逃兵的肉，尤其值得他们偷偷自豪的是，解放军部队初进蓝靛山，被他们阻击在山脚有三天之久，尽管三天后他们很乖地缴了枪。那么，如今怎么不能“走向世界呢”？“大世界啵！”桂老三在大榕树脚向众人喊道：“一斤锡矿六块钱，这样十斤就有六十块，一百斤几多？一天打滚也挖得百把斤吧？”他的很简单的算术很简单就教会了众人。老实人的心轻易不浮，一浮就沉不下来。众人即刻催促桂老三领了德山他爹，他们最信得过的老队长，专程跑了一回土牢山。

大山上下四周，排列着不少洞口，洞口有新泥和石碴。山顶寨人来看，黑黑的矿洞深不可测。而从矿洞偶尔伸出来的一只只黑黑的人头，那些蓬头垢面的挖矿人，同样深不可测。不晓得大山的肚子里钻进了多少人，这些人又捞了多少钱。背时的土牢山到底可以做一番大世界了！想必矿有定数，越挖越少，越快动手越好，山顶寨人同所有来土牢山挖矿的山民一样急切起来。

他们有的是力气，却不晓得应该在哪里用他们的力气造出一条矿洞来。然而桂老三的简单的算术题又如此诱惑着他们的心。他们便简单地想，那些锡矿大约如一堆稻谷或者一堆红薯集聚在地底下，大约无论从哪个方向都可以获取的；而且关键在于运气。于是他们就靠鬼王的八卦罗盘定了一个座南望北后有靠前有空而远处又衔一座独山的好地位。有的主张在这地方烧几炷香焚几张纸，有人指出这是迷信不应当烧。于是主张烧的暗暗来烧而不主张烧的只装作不知道。这样就满怀信心地准备挖洞。同时，他们还认定“游山打猎，见者有份”的规矩是天经地义的，而山里的矿石也同飞禽走兽一样，自然就有的，也应当见者有份。可想而知，这种种想法，显然不对路。首先这后一条就不行。土牢山已经设立了民矿管理站，专门守在这里，要让像山顶寨汉子们一样的人懂得，挖矿不是打猎，见者有份在这里就是犯法。后来，民矿管理站那个时时皱着眉头的黑脸老李就告诉去领开矿证的桂老三：“不行！不行就是不行！”倘若当时桂老三就认了背时，那么也就没有了以下的背时故事。可是不行，别人发了财山顶寨怎么能空留双手去捡忧愁！还有桂老三在众人跟前的脸面呢？还有众位汉子在山顶寨父老儿女跟前的威风呢？尤其重要的是，山顶寨人硬是不相信自己的命不好，他们同千人万众在土牢山一起闹热过背时过，如今千人万众在土牢山发起来了，山顶寨人岂有不发之理！

三

事情在此之前，德山还不怎么关事的。他真正算得上是二十条汉子也是山顶寨里最无关紧要的。他在人堆里，可是众人却时常看不见他。时常有人猛然间问起：“噫，德山呢?”众人紧张起来，四处张望寻他，他却不吭不哈，留别人瞎忙一气。“睡醒没曾?”有人冲着他那双一条缝的眼睛问，他照旧把眼睛眯成一条缝来笑。就这样笑着，他昏沉沉地勾上了山脚村的姑娘妹凤。为此，全寨人一致认为他“闷头母鸡叮白米，颗颗叮到底”，是一个撞死南墙不回头的角色。他已经闷着声同妹凤做爱过几回，可都是在红水河边干爽爽的礁石上。廿四岁的后生一身的精力憋不住了。只是因为没有一千块订金，妹凤的老娘就以死抗婚，而且随时有把她嫁给镶金牙的广东佬的危险。妹凤为此来山顶寨哭过。德山为此到红水河边去寻找传说了几代人的白蛇和乌蛇，那是价值连城的珍奇动物。可见都是穷急了。白蛇和乌蛇当然不曾寻到，土牢山的锡矿倒是实在的，就同他爹一起抱了急切的希望来了。不出三天，妹凤竟然也赶来了。她一心以为土牢山早已成了黄金世界，赶紧放弃了三月三歌圩，穿了浆过的蓝衣黑裤花布鞋，轻轻巧巧地出现在土牢山，这正是桂老三在茅棚里同众人咒骂民矿站黑脸老李的时候。

一见到妹凤，桂老三比德山还要惊喜，眼睛忽然就放出光来。从民矿站出来后，他就同旁人打听到，一张开矿证抵得一千块钱或者一个姑娘。“都这样的，”人家说，“大家都这样，你也莫鼓眼睛，莫要屙屎塞泉眼！”一千块钱可以压死一个山顶寨的大汉，桂老三连想都不敢去想。至于姑娘，倒是一个省钱的路子，甚至桂老三脑子里还掠过一点遗憾：可惜这回没带一个女人家来。眼下，不用遗憾了，妹凤就是现成的一个。

老三不仅眼睛放出光来，连尖尖的鼻梁都亮了：

“妹凤妹凤！你的柳州话讲得好，你同我一起去讲，你伶牙俐齿的，那个黑脸老李讲不过你的！”

“不成不成，我成不得事的！”妹凤尖叫起来，脸上却欢喜得红起来。

德山他爹慢条斯理地说：

“你就实见（践）一回，成不成不打紧。”

桂老三他爹眨巴着烂红眼睛，神秘地说：

“那个黑脸鬼，我见他印堂很亮，阳气太盛，要用阴柔克阳刚，你们女人属阴……”

“阴部！”角落里有人怪声喊起来，众人一齐哄笑，连德山和妹凤也跟着笑。除了几个念过几天初中的，大家都不晓得这个词是什么意思，因为有人大笑，大约就很好笑，于是就不失时机地哄笑。

关于妹凤以阴柔克阳刚的任务也就定下来了。妹凤起先免不了要做出一个姑娘应有的羞涩和忸怩，其实，发觉自己竟然能救山顶寨人，能让德山同众人的眼睛放亮，她心里就应承下来了，在连问几回“我成得事吗"，桂老三同众人又连连答了几回“成得成得”之后，就红了脸跟桂老三去见李黑脸。

一个总是皱着眉头的黑脸汉子，当然能把一个心善的姑娘吓慌，而在姑娘吓慌的当口，他的一句软和的话，又很能让姑娘反过来感激不尽，就像得了恩赐一样。李黑脸就很有这样一种本事。他把桂老三递上来的香烟从桌上扫到地下。他皱起眉头，看都不看妹凤一眼。他大不耐烦地只说了一句话："不行就是不行！"就像这人只晓得说这样一句话似的。妹凤被山顶寨人称赞的伶牙俐齿这时哪里还晓得说话，牙齿不打架就算是好的了。桂老三就只是笑，笑得很乖。他忽然指着妹凤对李黑脸说道：

"李站长，她也姓李啵。"

李黑脸这才装出刚刚注意到妹凤的样子。盯了姑娘一眼，妹凤被盯得难受，脸上发烧，血好像要涌出脸皮来，眼睛快要睁不开了。

其实妹凤姓蓝。桂老三派她姓李，她也愿认了。只要能成事，她什么都愿认了。

"李站长，本家妹子来求你了啵！"桂老三涎着脸，悠悠地说。

"求我，算你躲鬼躲进庙了，你不晓得人家喊我做黑脸包公？"嘴巴还硬，脸上的横肉却松弛下来了。

只要他不再说"不行就是不行"，桂老三就晓得有救了。于是他胡说八道起来，说了些什么，他自己也搞不清楚；李黑脸也听不清楚，他只顾把眼光在妹凤脸上身上扫来扫去；妹凤也糊糊涂涂，她的心思全用在接受那目光的检验上了。终于，那黑脸汉子说一句软和的话，一句足以让姑娘感激得倒在他怀里的温柔话：

“本家妹，你莫慌！今夜你们再来看看。”

妹凤连忙点头，心里一阵舒坦。她感动得直想哭一场。

很显然，山顶寨人有希望了。桂老三乐得一进窝棚就大喊大叫，然后众人也都跟着大喊大叫，然后又都说妹凤是观音下凡，并且叮嘱下凡观音今夜再接再厉，夺取最后的胜利。妹凤早已累得浑身疲软，可是想到可以当一个山顶寨的观音，也就得意地笑起来。

这样，天杀黑时妹凤又跟桂老三去找李黑脸。这回妹凤心里踏实了些，甚至有点欢喜，有点急切，她巴望再一次使山顶寨人欢呼起来。她沾水梳亮了头发，洗干净了脸，认真擦了雪花膏！雪花膏不仅擦在脸上，还擦了些在衣襟上，走动起来，一路飘香。这样就飘着香到了设在大路口的民矿管理站，一直香进了那间亮着一盏马灯的房子。桂老三没有跟进去。为此妹凤在进屋前同他纠缠了蛮久。他坚持说自己跟进去必定碍事，那李黑脸冲着妹凤才有点笑容，妹凤想想也是，而且自己也理当把这件事办得整整齐齐才好，这样就忸怩了一阵，壮起胆子走了进去。临到妹凤举手要敲门时，桂老三又慌忙凑着她的耳朵，喷出一口热气，把一句热乎乎的话说给她：“无论哪样你都要忍着，山顶寨的命就在你手里了！”妹凤听得懵懵懂懂，答应了，怯怯地敲门。

李黑脸又一次黑煞起脸把妹凤吓得头昏脑涨，接着又一次露出那种吓得头昏脑涨的姑娘感激不尽的笑容，然后说发开矿证他说了算数，然后要同妹凤认兄妹，然后问妹凤的脸恁红是不是好热，而自己的很冷，不信脸碰脸试一回，然后……妹凤喊桂老三，没得答应。只有远处一声两声的打钎声，很清冷，很响亮。她忍受着，扭动着。她哭了，轻轻地哭。

开矿证当然就到山顶寨人的手里，妹凤的哭声当然没有传进山顶寨人的耳朵里。桂老三和妹凤把这事包得严丝合缝。“反正你也同德山睡过了，”桂老三说，“今夜你就当还是德山搞的，还不是一样的东西？”接着他又做六块钱一斤矿的算术，以及别人花一千块弄一张开矿证而他们述算抵得的算术。“算是为我们山顶寨牺牲光荣一回吧！”他还很正经地说道。大约半个月后，德山从妹凤的嘴里晓得了这件事，他要用还没有打进矿石的钢钎先打开那个黑脑壳。桂老三大致上又把劝说妹凤的这些话同他重复了一遍，还说：“反正是你开的苞，你就当他舔了你的尾水。只要开得矿，一斤六块钱……”德山想到众人的利益，想到妹凤家索要的订金，只好迂迂地钻进茅草丛中睡了一整天。倘若不是顾及要尽快挖出那六块钱一斤的矿石，他完全可能就此长睡不起，像后来他在矿洞里睡着死去那样。天黑时他还是从草丛里钻了出来。他打定主意，先开出矿石，再去开那只黑脑壳。在后来的日子里，时常在钢钎插进岩石的时候，他就想到插进黑脑壳时也应当这么狠，这么有力。

四

土牢山的外表是平静的，枯黄的泥土和枯黄的茅草，单调至极。然而在大山的肚子里，却挤满了人。它就像一只巨大的蚂蚁窝，数以千计的人们如蚂蚁一样在这只蚂蚁窝里奔忙，像是很有目的又像是很没有目的地游走。许多人既后悔来凑这个热闹，又不甘心半途而废，不相信别人在这里成了万元户而自己的命就这么倒霉。花钱行贿或者用女人行贿去弄一张开矿许可证，再花钱买一张真假难辨的地质资料，这样就拼了命往大山里钻。生命是不值多少钱的，还不如用不值钱的生命去博取可能存在的金钱。一月没有出矿，大约二月能出，三月没有矿的痕迹，四月总该有点名堂，然而到了某一天，竟然同别人从对面打来的洞接通了，这才明白空对空的空忙。炸药用光了，每个人都吸够了硝烟，人的胸腔就装满了炸药，对方的一句很平和的埋怨话就成了雷管，整个人就爆炸，大打出手，直至彼此头破血流。这往往是硬汉子的作为。而软汉子呢，就只有哭，怨天怨地地哭，把嘴扁得同一个掉了牙的老太婆一样。还有心思窄的人，就疯了。土牢山已经有两个不肯回家的疯子，正好供得了矿的或者希望得矿的人玩赏。

山顶寨的汉子们也一样懵懵懂懂地一头钻进这蚂蚁窝来了。不过他们并不觉得自己懵懂。他们觉得事情很合乎道理，这里有矿，有矿就可以开出来，开出来就有钱，而别人开得为什么我们就开不得呢？

起初，山顶寨人连地质资料也没有想到。他们不晓得有这种东西。他们只寄希望于鬼王，巴望他把八卦罗盘校得准确无误，把咒语念得更有名堂，那一双烂红眼睛能一眼洞穿地皮。还算幸运，他们把表层土一刨掉，就遇上了硬岩层，这样就免了支撑的坑木，若都是用坑木，不晓得他们去哪里找钱购买。只是还有些松动的石头，一时没有坑木来顶，只好听天由命。一个月后，德山他爹命到了（鬼王说的），被洞顶的一块大石头压下来，连一声都没哼就死了。众人哭了一场，埋了老人。鬼王郑重其事地为他选了一块好地方，并拜托他保佑众人。德山眯起眼睛哭了两回，然后在老爹的坟前坐了整整一天。倘若不是要继续打洞，他完全可能就此长坐不起。

桂老三后来从别的矿洞那里晓得无论如何需要地质资料。可是买资料的人出价五百块。众人舍不得，发了蛮，说打下去再讲。后来那人说三百块甚至两百块也可以成交。山顶寨人还是一口蛮话要打下去。这样就降到了一百块，才很不情愿地买下来。看那图纸上画的矿脉，他们正好从那里开洞，众人又把桂老三埋怨了一回，认为花了众人的冤枉钱。

寨子里的老人、女人和娃仔，因为大都没有出过山，就很自然要把出山挖矿的汉子们想象成山外干部、电影上的工人和大都市各种精彩的人物形象，禁不住好奇心和羡慕之心，陆续借着送米的机会来土牢山观光。而这些在外头闯世界的汉子，又为了虚荣心和爱护家人的情绪的缘故，总要在人面前做出英雄的微笑和庄重，当然也常不曾流露出对前程的惶惑和恐惧。家人基本满意地走了，英雄们的心理上又多了一分负担。一九五八年在土牢山炼钢铁，一九七四年造平原，成败是公家的事，而这一回却是各人自家的荣辱利益，不能不操心万分。而德山，老娘是个半瞎，不可能来看望他，送米的事就由妹凤去做。妹凤替山顶寨人弄到了开矿证之后，怕李黑脸得寸进尺，没完没了，再加上家里也不可能放一个待嫁的姑娘长久外出，她只能回到家里替德山他们担心，然后初一、十五来探望一回，她当然清楚德山与他们那种虚荣毫无联系，德山不必为此承受心理负担。他要承受的是更大的心理压力。他苦苦想着的是快点给妹凤一个真正合算的补偿：妹凤太背时了，他想这都是为了他，因此恨不能把一座土牢山掀倒，把所有的矿石都挖出来，变成数不清的钞票，统统送给妹凤。他觉得自己有用不完的力气，只是总还派不上用场。他有时觉得自己像一头跌下井的牛牯，有时又觉得像一只蚂蚁，力气不见用处，又总在忙。山顶寨的汉子们也都大致有这样的感觉。土牢山许多矿洞里的汉子们也少不了这样的感觉。

“老天爷！但得你给我见几颗矿也好嘛！”矿洞进到三十多米深，桂老三几乎天天这样念叨，一边在石碴觅觅摸摸地找矿，一边咒骂。他急得脸色发青，一张青皮脸只剩下一个巴掌大。“信息革命”一类的新词总不见他说了。

鬼王那烂红眼睛堆满了眼屎。他差不多天天在洞口摆一回八卦罗盘，念咒的声音像哭泣声，听起来很好笑，很辛酸。

总不见桂老三选出矿来，任何人都急了。鬼王冲着自己的精明儿子吼道：

“你到底认不认得！莫要假充挨刀相！”

桂老三急起来也冲着老子对吼：

“你认得你就来，空着手摸卵做哪样！”

儿子同老子对吼往往很好笑，然而谁也没得心思笑。有人就提议送些石碴给收购站检验。桂老三的自尊心受了伤，要横蛮说哪个信不过哪个就去。众人不好驳他的脸面，不再作声。过后桂老三就天天挑一担黑石碴到民矿收购站去，每天倒一担石碴在人家房子附近，后来挨人家痛骂了几回，又懒得去了，照旧天天在黑石碴里觅觅摸摸，口中骂着老天爷，差不多像个疯子。

德山只是狠命去打钢钎，出石碴。他只穿一条破短裤，浑身裹满了黑石粉，人就像一块岩石。起初有人提议每天都要记各人的工时，以防将来发了大财分配不均，可是德山越做越起劲，从不同人讲工时，众人也懒得再提起。矿石好像还在遥远的地方，早早记工时也没得钱分。

德山硬是累惨了！洞里喘气，大口大口地喘事可是出了洞，也还是大口大口地喘。他同妹凤讲胸闷得很，像有棉花塞。有天深夜，妹凤拉德山到一处僻静的地方，她要他来一回。可是德山硬是无法做爱，一点神气也没有，软塌塌的，他叹了一声，沮丧地倒在草地上，即刻就睡死过去，呼噜震得姑娘心里直痛。

终于有一天，他们在矿洞深处，隐约听到一声沉闷的炮声，是从矿洞的正前方传来的，看来对面也有一伙人正在徒劳无益地往这边打洞。于是桂老三忽然哇哇大哭起来。德山没有哭，只是眼勾勾地看桂老三在哭。众人都岩石一样定住了。有人失声喊起来：

“死了！”

五

山顶寨人还不甘心就此死去。等他们的领头人哭够了，又一起打主意把矿洞改一个方向，往右边开。右边有一个矿洞早就发了财，或许可以去那边抢到点矿石。

众人都发疯一样舞大锤打钢钎，那种神情就像个死囚，在监牢的地下挖着逃生的地道，绝望而又急迫。可以想象，一旦失败，他们完全可能一头撞死在岩壁上。

德山开始骂娘了。他骂的是一个疯子，也就是先前说的土牢山两个疯子之一。这疯子时常绕着大山跑，到了一个矿洞口，先是鼠头鼠脑往里张望一回，然后就像挨什么吓了一跳，掉头就跑。有人说他前两年才从高中毕业，有人说他爹是个小学教师，算术是极精通的，有人说他贷款来开矿，上万块钱全都废掉了，总之是个很可惜的疯子。往昔他来山顶寨人开矿的矿洞看，众人觉得蛮好笑。可是那天他又来，直朝洞里伸出长长的红舌头，恰好被运石碴出来的德山看见。德山立刻吼道:“滚！回去看你妈去!”疯子竟然大哭，眼泪鼻涕一大把。从来不兴大声说话的德山竟然去大骂疯子，众人心里很不是味道，隐隐觉得这不是好兆头。

又有一天夜晚，德山忽然冲着妹凤吼起来。起初两人离开草棚到一边说话，只一下就响起了那牛牯一样的吼声。桂老三他爹一听觉得不对头，就寻过来。妹凤哭着要走，鬼王赶紧把她拦住。德山却像个死人一样，一动不动地躺在地上，理也不理。姑娘的大哥从山外领了两个广东佬来相亲，订金交了三千块，若是姑娘拒不从命，当大哥的宣布要把她塞进猪笼，丢下红水河去，这样的事寨子里有过几回。姑娘来向德山表示视死如归的意思，德山却吼着要她嫁出去。

众人晓得这一回就要德山的命了。

矿洞往右边开，不出二十米，竟然听到了别的洞里的锤声。这回桂老三不哭了，那张青皮脸瘦得龇出了牙齿。众人怕他就此疯去。直巴望他哭一回。同土牢山的有些矿洞一样，他们开出了一条废洞。他们把大半年的时光和血汗，还有一条人命，还有一个姑娘的贞操全都废在这里了。

在此之前的五天，李黑脸受贿事发，已经被手铐铐走了，德山终于没能把钢钎插进那黑脑壳；而县里也贴了通告，准备整顿民矿。桂老三他们本还想趁整顿之前先找到一矿脉，终于落空了。

就在听到对面矿洞的锤声的那天晚上，山顶寨的汉子们都平静下来了，他们很想喝酒，而且想喝个够，于是让妹凤炒了很多黄豆，大家一起挤在草棚里喝酒说话。草棚外面穿山风凄厉地啸叫着，这倒使人觉得草棚里分外温暖而妥稳。在这样的氛围里，每个人说话都显得和善而亲切，彼此很有些依偎在一起的感动。有人提议即刻回寨子去，有人不同意，而主张去给那些出矿的洞帮几天工，挣几个钱再回去；有人喘着气说再也不出来“走向世界”了，有人恨恨地说就不信命运背时；有人说不是命不好而是土牢山是背时的地方，有人则说不是土牢山不好而是自己命不好。截然不同的看法竟然没有发生争执。已经败在土牢山了，还有什么好争吵的呢？而一致的意见是回家安稳过日子去，“苦就苦点，省得死去活来操心！”于是众人都怀念起山顶寨来，怀念那绿树绿竹，小溪和大河，打猎的浪漫生活和三月唱山歌的风流。

桂老三醉了酒，一连声喊妹凤唱山歌。妹凤却抽嗒嗒地哭起来。“你不肯唱，我唱！”桂老三喊道。他就扬起尖失细细的嗓子唱起来：

操心不多人懵懂，
流泪太多眼朦胧，
如今钻进地底下，
四面碰壁路不通！

鬼王烂红的眼睛差不多要睁不开了，但是他的一张嘴倒很能开动，这时立刻呵斥儿子不应该唱丧气歌，然后他梗起颈脖唱起来：

妹的脸上桃花红，
两个奶子像灯笼。
……

没唱完众人就哄笑起来。有人想看妹凤此时应有的羞涩表情，这才发现妹凤不在了，德山也不见了，当时谁也没在意。后来有人回忆起来，似乎在桂老三唱到“四面碰壁路不通”的时候，德山就同妹凤一前一后溜出去了。

到了第三天，大家猜测不出他们去了哪里。到了第五天，有人骂德山同凤妹风流去了。第八天，县民矿调查小组的人在德山他们开的洞里发现了尸体。他们俩光着身子抱在一起，就睡了八天八夜，睡死

（饿死）过去。死在他们亲手造出来的洞里。

六

“炸洞!”鬼王作出决断，“封好洞口，鬼都不准进，留他们在这块住。”接着他又颤着声说，“脱两件衣服帮他们盖好，莫害他们着凉。”

立刻就有几个人抢着脱衣服给德山和妹凤盖好。然后，鬼王提着灯，领着众人默默地退出洞去。他们将用剩余的炸药把洞口炸塌，再用泥土盖好，这样，它就真正称得上是一座坟墓了。

一九八六年十月

岩画与河

——两个故事的故事

妹！

哥走了，

要翻山，

要过坳，

好比水跳崖，

谁知要过山坳几多道！

……

——壮族排歌

第一个故事

一

农历六月，桂西北大山里的雾很多，而红水河河谷一带的雾尤其多。人从漫漫黑夜里一觉醒来，会觉得那雾格外的白，白里透青，透蓝。雾很浓。分明是雾，你却会隐约觉得是浓烟，似乎还有点刺人眼鼻。雾很沉。分明是轻轻柔柔的雾，你却会有被它压迫的感觉，隐隐觉得难受。起了雾，大山同深谷就填平了。一个坎坎坷坷，有棱有角，有红有绿的世界，被雾搅成了一团和气。轻狂的画眉、鹧鸪、竹鸡，也学得了雾的深沉，久不时只哼一声两声，像是挨雾压迫得紧，很辛苦的透气声。刚刚上市不久的蝉同金铃子呢，连一声两声也不能哼，叫你想象出它们在昏头迷脑的雾里昏头迷脑的情景。这时候，只有红水河的涛声，还在不歇气地响着，轰隆隆的，闷着声响着。你见不着暗红色的河水，深褐色的漩涡，灰黄色的浪，也见不着灰黑色的礁石同红土的岸。尽是雾。可是，雾里有雄浑的涛声，涛声越发雄浑；雾里有河水沉重的叹息，叹息越发沉重。满天的雾里，遍地的雾里，都回响着红水河的涛声和叹息。

雾迷了人的眼，也迷了人的心，每逢这种时候，达彩姑娘做什么事总有点痴痴迷迷的。煮饭忘记往鼎锅里放水，放水了又硬要烧到米饭臭焦才罢休；舂碓忘记往碓坎里放苞谷，放苞谷了又忘记倒半箩筛苞谷皮，又硬要舂到连谷嘴全成了细细的粉，还要舂下去。索性，逢着这种时候，她就不做活路。家里本来也没得几多活路。最爽神的就是到近河的崖上去，听河水的响声，想自己的心事。

爸唻达彩，唻她发蒙。蒙哪样呢？达彩喜欢哩。她欢喜山谷河道都填平了，世界全是白蒙蒙的一片，像姐讲的古传（故事）里仙女腾走的白云。有几回，她抬起脚，有了腾云的幻想，正要跨出去，崖下的河水喊醒了她。她这时候，就潸潸落下眼泪来……

她是一个孤独的姑娘，像一朵鲜活水灵的小丁丁的野花，开在人迹罕至的地方，她拼命地开放，也没有人来采她。孤独和寂寞将是她终身的食粮。她同爸（以前还有妈同姐），做成了一个独家村。从这里，往东往西往北，走半天不见村寨，尽是蓝靛山老林子；往南，一个壮锦村就在眼前，可是，当中隔了一条红水河。红水河在这里下一个滩，叫作魴滩。叫魴滩的理由并不是这里有魴鱼，这里没有魴鱼，壮族人把鬼叫作“魴”这个音，魴滩就是鬼滩、鬼门滩的意思。滩很长，滩上礁石很多，两岸尽是峭壁，从未见有船只通过。达彩家有一只小艇，平素也总停在岸边，爸时不时划着它顺着岸去收几处头夜装下的鱼钓，谁也不曾用它渡过河去。水急得叫人多看两眼就头晕，想一想渡河心就打颤的。因此，热热闹闹的壮锦村近近地撩拨着达彩，又冷冷地把这个十九岁的姑娘推往更深的孤独里去。

独家村里的姑娘，只能远远地看着别的姑娘晾壮锦，五彩壮锦硬是扎她的眼；只能远远地看着许多后生同姑娘有讲有笑，讲哪样笑哪样她不晓得，却硬是动她的心。有一个穿红背心的后生哥，时常独自在村边的大榕树下坐，面朝着达彩这边，把一根细细的棍子捧在河边（那是吹笛子，达彩不晓得竹笛，也不曾听过），就这么静静地久久地坐在那里。达彩也很大胆地面朝着他坐，静静地久久地望他。有一回，她朝他摇了摇头巾，他即刻就把那细细的棍子朝她摇了摇，又摇了摇。此后，他们之间就时常对摇着各种东西，一支竹笛，一块头巾，一枝绿叶，一朵红山茶，还有，两颗心……有时候，很多后生同姑娘一起聚在大榕树下，穿红背心的后生哥也在，并且同别个姑娘讲笑，那姑娘手里捏着一只壮锦荷包。达彩只能如饥似渴地，远远地望着，心里酸酸的。若是这边大榕树下的戏不早些收场，那边的孤独姑娘就潸潸地落下泪来……我过不了河，后生哥不睬我了；我不晓得织锦，过了河怕后生哥也不喜欢我，要过河，过了河学织锦！她想。越想心越动，像红水河一样动荡不安。

可是，达彩离不开这里。爸不准她走。缘故就出在她家木楼后那座大山，山上的一大块岩画。

二十八年前，山外来了三个工作同志（山里人总这样称外地干部），在画山下写写画画，找当时住在这里的五户人家谈话，然后同他们说，这一大块岩石是国家的宝贝。蓝靛山猎人们好笑起来，觉得山外人总是大惊小怪，进了山，见花见草总要叽叽喳喳乱喊一气，这回见了石壁上的画也慌张起来。岩画自古就有的。岩上画了一百六十只大大小小的凤凰，全是用赭红颜料涂成剪影式；整个画面，是全对称布局；每四只凤凰又成一个对称图案；凤凰之间，还有花草的剪影画和各种射线。这是一种壮锦图案，山里人是晓得的，只是不晓得它为何成了宝。工作同志告诉他们，因为这是古人画的，通过它可以晓得古人绘画的本领和壮锦的历史，所以它是国家的宝贝。国家的宝贝人人都要保护，蓝靛山里这五户猎户就作了护宝的承诺。五家人的领头就是达彩的爸蓝老大。他看工作同志有点不放心，觉得难为了人家的一片好心，就在工作同志临走前，当了他们的面，喝下一大碗交心酒。那以后，一年里总有一两回工作同志来，总由蓝老大接待。他为此非常欣喜，认为这是信得过他看得起他。客人住十天，他供十天的酒；客人住半月，他供半月的各种兽肉。客人走时留下伙食钱，偷偷塞在他的衣袋里，他半天才发觉，硬是翻过几架大山，追上客人，像要甩掉一条巴在手上的毛毛虫一样，慌慌地把钱塞还给客人。客人再三推让，他就急得吼起来，好像人家送他的不是钱而是一泡鼻涕、一块臭狗屎似的。

那样子就过了十年。蓝靛山原始森林被宣布为自然保护区，猪户要全部搬到老林子外去住，画山下的五户猎户走了四户。蓝老大一家没有走。上级文物保护单位请他继续看守岩画，每月给他二十元钱，粮食自给。自然保护区单位同意他住下来，蓝老大便同意住下来。就是那一年，蓝老大添了第二个姑娘，叫达彩。

达彩两岁的时候，没有了妈；达彩十二岁的时候，没有了姐。那时候，因为一年里有几回客人来，她觉得新鲜，好玩，就不曾觉得孤独。年岁长了，长出了各种希望。山外客人来去匆匆，并不能使她的希望实现，她开始晓得伤心了。最先害她伤心的就是孤独。木楼四处都是树，这时节，龙眼树开着细细密密的黄花，柚子树开着大朵大朵的白花，黄枇杷在一张张大叶子边瞪大了眼睛，还有远处墨绿的老林子，林子里有各种鸟唱雀鸣，有猴子轻狂的尖叫和果子狸孤寂的呼唤。可是，这种种，都不能使她满足，不能满足一个十九岁姑娘的心。

她渐渐恨起岩画来。她觉得那些凤凰像鬼一样（鬼是什么样子，她也不清楚）。恨死了！她时常背对着岩画生闷气。为了守住这些死凤凰，她这只活凤凰已经虽活犹死。

她想离开这里，过河去，到能给她欢喜的地方去。因为河太深，水太急，走不成，她就在失望之后爱上了雾。她巴望满天满地的雾总不散去，雾上能走人，能跑马，能满天满地爽神地走来走去。可是，雾绝不能遂了她的心意，雾散了，欢喜也就随着散去，河谷显得更深更宽。

这样，在雾散去之前，达彩要好好地想一想自己的心事。爸昨天出山去买油盐，今晚才能回来。达彩觉得可以轻轻松松地想心事。没有人咴她发蒙了。

河面上吹来一丝丝凉风，轻轻地，抚摸着姑娘红润光洁的脸庞。脸庞痒痒的，很舒服。厚重的雾被撩动了，柔柔地，慢慢地蠕动起来……

二

达彩两岁的时候，蓝靛山老林子里的猎人正是最动荡得欢喜的时候。国家要保护老林子，把他们安排到山外去住。人总应当欢喜新鲜的生活，所以他们很欢喜。虽然他们同老林子、同老林子里的熊豹野猪拼杀了几代人，但是，到底他们没有战败，而是由人来把老林子保护起来，这就显得人总是居高临下，胜利了，这也很能满足好斗的猎人们的虚荣心。他们互相鼓吹山外的种种好处。在老林子里奔波，太久太困了，忽然有了山外平滑舒坦日子的希望，自然就激动起来。忙着给当家人到山外的村寨看新地方，忙着收拾家什，明明距离搬迁的日子还很远，却硬要造成欢欢喜喜忙乱的情形，早早地享受起乔迁之喜来。

蓝老大一家也忙乱，但是，忙的是坚守画山，忙的是扎稳阵脚。县里请他家留下来，以画的重要性和二十元的补贴作动员，蓝老大晓得“吃工作饭”的荣耀，满口应承。画山下很快就要只剩一家人了，蓝老大莫名其妙地生出一种富有的愉快，觉得大山大河、小草小泉，往后尽由了自己去消受，这最能满足一个四十多岁的当家人的欲望和虚荣。他还想点什么呢？老婆才二十五岁，唇红齿白，一身的嫩肉，一心的活泼，爽神得很；生了七个姑娘，养成两个，也很好；木楼新添了石板瓦，杉木柱七成新，很好；老林子的泥土黑得腻人，苞谷和苦麻菜，还有各种果树，都长得很好。这样，蓝老大就决计很好地住下来。别家享受着乔迁之喜，他却享受着不乔迁之喜。人世间的路比蓝靛山老林子的路还多，一条路有一条路的欢喜。

可是，蓝老大那二十五岁的老婆一点也不欢喜。她眼勾勾地看着人家欢欢喜喜地忙乱，想象着到了山外，那日子包稳是叫人欢喜的新鲜，而自己却被老林子里的大山绊了脚，忽然觉得自己留下来真正冤极了，苦极了。而且，住在岭那面的娘家也要搬迁，就要同她远远地离开了，她越发觉得孤寒。孤寒女请来老猎人阿爸，让他用热烈的酒和严厉的话来劝蓝老大。蓝老大爱开口喝酒，不爱开口说话，又因为有了以上种种很好的盘算，不能轻易说出口来，就总是大碗喝酒，不肯大量说话。酒大约喝了六七碗，话还是一句：上级叫留，敢不留吗？老猎人阿爸也服上级，不敢要女婿违抗，可是女儿又恁孤寒可怜，他就只好醉了回去。

蓝老大是不错的。蓝老大的老婆也没有错。青冈树直生，板栗树横长，各有所爱罢了。只是各有所爱的两个人又要合在一起，飞鸟游鱼拉成一家，就总有一个是死。老婆采取了二十五岁的女人的又哭又闹。她说她没曾吃到三十糙苞谷，还要吃下去；她说她没曾出山爽神地玩耍过，正想出山去爽神；她说她已经白做了一个女人，三月三的歌圩，八月十五的歌节，她都没晓得成哪样，同山猴子有什么两样呢？她很严重地指出，若是不搬出去，就等于自己从此死去。她为自己的虽生犹死大哭不停。

蓝老大自然不作声，只是紧一阵慢一阵地吹那根黄里透黑的光闪闪的老竹水烟筒。紧一阵，咕噜噜噜噜，那是说，你再闹，我揍你！慢一阵，噜噜，噜噜，那是说，随你哪样说，不行的。可是女人只是大哭，老竹水烟筒就由说话的工具改成了打人的武器。猎人打老婆，并不缺少凶狠的角色，蓝老大就是一个。老竹水烟筒一扬起来，黄黄的滤烟水洒在女人白里透红的脸上，蓝布花边的衣上，老竹水烟筒则落在女人身上一切可以打的地方。

壮族女人婚后不落夫家，直到怀孕之后才归顺，但归顺之后仍然把娘家视为与丈夫斗争的根据地而自由进出。蓝老大的老婆战败负伤，撇下两岁的达彩和七岁的达飞，撤回根据地娘家去了。过不久，娘家搬往山外去，她乐得出山去见世面，图新鲜，照样跟了去。

蓝老大是个吃软不吃硬的汉子。父母亲早早就不在人世，没有教会他人生的狡猾，眼下又不可能来替儿子同媳妇圆场，他就死死住在画山下，没有把老婆哄回来。三个月后，老婆回来了，然而却是为了永远离开而回来的。她用壮锦背带把达彩背好，手上挽了一个包袱，趁蓝老大去老林子里装老鼠套，逃窜一样往山外走。大女儿达飞打着赤脚，放声大哭，在妈后面撵。妈只能哄她回去，不敢带走她，怕蓝老大发起疯癫来，杀出山外去，连达彩也夺了回来。她只好轻轻哭着，把大声哭着的女儿丢在身后。

可是，蓝老大连达彩也不能让老婆带走。他听了大女儿的哭诉，就翻了两架大山，抄了条近路，在山脚的一口水泉边，追上了她。女人正在喝泉水，白蒙蒙的奶塞在达彩嘴里。猎人的乌黑猎枪对准了她。

——你有大把人作伴，你把我的女儿放下！

女人的脸下了霜，女人的手抖得像风摆柳。她把女儿搂得紧紧，又赶紧把女儿放在身边的草地上，泪水落在女儿的脸上，两岁的女儿尖声大哭起来。

枪口垂下了，蓝老大吃软不吃硬，软软地走到女人身边，然后又急急地在女人跟前转来转去，重重的脚步声，隐藏着焦躁和乞求的意思。同一只落下陷阱的马熊一样，又忙乱又束手无策。

——回去！

摇头。

——回去啰！

慢慢地摇头。当猎人的黑洞洞的枪口垂下之后，猎人的老婆的黑洞洞的枪口就抬起来了，她的枪口就是黑晶晶的眼睛。猎人的眼睛倒显得不比他的猎枪硬朗。

——我要走！你若愿意，一起走。山外头天地宽得很。

——求你！老林子的脾性，山雀晓得；我的心思，你应当晓得。

——山雀的脾性，老林子也应当晓得；我的心思，为哪样你不晓得？我就是想同众人出山外去住。

——看看那座画山，人家上级几金贵它！

——我不看，我看够了！我只看得见泉水里我的影子，还有你这块黑石头的脸，还有我的心肝女儿。活人都不顾，顾那点死人头一样的岩画……

——你敢走，我要像打一只野鸡一样收拾你的命！

——求你！我走的主意改不得了……

老林子里黑森森的，老林子里静悄悄的。猎人把猎枪重又指向女人的胸膛。白蒙蒙的奶颤动了几下，女人掩上胸脯，就站起来，就头也不回地转过背，急急地走。一边走，一边喊：

——打死我，打死我！死我也要走！

大山的回声同她的尖叫声一样凄厉，一样颤抖。惊动了草窝里的两只野鸡，呼的一声腾起来。

她笔直往山外走去。

嘭！枪响了。一只雌野鸡横着掉下来，正好落在女人的脚边。女人身子晃了晃，照旧往前走。蓝老大忽然唰唰落下两颗很大的泪珠来。他伸出一只黑黑的大手，抓起躺在草地上的达彩，头也不回地往画山走去。脚下的干树枝咔嚓咔嚓地响。达彩就很合时宜地哇哇大哭起来。

三

达彩是姐带大的。

姐长着高挑高挑的个子，黑红的脸，大手大脚，同爸很相像。而脾性尤其像爸，年纪越上长，越不爱讲话。她同爸，一天忙到黑，在一起种苞谷，两人说不上三句话。爸说去种苞谷，她就去拿苞谷种；她说回家吧，爸就去收拾背篓……两人都很爽神的样子。山外有同志来了，她正要撮苞谷煮苞谷糊，爸说煮米饭吧，她就放下苞谷粉，去量白米；只有青菜，爸在洗菜，姐走了，很久没回，爸也不急，放下菜只是吹老竹水烟筒，姐捧了一个围裙的新鲜香菇回来。这样的两个人，总是用目光，甚至是用看不见摸不着的心思说话，言语在于他们，成了可有可无的东西。达彩则是只画眉鸟，清清亮亮的声音难得停过。爸有时嫌她吵耳朵，就以姐的榜样来教育妹妹，说是飞得高的鸟不乱叫，你姐就这样。

姐是不乱叫的鸟，不乱叫的鸟远走高飞了。真正应了爸的话。

姐只是同达彩单独在一起的时候，才肯依着妹的欢喜，同妹讲话。凡是正常的女人总有做母亲的天良，姐把这种天良用在妹身上。

蓝老大不愿再打雌野鸡，因此也就不愿让女儿出山去看新世纪。女儿的母亲已经嫁往别处去了，外公巴望两个外孙女出山去玩耍，蓝老大不准。外公一年来看她们两回，蓝老大倒也不阻拦。外公同她们讲了许多天上人间的古传，姐的年纪大，记性好，总记得。后来外公死了，那些古传就活在姐的心口里。达彩最爱听姐讲对岸壮锦寨的传说，姐也爱讲，因为，那是可望而不可即的。

——妹，你看！她们又晾壮锦了。山上有几多种鲜花，锦上就有几多种花；姑娘有几多心思，锦上就有几多种颜色。凤凰？外公讲十锦九凤，自然是有的。包稳不像岩画上画的恁死板，恁糊涂。外公讲，好壮锦上的凤凰，织得有线有骨，羽毛像在动摇摇，嘴巴开着，像在叫唧唧……

——姐，我们也织壮锦。

——妈走了，织机挨爸劈来烧了，哪样学！……莫吵。我同你讲达彩姑娘织壮锦的古传，是啰，同你一模一样，叫作达彩。古老的时候，达彩织成了一幅最美的壮锦，天上的仙女趁了一个大雾天来偷看了，回到天上想学织，学死没学成，就吹了一口仙风，那幅壮锦就挨吹出了达彩的家，飘到天上去了，仙女想拿来照样学，可怜达彩姑娘，哭呀哭呀，哭瞎了眼睛。达彩，你莫哭。后来？后来有一个后生帮他去找壮锦，遇着红水河拦路，只好回头；第二个后生又去，过了红水河，又遇着金钟山的老虎拦路，怕了，又只好打转回来；第三个后生呢，过了红水河，又过了金钟山，还过了花豹洞、马熊坳，其实呢，天上仙女已经晓得后生来找壮锦，心里过意不去，暗中保护着后生，到后来，连壮锦上头的凤凰也动了心，飞出壮锦来，把后生驮到天上去，同仙女讨回壮锦，又打转驮他回壮锦村。达彩一遇着壮锦，眼睛即刻亮了，比天上的星子还亮。后来，达彩姑娘就嫁给了勇敢的后生……噫，达彩，脸红啰，脸红啰！

——姐，我们过河去壮锦村玩耍！

——日后一定去！

——我现在就想去。

——哪样去？算啰，不同你讲了，我唱歌给你听。

姐同外公学得了几首词，又学了一种腔调，就用一种腔调填了好多她即兴创作的词。她唱——

花开，很香很香啰，
花香了，没人晓得啰，
香花巴望人来采，
免得孤零零谢掉了啰。

达飞同达彩种了红红的木棉花啰，
达飞同达彩种了黄黄的八月桂啰，
花开了，很香很香啰，
花香了，没人晓得啰。

蜜蜂也爱热闹，不肯来山角落，
山挡了花香，蜜蜂也不晓得啰；
花香巴望人来采，
免得孤零零谢掉了啰。

这是壮族勒脚歌的腔调，唱起来人很伤心的。达彩和姐唱着唱着就红了眼睛，可是，爸骂她们，很恶地骂；天色花了，要刮风下雨；人心花了，要成鬼怪精灵；姑娘成了鬼怪精灵，就会用猎枪把脸打成麻子。吓得两个不愿有麻脸的姑娘脸色发白，平素间轻易不敢唱，唱时就躲开那个要把她们的脸打成麻子的猎人。

有一回，姐妹俩在画山下，一面摘糖稔子果吃，一面轻轻地唱山歌。姐姐达飞已经十八岁了，嗓子又脆又甜。达彩听了，心里十分羡慕，十分得意，看见画山下走来一个大胡子的工作同志，就很巴望人家也羡慕，那样可以使自己更得意。她没有告诉姐有人来，只是不住地拿眼角去瞟那胡子大叔。直到大叔笑着招呼她们。她才急急用手捅捅姐的腰。姐不敢唱了，脸红了，达彩也学着脸红起来，然后又最后盯了胡子大叔一眼，才跟着姐把脸转过一边去。

胡子大叔讲桂林话，很柔软，也很好懂。他说：

——唱得好！比画眉鸟唱的还要好，怎么不唱了呢？

达彩看姐不动声色，即刻表示同仇敌忾，鼓起嘴来。人家站在她的背后，哪里看得见她鼓嘴呢？

——小妹仔，画眉鸟唱得再好，树叶也不晓得动一动的。你们唱给我听，我给你们鼓掌，我给你们录音，我带你们去桂林耍。

两个姑娘硬是不肯再唱，甚至连脸都不肯转过来。其实胡子大叔已经在她们家住了好几天，原已经惯熟了的。只是她们从未有过当了别人的面唱歌的经验，一时不晓得如何处理自己的一张脸皮。胡子大叔嘿嘿笑了两声，就嚓嚓嚓地走了。

晚上，胡子大叔和几个工作同志同蓝老大聊天，姐妹俩在一边剥苞谷。胡子大叔直望她们，微微笑。她们提心吊胆，怕他同爸提起白天唱歌的事。奇怪的是他总不提起，又总望着姐妹俩（尤其是姐姐）眨眨眼睛，微微笑。十八岁的姐姐脸红了。她忽然想起一首老山歌来：树尾摇摇必有风，水波动动必有龙；你见我面眯眯笑，必定有话在心中。姑娘的心中起了风，腾起龙，慌起来。

胡子大叔少说四十了，而达飞才十八，年纪隔了几架大山，几条红河水，情意的路是不通的。可是，达飞从来不曾见到过那样的亮眼睛望自己，从来不曾见过一个男人那样的微笑，泥土头一回播种最容易发芽，姑娘头一回被男人这样看，这样笑，最容易发慌，慌得好舒服！

达飞整夜在听夜莺唱歌，猫头鹰哭泣，果子狸叫，野猪吼，她的心整夜在轻轻唱歌，在凄凄哭泣，在叫，在吼。天亮她就去林子里捡香菇，并且不愿喊醒达彩一起去。她一个人慌慌张张地去，一个人唱起山歌来。轻轻地唱，怕爸听见；用力唱，怕胡子大叔听不见。胡子大叔好像早就晓得有一个姑娘大清早在林子里唱歌一样，笔直走来。达飞没有回头看，就好像……已经看见胡子大叔一样，歌声没停，歌声打颤，颤得好厉害。唱完了第三首，不敢再唱了，低了头，坐在一块石头上。

——你唱得太好了，唱得我的心都飞了，昨夜我一夜没曾睡着……好像，半夜你还在唱，我好像听见，是吗？

——不是的，是山风响。

——山里的风声哪里比得你的歌声！

——那恐怕是夜莺唱歌。

——夜莺的叫声哪里动得我的心！是你唱……

——我不敢唱的，爸不准唱。

——太可惜了，可惜一朵恁香的鲜花，开在没有人到的地方！我带你去桂林，你的嗓子我敢打包票，桂林城恐怕要挨你的歌声闹翻的，几爽神！你先前唱的歌我录下来了，你听……

与世隔绝的姑娘看到一只小匣子唱出山歌，而且同自己唱的一样，脸发白了，脸又红了。听到末尾，歌声打颤，颤得好厉害，她忍不住笑了。坐在她身边的大叔这时伸了一只手搂住她的腰，她的身子颤了颤，可是不晓得该继续颤下去呢，还是该走开去，到后来，她觉得倒下去才舒坦，就昏头昏脑地倒了下去……

达彩来找姐，正好看见胡子大叔同姐抱成一团，睡在地上。胡子大叔在喘大气，姐也在喘大气。她以为姐挨胡子大叔打了。急得就喊了一声姐，跑到跟前。即刻，十二岁的姑娘也昏头昏脑地明白了这是件什么样的事情，脸蛋涨得血红，也不晓得说话，也不晓得走开去，就昏头昏脑地站在胡子大叔同姐的身边。姐不仅脸红，连眼睛也红了，但还是羞怯地对着达彩甜甜地一笑……

胡子大叔走开后，达彩心里一委屈，就嘤嘤地哭起来。姐被妹的哭传染了，也哭了。姐妹俩在地上脸对脸坐着，轻轻地哭。

——姐呀，我怕……

——妹呀，莫怕！胡子大叔讲要带我去桂林。他讲，愿做桂林人，不肯做神仙，神仙也要去桂林玩要……

——仙女也去吗?

——他说神仙都去。他说我去桂林唱歌，包稳人人都讲好。我想去桂林……

——我也想去!

——我先去，打转来接你。

姐妹俩连续三天在一起做去桂林的梦，并且由胡子大叔指导她们梦的内容。第四天，胡子大叔和一起来的工作同志出山去了。姐告诉达彩，胡子大叔昨夜交代她，他不久就来接她去桂林，在他打转之前，千祈莫同爸讲。姐妹俩毫不犹豫地瞒住了蓝老大，因为她们不愿被猎枪打成麻脸，更不愿去死。

爸不晓得，胡子大叔也不见来。红水河照旧一个声音地忙着下滩，山雀们照旧一种方法地叫着飞来飞去，岩画上的凤凰照旧一贯的姿态，也不晓得它们这样造了几千年的型到底困不困。木楼里三个人的日子照旧一种路数地过着。

她每到睡觉前就同妹说，她要出山去找胡子大叔。说完就安安稳稳地睡觉，早晨起来就好像没有发生过什么事一样，照样做往昔要做的事。后来，睡觉前说了，早晨起来也说。再到后来，一有空闲她就说。最后，她不说了，她当真走了。

姐是半夜走的。山里姑娘不怕天黑路险，不怕山高林深，只怕山外平坦的天地和众多的人。达彩晓得姐走。她的心像被掏走了一样，她的五脏六腑也像忽然都没有了一样，全身空空的。天亮前，落起大雨，风吼得从来没有过的猛，雷公吼得从来没有过的响，达彩哭了。爸过房间来看，发现达飞不在了。问达彩，达彩只是哭。猎人用一个很响很沉的巴掌顶替了反复的盘问。达彩只得说出姐出山走了，但硬不肯讲她去哪里，更不漏胡子大叔半个字。她有一个猎人女儿的信用。

蓝老大顶着风雨去追达飞，整整去了一天，只带了一身的雨水和泥浆回来。进得家，他就蹲下来，久久不作声，眼睛只望定了一个地方。达彩不敢问，吓得一阵一阵地打颤。

也不晓得达飞到了桂林没有，也不晓得她是不是半路被山洪卷走了，杳无音信。一天过去了，一月过去了，一年过去，六年过去，总不见她回来。可能她永远不会回来了，可能明天就回来。

四

雾被风撩拨，蠕动得渐渐快起来，一半往河谷里沉，一半往天上升腾。达彩的心，随着雾，也一半沉下去，沉下去，一半升起来，升起来。忽然，风像是消失了，雾又凝固了。飘浮在崖畔的云雾，一大片，一大团，一丝一缕，静静地停在空中。沉在河谷里的浓雾，十分厚实，十分沉重。河水的喧嚣，这时好像更深沉了。

达彩的脸上有点湿润，雾在姑娘身上凝成了珍珠一样的水滴。那些刚从雾中冒出来的青青的黄荆叶，淡黄的茅草尖，淡绿色的钱线草叶，也都各自承受了雾的赐予，挂上滴滴露珠。雾终归要散去的，雾晓得自己不是永远受欢迎的东西，在无可奈何地散去之前，便交出些有用的东西，算是补偿曾被它笼罩了许久的生命。这样，似乎也就造成了它还可以再次笼罩，再次散去的理由。自然界，总有许多有坏处的好东西，许多有好处的坏东西。

姐走后的一个月，是爹咳嗽的一个月，姐走后的六年，是爸同达彩亲近的六年。以前，达彩同爸，中间隔着姐，好像不曾亲近过。达彩记得的，只是爸不曾笑过的黑面孔。

原先蓝老大养了一只画眉，后来，他竟连连捉回几只画眉和红嘴相思雀，最多的时候达到九笼。每捉回来一只，他总是大声地叫达彩来看，把鸟交给女儿捧着，那样子就像他是娃仔，达彩是父亲，脸上现了一种讨好的神情，渴望着女儿的一笑。鸟雀的饲养任务，他又都讨好地留给达彩。小姑娘每天就十分欢喜地忙碌，学各种鸟雀的叫声，忘掉了孤寂。她吹成了极悦耳动听的口哨逗引得笼里的鸟雀激动起来。鸟雀激动了，她也很激动。姑娘就在这种激动中长大。

山外来的工作同志，有人带了口琴来，夜晚吹支曲子，悠悠地解闷。达彩迷上了。可是引她迷上的人几天又走了。蓝老大就后悔后生时太古板，不曾如大多数壮族后生那样会吹木叶，否则，现在就可以教达彩吹木叶了，他很懊丧，也很紧张，忽然想到木楼架上还存着一面红铜鼓，是祖上留下的。蓝老大不同众人来往，铜鼓当然不用已经多年。他把红铜鼓搬出来，扫去上面的灰尘，拣了一根木棍敲几下，眯起眼睛，讨好地看女儿的脸。女儿咧开红红的小嘴笑了，他也咧开黑黑的大嘴笑。他让达彩敲。达彩就按着爸教的鼓点去敲。可是蓝老大从来就不曾留心过人家怎样打铜鼓；就只能一下一下地敲，节奏又慢又平又没有变化。姑娘就在这种又慢又平又没有变化的节奏中长大。

同姐不一样，达彩能跟爸去山外圩场买东西。女儿还小，蓝老大不敢放她一个人在家，怕偶然有进山的人使坏，怕野猪撞进家来，怕她心野了乱跑。而他一年里也只赶两三回圩，买油盐火柴等等生活必需品，来回要走一天一夜的路，赶圩成了达彩最狂欢的节日。尽管她不敢在圩上说话，那是水家族和汉人居多数的圩场，她怕人家笑她的壮话，但仍然觉得圩场是真正好玩耍的地方。主要是那里有人，有很多的人，有很多各种各样的人。这些人，慌慌张张，欢欢喜喜，像蜜蜂挤在蜂巢里一样。人很挤，达彩被挤得脑壳发昏，昏得很新鲜，昏得很爽神，她巴望能多多去被人挤。

蓝老大在圩场上有蓝老大的样子。他在圩场上不慌不忙，旁若无人的样子。圩上的买卖人差不多都认得这个守岩画的老蓝，同他打招呼，大声问他，同山花一样的这个姑娘，是你的女吗？他就欧欧地应着，回头看一眼怯怯地跟在他身后的达彩，好像这时候才想起她还跟在后头。这是达彩很得意的情形。姑娘生来爱美，生来爱别人称赞她美，可是她长年住在深山里，难得有几个人来称赞她，在圩上，却能甜甜地享受这样的愉悦。

跟爸去买卖东西也是很好玩的。他要买白米，问人家，只两个字：几多？若是熟惯的小贩，老老实实讲一个实价，成就成，不成就罢；若是生人，人家总要漫天要价，那就必定不成的。任你唾沫横飞，把箩筐里的白米抓起来，放下去，列数它的种种优越性，他人都不晓得走到哪里去了。达彩觉得这也很爽神，因为人家求爸，而爸轻易不改主意，她也很受鼓舞。爸卖香菇，众人刚围上来，有个老爹就爽脆地喊，他一起要了，达彩正觉得轻快利索，爸却一手捂住背篓的口子，说，众人要买哩。那个老爹气得白胡子打颤，即刻喊他每斤再加一角钱，爸就是不依。众人欣喜得直喊好。达彩也觉得还是爸好，爸的心好。

可是，达彩吃第十七年糙苞谷的时候，蓝老大就通知她，你的眼睛同母狗的眼睛一样亮了，你的身子同母牛的身子一样粗了，四处肉鼓鼓的，莫去赶圩了。他怕姑娘心野心花，又不声不响地飞走。爸说话是不曾改动过的。达彩用语言、眼泪和不笑的脸、不吃饭的肚子，都没能打动他的心。到了赶圩天，她还是被留下来同一杆猎枪、一条狗、一座木楼和没得人的山山水水作伴。

家里要做的活路并不多，达彩可以整天歇着。她就站在离壮锦村最近的悬崖上，遥望壮锦村。有时看见几个姑娘，有时看见几个后生，有时看见老老少少的各种人，无论人家在做哪样，她都看得不眨眼，心里在作种种猜测。而有时遇上姑娘们晾壮锦，晾壮锦的时候又有后生走来走去，后生中又有那个穿红背心的后生（其实，恐怕壮锦村穿红背心的后生也不止一个），达彩心里就格外难过。格外难过的时候就格外恨身后的壮锦岩画。她喜欢真的新壮锦，因为那假的老壮锦妨碍了她的喜欢，她就按道理恨上它了。

劝爸离开画山，简直是鱼钩钩了岩石，不能提。蓝老大为了他的被上级信任，连老婆和大姑娘都舍得丢了，小女儿那么一些没骨没刺的话又怎么能扳下这只牛头来！达彩的每一次劝说，都只恼得蓝老大蹲在地上连连吹上半天的水烟筒，生活依然没有任何改变，同那岩画上的凤凰一样，几千年如一日地不变。

养鸟雀的激动，敲铜鼓的有趣，都不能打发一个大姑娘的青春时光了。达彩的性子变得很躁。说起话来，总有点猎枪筒的火药味。可是这火药味远不如蓝老大喷出来的烟浓，蓝老大依然不慌不忙。这样一来，这火药味就时不时去呛那些山外来的工作同志。有的同志住大城市腻烦了，一到这世外桃源一样清静的地方，欢喜得直喊美了，太美了！达彩就呛他，美哪样！住三天你就四手四脚爬回家去了！人家就正了脸色同她说，当真，姑娘，我愿同你换！她正了脸色，换就换，到时候你走你就是山猴子！她不笑，人家就不好意思了。开玩笑开到认真的人身上，一点意思也没得。到了那些人慌慌张张要出山时，她就气愤愤地冲着他们喊山猴子。那些人完全带了欣赏的神气来听山里姑娘骂人的内容，红着脸哈哈大笑。

有一回，有三个工作同志要沿河查找些古人留下来的痕迹。蓝老大有病，就让达彩划船，送他们去。划船很好玩，尽管只能傍着岸走，因为到底是很险的魴滩，会有很险的事情发生，这样达彩可以热热闹闹地玩一气，使得深潭一样平静的日子起一个波澜。有时闷得慌了，甚至愿意在急水滩头划一阵船，热热闹闹地死去哩！

达彩亡命一样地划船，平白无故地乱笑一气，惹得三个工作同志莫名其妙地笑起来。这三个同志发现有一处石头夹缝里有些值得注意的图案，就离了船爬进去。达彩在船上等得不耐烦，好像身边的水总在慌慌忙忙地跑，就馋了眼，要找点事也来慌慌忙忙一气才舒服。她看见上游不远的地方，长有好多老鼠甘蔗（一种带甜味的芦苇），好像就找到了慌慌忙忙的理由，就划了船逆水而去。水很急，她发疯一样地猛划，船还只是在急流里停住，稍稍上去一点，浪又扑过来，一只船全给打湿了，达彩的衣服全湿了，她欢喜得哎哟哎哟直喊。眼看顶不住了，她又灵机一动，把船移到岸边石壁下，这里水势平缓了些，她就用手扶着石壁，一下一下地攀着石壁，船就一点一点地前进。这么忙了好一阵，人是觉得十分过瘾了，船也就到了长有老鼠蔗的地方。她上岸把船拴好，就舒舒坦坦地大嚼其老鼠蔗。先是懒懒地靠着石礁坐，后来四仰八叉地躺在沙子上，就咿咿呀呀地唱起山歌来，等到这样玩够了，她才猛然想起那三个爬石缝的工作同志，怕是早等急了。看看太阳，起码已经游过了半个天，她吐了吐舌头，赶紧去解船。待到她把船划转回那个石头夹缝口，那三个同志气得脸黑煞煞的，不作声。达彩看他们这副神气，也来了神气，硬是不理睬他们。你们玩你们的，我玩我的，为哪样要顺着你们转呢？她顺水放船，照旧嚼老鼠蔗。那三个同志就得出了结论，山野女子，没得教化。后来他们又想，怕是没得糖吃，才这样疯狂地去找可怜的老鼠蔗吧。回到木楼里，有一位就从提包里掏出一包白糖，递给达彩。达彩红了脸，又白了脸，接了那包糖，拿到悬崖边，一起撒进河里去。

从那以后，达彩对工作同志的态度就越发冷了。大凡要到山岩画考察的人，总听说那里有一个很忠于职守的老爹和一个很厉害的姑娘，来到这里，就很小心谨慎地同这厉害的姑娘接触。达彩看人家冷，她就越发冷，她巴望这些人永远不来。如果没有这些人来，她同爸就可能离开这鬼打死人的地方了。

五

达彩同人讲话少了，同狗讲话就更多了。

狗名叫作侬玛，是只雪白的母狗。在壮人里，把狗叫作侬玛的恐怕是绝无仅有的。侬玛，译成汉话就是狗弟弟或者狗妹妹，这是只母狗，当然就是狗妹妹了。能把狗称作妹妹吗？达彩就这样做了。那时姐刚离开了，家里原来的老猎狗又死了，蓝老大抱回了这只小狗，交给达彩作伴。达彩心里的许多孤寂需要这只通人性的小狗来解脱。抱了这只小狗，想到了一去不复返的姐，想起往昔姐给她的爱抚，心里是十分的激动，就自自然然学起姐哄她逗她的腔调，对着小狗重新温习一番。侬呀，去山背捡香菇去；侬呀，小心点，莫莽撞；侬呀，侬呀，冷不冷，冷就坐近点灶口……狗的水汪汪的眼睛流出柔柔的光。达彩说着动情的话，看着柔柔的目光。越发柔柔地动情，就撇着嘴，泣不成声了。她觉得叫它做侬很好，就叫它侬玛。

既然对这只狗有了对姐妹一样的感情，那当然达彩对这只狗就有了对姐妹一样的举动，与狗同床睡，与狗共进共退，与狗交流种种情感，这是必有的。最有意思的是，达彩家吃饭，总要摆三只碗，侬玛也能分到一只。它同两位主人成三足鼎立，都坐着，各自在自己的碗上忙乱。而达彩不仅自己吃了，还要顾着给依玛添吃夹菜，达彩同爸极少讲话，依玛当然更无话可说，三位进餐者静静地吃，一本正经得可笑。

达彩有许多心里话，不能对爸讲，更不能对山外来的工作同志讲，就只对依玛讲。是不是因为依玛既不能表示厌烦，又不会泄漏出去呢？达彩倒不承想过。她只是觉得依玛能听懂她的话，能及时地给予她同情的目光。不晓得她自己讲的话自己动了情呢？还是依玛的目光感动了她，她常常说着说着就眼泪汪汪，有时还会哭出声来。她流泪时，依玛会揩泪水，用头轻轻地来回擦。若是同爸、同那些工作同志诉这许多心思，流了泪，爸就会低了头吃他的水烟筒，而工作同志只晓碍叹两回气，过后还会笑话这姑娘有点神经不正常。从这一点来看，人不如依玛。

——依玛，你想你的妈吧？你想你的姐吗？

依玛每每听到达彩这样的问话，就会把头朝前伸出一点，两只耳朵往后倒下去，嘴角微微地收缩，就像正被一只无形的手温存地抚摸着。达彩的心里软软的，像正在被妈和姐抚摸。

——依玛，就是那块鬼岩画，害得我们一世人走不脱！依玛顺着达彩的目光，盯了一眼光秃秃的画山，盯了一眼永远造着一种形态的凤凰们，然后就伏在达彩的身边，把头侧往一边去，表示对那东西有着同女主人一样的立场和感情。

——依玛，你看，对河那个后生哥，几狂！他不理我们，他嫌我们没晓得织锦。他挨那点花锦弄花了眼睛。

依玛就冲着对河直叫，很生气的样子。达彩被它那生气的样子感动得笑起来，一面笑，眼泪一面在眼眶里打转转。

——依玛，可惜你不是布洛陀的神狗，不晓得腾云驾雾，不然，我们过河去，走天涯！（布洛陀是壮族的创世始祖。）

依玛在达彩身边转圈，委屈地哼了几声，像娃仔要哭又哭不成的声音。达彩差不多要跟着它哼几声了。

同依玛说了以上一类的话之后，达彩才感到心静气顺了些，可以自自然然地去做其他事情。否则，她会在做着事情，譬如去泉边挑水，给工作同志煮饭，忽然心烦起来，蹲下来，一动不动，或者索性不做。

依玛也有感觉出很孤独的时候，尽管达彩对它比对人还信任，讲了那许多知心话，那也不能解除它的孤独感。它已经长成了一只很丰满成熟的母狗。有时她会很烦躁地夹着尾巴，撒开四条腿，绕着木楼猛跑。跑得气喘吁吁，它又忽然趴在草丛里，久久不作声，也不晓得它在想点什么。蓝老大骂它，发癫！达彩却即刻猜出，它是想它的同类，就很同情地望着它，绝不骂它。而对骂它的蓝老大，达彩生出一种很强烈的不满，好像是它的好朋友被别人欺负了似的。

今年春三月，又来了五个工作同志。他们带来了一只公狗。公狗的毛色一片乌黑，身架子要比依玛高出一个头，眼睛又黑又亮，他们叫它老黑。依玛同老黑站在一起，即刻被比下去了。雪白的毛显得是那样轻软，矮架子显得是那样温柔，眼睛流出来的光本来就很柔和，这时就显得更柔和了，老黑得意扬扬，总昂着脑壳，瞥一眼依玛，把鼻子凑过去，哼两声，就挺胸往四处望去，有一种英雄一样的神气。达彩讨厌老黑这种自以为了不起的神气，瞪了它两眼。可是依玛就是不争气，硬是跟着老黑，在它的屁股后头转。达彩气得直喊它。它只是转过头来，望望达彩。轻轻摇几下尾巴，并不过来，好像同达彩不曾有过交情一样。有一个工作同志看到达彩认认真真气愤的样子，乐得哈哈大笑。达彩被那笑声扎疼了心，眼泪快要下来了，她赶紧扭身跑开去。

老黑的到来，完全破坏了达彩同依玛的感情。依玛迷恋着老黑，已经到了毫不掩饰、极其可耻的地步。无论在树林里幽会，还是大庭广众。它们都毫不掩饰地进行最彻底的性爱。尤其是当着达彩的面，也依然如故，吓得达彩脸色发白，气得达彩浑身打颤。她不敢再去看她的依玛，更不用说同床共寐，那简直使得她要呕吐。她像一个被情人抛弃了的姑娘，躲在角落里，忍着声气，悲伤地哭泣。

依玛对女主人的感情变化是有些察觉的。看到达彩瞪眼，它就把目光转往一边去，尽量回避，有些内疚，但又不肯改悔的样子。听到达彩愤恨地叫骂，它就把耳朵、毛和尾巴一起往后倒。它甘愿受责备，照旧追着老黑走。达彩气极了，头一回捡石块砸依玛。依玛的腰间被石块打得很重，但它并不像通常的狗，大惊小怪地又喊又叫，而是轻轻地委屈地哼了一声，小跑着，屁股一颠一颠地去撵老黑。

工作同志离开画山的前一夜，蓝老大对依玛也警觉起来了。他同达彩说，要绚稳，这个贱货怕要逃走的。达彩对依玛的爱已经麻木，它走不走，达彩已经不大挂心了。她只是在伤心自己更孤独的处境。

夜晚，蓝老大找出根细铁链，把依玛哄过来。然后用铁链套住它的脖颈，拴到木楼里。依玛发觉失去了自由，惊讶地嚎了两声，接着就哀哀地哭起来。老黑闻声跑来，被蓝老大喝退了。它退得远远的，远远地看着依玛痛苦地挣扎，束手无策。

依玛哀哀地哭叫了一夜。达彩先是有点解恨，后来又觉得有点难受，再到后来就可怜起这位背叛了她的朋友，由可怜朋友到可怜自己。她也几乎一夜不曾睡踏实。

第二天，工作同志带着老黑要走。蓝老大照例送他们出老林子。薄情的老黑只是在依玛身边停了一下，把嘴凑到传玛的嘴边、耳边，像是亲嘴，又像是说隐秘的情话，虽然有点儿眷恋的情意，可是当它的主人连连吆喝了几声之后，它也就毅然地抛开新交的情人，一阵风似的跑下木楼，跟着主人，慌慌张张地跑了。它在山外有的是朋友和情人，有的是刺激和欢乐，当然不会被这么一个依玛的情网套住的。依玛的哀叫，越来越嘶哑，越来越微弱，达彩听着，心都被揪疼了。可那薄情的老黑依然屁股一扭一扭地往前跑，连犹豫一下的样子都不再有了。哪怕它停一停，回过头，留下一次留恋的张望，达彩也会得到一些安慰呀！可是它不曾这样做，这畜生！

达彩在木楼脚，直看到出山的人和狗都消失在山路转弯角后面，这才赶紧跑上楼去看依玛。不管怎么样，依玛被抛弃了，被它的情人抛弃了，被热闹的富有的山外世界抛弃了，达彩很快感觉到，原先对依玛那种可耻的痴情的憎恶，即刻被一种同情心所取代了。她觉得依玛与她一样不幸。

不晓得几时，依玛已经不再叫了。

依玛已经奄奄一息地躺在地上，整个身子仍然保持着往前挣扎的姿势。细细的铁链勒进了它的颈脖的皮肉里。鲜红的血从它的嘴角流淌出来。血泊里有两颗半截牙齿——它啃不断铁链，铁链却断送了它的生命。

达彩好像原先有了预感，又好像猝不及防，又沉默又惊诧，看着从此别她而去的依玛。她心里忽然涌上一腔委屈和焦躁，一阵冲动，她想拼力大喊——阿爸，你回来看看吧！然而，终于忍住了。达彩嘤嘤地哭泣了……

六

河谷里的风，一旦吹起来，一阵一阵总不断。雾渐渐稀薄了，并且染上了淡淡的粉红色。红水河那褐色的流水，在旋转，在腾跃，很激动，很野。但又披着一层薄雾，裹着几分温情。太阳在河的下游山口上悬挂着，没得刺眼的强光，倒像十五夜晚的红月亮，白里透红，安谧宁静。雾朝着大山里涌去。河面显得格外的开阔。对河的壮锦村却又十分清清朗朗地呈现在眼前，显得很近，好像一步就能跨过去一样。

雾散了，真爽！世界重又现出了坎坷和棱角，大山与深谷，绿色同灰色，白的同黑的。一大朵一大朵红棉花开在黑色的光秃秃的树干上。两只鹞鹰在喧嚣的河面上不动声色地盘旋。几只云雀，莫名其妙地欢叫着，忽然从草丛中冲出来，忽然停在空中，急促地扇着小小的黑色的翅膀，紧接着，可能是体力不支了，又忽然同先前一样急促地冲回到草丛中去。不一下，又有几只重复着这样的表演，可又总是转回到草丛中去。达彩巴望它们当真冲过河去。可是它们的胆子太小了，总不敢试一回，她想。

达彩却想当真过河去！

今天大约又开歌圩。对面的壮锦村边，已经有三三两两的后生同姑娘，穿得花花绿绿，从别处走来，或者从这里走往别处去。从今天起，壮家的年轻人将要狂欢上两天两夜，随心所欲地唱，随心所欲地笑，随心所欲地看异性，直到抛出绣球定下终身。达彩每每想象到这样的场面，脑壳都要发晕，心都要乱跳。事实上，她从来都没经历过这样的场面，只是听说过。她认定自己应当去看——可以不玩不唱，只是看！今天就去，趁爸不在，她想。

总不见对河那个后生哥的身影，恐怕——必定，他也要去赶歌圩的。别个姑娘会做绣球，会织壮锦，达彩只能空手去。后生哥会不会看不起她呢？达彩心里有点慌。可是，我学呀，我一学就会的，达彩想。这样想着，心里动了动，好像已经差不多会做绣球，会织壮锦了。今天就去，趁爸不在，她想。

昨天爸走时留下话，他这回要带一个人来给达彩看。达彩捂起耳朵，红了脸，不要听。她晓得爸讲的是什么事。那回，爸去赶圩，带回了两个后生。爸说当中那个黑一点、粗一点的是老庚叔的仔，他特意约了他的老同来玩。达彩觉得他们蛮好——因为他们是后生哥，所以蛮好，同他们笑一笑，露出一口的白牙。老庚叔的仔脸红了，不敢看她。他的老同倒认认真真地把达彩看了个清楚，然后悄悄同他说：蛮爽。达彩被后生看了，并不生气，她难得被壮家后生哥看一眼，被看一眼也成了一种幸福。而不像有许多人群里的姑娘，追求者太多，被种种带钩带刺的目光扰困了，厌倦起来。达彩是求之不得啊！后来，他们走了，达彩很有点恋恋不舍。试想，挨着他们的身边，同他们一起出山去，该是多么爽神的情景！可是，当夜爸告诉她，老庚叔的仔愿意到这里来住——你愿不愿同他？——同他在这块住？达彩最先想到的是能不能出去，能不能到热闹的地方去住，因而，竟忘记了愿不愿同这个人一起过日子的问题，没有做出一个姑娘被问及这种问题时应有的羞涩——红脸，把脸埋下去，埋下去……爸告诉她，正因为老庚叔的仔愿意来这里守岩画——我的工作日后有个交代，县里也欢喜——爸正正板板地说，所以才答应招这个后生上门。

不，达彩连连大声喊，不！

——为哪样你们总迷了心要出山？你晓得人家上级、北京、南宁、地区、县里，几多同志宝贵我们的岩画吗！

——爸，猴子几精灵，也要成群过日子；大雁几会飞，也要成队过天。我们为哪样又要独独住在旮旯呢？岩画宝贵，留别个来守。

——你要去做哪样？

——我想……（想去玩耍，想日子过得热闹，想趁着年轻学这样，学哪样，尤其是想去学织壮锦。但是，她不敢说）我想……

——想是想，做是做，莫想到哪样就做哪样。现今，你不，晓得山外的圩上年轻人，找一个国家工作，比讨个老婆还难。我这个工作，你怕容易得的吗！月月关饷，同志来了，一口一声多亏你，全靠你，保护了国家的宝贝这些话，还不爽？日后，自然要把这工作传给你……

——传？有哪样好传的！还不是把人腊干了，在这块死住，有哪样本事！守了十几年壮锦岩画，我连真的壮锦都没曾晓得织。再住下去，怕不成了傻子，成了只晓得吃喝的山猴子，山猴子都还晓得在一起玩耍，我连同众人一起玩耍的福分都没得。

——撞鬼！明天不就把老庚叔的仔招上门来了吗？有他一个，就够你玩一世人的了！

不！达彩连连大声喊，不！

不！达彩哭了，不！

——爸，我愿同他，去他家住，我就同他；嗷，不，爸，我不愿同他，他总不笑，他图这份工作，他愿来这块住，我不同他；嗷，不……

——撞鬼！撞了山鬼！

……爸青了脸，红了眼，一把抓过竹节水烟筒，咕噜咕噜就吹，烟还没填，火还没点。达彩浑身一阵发麻，想起了妈，想起了姐，想起了侬玛，哦，她忽然感到，爸——这个鬼人。这个恶人。她是那样恨他——说不出来的恨！

今晚，爸要把那个同爸一样死板的后生带来了！

今天，趁爸不在，过河去，去看一回，玩一回，看那个穿红背心的后生哥成哪样，玩歌圩一定很开心。今天就去，趁爸不在，她想。

达彩已经从悬崖上下到了河边。她要解船的缆绳了。她已经想好了，先顺着岸边水行船，只要到了平缓的下游，就过河。

雾又重新聚起来了？哦，不，不是先前的晨雾，是水雾，是河水撞击着满河的礁石，腾起的浪，扬起的细碎的水珠，整座鲂滩——这个鬼滩哟！水雾弥漫，阳光在水雾里不断地折射进七彩霓虹。整座鲂滩——这个鬼滩哟！涛声轰鸣，隆隆，啪啪，哗哗！河水像发了疯，披头散发地冲啊，撞啊，在礁石上撞碍粉碎，可还是不停歇地冲啊撞啊。它们嚎叫，它们怒吼，但，它们不哭泣，它们不叹息。它们终于威武雄壮地冲过了石礁的阻挡，然后，十分爽神地，亲亲热热地聚合在一起，缓缓地，悠悠地，向东去，向远方去……

达彩每天都看见鲂滩上的这些景象，而今天却格外的感动。她觉得自己也在这河水里，同河水一起，去对着那些黑色的狰狞的礁石，去冲啊撞啊，以至于自己都披头散发，满脸水花，满脸血沫子了。她为自己的壮举激动不已，心在打颤，脑壳在发胀。她哭了。她立刻就要过河去了。缆绳解脱了，船在水里不安地扭动。她泪流满面，莫名其妙地轻轻叫了一声——爸！

……

第二个故事

一

岩画山的北坡，也是一道峭岩陡壁。若不是陡壁上拉拉杂杂长了几棵小灌木的话，用刀劈斧削来形容这陡壁的陡，是一点也不过分的。这时候，这刀劈斧削的陡壁上，竟悬挂着一个人，一个小伙子，一个北京来的小伙子，一个北京来考察岩画的小伙子！

他叫作索源。

索源已经形单影只地在蓝靛山老林子里闯荡了三天。说闯荡，的的确确是闯荡。迷路之后，在这样一个上不见天日，前不见前途，后不知退路的原始森林里，再理智、再强硬的人，也会急得发疯，瞎冲瞎闯的。何况他这位在古都笔直的棋盘路上走了整二十八年的北京人，这位细皮嫩肉的民族文化史研究生。看看他蓬松散乱的头发，他发黄发青的脸色，他印着几道鲜血印的瘦削的脸庞，还有被勾开了几道口子的衣服，完全可以想象得出，他在密匝匝的大树林里，在铺满了爬地藤，积满了枯枝败叶的烂泥地上，失魂落魄闯荡的模样。

然而，眼下，他已经用不着再闯荡了。他最后咬紧牙关攀上画山的北坡陡壁，落到了上不能再上（能供他攀缘的小灌木间隔越来越大，再怎么也够不着了），下也不能下（已经爬得很高了，云雾几乎淹没了山脚的草木，而且，来路竟然这么险陡)，这样一种绝境。他不晓得他要寻找的岩画就在这座山的南坡，翻过山头就是(倘若晓得了，他必定会发疯一样攀上去的)。他在绝境里快要绝望了。他的两只手紧抓着一棵坚硬的牛角木小树，两只脚却始终找不着稳当的地方，只一点点石缝，容得下一只脚的脚尖，两只脚只好轮换把脚插进石缝里歇息。手酸胀了，脚发木了，他可真想松开手，抽出脚，完完全全地放松，永远地休息，一切努力全部放弃，倒下去，倒下去！以生命的终止来换取最后的舒适，以最后的一点舒适来告慰这艰难疲惫的生命。

不行，不行！他对着自己呼喊。自己跟自己抗争，坚忍与怯懦对阵。他大口大口地喘气，借此来使自己平静下来。

能挺住的，能挺住的！他对着自己念叨。他很不满意自己意志上隐约出现的懦弱。他觉得，一个真的勇士，有一分的懦弱，都是十分的可耻！

可是……然而……他快坚持不住了，脚下的云雾在翻腾，林涛喧嚣，如海潮滚滚……

索源居然成了一部分(并不少)同学极为讨厌的人。这不仅是他不曾料到的，甚至连那些讨厌他的人也不曾有过预感。在大学研究生院里，他不是那种为了像一个学者，先做出某类学者的风度，或者不苟言笑，故作艰深，或者夸夸其谈，有意无意炫耀博学的学生；也不是那种因为功课的落后，故意做出不屑于功课的模样的浮浪子弟。他是一个平平常常的研究生。他没有为了“攻关”而懵懵懂懂地端着饭盒踱进厕所去打饭，好像也不曾出过与女友约会颠倒了时辰的笑话。他上课时坐的姿态平平常常，有时他也提问请教导师，但看不出有语惊四座的企图，口气平和，问题切实——有的同学的提问常使导师光火，他们不是问，而是借问发挥，发表博士论文一样，引经据典、侃侃而谈，旁若无人，反徒为师。他会打球，篮球、排球、羽毛球……无一不会，却又无一拔萃；他会跳舞，爱跳快三和快四，不停地旋转旋转，但不爱跳迪斯科和伦巴，中四和探戈则凑合。因而，他不是时尚的落伍者，也不是时尚的倡导先锋，一经是平平常常的形象。按常规分析，这样的同学，是最不容易被不少的同学讨厌的。何况，他处世还十分的随和。有些浮浪灵俏的同学，时常出其不意地拍拍他的屁股（他的屁股偏大），惊叫：嚯，六十斤大肉！招惹近旁女生的大笑。而他，既不反驳，也不显出受辱后的伤心，微微笑着。宽容地笑着。只这么轻轻地平和地一着，就把浮浪的男女们推到了尴尬的地步，使人觉得，丑陋的不是他那自自然然的臀部，而是那拍他臀部的手。随和有随和的力量。他的随和是很有力量的随和。

索源是一夜之间成了讨厌的人物的。研究生院负责人在作毕业分配的动员报告时，对索源同学作了大力表彰。索源同学已经向校党委申请，要求到祖国的边疆广西壮族自治区工作；索源同学本来可以留在北京工作，但他放弃了，要求到祖国最需要的地方去；索源同学是大家学习的榜样，他一不怕苦，二不怕死——说到哪儿去了，“政治鼓动家”！我不是不怕苦，不怕死，不就是为了研究一些真才实学吗？不就是争取本来就被社会冷落的民族文化史研究工作有点儿发展吗？不就是为了去做学问吗，做学问有什么好宣扬的！我不就是从祖国的一个地方去到另一个地方去搞研究吗！是你把这里那里的差别大加渲染，反而吓唬了一些人，使得他们以为那里是茹毛饮血的蛮荒之地，去那里如同充军发配一样，而住在北京，就如同天安门一样安然无恙，如同人民大会堂一样受人瞩目景仰。况且，要命的是，我不是再三请求，到时候分配就是了，千万别宣扬，宣扬了我可不干。索源浑身难受，觉得无数道目光盯住自己的脸上和背上，脸皮发木了，背脊有负重感。他心里叫苦不迭。从未感觉过，那位台上的“政治鼓动家”如此的可憎可恶。他几乎想喊，对不起，我不去了！对这可憎可恶庸俗不堪的面孔作一次打击。好在，他有随和的脾性，他忍住了。这时，领导已经转而表扬另外一位同学的申请了。

这晚上散会后，索源立刻敏感地发现，在回宿舍的路上，虽然自己跟大家走在一起，但明显地被冷落了。有人好像在说什么以前谁写血书要求插队的事，有人好像在哼歌：“……再过二十年，我们来相会，”有人则刻薄地评点：最糟糕的歌词，用最雄壮的旋律歌唱令人伤感的生命衰老！有人则用英语朗读托马斯·艾略特的诗《空心人给那老家伙一便士》最后的一节：“世界就是这样告终，世界就是这样告终，世界就是这样告终，不是嘭的一响，而是嘘的一声。”嘘！有几个人恶作剧地附和着。索源十分疑心这一切都针对着他来的（其实未必），但他仍然很平静。他默默地走着，目不斜视。他此刻不愿看到任何人的目光，轻薄的，蔑视的，疑惑的，探究的，同情的，热情的，等等，等等，他都不愿看到。走自己的路，让别人说去吧！马克思老人家引用谁的这句话？竟然想不起来了。糟糕！但是，这话很好，可以壮胆壮行色，嗯，有点像夜过坟场吹口哨！他想着，自嘲地缩了缩嘴角。

大多数同学是沉默的，显得心事重重。重理工，轻文史，已成潮流。理工科研究生还未通过论文，许多名牌显赫的单位的负责人就进出研究生院，涎着脸，作出谦恭的笑容，招贤纳才。而文史哲研究生却无人问津，大约反而要涎着脸，作出谦恭的笑容，去那些有关单位“蹚门子”。在餐厅里，理工科研究生们满面春风，即便是为学问熬红的眼睛，那带血丝的眼睛也是那么灿烂；文史哲老夫子们则满脸灰暗，皱着眉头、闷头闷脑地嚼饭。国家富强，民族振兴，发展经济生产，造成坚船利炮，自然是必不可少的，这一点，就连清朝洋务派们都晓得，难道我们仍然只是洋务派的水平？索源觉得这是再明白不过的问题了，无疑，国家的体制改革，法典的完备科学，尤其是价值观念的变化，民族精神的改造与振奋，是必不可少的，甚至是对坚船利炮的带根本性的保证。文史哲领域的任务并不轻，这任务的价值是不能用常规的可见的产值利润来计算的。近视的人们看不清我们，我们自身难道也看不清自身吗？难道因为被冷落，就自暴自弃，破帽遮颜，去建筑自己的一统小楼而不图成就？索源看到匆匆行走着的大多数沉默的同学，心里压抑得厉害，直想啊啊大喊几声，如同身置大山深谷，巨川旷野一样，用全身的力气大喊……

民族文化史研究似乎又是所有被冷落的文史哲科目中最被冷落的一个。但是，索源心中并不冷。他觉得要做的研究太多了。南方众多的少数民族千百年来自强不息，繁衍壮大，与汉民族密切联系，自有其强有力的民族精神内核。而民族的文化史，尤其能探索出这精神内核的实质。当我们中华民族急迫地需要从落后中振兴的紧要关头，把中华民族里每一分子的有价值的精神内核的能量发挥出来，壮大我们的民族自信心，强化我们的民族精神，又是具有何等重大的意义。他决心放弃现成的一切（太多了，包括地位和爱情），去开发未知的一切。而广西的少数民族，竟然有那么多的未知之谜，铜鼓铸造之谜，铜鼓图案之谜，还有，岩画之谜——数十米长宽的悬崖峭壁上古人怎么去绘制，为什么绘制，其中闪耀着一种什么样的精神……一想到这些，他渴望去考察的心情就加倍地急迫，他的脚步就加快。要去就去。为什么刚才好像有点儿怕别人笑话呢？他为刚才在会上自己那种显得有点儿脆弱的情绪生气。

跟索源同结一庐的两位倒不错。甄晓哲一回到房间，就告诉索源，他决计申请到西安博物单位去，研究秦王朝和唐王朝。他喊道：兵马俑！胖胖的脸涨得通红，一时间仿佛他就成了兵马俑的统帅。华清池！他又喊道，十分舒畅的模样，一时间仿佛他刚从华清池里沐浴上岸。索源有遇了知音的感动，得了支持者的感激，连连附和道：很好很好！吴建树则反复去扶眼镜腿，显得内心十分的不安，不吱声。他比他们都要大，已经结过婚，妻子在北京郊区顺义县（今顺义区——编者）一个小学任教，他的成绩平平，很可能分配当老师。而他又十分不想当老师，想的是研究所一类的单位。可是，研究所也人满为患，老的不走，新的难进，因此，吴建树简直不知如何是好。直到临睡前，他才吞吞吐吐地问索源，决定去广西了吗？索源作了肯定的回答。他又紧张起来，大约准备说一件十分重要的事。索源看出来了就用目光询问、守候。直到熄灯，他终于没说。

索源从心底里感激两位同房的合拍。那往后的日子里，他尤其感到蕴藏在这几平方米小屋里的和谐。那是因为，在这小屋之外，他被困扰得几近筋疲力尽了。正在“蹚门子”的，正准备闹一场分配持久战的，还有愤世嫉俗的，似乎都把索源以及其他几位申请到边疆的同学视为叛逆，采取了种种堪上幽默大典的冷嘲和热讽。索源觉得大可不必去理会。于是，又有了幽默：嘘，居高临下的宽容！很好，已经具有先进人物的风度了！索源简直气不打一处来，但不能发火，只能以幽默对幽默，方不失研究生身份：居高临下？你怎么忽然变得甘居人下了！这样一说，彼此哈哈一笑，算是交了个平手。

教室前维修排水管道，很快就堆满了泥土，阻塞了通道。一场雨下过，全成了泥汤。下课后，大家聚在走廊里，吵吵嚷嚷，指责工程的方式落后，指责基建科的部署混乱，指责老天不适宜的降雨。吵了一阵，有的实在忍耐不住饥肠辘辘，又仗了穿的是旅游鞋，就涉泥汤而过，走了。剩下的，重新进行关于管道维修程序及基建科的管理官僚化问题和近年北京降雨反常现象的讨论。讨论还没得出结果，索源从教室搬来一摞砖头，在泥汤里顺着往前铺设，按大致步幅铺。泥汤浅，薄砖也正好合适。不一会儿，索源就踩着自己铺设的路，走了。临走前，有个刻薄的同学不失时机地刻薄他：

——喂，索源铺路，为的是走向餐厅！实惠！

——对不起，你可以继续讨论管理问题及其他。我走了！

——得索源引导我们向前进呐！

……

索源并不笨。对这种刻薄，他完全可以反击，而且必定是妙语横生的。然而，他不作声。他头也不回地走了。他心里有许多委屈。身后跟上来不少同学，似乎还有人带点严肃的口吻谴责那位自以为得计的老兄。索源越发感到委屈，心头涌上了一点苍凉感。

索源拒绝了校党委的部署，不到全体研究生大会上表决心；索源拒绝了报社的约稿，不肯撰稿作什么表态；索源拒绝了记者的采访，对着袖珍话筒和速记本，他总是一句话：没什么好谈的。领导们猜疑他是否动摇了，来找他谈话。他倒干脆，去就是了，这是我自己想好了的。说得平平淡淡，看不出什么激情。

……他终于来考查岩画了。

他陷入了绝境！

二

漫天大雾散去后，立刻感到的是一切都新鲜醒目。可是，当陷入绝境之后，索源忽然觉出，那山，那山石，那树林，都显着黑色，很沉重的黑色。黑色的树林上，浮着一两片新绿，竟是那么耀眼。他觉得脑袋发沉。已经两天没吃东西了。只是喝水，淡得发苦的水。森林，一切都在萌发，然而，对不认识它的人，一切萌发还都不能立刻享用。许多果实的色泽是那么诱人，可是索源害怕中毒，不敢吃。

索源深切地体会到了原始森林的艰难。

还是往上爬！他想。下去是不可能的了。上山容易下山难，实在是其难无比。他已经试着要下去，手扒紧岩缝，脚往下探，硬是探不到先前上来时依借插足的岩缝和树根。必须珍惜体力，不能再作徒劳。宁可歇够，再设法往上爬。唉，刚才在山下，看这山势并不陡，而且长着不少树木，满以为可以顺利通过，没承想到，一进入具体的实践，竟然每一个细节都这么艰难。

索源后悔了，后悔不该贸然上这座山。不错，好像隐约听见河水下滩的轰鸣声，不是林涛。林涛在索源的耳朵已经麻木了，几乎成了一种单调的千篇一律的长啸，而从山那边传来的声音，则是那么沉重，那么有力，隆隆作响。画山就在红水河边，先找到红水河，再顺着河岸去找画山。将是很踏实的。这样，他才发了狠，要尽快翻过山去。四周都是大山，他很自然就选中了这最矮的一座。没曾料列，最矮的一座竟也很陡的。看那些大山，好像比这座小山平坦，他后悔了！

甚至，索源后悔不该任性地到这大山里来。他的行李已经运到南宁，离规定报到的时间还有十天，他就别出心裁地从柳州拐上去红水河画山的路。玩够了桂林的画山秀水，他迫切地巴望置身雄浑、蛮荒、深沉、严峻的原始大山里去。他喜欢旅行，而且特别喜欢独身旅行。假期中去黄山、泰山、庐山和华山，他都是单枪匹马地走。他觉得那样更能充分地体察出自己的意志和力量，更能沉思默想一些事情。人常找些独处的时间，静思默想一些过去、今天和将来，人们和自身，古人和今人，也许会得到一些有意义的启迪。他的旅行特点同学们不知道，而她——那位民族工艺美术商店的售货员，却是不理解，若干次逼供，要他说同哪一位女士去的。他只能苦笑，不作辩解。一辩解就无聊透了。至于说爱旅行，绝对不是所谓热爱祖国的名山大川而导致的。因为，他同样渴望能到亚马孙河流域的真正原始森林去，到阿尔卑斯山去，到撒哈拉大沙漠去。只能说他觉得旅行好，旅行能使他觉得生命常新，世界博大，能使他感觉到自己总在前进。要说再有点什么别的原因的话，那就是，他自记事起，家庭就在不断地搬迁，而且每一次搬迁，便是一次旅行。父亲在索源三岁时病逝，母亲在索源六岁时改嫁。随着便是一次长途旅行。从北京到兰州，随母亲先住了继父所在的地质局。那以后，继父不断地调动，由祁连山到克拉玛依，由克拉玛依到嘉陵江。母亲又过早地谢世了，他又随继父进了北京。他觉得每一次搬家，便如同一个盛大的节日，十分的兴奋。小时候，他不理解大人们在搬家前，在旅途上为什么为旅行长吁短叹。现在，他已经二十八岁了，可仍然不甚理解。说累，说麻烦，可是，总的来说，多有意思呀！……啊，什么意思也感觉不出来了。他陷入了绝境，摆脱绝境成了他眼下最焦虑的全部问题。也许，脱险后他会津津有味地回忆这一次历险。可是，眼下，还有没有回忆的机会呢？他真有点后悔了。照说，他完全可以先报到，然后约好当地同志，稳稳当当地进山。太任性了……他为自己的任性头一回后悔了。

虚汗，又是一场淋漓的虚汗。身体虚脱了。没有新的能源来维持生命，只能依藉体内的积蓄。倘若积蓄耗尽了，仍然被困在这里……不堪设想！

很困。真想把绷紧的手脚放松，如躺在软沙发上一样，全部放松。哦，吴建树老兄这时候大约正坐在软沙发上，诚惶诚恐地，听欧阳老的教诲。那本来应当是他的位置。

很困。吴建树一定很舒适……

吴建树这么老实巴交的人，也会耍一点小智术吗？真没想到。

研究所要给民族文化史权威欧阳教授物色一个助手。助手的任务是，根据欧阳老的口述录音，整理成文字；记录平时欧阳老字字珠玑的言谈；代欧阳老答复一般的信函；还有，出门时替欧阳老夹黑皮包，进门时替欧阳老接大衣，去讲学时陪坐在一旁，而且神秘地告诉接待的同志，关于欧阳老住食起居上的种种具有伟人性格的喜恶，如此等等。

当欧阳老找助手的风声吹进了大多数民族文化史研究生的耳里之后，索源仍一无所知。而且，大多数同学都听说助手的第一人选是索源。有的同学跟索源打趣：怎么样，欧阳老选你当助手了吧？什么时候上任？他满以为这是打趣，于是无所谓地挥挥手：欧阳老给我当助手，我还得考考他合不合格呢！一句玩笑话，丝毫不带骄傲的意思。不过，人家晓得他必定是要去当欧阳老的助手的，就觉得他的话很不合适，有点儿叫花子嫌肉肥的可笑。

这事都怪吴建树。他去拜访欧阳老，较早地得到这个消息。当时心里的滋味，大约酸甜苦辣都有。欧阳老听说他跟索源同室，便要他转告索源，三天内到他这里来一趟。吴建树连说好的好的，心里却大约是连叫不好不好，因为他三天后又去欧阳老家，带去的不是索源，而是他在校刊刚发表的一篇论文。论文是索源跟他一起研究的，大部分观点是索源的，可是，索源却挥挥手，你写吧，我写别的，稿费请客就是了。

吴建树报告欧阳老：索源他……他说他……很忙。不说下去了，似乎有许多难言之隐，不便刺激欧阳老。而且，也显得他轻易不说朋友坏话。其实呢，索源根本不知道。倘若知道欧阳老想见见他，他是会来的，他有一些问题想请教他，还有，欧阳老的一些观点值得商榷。可是，吴建树没有转达欧阳老的邀请。

欧阳老听了吴建树的报告，面露愠色，问吴建树：

——哦？索源此人我没见过。他，是不是有点儿骄傲自满呀？

——唔，嘿嘿……

年轻人做学问，首要的是不自满，满招损，谦受益嘛！

——是的是的，再怎么着，从导师这儿多得到一点是一点，有时往往一点东西就够我们研究一辈子。

欧阳老嘉许地点点头。吴建树多巴望立刻从那圈白胡子围着的嘴里，吐出这样一句话来：怎么样，你到我这里来工作吧。那该是多么激动人心啊！可惜，没这么便当。欧阳老通过索源和吴建树的导师程诚教授，了解到索源的成绩和品行，还是想面见他，以便确定助手。吴建树临告辞前，又一次接受了邀请索源的委托。

吴建树又一次没有转达欧阳老的邀请。

第二天晚上，研究生大会上，便发生了索源主动申请去边疆的事情。事隔三天，吴建树才告诉索源，欧阳老要找助手，据说，欧阳老对他有所考虑。

——别说了，当助手最没意思了。

——不一定吧？接近大家可以讨教到他的学问精髓。

——得了吧，把精力放到去揣摩他的思想，把自己的脑袋装进他的脑袋里去，或者把他的脑袋移植到自己的肩膀上，算是怎么回事嘛。

——那倒是，那倒是。不过……

——贝多芬的助手辛特莱，歌德的助手爱克曼，这一类人，除了享有备受怀疑的解释权之外，哪里还有一点自己的学问。

——是倒是。不过，你倒无所谓，我要照顾家小，只要留在北京，给白痴当助手，我也先干了再说。

……

吴建树这才告诉索源，欧阳老请他去谈谈话。索源倒是答应了，而且建议当夜就去。吴建树嗫嚅着告诉他，欧阳老面前是不是给荐一荐。行！索源十分豪爽地答应了。

在欧阳老的客厅里，索源先遭了老人的一通教训，你很忙哩，两次请才给一个面子。索源吃了一惊，立刻明白吴建树从中做了手脚，心里有点不痛快，但也不好说什么。接下去，索源便请教老人若干问题，其中有的是对老人的著作的一些商榷。直把老人高兴得印堂发亮，满面红光，脱口说出有点儿请求的话来：

——很好，很好的！小索，你到我这里来工作，好吗？

——……不，不行，我已经申请到广西去工作了。

——为什么？

——我觉得，过去我们的民族文化史的研究，比较缺少深入细致的考查，大都是互相抄资料，套观点，很不踏实，方法方落后。我想到实地去考查，把大量的细节信息掌握住，搞定量分析、比较研究，运用控制论、系统论和数理模型的方法，把几个南方较大的少数民族文化的源流，尤其是源流的特点，源流与民族精神的关系弄透！

欧阳老被这个一团火似的年轻人镇住了，以至于索源已经不作声了，他还静静地坐在那里听、听。索源轻轻咳了一声，老人才转过神来。

——后生可畏！后生可畏！

索源很得意。他不习惯于客套，没有照例回答：岂敢岂敢，哪里哪里，胡乱说的，这一类套话。他情不自禁地嘿嘿笑出声来。

吴建树一直心不在焉地坐在一旁，虽然总很准时而且准确地点头、摇头、叹息和微笑、大笑，可心里却焦躁极了。他巴望他们就此打住，谈助手问题。索源从他那张堆满了惶惑和焦躁的瘦脸上看出了他的心情，可也从他眼镜片闪动的弧光中发见了狡黠。索源不想当助手，可以让给他，但是，他竟然隐瞒了欧阳老的邀请，索源敏感地窥出了他的用心，心里十分厌恶，便故意不提助手的事，存心报复他一回。吴建树灰心极了，一脸沮丧的神情。索源最后还是动摇了，他想到吴建树单瘦的身体，想到他顺义县的小学教师的妻子，他终于在临分手前对欧阳老说：

——老师，建树倒是很合适的助手人才。

——是吗？

——哪里哪里！我不行，不行！

——他对您的著作研究得很认真（说到这，索源有点儿难过，因为，真正研究欧阳教授著作的是他自己，而吴建树则是最近才“发奋”的）。

——嘿嘿。我总觉得，欧阳老师的著作立论总不同于一般老前辈，新颖、深刻。而且，论证得充分、切实，无懈可击。我已经决定一辈子研究欧阳老师……搞“欧阳学”！

——嗳，我有什么值得你一辈子研究的呢？不过，年轻人做学问，倒很需要吃透前人，不可浮躁，以致成水上浮萍，山中竹笋。

——是的是的。

——那好。建树明天再来一下，我们再谈谈。

吴建树兴奋的红晕腾上了脸，几乎是感激涕零地答应了。事情有望了！他简直有点儿害怕得而复失，不敢再说话了。

索源和吴建树起身告辞，欧阳老送出。走廊上没有开灯，欧阳老抖索着在墙上摸开关拉绳。吴建树抢上一步，似乎很熟练地，一下就抓住了拉绳，很愉快地，啪的一下，拉亮了电灯。索源感觉出，建树已经不自觉（或许是自觉）实践起助手的身份，而且，似乎自自然然站到欧阳老那一边，来接待他了。

索源和吴建树默不作声地往电车站走。吴建树有几次欲言又止的样子，索源感觉到了，但没有搭理。他有点儿腻烦，有点失落感，还有点沉重感——必须杜绝一切怯懦和犹豫，坚定而艰难地往前走去！

路过东来顺，吴建树忽然很豪爽地拉住索源的手，要请他进去吃涮羊肉。不到八点钟，喝两杯，我请客，报答你老弟的举荐之情！吴建树很热烈地说着这一类的话。索源却被他报告的八点惊醒了。八点钟，他要同艾蕾约会，地点——东单公园，快去，必须快去！她从来逾时不候的！索源急出了一身热汗，甩开吴建树热乎乎的大手，连说有急事，就慌慌张张地朝灯市口电车站跑去……

……他终于来考查岩画了。

他陷入了绝境！

三

……得往上爬！爬上一点，算是一点。退下来，算是什么？贻笑大方！不，退下来，也不可能，必得摔死。一旦想到退，真的退了，就意味着我死了——精神死了，人有两次死，先是真的死——精神的死，然后才是大家都晓得的死。要咬紧牙关，让我们的精神生存得更顽强些，更长久一些。当然，这指的是人生的道路。至于眼下，只要能到达目的地，进退都是一样的。实在走投无路，就放枪！他背上还挎着一支双筒猎枪，在北京，甄晓哲走后门替他买的。有广西来的老师告诉他，大可不必买猎枪，南宁也是现代城市，住在南宁，同住在北京的感觉实在没有太大的差异。他听了这话有点扫兴。他宁可别人把广西说得更蛮荒一些，这样能满足他一个年轻人探险的欲望，刺激他厌倦于平庸生活的精神。到底，枪没有白带来，此刻，可以放枪求救。再坚持一下，广西的原始森林不应该太大的，最好是依靠自己的力量走出去。爬过这座山，也许就是红水河了。求别人来营救，到底有些尴尬。他从来就十分爱护自己的自尊心和好胜心。他不愿求救！至少，眼下还不愿。

先前为什么想到吴建树，身上就特别发困。爬在悬崖陡壁上，竟想到吴建树坐在欧阳老的软沙发上。太没劲了！这里头，到底有点后悔、嫉妒——可耻的后悔和嫉妒！管他那么多。不去想他。还有她，艾蕾！不。想到她，似乎索源的精神亢奋起来了，有一股活力，在他周身奔流、冲腾。她从来就赞叹他的意志、勇敢和力量。虽然，最后一次最需要她赞叹的关头，她却唾骂起来。哦，她的唾骂，却比赞叹更能给他以力量。

得往上爬！得往上爬！退下去，很可能摔死——去吧，去吧，摔死你活该！她骂。滚开，滚开，摔死你活该！她骂道……

往上爬！往上爬……这根树根不稳当，快松开。松开。这根藤，很粗。先拽一拽。千万，不能一下全吊在上面，整个生命。索源猛地拽了拽一根藤条，上面忽然有咔咔的响声。紧接着，一个黑影朝他扑来。他下意识地把身子往石壁上贴紧。一个庞然大物嗖地从他身边飞过，一阵冷风袭来，使得他毛骨悚然。不一会儿，山脚传来石头坠落的轰隆隆的响声。四周的大山都激起了回声。然后，分外的静寂……

在东单公园那座人工小山上的亭子里，当艾蕾低声而又咬牙切齿地说了一通话之后，索源也感到四处分外的静寂。

她说，她要去大学找学生科，找校长，找书记，把他和她的事如实报告。婚前有过同居关系，然后找借口——到外地显然是借口——溜之大古（她总改不了念白字，他纠正她，她总是艳艳地笑着说：故意的，好玩），没门！这种品质的学生，能不给处分吗！学校不管，咱报纸上见（她妈妈就在报社行政处，管分房子的）。非搞得个你死我活不罢休。你算算看，怎么着合算？

他觉得四处分外的静寂。

他想不通，自己怎么落到这种可耻的地步。在民族工艺品商店，他认识了她——或者说，是她认识他。是她先搭的腔。她记住了这位挂着堂堂名牌大学校徽的英俊青年。对他嫣然一笑。一双纤纤玉手，十个白玉一样的手指，轻轻搭在玻璃柜台上。腹部抵着柜台，丰满的胸脯，咄咄逼人地高耸着。索源觉出她那逼人的气势。他十分喜欢一个姑娘能有坦率的性格——以前那位，总是那么娇矜，一句话，只说几个字，不说了，就把脸埋下去，埋下去，叫人摸不着头脑——索源眼下把艾蕾的攻势当成了坦率。于是，他们答话了：

——你上个星期五下午刚来过，对吗？

——哦，是的，路过，进来，看看。

——你们常有空出来？功课不紧吧？

——紧，怎么不紧！上次，出来开会，路过。

——开会？你们是选代表出来开会吧？

——不，我是来开一个学术会。

——看你的样子，是研究生吧？

——是的。

——可是，你怎么对这些土里土气的玩意儿感兴趣！（她话一说完，立刻发觉这话不合适，弄不好会把这位好人窘走的，于是，赶紧补充了一个释然宽容的微笑给他。）

——我正是研究这些东西的，所以，路过，忍不住就进来看看。

——是吗？太有意思了。我正想学学这方面的知识，以后，得向你请教了，行吗？

——我也不是弄得很透的，只要是懂的，我可以告诉你。

——谢谢！我叫艾蕾。

他们就这样认识了。索源喜欢艾蕾，原因有三：他研究民族文化史，她卖民族工艺品，真有意思；难得有一个姑娘向自己请教这方面的知识，有知遇之快感；她是漂亮的民族工艺美术商店里最漂亮的姑娘。她请他星期天下午三点半钟带一本有关这些壮锦、苗锦、瑶锦的书来。他欣然答应了。到时候来了，他才知道，这正是她交班时间，她交了班，就同他一起走出商店。他们在一起了！

艾蕾看不起土里土气的商品，却看得起研究这些商品的研究生。只要他是这样一个身体健壮、相貌英俊的研究生，至于研究什么，那是没有关系的。请教什么知识，纯属当代青年求偶最时髦的幌子之一。起初，索源还一本正经地同她说壮锦的历史，说傣族挂袋的工艺价值，她也静静地听了一两回。到后来，一说这些，她就苦下脸来，求他说些别的什么，说自己一天到晚就侍弄这些，头都痛了。索源没趣，渐渐灰心不说了。

艾蕾不中意听研究生的学术报告，却十分中意别人叫她“硕士太太”！店员们，先是姑娘们，后是小伙子，再后来连仓库老保管黄师傅也这样称呼她。她很着急然而又很欢喜地阻止别人。如果把她的着急比喻成路口指示灯的话，那么，她的欢喜就是绿灯放行！别人心领神会。于是，最初一段时间里，巴望人家叫她“硕士太太”和欢喜地阻止人家，成了她每天最有意思的功课。有时候，巴望上班前同事们称她“硕士太太”，甚至比巴望下班后去见硕士本人还要来得急切些。索源偶尔也听见别人这样称呼艾蕾，只好作苦笑。艾蕾从他的脸上只读出了笑，而没有品尝出苦来，以为他与她一样的欢喜，于是越发的神采飞扬。

自从公开了与研究生的爱情，艾蕾忽然就有了一个太太的全部感觉。两人见面，她必得要打量索源的脸色，仔细研究一番，稍微发现有点异常，势必作出太太异常的惊疑和追问。两人到饭店吃饭，她逼着索源吃这吃那。吃鸡，她把一丁点鸡脑挑出来，要他吃了补脑。索源只得作了苦笑吃下去。在电车上，碰上只有一张座位时，她必得要索源去坐，自己则如守护女神一般立在他旁边。有时则弯下腰来，替研究生寻找白头发，扯下来，心疼地递给他看。倘若可供给她心疼的白头发没有了，她便会因为失掉一个心疼的机会而遗憾不已——她扯得太勤了，白头发供不应求。

她衷心地爱着索源，一点也不掺假。为了专一，她在最初的两个星期里，采取紧急措施，一下就把原来扯上的（但还没有相准的）三条线掐断了。有两个是工人，好说好断，我爸爸不许我现在处朋友，对不起，以后别来找了。人家舔着干嘴唇嘟嘟哝哝了一气，只好沮丧地走开去。反正，也没曾算得恋爱，看着那些倒霉相，挺开心的。只是有一个，特可惜！他爸爸是副部长，只是听说已经卧床不起，算计着去八宝山的日程了。估计日后他家没太大的劲。而他也只是一个本科大学生，怎么能跟研究生相比！咬咬牙，两次约会打电话来，对不起，没空；再来，我爸爸非要赞同一个研究生见面，不行了。特可惜！毕竟，那位副部长还活着，嫁过去就住高干小院，然而，还是索源更好。嫁高干子弟，总有人小觑，说庸俗，道铜臭。嫁一个研究生，自己来创造新的幸福生活，说起来也响亮，人家的眼睛里自然要放出钦慕的光来，那该多么愉快！

她衷心地把将来的一切都寄托在索源身上了。因此，她绝不能失去他。当索源最初同她谈起去边疆的设想，她的回答便是决绝的：不去，不去！一口气便把索源其他的话咽下去了。只能沉默，转换话题谈些别的，否则，一场难缠的哭闹将不可避免。然而，沉默使得索源的设想更成熟了。他从生活里和反映生活的小说里常看到一些理想主义者陷入家庭泥淖的故事，并深深地替他们难过。眼下，这样的故事将要自己来演出了，他恐慌起来，紧张起来，警惕起来。他祈望艾蕾能理解他的事业，他的理想，并且，也希望她能看到他的前途。在他去跟学校领导提出申请的前夜，他和艾蕾有过一次锋面接触：地点在故宫后门护城河边。

——小蕾，不是早跟你说过，大凡成大事业的人，总要经过几番冻霜的，古人说，“衣带渐宽终不悔，为伊消得人憔悴”……

——得得，人家说的是爱情。你呢？你爱我能做得这个地步吗？

——当然能，但是，做学问更需要这样。你们店里卖的敦煌壁画拓本，你知道是怎么发掘出来的吗？

——我能一件件去寻根问底吗？反正，多少钱一件，照收就是，少一分咱得赔上，得了外汇咱捞上换一换。

——可是，如果没有去敦煌莫高窟考察研究的人，没有他们携儿带女，甚至遗妻弃子，在鸣沙山下辛苦几十年，我们今天是一分钱也弄不到的。

——哟哟，你今天怎么啦，跟我忆苦思甜，做“两报一刊”社论怎么的？

——你别逗！我说正经的。广西的岩画、铜鼓，至今在世界上仍被称作“岩画之谜”“铜鼓铸造之谜”这是明摆着的一个大课题，足可以把我的半辈子放进去……

——你放你的，别带上我……我说，索源，你是研究生，不是调查生，你研究就是了，在北京住着不也一样吗？

——不一样。得在那里蹲下去，搞综合研究。再说，广西正好申报要人。

——让别人去！

——我要去！

——我呢？

——……你要是也跟我一样搞研究，该多好啊！

——我怎么办？

——……你说什么怎么办？

——我！

——我不会忘记你的，小蕾，我们三年后再结婚，三年，我很可能会出一些成果的……

艾蕾哭了，越哭越大声。有两个警察在景山公园门口聊天，一直在注意他们这边，这时被艾蕾的哭声引了过来。警察严厉地问他们干什么的，她是你什么人？这么晚了，影响治安。证件呢？然后，恩赐大赦一样地说，走吧，不要再玩了。

他们悻悻地走了。艾蕾不敢哭了，把沾着泪水的小手放在索源的手掌心，让他握着。默默无语地走着。索源握着那又冷又湿的小手，一股悲凉感袭上心来。“索源……”在幽暗的槐树阴影里，艾蕾把一张玉石般洁白的脸微微仰起，嘴唇微微张开。索源从沉思中醒过来。他没有像以前那样，疯狂热烈地去吻，去拥抱，去抚摸，而是踌躇了一下，轻轻地搂住她，轻轻地去吻。艾蕾心酸地又哭了……

那以后，他们还有过若干次的讨论，然而毫无结果。索源简直没有任何一句话能引起艾蕾的思索——不晓得她会不会思索！她妈妈到学校宿舍来找他，坐着小卧车来，面部神情严肃。谈了一个钟头，无济于事——索源觉得自己的解释无济于事，她妈妈觉得自己的威逼无济于事。老人家没有同他辩论关于事业和理想、现实和前途的问题（索源很遗憾）。他们的谈话老是绕着艾蕾可爱不可爱这问题打转。索源感觉出，老人家对他的爱情专一性有怀疑。到末了，这位报社行政处长兼妈妈的老妇人义正词严了——我的艾蕾并不是嫁不出去的老姑娘。一家养女百家求，求的人多得很！有部长的儿子，（把副部长提拔成部长了，索源想。）有教授的儿子。看上你，主要是认为你人实在，不邪。别的，你有什么呢？（我一无所有，连亲生的爸妈都没有！索源悲凉地想。）现在，你硕士学位到手了，是不是想撇下艾蕾！你注意，这事一闹大，我让报纸把你登出来，恐怕，你硕士学位也保不住。你好好考虑吧！我走了，下午三点半还有一个会，时间紧，书记硬要我坐伏尔加来。

索源当然能听出这老妇人话里威胁、贬斥、炫耀的意思，他被激怒了，但又故意不动声色，作出根本不领受她的潜在意思的样子，有时候，采取不予理睬的态度，对付气势汹汹、张牙舞爪的来者，反而比针锋相对更有效。这叫作最大的轻蔑。

老妇人临上车前，索源这才很诚恳地跟她说：

——妈妈，您放心！我到边疆，纯粹是为了事业。至于艾蕾，我绝不跟她断，三年后我们结婚！

——不行，你要去就甭想再碰一碰她。不行！

再碰一碰她——自己的女儿？索源觉得恶心，想起了“俗不可耐”这个学院派词汇。

索源从欧阳教授家出来后，与吴建树分手，到东单公园与艾蕾的约会，就成了诀别分手的谈判。艾蕾作出了前面所叙的威胁，看看于事无补，就倒在索源的怀里，无限柔情地呻吟，抚摸他的脸颊，抚摸他的全身。索源很感动，不停地吻她，一个强烈的预感告诉他，也许，他们这是最后一次了。他觉得心里委屈，甚至吴建树取代了他的位置，也使得他感觉出了委屈。尽管，是自己自觉自愿的。艾蕾前面说的那些威胁的话，他也觉得委屈。同居？正因为他希望把最后的幸福酝酿得更成熟、更甜蜜、更珍贵，有好几次，在艾蕾那散发着醉人的国际型香气的闺床上，姑娘的纤手紧搂着他，酥胸紧贴着他，倒下去、倒下去……他还是发疯一样地按捺住了，尽管难受至极。现在她竟拿这没有形成事实的罪名来威胁他，他的心被委屈、失望与对逝去的脉脉柔情的回忆交织着。心疼极了！破天荒地，索源泪流满面了。一段时间来所受的种种委屈，全由眼泪导泄出来了。

也许，我干了一件傻事！他忽然慌起来，艾蕾怜爱地问他，是不是在北京找好单位太困难。他竟把欧阳老请他做助手并被他谢绝的事说了出来。艾蕾惊叫起来——天哪！你，你是不是中邪啦！一下就从他怀里挣脱出来。他企图再搂住她，立刻被她猛地推开。其用力之大，前所未有。——我瞎了眼！我倒了八辈子霉！起来，让我走，起来！她又把他推了一个踉跄，拎起鳄鱼皮小挂包，蹬蹬蹬地走了……

在他犹豫的关头，艾蕾这一推，终于把他推到了广西，推到了原始森林，推到了峭崖陡壁上……

他终于来考察岩画了。

他陷入了绝境！

四

索源仄起耳朵，搜索着山那面河水下滩的涛声。希望，就在山那面，都得不到它，太不甘心了，太可恨了！他对这次旅行有过许多令自己兴奋的历险的想象，但都基于一点，他是必定成功的。有死的威胁，但是由于自己的勇敢和力量，不死。多么自豪！至于果真死了呢？这是不去想的。勇敢的人总是在思考奋斗、思考如何战而胜之，却极少去考虑死。

无论如何死亡已经威胁着他了，他也感觉出来了。

但是，还是要想办法爬上去！只要还有一点希望，就要做千方百计的努力。他开始摸着往右边爬，因为右边的山势要缓一些……

所谓的希望，引得他在老林子里转了三天，闯荡了三天。他是靠着在柳州弄的一张红水河流域地图的指引，在半路下了长途客车，走进蓝靛山老林子的。在林子口，遇到一位护林员，让他验了证明，并向他请教路径。当时，年轻的护林员完完全全是副轻松的神气，说，顺这条小路走，一天就到。那时节，他充满希望，精神抖擞地告别了护林员。走了半天，歇下来吃面包。他发现旁边一棵大树下，有一个很大的坑，里面有不少干草，觉得有意思，就下那坑去躺着吃面包，吃了面包，很困，索性就闭上眼，睡一觉再走。他正迷糊着，忽然被一声怪叫惊醒过来，一只大棕熊正嗷嗷叫着，走向他这边来。他立刻醒悟过来，这是熊坑！大棕熊离坑只有十多米了。不得了！索源翻身爬起来，抓起旅行包，跨出熊坑，没命地逃跑。熊嗷嗷叫着，没有追他。但就凭这叫声，就吓得他一直跑过一座大山脚。待到熊的号叫声消失了，他这才发现离开先前那条路已经很远了。他定了定神，不敢再往回走，就估摸着方向，去寻找那条小路。

他迷路了！

上不见天日，尽是密密匝匝的枝叶；前不见出路，尽是挨挨挤挤的大树和青藤。大树常年不得阳光，树身巴满了绿得发黑的苔藓，苔藓湿漉漉地渗着水，辨不出哪边向阳哪边背阴。地上积满了厚厚的枯枝败叶，脚踩上去，很松很柔，吱吱地响着——下面积着水。不时有一些野兽的脚印，有穿山甲和山老鼠扒出来的新土，有野兽的粪团，就是不见人迹。这时候，分明四处都挤满了各种生物，索源却感到心里空落落的，四处空阔无边，像落在汪洋大海里，像从高空坠落下来，没有了一点依靠。任怎么观望，任怎么分析，看哪里都像一条正路，看哪里又都不像一条正路，明明晓得必有一条以上的生路，又硬是没得法子摸到这条生路，真正痛苦死了！

索源瞎摸瞎闹了半天，天黑了，只好倚着一棵大榕树歇下。不敢点火，他怕野兽见了火光聚拢来——其实错了，野兽见了火光倒会躲得远远的。他一夜没有睡着，警惕地听着林中之夜的各种怪声。他指不出是哪些鸟的叫声，有大鸟的号叫，有小鸟的呻吟；他也叫不出是哪些野兽的吼声，有的像吼，有的却像哭，有的像呼朋唤友，有的则像在笑；这所有动物的声音，索源都觉出其中含着悲凉、含着空虚。唯有林涛，由远及近地响着，如海潮一般涌来，他才觉得有一股力量鼓舞自己。

不眠之夜是思绪纷呈之夜。索源当然想起了许许多多的往事，想起导师程诚和欧阳教授，想起吴建树和甄晓哲，想起各个同学的面孔，想起继父和继母——他们似乎很乐意让他离开北京，弟妹们大了，家里的住房立刻要尖锐地紧张起来，这样，就顾不得太多的温情了，尽管他们跟索源一直都很和睦。此刻他想得最多的似乎是艾蕾……好像，又都没有认真地想一想，毫无条理，脑子里一团糟。真想找一本书来看。过去旅行，省钱不坐卧铺，他总是用一本有意思的书来打发夜晚的。可惜，一团漆黑，一团漆黑！连月亮和星辰都看不见……他只好不停地回忆过去看过岩画的图片，幻想那实际图景是如何生动。

大约是黎明前，他睡着了。不一会，又被脸上的一阵奇痒弄醒了。他急忙摸摸脸颊，摸到了不少巴在脸上的软体动物。他顿时浑身起了鸡皮疙瘩，害怕极了。那些软体动物，巴得很紧，抹还抹不掉，只好用手指夹紧它们，用力扯。扯下一条，就着朦胧的曙色看，形状跟蚂蟥相似，很小。他想起关于南方丛林里有山蚂蟥的传说，这大约就是山蚂蟥了。他急忙把扯下的这条山蚂蟥捣死，果然出了很多鲜血。接着，他慌慌张张地把剩下的吸血虫从脸上扯了下来，弄完这一切，已经是满手鲜血。用手帕揩揩脸，手帕染上了一片鲜血。又是一条山蚂蟥从树上弹过来，落在他的大腿裤管上，他赶紧把它拍掉，立刻收拾东西，逃也似的离开了这是非之地。

第二天更惨。索源已经断了干粮。好不容易找到了一条似有若无的小路，顺着走了半天，林子里都快黑了，他忽然发现了，他又回到了先前喝过水的泉边，就是说，他绕着大山走了一圈。他很粗鲁地大骂了一声，一屁股坐到泉边。他感到从未有过的疲倦。徒劳无益使得他的精神遭到了很大的摧残，这比饥饿、比走路、比山蚂蟥的侵扰都更伤元气。一肚子的怒气，无处发泄，他越发愤怒。他仰面倒下去，躺在泉边的一块岩石上，像一只困兽，发出痛苦、沉重而又无可奈何的呻吟。岩画哟，你到底在哪里！

不一会，他安静下来了。森林好像也十分的静寂。树木停止了摇晃，没有了叹息。杂七杂八的虫鸣鸟啼，已经荡然无存。远处有一两声野兽的吼声（不晓得那是什么巨兽），粗犷、愤怒而悲凉。黑暗转瞬间吞没了森林，森林显得十分的空洞，空洞得好像本来就没有森林。人，这时候显得是那样的渺小，那样的软弱无力！

他奋然坐了起来。起风了！在山林里听风，听得出风的足迹，风潮的位移。风，就像在一个很高很高的地方，冲着他所在的这片树林，冲着他，由远而近，铺天盖地地压过来，压过来！隆隆的涛声，临近了，近了！可仍然不肯即刻来到。他屏声敛气，壮起精神，硬起头皮，迎候那庞然大物的冲击。可是，它总是喧嚣着，远远地威胁着，恫吓着，不肯近前来。他觉得神经被折磨得几乎受不了了。猛然间，它来了，像突然袭击似的。他的心好像毫无准备一样，猛烈地震动了一下。顿时，整座山林，像一只被困的庞然大物，一声声地吼着，浑身颤抖。索源这时候倒也觉得神经放松下来了，因为，风来了，也就不过如此而已，自己毕竟没有颤抖，没有摇晃，仍然稳稳当当地坐着。

风势渐渐减退，雨便来了！只听到雨鞭打树叶的唰唰声，却没有雨水落下来。又密又厚的树叶挡住了雨水。索源忽然感到有一种舒适的温馨浮上心头。在家里，坐在沙发上，看雨水在玻璃窗上溅着水花，悠悠地流下，有一种事不关己的快感。人在山林里，在黑暗的角落，当然与在家里大不相同，只是在出奇地避了雨这一点上，快感是相近的。然而，森林给人更多的是痛苦，快感只是暂时的。雨声稍小，风声又高涨起来。积在树叶密层上的雨水，不断地被风抖落下来。大滴大滴的雨水，打在头上，生疼。索源爬起来，跑往近旁一棵大树下去躲避，忽然，一大股水柱直倾在他的头上，把他吓了一跳，狼狈至极。林子里不断地有这样的泼水声。雨水在树时密层的某一处聚集太多，就挤开了树叶，直倾下来。

林子里的雨声渐渐平息了。风声也往远处去了。四处又静寂下来。黑暗中，索源听到近旁有淙淙的流水声，有一只夜鸟凄切地哀叫着，掠过树林上空飞远……

今天是第三天了。索源感到，今天再找不到画山，再碰不上人，自己就很危险了。可以鸣枪求救，可是这算是怎么回事呢？最好，还是自己闯出一条路来：那样，才显得这一次莽撞的旅行颇有意思，从头至尾充满了探险家的精神，使得他的自尊心和好胜心得到充分的满足。

他忽然想起，从地图上看，画山和红水河都在蓝靛山老林子的南边，那么，他应该往南走，只要找到红水河，顺河找画山就容易多了。他为自己有了这个想法十分高兴，也埋怨自己怎么不早想到这一点，太糊涂了！他连忙用指南针对准方向，抖擞起精神，向南进发。岩画，我要找到你！

这时候，浓雾害了他，浓雾把前途上的一切顺畅和险阻都隐藏起来。他走一走，是一步，顺畅的地方没有及时去利用，险阻的地方没有聪明地绕开。有一次，他还差几步就要走下一道深渊了，好在及时警醒。他被雾搅得十分焦躁，发起横来，只要是向南，无论逢山还是逢水，都要走过去，爬过去！

他终于走出了密林。树木稀疏了，他走到了林子的南部边缘。

他终于听到了山那面河水下滩的涛声。雾已经很稀薄。粉红带紫的雾霭，升上去，缠绕在大山的腰间。他要翻越这一排大山，只能如此，找顺当的路是不堪设想的。他攀上了这座最矮的山。为了考察岩画，攀上去，翻过去！

最矮的山也可能翻不过去了！横往右边，山势似乎平缓一些，然而，他忽然觉得头顶上的雾霭旋转起来；粉红色，紫红色，金黄色，乳白色，旋转起来，旋转起来；山脚下的树林也倒过来，往上升，往上升；一排大山，像一只大黑熊，在奔跑，奔跑……索源意识到这是虚脱造成的晕眩，他死死地抱紧岩石，心里喊着：晕眩！晕眩！我知道，这是晕眩！他要用清醒的意识驱赶掉身体的不适。

晕眩很快就消失了。他知道，一会儿这毛病还会再犯的。紧张地想了想，他只好从背上取下猎枪，压上了无可奈何的悲哀的猎弹，闭上眼睛，放了一枪，又放了一枪……

不成结尾的尾声

显然，两个故事发展到这个地步，应当发生交接了。我们的读者可以很轻易地想到：枪声引来了达彩姑娘；达彩姑娘救下了索源；达彩姑娘放弃了渡河的念头，而与索源一同考察岩画，并且出了成果——科学的成果和爱情的成果……让结尾造成整个故事的透明状态，让主人公的结局闪耀出理想的光辉，让两个青年似乎令人费解，甚至要被人嘲弄的行为成为心灵美的例证，让所有阅读这故事的人们的心灵得到净化。这是我们这些小说家惯用的伎俩。我们似乎总在宣称不相信善恶报应、生死轮回的宗教信条，但似乎又在不断地制造出能印证这一条宗教信条的故事。我们总企图用一种非常条理化的逻辑来安排复杂得多逻辑的世界。我们总企图在我们的故事里把人与人联系在一起，让读者意识到世界的整体性，而无视人类这样一种普遍现象：为着同一目的的两个人，常常失之交臂。以至于，使一些初涉人世的年轻人，接受了这一类故事的哄骗，用一颗如那故事的逻辑一样单纯，如那故事的结局一样透明美妙的心灵去面对复杂混沌的人生，最后，很可能泣之而返。与其这样，还不如让他们多多知道这世界的本来面目，早早作好坚韧的严峻的思想准备呢！

请读者们原谅，我似乎有点莫名其妙地大发感慨，并且好像这些感慨与故事无关。不过，仔细想来，还是很有关系。我要告诉大家，当索源鸣枪求救的时候，达彩已经撑船离岸，涛声太响，她没有听见枪声……

一九八四年六月

暗 河

一

地下有河，穿行于地底穿行于黑暗穿行于万千生命之下；地下之河，流向东奔向西横于北溢于南奔流横溢无所不在，因此，称为暗河。广西西北山区有暗河。而据说地球无处不有暗河，只有深浅隐露大小长短之别，尚待人类去发现。

勒达寨有一个暗河口，壮族人称它做莫弋岩。莫弋是桂西北山区传说中的壮族英雄，能大能小能粗能细忽软忽硬忽柔忽刚的半人半神，一箭穿三山，一泡尿射到天庭，早在京城上朝夜回广西同老婆睡觉的大王。到处都有人传说他是自己村寨的人，到处都能指出他出世的地方风流的痕迹神勇的标志。勒达寨的人就把莫弋岩指为莫弋出世的地方。高十数丈岩洞口成椭圆周遭有茸茸绿草中间有涓涓细流长年溢出，而洞深十数丈又有暗河满满地流过，这便是那位半人半神的英雄的母亲孕子的宫殿分娩的通道。从前的男女面对它不晓得是怎样的表情，而今的人说起它男人就得意地哈哈大笑女人就快活地脸红，娃仔们却借此谩骂自己的敌手。虽然，过去的三十多年里，反封建迷信时不准提它，反资产阶级思想腐蚀时不准提它，可是今年我去勒达寨，那里的众人照旧同我提起它，一面说时脸上一面有赞叹之意炫耀之色淫亵之乐神秘之感。我感到不可思议。一位被本民族引以为骄傲和光荣的神话英雄，这个民族的人们怎么会对他母亲生殖他的器官如此津津乐道，而这津津乐道之中又还蕴含着某些崇敬的意味。虽说是不可思议，可是对这一民族文化现象我也是津津乐道的，远远超过了对暗河那神秘的自然地理现象的兴趣。

莫弋岩暗河在勒达寨人的精神和生存中的地位是很神秘的。暗河帮助他们渡过了每一个旱灾，暗河还帮助他们生产了大量的雄性后代。一个女人倘若希望生产一个男娃仔，只要她在太阳出来之前和太阳落山之后，下到莫弋岩的暗河浸泡自己的下身，大量地喝下暗河的水，总有一天会如愿以偿。这对需要男人来打猎打谷和打架的山里人，对需要更多的男人来支撑门户和繁衍后代的人们，暗河的功德简直就是恩同再造了。我听勒达乡中学的一位化学老师说，那暗河的水一定呈碱性，碱性对妇女生育男孩有很神秘的作用；我又听勒达寨一位蓄着花白色的小辫子的阿公说，那是莫弋大王的老娘肚里头的命水，自然是要养出男仔来的。

勒达寨和附近几个寨子的男女们自然要对莫弋岩暗河有很深的敬畏之感和亲切之情。每年农历的三月初三，青年男女们要聚在一起唱山歌。别处都兴白天唱，这里却兴夜晚唱，叫作夜歌圩。往昔是依靠火把照明，现今则有手电筒光在夜空在大山上在莫弋岩口挥舞划动。夜歌圩总要在莫弋岩前进行。当那些情火灼人的山歌把后生男女的心灼得热腾腾的时候，闪忽不定的电筒光将那被指为人类创世孔道的椭圆形岩洞的轮廓赫然照出，那热腾腾的心便会飘忽不定起来，姑娘便会浑身舒服而酥软，很想就地倒下去，将自己想象成那位巨人的母亲而雄壮地裸现于天地人世，后生男子则会雄性勃发，只觉得有一股从未有过的活力，直想轰轰烈烈地直冲进那黑黢黢的椭圆形岩洞里去。通常，许多后生男女的头一回野合便是在莫弋岩里虔诚而愉快地进行。这里的人们若是碰上了正在野合的男女，不是愤怒不是反感不是羞憾，而是当即发出高亢热烈的呼叫声，只一声“嗷”，空阔幽深的岩洞回音激荡，痛快而神圣。呼叫者痛快而神圣地离去。那一声呼叫简直就是对那一对做爱者的赞叹，有点儿妒忌的赞叹。

二

岩洞里的黑暗特别沉重。岩洞里不动声色流淌的暗河凝固了一样。欧阳雄面对着沉重的黑暗和凝固的暗河，觉得自己也沉重和凝固起来。不过，他觉得这样很好很爽神。沉重并不是坏事，人有时会愿意沉重。凝固一时也很有必要，尤其是当他厌倦于喧哗和骚动的时候。欧阳雄这时就为自己感觉得到的沉重和凝固隐隐地感动起来。

一星期前，青年作家欧阳雄还在桂林的漓江笔会上，疲惫地笑，疲惫地与同行们惊呼重逢，疲惫地与师范大学学生们谈创作而又疲惫地听取虔敬的颂扬，疲惫于灯红酒绿之间和红地毯人造大理石地板之上。他不能不这样按主人的期望行事，不然人家会说他傲慢然后再判定他没有什么了不起。但他又十分地不愿意这样装出表情，一方面是为了他素有的淡泊心境，更重要的一方面是为了同一个创作室同为三十六岁同写小说又同来参加笔会的乔力老兄的目光。那目光时时在提醒他，你不是正在被纪检会审查桃色事件即将公之于众了吗？你怎么还能碰杯微笑签名题字谈文学听任小年轻尊称你欧阳老师呢，你以为远香近臭到了广西别人就不晓得你入党转正延期的底细？政治上的异端倒可以被人们视为英雄而道德上的叛逆则难以有美妙名声。你难道一点也不为自己为文正路为人正派的名声的坍塌痛苦？你应当痛苦！乔力老兄的目光尖锐得要他痛苦起来。欧阳雄觉得很困，没得神气去应付这目光。乔力又不是今天才认得。一张黧黑的面孔不苟言笑的表情曾得到他和许多人尤其是许多女人的赞叹，深沉！他就用这副小最高仓健深沉的面孔与种种女性作深沉的交往，深沉得谁也无法探测的交往。然后，那一天，当欧阳雄正式提出离婚的消息在作家协会大院炸响时，他就深沉地同哥儿们说道，太刺激了！欧阳这个中原老汉，笨瓜！玩玩可以，离婚，没门！老子女朋友有的是，谁提出要我离婚同她过，赶快滚蛋！这便是他的全部深沉。作协主席高远老师竟然引用这番话来说服欧阳雄。欧阳雄当即就为高远老师难过，为乔力难过，为那些或许还真诚地爱恋着乔力老兄这位颇有些知名度的小说家的姑娘难过。没有真诚的镂心刻骨的爱，真是人生的最大的缺陷。有缺陷的人往往会对健全的人生出病态的目光。因此，乔力的目光只是一种病态而已。欧阳雄有时似乎动了点恻隐之心，回报他一回宽慰的目光，表示心领了。

可是毕竟使人讨厌。恰好一个地下暗河调查队也住在湖滨饭店，欧阳知道了，忽生奇想，加入了他们的队伍，提前离开了笔会。他巴望赶快躲开世俗的纷扰，这一躲便躲到广西西北山区里来了。

调查队在勒达山区一连发现了三个暗河口，需要弄清它们之间是否相连，尤其还想弄清它们与山那面的红水河的关系，这样就在三个暗河口投放彩色圆球形的浮木，然后分头在各个河口观察。欧阳雄和一个叫作蓝登的壮族后生被分到莫弋岩来。下午才到，蓝登去寨里联系吃住，欧阳雄就自告奋勇下到岩洞里来观察。

可是他懒得把那只电瓶灯打开。他一动也不想动。暗河里已经拉好了拦河网，彩色圆球漂到这里，自然会被网住。这时候他不需要任何一点光亮，这时候任何一点光亮都会搅得他心烦意乱。

他想摸摸上衣口袋里的两封信，忽然又觉得极其无聊。算了。记不准信塞在哪只口袋，他想摸一摸，可还是觉得无聊。算了算了，他心里嚷道，像在驱赶什么不快的念头。其实什么都驱赶不开的。两封信没去碰，而两个女人的面孔却冒到眼前来。他首先想到的总是他的妻子唐颖。那张白净的脸庞似乎不曾有过红潮（其实当然有过，譬如欧阳头一回拥抱她的时候），即使很愉快的笑也总是平静的。过去是深蓝色现在是浅蓝色灰蓝色的上衣衬着那份少见的平静。头一回做爱，是新婚前的一个月。她倒在欧阳凌乱的床上。欧阳的脑袋里已经凌乱成一团旋风一团乱草一团火球，而她，竟然还在平静地微笑（对了，脸颊上只一点微红）。也算得上是不动声色了。当时他的心上即刻掠过一丝阴影，对她的贞操起了疑心。好在这疑心当即便让鲜红的事实打消了。半年前，他提出离婚，她也只是平静地惨白了脸，噙着泪花摇头。当时他甚至莫名其妙地巴望她大吵大闹一回，痛痛快快。可是她不会。她没有激情，做爱没有，伤心时也没有。易雨来了一封信，请求她让出做妻子的位置。她竟然没有任何愤怒的表示。欧阳在事后半个月才知道。他为这个不会愤怒的女人而愤怒。面子，她说，你不要面子我要面子，欧阳，只要你改，我忍下来，面子，欧阳！她上气不接下气地哀求道。然后是分居。他住到作协的写作室里，唐颖竟然一声不响地带着女儿小柯来给他送衣服。他觉得窝囊透了，有一拳打了个空的窝囊。这封信很简单。她的信永远是那么简明扼要。女儿十岁生日，盼望爸爸回来。她知道欧阳爱女儿，便在信中永远只谈女儿。小柯感冒了。小柯亲你的照片。小柯被同学欺负。小柯考了全班第一名。欧阳惊诧，这是一个妻子面对正在闹婚变刚刚被入党延期转正的丈夫的正常态度吗？她怎么能装着什么事也没有发生的样子呢？如果换上易雨，将会怎样？

易雨肯定会挺着胸笔直地匆匆走开去，或者黑瞳仁会燃起两点黑火，或者浓黑的眉毛扬起，或者浓黑的披肩发飘起，潇潇洒洒。易雨不如妻子丰满，但她有生气，活泼泼的生气。她急促地喘气。她激烈地扭动。她颤抖。不是假装出来的，而是情不自禁。这他能感觉得出来。别同我讲你的女儿，她沙哑着声音说，别同我讲将来，我晓得你是不敢要将来的，她闭上眼睛绝望地说道。终于，她来替他也替自己争取将来了。她给唐颖大姐去了一封信，又发了一封电报“雄昨晚在我处，请放心，请三思”。最后，又一封信寄到作协党组：请处分欧阳雄，以便我们结婚。直到这时，欧阳雄才感觉到那穿火红色羽绒服的姑娘是裹着一团火走到他跟前来的。这团火一下就把他背上沉重的包袱和耻辱的假面具烧掉了，使他忽然有了一些悲壮感崇高感，忽然对鲁迅“直面惨淡的人生”的名句有了深切的感受。欧阳雄临离开桂林时接到她这封信，嘱他放心到山里去，免得坏了心境，剩下的事全由她来应付。这样的信，不要说看，就是摸一摸，欧阳这个男子汉也感到惭愧不已。这时想起来不禁浑身燥热。他忽然又想即刻离开这漆黑闷人的岩洞。他想清爽一下发木发昏发热的脑袋。

欧阳雄长长地出了一口气。他觉得应当想些别的事情，然而什么也没想起来。一瞬间这沉重的黑暗扩大了，仿佛无边无际。他赶忙打开电瓶灯。淡黄色的灯光照在缓缓流淌的暗河上。彩色漂浮物还没有出现，而且也不晓得会不会出现。他关了灯，心情似乎舒坦了些。

他巴望彩色漂浮物能在莫弋岩暗河出现。他莫名其妙地祈愿这些暗河相互连通，甚至莫名其妙祈愿大地之下的所有暗河都相互连通自由流淌。他觉得暗河真是奇妙无比的自然造化。地面上，大山，森林，木楼，芭蕉树，男人女人，总是那么稳稳当当，像是不曾有过别种样子的过去和别种样子的将来。可就在这一切的下面，流淌着一条大河，一条不动声色而又浩浩荡荡的大河。欧阳雄在桂林头一回听说有暗河，立刻感到隐隐的激动。一般说来，欧阳雄已经很不喜欢为某种自然景物动感情了。什么举首望明月啦，什么感时花溅泪啦，什么露珠小草啦，他总觉得这一类感动是一种大学生式的激情，可爱可笑的幼稚。可是现在面对着暗河他也生出这样的情感来，而且是真诚的。这种真诚的情感竟促使他远天远地跑到陌生的桂西北山区来。

蓝登那个壮族后生就一点也不能理解这位作家的感动。蓝登是山那面红水河边上的人，调查队雇来的临时工。人长得精干，只是脸上嫌清瘦了点。欧阳雄问他，在寨子里不好吗，出来奔波干什么呢？那清瘦的脸忽然就有了淡淡的红晕。想找个女人，他说，想讨个老婆咯，他有点腼腆地说道。他说他们寨子靠的是穷山恶水，女人家不愿进去，前些时有个后生病得差不多要死了，忽然大哭起来，吵浮了一个寨子，后生讲他长恁大了，要死了，没有见过女人成哪样。蓝登说着，咭咭地笑起来。蓝登平素间很少笑，若是谈到女人却一定会笑，先是腼腆地笑，接着就咭咭地笑，很满足又很不满足的样子。老欧老欧，什么是接咬（吻），哪样才叫作接咬？他把一双细眼睛瞪得贼亮。欧阳雄把接吻的技术要领向他传授了，他就开心地大笑起来。嘴巴不臭吗？他作出一副恶心的样子。嘴巴臭得像毛厕坑，接吻不臭吗？恶心的神情里包藏着向往。蓝登二十四岁了。二十四岁的山里男人渴望女人。尽管他不会有欧阳雄对暗河的种种感动，尽管他不懂得接吻，他们之间还是融洽了。欧阳雄觉得同蓝登谈这些比同文学界同行们谈要好得多，同他谈感到真诚，一种生命的真诚。在黛绿色的山林里，在洁净如洗的黑色山石上，在空寂的岩洞里和涌动着的暗河旁，同一个穿着黑色衣服的还会淡淡地脸红的山里后生谈男人女人的事，谈人的种种本能和愉悦，会有一种自然的感觉，让人感到神清气爽。

一道雪亮的手电筒光洞穿了黑暗。欧阳雄心里一振，蓝登回来了。虽说刚认识三天，并且是今天刚结伴出来，这时候蓝登就是他在勒达山区最亲近的人了。蓝登急切地呼唤着他的名字，他则亲热地应着。女人，蓝登急切地说，女人同一只熊一起走，在洞外面，你去看，蓝登喘着粗气说道。欧阳雄还没来得及问个明白，便被蓝登拽着，趺趺撞撞出到岩口。暮色已经很浓，远山近树都蒙上一层灰蒙蒙的雾霭。岩口的一条小路上，果然有一只黑熊尾随着一个女人缓缓地往寨子走去。女人背着背篓，把胸脯挺得很高。蓝登说，刚才我在近前看了，蛮嫩蛮爽看的啵。蓝登又恨恨地说，妈的，不去同男人走，倒去同狗熊作伴，可惜。欧阳雄不禁好笑起来，就拿话撩拨他，你打死那只狗熊，女人不就同你作伴了？蓝登越发发起恨来，只要那个女人肯，我白手打死那只熊！

三

勒达寨的许多人家有驯养小动物的乐趣，养狗饲鸟自不待说，有的养果子狸，有的驯一只毛獐，他们相信人同自然总有灵性相通。欧阳雄和蓝登看见的那个女人，叫作蜜，她家驯养的便是一只黑色的狗熊。

三年前，蜜的男人在新婚后的一个月里打死了一只母熊，同时亲亲热热地抱回了一只熊崽。母熊被全寨人血淋淋地剥了皮分食了，熊崽却让做新娘的蜜喂养起来。新娘巴望做一个好母亲，早早就蓄满了浑身的温存母性，熊崽便如一个婴儿享受起母爱来。她把它叫作侬，侬在壮语里是对孩子的称呼。她把侬养在紧接洞房的堂屋里，让她时时同种种人熟识，巴望它通人性近人情同一个人一样。熊崽大了一些，有时野性发作，趁人不备独自钻进寨边的板栗树林里去玩耍。蜜回来不见了它，立刻就四处唤它，侬，回家啰！如同呼唤一个娃仔，柔柔的喊声在黄昏的雾霭里飘荡。她的侬有时就一蹦一跳地跑回来，茸茸的黑毛轻松地飘抖，让人觉得同那母亲的声音一样柔顺。有时，熊留恋山野。留恋它原本应当居住的地方，忘了异类母亲的呼唤，那异类母亲便寻到板栗树林里来，拍打它的大脑壳，嗔骂它发癫发瘟，这样它就乖乖地让蜜赶着回去。若是熊钻到莫弋岩那边去，蜜就必定变了脸色，撅一根竹枝抽打这冒险的娃仔，她怕侬跌下暗河死去。

熊长大了，虽然照旧尊重母亲一样抚养它的蜜，但是蜜已经有了真正的娃仔，顾不上它了。这样熊就同蜜的男人作伴。蜜的男人去种苞谷，它就在地边追逐花蝴蝶或者蚱蜢，永远没有收获地忙乱半天。蜜的男人去打柴，它的背上就驮上一捆木柴。半路上它发作了野性子，把木柴掀到地上，男人就像骂一个不成器的娃仔一样咒骂它。它当然绝不应嘴答舌。它会像一个知错就改的娃仔乖乖地重新驮上木柴。

无论怎么样，寨里人总还是把这只熊的可爱归功于蜜。蜜的名字起得很好，寨里人都这么说。她的全名应当是蒙蜜花。壮族人称呼熟识亲近的人，习惯只叫那人名字的一个字。按说蒙蜜花应当被称作花，可是壮族叫作花的姑娘太多了，为了区别，她便被叫作蜜。被叫作蜜的女人是少见的。壮族人把母亲就称作蜜。一个姑娘很早就被寨里人叫作母亲，她母性的天良早早得到了启蒙，一颗母亲的心早早就成熟起来。蜜的胸脯还不曾有一点动静，她的性格里就有了一个母亲的柔顺和温存，就是走路，也总是十分平和的样子。当姑娘的胴体全部成熟起来之后，她越发拘谨，走路总是尽量含羞胸，为的不使那丰满的乳房影响别人的心思；两条修长结实的大腿尽量并拢得紧一些，时时做着维护纯洁抗御外侮的准备。她从老林子里嫁到勒达寨来，嫁到以一座巨大的岩漏口作为对巨人的母亲崇拜的地方来，新婚一个月，她就以蜜的名字和对熊崽的抚养在全寨人面前树立了蜜——母亲的形象，以此证明她将无愧于在那巨大的岩洞口做一个母亲。而尤其奇妙的是，当熊崽长成了比蜜还要粗壮的汉子之后，蜜又有了一个母亲对成年儿子的顺从体贴和依靠的感觉。

熊似乎也有了一个成年汉子的许多感觉。壮族的汉子们对待家里的女人总不是太温和的，在他们看来温和简直就是一种轻浮。男人对蜜总是冷冷地说话冷冷地板起面孔。熊跟了男人，也对女人冷淡起来，总是一副爱理不理的样子。蜜唤它吃东西，它不肯立刻过去，而是慢吞吞地做出一副吊儿郎当的神气。客人来家，它只是斜了一对细眼睛把来人打量一番，摆一副不屑理睬的傲气。蜜那两岁的娃仔爱同它玩耍，它则完全听之任之，让他骑，任他打，随他揪它的毛，就像一个父亲骄宠爱子。山里的男人并没有太多的心机与黄口小儿逗乐，他们习惯于用硬朗朗的石山黑森森的山林和硬邦邦的训斥来驯化后辈。在这一点上，蜜觉得熊比男人要好。有时，她还想到过如果熊是一个男人，必定是一个比她的男人还要好的男人。

蜜有时真正地为熊不是一个人而遗憾。它的生命成熟了，嗓音粗哑，动作沉着，有时脾气变得很坏。有一回，蜜到树林里找它，看见了极为惊心动魄的情景，熊正在舔食自己雄性生殖器官流淌出来的黄绿色的液体。蜜即刻觉得一阵眩晕。那感觉同头一回和男人做爱差不多，有羞涩感和羞耻感。她心里慌跳起来，赶紧不声不响地躲开去。熊后来是自己回来的，一副十分舒贴的样子，深邃的眼睛里流着幽幽的光亮。而蜜竟不敢多看它一眼。晚上给它喂食时，她调了盆蜂糖水喂它。

就在欧阳雄和蓝登来之前的一个月。蜜的男人跌山死了。他爬到岩壁上挖野蜂糖，跌下来，跌成了一个血肉模糊的死人。那天熊也跟着去。天蒙蒙亮时他们就一前一后出寨子，天杀黑时熊把一具血尸驮了回来。蜜在木楼前只看了一眼，尖叫了一声，就昏死过去。熊就用毛茸茸的身子搓她搡她，低沉地呜咽十分悲哀十分绝望而又无可奈何。它的呜咽是为了悲恸的女主人。直到蜜苏醒过来，熊才安分下来，轻轻地呜咽，像在安慰她。蜜却不理睬它，一头扑在死去的男人身上号啕大哭。熊立刻又惊慌地围在她的身旁打转，转过来转过去，似乎想与女主人分担些什么然而又束手无策。众人闻声围拢来，看到血尸十分恐惧，看到恸哭的女人十分同情，看到熊的种种表现十分惊奇。

尤其使人惊奇的是，男人们去搬那具血尸，熊不曾去理睬，女人们去搀扶蜜，熊也不曾着急，可是当村长伸手去拍蜜的背后，劝她莫哭的时候，熊却呼的一声窜到村长跟前，呜呜地哼起来，吓了村长一跳。后来，再有男人靠近蜜的身子，熊就呜呜地哼。它跟在蜜的身旁不肯离去，恶狠狠地盯着一切男人。使得男人们又羞怯又气愤，使得女人们又惊讶又开心。

那以后，熊便时时尾随着蜜，警惕一切男人。蜜也就把它看成了依靠，默默地同它作伴，只可惜它不会说话，可惜它不是一个真正的汉子。

四

欧阳雄和蓝登就住在村长家。村长家的吊脚木楼同蜜家吊脚木楼并排在寨口，两家之间只隔了几棵芭蕉树。蓝登的话题却连几棵芭蕉树的间隔也不要了，紧着同村长问那女人的长长短短。村长却又好像恨不得在蓝登和那女人之间隔上一堵无法逾越的高墙，总不肯明白地告诉蓝登什么。欧阳雄在一旁只觉得好笑。后来，远处传来尖利的呼哨声，虽然三月三歌圩早已过去一个多月了，后生男女唱山歌的兴趣却一点也没过去。村长赶紧告诉蓝登，别处来了几个姑娘，今夜在木棉树脚唱山歌，都是蛮爽神的姑娘。村长显然巴望蓝登不要再想着隔壁那个寡妇，巴望蓝登赶快去找与他不相干的任何一个姑娘，就算那姑娘是天仙，是刘三姐！蓝登如了村长的心愿，出去了。可是他就在楼前一声接一声地打呼哨，尖利而悠长。村长在屋里听得眼睛都发直了。

蓝登到底还是往木棉树那边去了。村长闷头坐了蛮久，然后劝同样闷头坐着的欧阳雄早点去睡，他就披上一件外衣出门去。外衣是一件褪了色的蓝色中山装。欧附雄不明白他为什么不把衣服穿好。也许披着威风一些，他想。

木楼里没有点灯。火塘的火光摇荡着昏黑的木楼。村长的几个娃仔不晓得缩到哪里去了。村长的老婆，一个烂红眼睛边上巴满了眼屎的老女人，蜷缩在墙角摇着纺车，那根纱总也不断那嗡嗡声总也不停。她在考验我的忍耐力，欧阳雄觉得又好气又好笑。十多年前，当语文教师欧阳雄住到数学教师唐颖宿舍的隔壁之后，他也曾经这样想过。他们客气地点头，他们礼貌地微笑，后来又客气礼貌地说些无关紧要的话。在那个全中国比赛大嗓门高调门的年代，欧时雄为唐颖的这一份沉静感动了。他想同她多谈些什么，想同她在一起感叹些什么，于是在冬天的火炉边，他谈了，感叹了，而她依然客气而礼貌。后来，欧阳雄有一段时间心绪很恶劣，有近半个月不再理会她，她也不着急，照旧客气而礼貌。第二年的寒假，寂静的校园和温煦的炉火刺激了他的激情，他抱了她，要亲她。她客气地轻轻推开他的脸，礼貌地说，等一等，我去洗一把脸，脸脏。然后才把洗干净了的冰凉的脸献到欧阳的唇边。她在考验我的忍耐力，欧阳雄觉得又好气又好笑。她显然希望做他的妻子，但她绝不肯有任何主动的表示。她显然喜欢听他说话，但她从没有提起或者引起过任何话题。她显然渴望他多做几回爱，但她总是摆平了四肢任他去行事，似乎事不关己，撒手不管。以至于欧阳雄在后来的几年里同她做爱的次数越来越少，即使做了，感情也蓬勃不起来。连生物水平也没达到！有时候欧阳雄气愤地说出这样的话来。老妻子照旧十年一贯制地客气而礼貌，沉静地微笑。

同行们聚在一起说老婆，老婆不愿让作家丈夫外出太久是一个经常的话题，这种时候欧阳雄只有冷坐在一旁。他的老婆显然是无所谓的。被老婆看得无所谓的男人多么悲哀！以至于三年前他进入文坛最高学府，跟同学们喝酒谈老婆时，他竟然哭了起来。很多同学听了他的哭声都说很可笑。

三十六年的生涯，最孤寂的时光恐怕就数文坛最高学府两年了。六年的插队知青生活不能不算孤寂，可是那时候对文学抱有多么神圣美妙的希望。这希望足以激励他吃苦耐劳忍辱负重并自认为大作家就应当如此。现在呢，在省里已经颇有名气了，在全国也小有影响，可就是没有获过全国奖，不是获奖作家，在获过奖的同学跟前似乎就是另一回事，在约稿的编辑的眼中就可以读出疑问，在编辑部组稿宴会上就有乞食之感。文学界真正是一个名利场，搞文学的又有几个不是名利之徒！同名利之徒谈名利之外的超越、永恒或者实际价值，未免太迂腐。他沉默地在这名利场里挣扎，小提琴一直在那只香烟纸箱里沉默了两年。他需要温暖，需要激情，甚至需要生离死别以及求不得的痛苦。可是妻子既不希望他离开也不盼望他回来，至少欧阳雄没有感觉出来。两颗心的交合生了锈。她总是在远处客气而礼貌地向他微笑。

这样，才造成了易雨的出现。

外语学院德赛文学社邀请青年作家们座谈。教务处点了十个人去，欧阳雄也在十人之列。他在心里咒骂倒霉，明白这一回自尊心又要承受一次考验。同去的有八位同学获过全国中短篇小说奖，官方奖励的文学地位总是很有说服力的，文学青年们会以一声“哦”来表达他们久已敬仰之情的。而还有一位便是文尧东，他和欧阳雄都没获过全国奖，但是他写的文章骂过全国获奖作品，骂过王蒙和刘再复，骂过钱钟书和李泽厚，许多大学教授对他的文章都只敢说可以研究可以讨论，而他自己却一边扭着迪斯科一边说老子震得他们一愣一愣的，然后像一只怪鸟一样大笑。敢骂各名人的人便也可以成为名人，这是成名的一条捷径。文尧东能说会道。他可以骂别人是浑蛋，可以宣布有稳定风格的作家是悲哀的，大气磅礴地表示他要打一枪换一个地方。一个稍微有些反响的作品出来了，别人夸奖他，他就说我这是玩玩。而重要的是他还特别爱说话。宿舍走廊里，时常震响着他那怪鸟一样的声音：怎么脸灰灰的啦？怎么不理人啦？小便回来啦？甚至在厕所里他也要说话，没有男人对话便同隔墙的女同学粉墙会，你那首“白生生的脸蛋黑棱棱的眼儿”不错，说话声由小便的哗哗声伴奏。文尧东的巴掌大的小白脸当然不会在任何社交场合无人青睐的。同他们在一起，欧阳雄这个中原老汉没有不受冷遇的。他说他头疼，不想去，可是九位同学忽然又都有了平时所没有的热情，硬把他推拥着上了面包车。不明底细的人会以为他很受同学爱戴，而他明白，居高临下的人往往会在同情与帮助弱小的同时使自己的优越感更上一层楼台。

很自然，在座谈会上，欧阳雄又一次陷入了尴尬。他们十人坐成一排，面对百多名大学生和一些青年教师，接受他们递上来的字条，回答种种聪明而时髦的文学问题。这一次实行的是指名提问。欧阳雄这个名字对他们也许是陌生的，尽管他的短篇《夏阳》得到过叶圣陶老的称赞，但没有获奖，因此响亮不起来。会议进行了一个小时，依然没有人向他提问。而同学们一个个妙语连珠，自信与居高临下造成了他们的幽默。文尧东成了会场的明星，因为他念了一位女同学给他的字条，字条的内容是崇拜他，希望以任何方式与他交往，时间地点由他定，全场轰动。还算文尧东良知未泯，没把人家的班级姓名披露。欧阳雄在心里狠狠地咒骂文尧东，认定他又玩弄了一个女孩子。

可是毕竟文尧东很快活，而欧阳雄毕竟非常孤独。他孤零零地坐在最末一个位子上。他挺着胸，胸中充满了悲壮感。

终于，主持会议的同志递了一张字条给他。是很娟秀的女性笔迹，请他谈他的作品《夏阳》。他严肃认真地谈了。紧接着，又有字条给他，请他谈寻根文学。再接着，字条提问：孤独感的层次。不一下，他成了全场发言的中心。文尧东在一旁，一下靠椅背，一下东张西望，焦躁不安。欧阳雄的眼睛余光看到了，心里很有些报复的快感。可是，他忽然发觉，手上的五张字条都是出于一人之手。有一位好心人同情他，或者说在怜悯他，想帮助他从孤独而尴尬的境地里挣脱出来。而且这人还一定是一位女性。欧阳雄顿时浑身发热，既感动又屈辱。他冲动地站了起来，举起五张字条，感谢这位不知名的同志，但我不需要同情，我把这看成是鼓励，凭着这五张字条，我就要坚实而真诚地走下去。会场上的年轻人为这位孤独者的坚实而真诚的话语感动了，立刻报以热烈的掌声。欧阳雄几乎落下泪来，这是多少年来不曾有过的。

散会后，外语学院的助教易雨便逆着纷纷向门口涌去的人群，笔直地走到欧阳雄的跟前。她穿着火红色的羽绒服。五张字条是她火红的杰作。她向欧阳雄，向这个有中原老汉黑红的脸膛和络腮胡，穿着中原老汉的大裤裆的欧阳雄，伸出了她白皙柔软的手。

文尧东立刻凑到易雨跟前来，参加了握手的仪式，并热烈邀请易雨参加周末舞会。易雨矜持地微笑。欧阳雄面对着文尧东，忽然就有了很强烈的崇高的欲望。他的眼睛平视着易雨的头顶，不打算多看这个姑娘一眼。他想绝对不同易雨深化男女之情。倘若她果真去参加舞会，他绝对不去邀请她跳舞。他把这些古怪的念头看得很崇高。尽管后来易雨一再笑话他这是一种病态心理，可他还是觉得这种病态比文尧东的常态要好。

欧阳雄不愿多想易雨，但他常常想起易雨。他隐隐觉得她能使他从孤寂中壮大起来。他对开往外语学院去的342路公共汽车有了一种莫名其妙的感觉。他对走廊尽头的电话铃声有了一种无法言传的期待。

后来，还是易雨在元旦的前两天来了一封信，约欧阳雄同志元旦上午九点钟北海公园门口见面。

欧阳雄到北京一年多，只去过一次北海公园，那还是刊物编辑部组织的游园。公共汽车线路很不熟悉，元旦上午，他在美术馆门口倒111路电车，到北海公园站下。他不晓得这里是北海后门，傻愣愣地在这里等到九点半钟，不见易雨来。他猛然醒悟，可能这里并不是北海公园大门，赶紧请问守门人，果然。他立刻急出一身热汗，慌慌张张地买了一张门票，连走带跑地穿过公园，赶到公园大门口。这时已经近十点钟，还是没见着易雨。他抱着微弱的希望等了二十分钟，想易雨一定生气走了，这是自己的失误，只好懊恼地离开北海回校。在电车上，一方面怅然若失，一方面他又有点庆幸，心想或许未能见面反而是好事，倘若感情发展起来，怎么结局？可是，欧阳雄刚一进学校大门，就有同学喊起来，说是外语学院的女老师来找他，刚离开不到半小时。欧阳雄一身的热汗顿时变成了冷汗，闲话也不说，转身就走。欧阳雄跳上342路公共汽车，在外语学院站一下车，他脑壳里热热烘烘的，就直冲进学院大门，东问西问，像只红了眼的牯牛横冲直撞了好一阵，才找到了易雨的宿舍。同易雨共房的那位胖乎乎的女老师告诉欧阳雄，易雨回来坐了不到十分钟，又往他的学校去了。欧阳雄脑壳发麻了，道了谢，急忙又折身出学院上车，再次回到学校。还是先前那位同学告诉他，易雨才来又走了，说是去北海，而且易雨也急白了脸。欧阳雄恨不得仰天长啸一声，但他还是忍住了。咬咬牙，飞跑到112路电车站。电车左等右等不来，好不容易来了一辆，又是快车直开过去。这时来了一辆出租汽车，他连忙摇手停车，催司机快开北海大门。他狠狠地强调大门两个字，心想这一辈子不会忘记北海公园有大门和后门之异，到死也不会弄混了。路上遇红灯，他在心里就咒骂交通管理落后，路上遇堵车，他就越发憎恨闹市，恨它不如外省清爽。车到北海大门，付了款，钻出汽车，一眼便看见穿着火红色羽绒服的易雨。易雨正站在103路电车站牌下发呆。欧阳雄脱口大喊一声。易雨猛地转过头来，白净的面孔霎时全涨红了，连眼圈都红了。她停在原地不动，一动也不动，那情景，如果有一个人过去推她一下，她也许就会直直倒下去。欧阳雄冲过去，心里一阵冲动，真想把她紧紧地搂进怀里。可是他在易雨的跟前停住。两人几乎同时长吁了一声，既如释重负又无限感慨，什么话也说不出来。易雨在前，欧阳雄随后，他们沉默着进了公园。过了横桥，往左走几步，在一株瘦骨棱棱的桃树下，易雨猛一下扑进了欧阳雄的怀里，而欧阳雄同时张开手臂抱住她，易雨大声而急促地喘起气来。欧阳雄却恨不能立刻冲到荒漠上，嗷嗷地大喊几十下几百下。他咬着牙，把易雨抱得紧紧，紧紧。

村长老婆纺的纱线终于断掉。欧阳雄一下竟轻松下来，寂寞起来。已经是晚上十点多钟，村长和蓝登都不曾回来，他便先去睡了。一觉醒来，就见蓝登刚刚走到床前。蓝登兴致勃勃地同他说，今晚唱山歌的几个姑娘都不够爽神，寨里的后生同他说，最爽神的是他们隔壁的那个女人，就是养熊的蜜。他们赌他能捞到手，赌一头山羊。欧阳雄懒懒地笑笑，说，那就看你的本事了。说完便催他赶快睡下。蓝登没有立刻睡下，坐在床前抽了好一阵子烟。

欧阳雄重新睡去的时候，好像听见几声熊的吼声。村长还不曾回来。

五

蜜和熊和两岁的娃仔相依为命。

她并不巴望熊能帮做点什么。熊也不会做。她只是觉得木楼里已经失去了一个人，倘若再失去这只大庞庞的熊，她的心就要空得什么也没有了。只要熊伴着她安安稳稳地过下去，她的心里也就能安稳。熊很像一个男人，很像她早先的男人。它不会说话，蜜的男人也不爱说话。它走路漫不经心，蜜的男人做事也是慢吞吞的。可惜，熊到底不是人，不能在深夜里温暖她的身子，不能滋润她的心。她只能在睡觉前，抱着娃仔，同熊一起在火塘边依靠在一起。她坐在草墩上，熊就伏在她的身边。有时她就把细嫩的脸庞和丰满的身子，去搓熊的暖烘烘毛茸茸的身子。熊温驯地由她去搓，深凹的眼窝里汪着一片潮湿的温情。蜜常常就不愿上床去睡觉。她情愿同熊坐到天明。

蜜总要去做点活路。这样熊就呆呆地望着远处的黑森森的大山，久久地深思又像久久地等待。这种时候，蜜喊它，娃仔叫它，它也不肯动一动。有时候，它像往昔一样，悄悄钻进板栗树林里，半天不出来。蜜有时就心慌起来，恐怕它忽然走失了，再也不回来。她隐隐觉得时刻有这种可能。

日子就在平稳和慌张中慢慢过去。一天黄昏，很黑的云团在勒达寨上空涌动，穿山风一阵一阵猛起来，云团如一只只黑熊奔跑。熊坐在木楼前，一动不动，风掀它的黑毛，它像一尊黑色的岩石抖动。突然，它走动起来，闷着头踱过来踱过去。然后又停住，昂起大脑壳倾听着什么。风声里夹杂着野兽的吼声，粗哑而绵长。是熊吼。是母熊吼。它的身子就抖动起来，喉咙里滚动着沉闷的呻吟声。回来！蜜在木楼上喊它，回家来！蜜着急地喊它。风声紧了，母熊的吼声弱了；风声弱了，母熊的吼声清晰了。它猛然长吼一声，惊醒一般狂喜一般奋不顾身一般，立刻冲出寨子，疯狂地向对面大山冲去。

蜜吓蒙了。她弄不明白熊要干什么，但这是它不曾有过的行为，这就很怕人。她赶紧把抱在手上的娃仔放下来，撵着熊喊，尖声喊叫。熊还是照直往前窜。她急起来，喊声里带着哭声。她立刻想到这野东西要窜回山野去了。她后悔没有听从旁人的劝告用铁链锁住熊。她悲哀没有男人因而驯服不了这野东西。她拼了死力去追。暮春的山野拥挤的草木在狂风中轰轰烈烈地摇晃挣扎。巨大的暗河口在漠漠昏黑里阴森而威严。熊和女人在这一团昏沉而混乱的野地里疯狂地跑。熊的额上的长毛被狂风掀向后脑勺。女人的长发被狂风掀得向后飘散。熊从暗河口前跑过去了。女人在暗河口摔倒了。狂风扑打她的身子，黑暗压迫她的身子，她的头脑空洞成一巨大的暗河口。

蜜绝望了。风势渐渐弱下来，女人的绝望成了更严实的黑暗。熊是永远不会再回头的了，它到底改不了野性子。它是熊，山野才是它的归宿，它离不了母熊的诱惑。母熊的诱惑是一只巨大的暗河口，一口便把它吞噬得不见了。蜜晓得自己无能为力。她昏沉沉地转回家来。娃仔趴在木楼的吊脚梯口哭哑了嗓子。于是她也伤心地哭出声来。

蜜一夜不曾睡着。半夜里风声越发猛烈，木楼同她的身子一起颤抖。她总觉得听见熊的吼声。用心去听，好像又没有。忽而又觉得风声就像熊的吼声，她的眼前奔涌过一只只黑熊。她下了几十遍决心不再想那个野东西。

天亮的时候，熊却回来了。

蜜一开门，就看见熊站在吊脚梯下，微微仰起大脑壳，沉静地望着女主人。后来它又把脑壳侧往一边去，深感抱歉的样子。黑茸毛上沾着许多树叶和草针，一副狼狈落魄的样子。蜜没有吆喝它，更没有骂它，就那么怔怔地盯着它。它低下头，犹豫了一下，就一步一步走上楼梯，以一个浪子归来的神气，悄悄走过蜜的身旁，钻进熟识的家门。

寨里的男人肯定对面山上来了一只母熊。有人提醒蜜，熊要发春情，要用铁链锁上一些时候。男人们更动了心思，要蜜无论如何把熊稳住，作为诱饵，他们要把那只色胆包天的母熊干掉。蜜总觉得过意不去。她晓得熊的思春是如何可怜，也觉得若是这样断了它的思恋它的新爱，是如何地对不起它对主人的忠诚。可是万一它从此被母熊勾去，她又不晓得该如何痛心。这天直到黄昏，善良的女人才把熊的一只脚套上铁链，拴到木楼中央的大立柱上。

果然，这晚上对面山上又传来母熊的吼声。没有风，吼声显得空阔而凄怆。木楼里的熊焦躁起来。它哀哀地哼，死死地挣扎。它啃铁链，嘴巴啃出血来。它猛一挣扎，木楼都颤动起来。蜜坐在火塘边，就大声地骂它。短命鬼，鬼打的！她骂，山妖勾你的魂了吧，山鬼勾你的命了吧，养你喂你你要跑，你个没得良心的！她伤心地骂道，仿佛要把它骂成一个讲良心的人。熊听了骂声，安分一下，接着就吼起来，大张着淌血的大嘴。蜜看得都痛心了，几乎不忍再把它锁下去。可是她需要它，她不能白白失去它。为了往后的日子，让它的这点野性的春情和那只该杀的母熊见山鬼去！

第三夜，母熊孤独地苦叫了半夜，木楼里的熊也苦哼了半夜，女人则苦苦抑制住了恻隐之心。半夜里男人们终于让那只母熊为了性欲付出了生命。

全寨分食了熊肉，熊胆成了全寨治病的常备良药。蜜没有去领取分给她的那一份熊肉。她内疚地守着熊，请熊吃了一大盆蜂蜜拌玉米籽。熊很忧郁，必定是为了再也听不见母熊的吼声的缘故，闷闷地吃了几口，就闷头睡去，一夜不曾打呼噜。

熊不再躁动，因为没有了山野的最强烈的诱惑。铁链当然打开了。蜜觉得日子又安稳下来。她庆幸杀了那只母熊。只要她的公熊不离开，就是杀掉一百只一千只母熊也不要紧。她想。

六

彩色漂浮物还没有在莫弋岩暗河口出现。蓝登在暗河口把蜜和熊的故事告诉了欧阳雄。欧阳雄听了直感叹。公熊对母熊的恋爱令他感动，女人对公熊的情感令他惊讶。都是自自然然的真诚的需求，却要演成一场悲剧。他每每看到女人引着熊走在寨边的小路走在阴沉的暮霭里，就隐隐有一种神秘之感，就预感到这女人某一天为了新的也是自自然然的真诚的需求，会把这只公熊杀掉。他把这预感说给蓝登听了，蓝登硬是不肯相信。

欧阳雄明白这是无法避免的事情。不要说女人面对的只是一只熊，就是一个人，那又能怎么样？欧阳雄不就面对着易雨和唐颖这样两个人么，当处于二者必居其一的选择关头时，不让唐颖让开那又能怎么样呢？尽管唐颖是那样善良，善良得欧阳雄的心都碎都软了。他骂自己是混蛋，骂自己太残忍，骂自己当初为什么爱上易雨。可他又只能当一个残忍的混蛋去爱易雨。爱上了就没有办法了，就完了，一点办法也没有，或者讲他不想采取乔力介绍的办法。你就当易雨是情人，乔力说。不行，他坚决地否定。本来是幸福的事情，为什么要造成偷偷摸摸的行为，让心里时时笼罩着犯罪感？不行，中原老汉慷慨悲歌一般地否定。

欧阳，我求你，回去不要同唐颖闹，好好同她说。易雨在火车站候车的皮椅上同他说。欧阳，我求你，回去不要同她……我会难受的，易雨轻声说。不要同她……睡觉。易雨颤声说道。她穿了件黑呢短大衣，脸庞显得很白。是苍白。欧阳雄总低着头抽烟，没吱声。他原来是不抽烟的，近来才染上。他觉得手里夹上一支烟，似乎有了一个依藉，心思定了一点。他料到易雨早晚会有这一番话的。若是北海公园约会之后不久她就说出来，欧阳雄很可能会反感，可是一年时间过去了，该发生的事情都发生过了，就是易雨不说，欧阳雄也自然要想到的。他不吱声，他要等把这支烟烧成灰烬，在丢掉烟蒂的同时说一声好吧。他觉得似乎应当这样。后来，在丢掉烟蒂的时候，他还是没有吱声。直到上了火车，开车铃响了两遍，他才对着双手抓着车窗边沿的易雨，对着黑呢短大衣衬着的苍白的脸庞，对着苍白的脸庞上一双黑亮的大眼睛，沉沉地说道：我会对你对她对我自己负责的。

欧阳，我求你，看在小柯的份上，不要离，好吗？唐颖站在欧阳雄的床前说。欧阳，我求你，我早就晓得你同那个人好了，但是，不要离，唐颖轻声说。你同她，我管不了你，只求你不要离，唐颖颤声说。她穿了件浅灰色的睡衣，脸色灰暗。欧阳雄实践着他向易雨的许诺，同唐颖分开睡了。他睡在四壁是书的书房里，床是长沙发铺成的，望着昏暗的四壁，他觉得有一种莫名其妙的殉道的感觉。遗憾的是，这张床竟然是唐颖细心铺好给他的。唐颖一看他要铺床，就抢过来干，把大床上的鸭绒垫毯扯过来铺到这床上，使得他心里很不好受。他巴望唐颖同他大闹一场，恶狠狠地骂他，把他的决心激发得更强硬一些。唐颖却不是这样的人。这就使得他感情格外复杂起来。他当然不会训斥唐颖。应当说唐颖是无辜的，他只是不爱她，不被他所爱不能说就是她的过错。在这种事情上，爱与不爱谁也没有过错。欧阳雄只希望唐颖能明白这个道理。唐颖却不愿意相信这个道理。她更相信的是另外一些道理。面子！她恐惧地说。你这个作家不要面子？小柯的面子，我的面子，怎么办？你为什么非要抓破面子，我们不要闹出去，我不闹！她恐惧而又急切地说道。欧阳雄懂得她的暗示，就是说，只要不离婚，她可以容忍他和易雨的事情。欧阳雄不禁狞笑了几声。他知道完了，他是再也不会对唐颖有半点情趣了。他为唐颖的窝囊悲哀，也为这窝囊将要耽误他人生的许多时日而悲哀。

他索性搬到作协的写作室去住。

事情终于公之于众。如同我们这个社会的许多离婚事件一样，妇联最先兴奋起来。女人们首先是为又找到一个“当代的陈世美”而兴奋，其次就是为将要与一个全省知名的作家对垒而兴奋。她们同唐颖一起流泪，然后帮助唐颖愤怒。唐颖说不要，不要她们的种种愤怒，只要不离婚就行。她当然晓得欧阳雄的性格，压力只会使他爆发得更猛更猛。可是主持正义的妇联当然不依，她们要活干，要向自己向社会求证自己的存在价值。后来，省直机关纪检会也觉得应当对这件事有所表示，经济案不容易了结，常常半途而废，而桃色事件倒很好处理，只要当事人没有太大的家庭背景，给个党内处分还是很方便的。欧阳雄正好处于党员预备期满转正，那么延期转正吧，于是延期转正。再接下去，便是有身份不同的种种人来谈心，替孩子着想是一致的，注意社会影响大体上也是一致的，疏远一点的人就劝他以事业前途为重，亲近一点的人就教他玩朋友可以，不要当真，玩得隐蔽些就行了，公开离婚没好处。乔力以他的沉默和雄辩最先表示了这种态度，而高远老师则以从善如流的长辈的宽厚认同了它，此外自然还有许多人心领神会而愉快地赞同。农民作家王大泉的说法最有意思，他在作协大院的槐树下同围着的人们叹息，欧阳这样不合算，离了婚又要再结婚，不就成了才离虎口又入狼窝了吗？娘们哪个不想管男人，倒不如稳住老婆再偷空子打野，欧阳这样不上算呀。他悲天悯人地叹息道。

作协的资料员魏丽，一个胖女人，不晓得为什么对欧阳的事格外关心。欧阳对她素来腻味，因为她对他太亲热，似乎凭着年长五六岁就可以挨着年轻男人坐，胖手就可以扶着人家的膝盖，就可以把嘴里的蒜味韭味羊肉膻气喷给人家。她老要同欧阳谈谈。谈什么呢？她谈了很多，可欧阳什么也没弄明白，只记得她总是问，你们当初是自由恋爱吧？你当初爱过她吧？然后她又无比诧异地反问道，既然你爱过她，那现在怎么能不爱呢？欧阳又好气又好笑，同她讲爱情心理学讲感觉讲情绪是对牛弹琴，他只好拿最俗的话来制止她的啰唆。你吃多了猪肉不是也很想换几顿鲜鱼吗？他话一出口就有亵渎感，有点后悔，但也不想多管它。魏丽很浓很长的眉毛一挑。怎么能这样说话呢，她嚷道，怎么能这样对待高尚的爱情呢？她心疼一样地嚷道。

自然，当易雨给作协党组请求处分欧阳以便他们了结婚的信在作协大院爆炸之后，几乎所有的人都痛苦不堪，为风化人伦丧失到如此田地而痛苦不堪。也不晓得这些人为什么痛苦，欧阳想。他觉得也蛮有趣。

七

蓝登根本就没心思去暗河口守什么彩色漂浮物，一连三天他都上山，有时去找草药，有时砍几根青竹回来编织篮子。欧阳雄总是一个人去暗河口，在那里沉思默想些事情，也想构思些东西，当然什么也没想透想清楚。他总要等到黄昏时候才回寨子。他喜欢黄昏，喜欢这时候寨子上空袅袅升起的炊烟，黑色的水牛沉重地归来，灰色的山雀仓皇地扑向大山，而女人呼唤娃仔的声音凄厉而温馨。这种时候，隔壁木楼的女人也常常唤熊回来。别人家呼唤娃仔，得到娃仔的尖声回答和急切的飞跑，而女人唤熊，熊则闷头闷脑踽踽独行。欧阳看了心里很不好受。他总觉得熊是想答应的，但它不通人语，这就显得很可怜。有时欧阳甚至想替熊应答那女人。

这天黄昏。欧阳雄刚进寨子，就看到一帮娃仔围在蜜家的木楼前，吵吵嚷嚷地朝熊扔石头。熊的脑袋上已经淌血，被驯化了的熊还真有忍受力，只嗷嗷地叫，茫然而不解地望着这些往昔时常同它戏耍的朋友。欧阳雄想上前制止，可又觉得人生地不熟不可造次。他看见村长正站在自家的吊脚梯口，虚浮的黄胖脸上露出幸灾乐祸的狞笑。欧阳雄叫了他一声，他看出了欧阳的意思，连忙朝他摇摇手，示意他莫管。欧阳心里纳闷。这时蜜回来了，尖声大骂那些娃仔。娃仔们这才有些慌张，有的跑了，剩下来几个大娃仔照旧恶作剧，石头也落在了去赶熊回家的女人的肩膀上。女人就又哭又骂起来。欧阳发现村长的狞笑越发开心。只是他颈脖上的伤口可能又疼了，他脸上的肌肉抽搐了一下，连忙收敛了笑容。前晚上村长天快亮才回家，欧阳雄一起床就看到他的颈脖上缠上了白布，白布上还浸着血迹。他说是晚上去别村商量事情，天黑跌下山沟，挨竹蔸割了颈脖。

还是蓝登解放了女人和熊。他正好扛了一大根毛竹回来，一见这情景，大吼一声。娃仔们愣住了，紧接着便一哄而散。蓝登把肩上的毛竹甩到地上，对着女人像要说点什么。那女人只是抽泣，低着头赶熊上木楼，不肯理睬蓝登。蓝登凑上去几步，熊却呜呜地朝他低吼起来。先前娃仔欺负它，它倒不曾发怒，眼下却对蓝登气愤起来。蓝登无可奈何只好站住。欧阳雄在一旁觉得很有意思，也很奇怪。

欧阳雄不晓得，勒达寨的许多男人，那些平素间总是一副岩石一样沉默呆板的面孔的汉子，已经同这女人和熊结下了仇恨。熊把蓝登也看成了那些人。

蜜有壮族女人中少见的娇美。她有壮族女人的健壮，更有壮族女人难得有的灵秀。她不曾读过书，可是勒脚歌却唱得很能勾人心思。她的男人原先也是勒达寨最出色的后生，读过县上的初中，人平素间不爱作声，山歌却唱得能飞过架大山，三年前的三月三歌节，在乡政府设的歌场上，同这女人唱了大半夜，然后把女人带回到莫弋岩野合了一回。这就使得勒达寨的男人们十分的喉急，女人们很难忍受的妒忌。两个成了婚的歌手虽然相约着把春天的心思收敛起来，过正经的日月，可是蜜总是那样撩人魂魄，不能叫其他男人不为她做几回梦，而在她的男人撒开她死去后，男人们就自然要为她动起脑筋来。

可是，蜜不曾给男人们笑脸。她自然是想男人的。她自然巴望有一个男人来搂她廿四岁的身子，更巴望有一个男人来支撑这间空荡荡的在风里颤抖的木楼。然而，来对她挤眉弄眼的男人都是有家有小的。他们只想同她玩耍。他们只想尝个新鲜。他们只想在她这里开辟一个过盛的精力发泄的孔道，然后像一只狗，尿泡胀了，在路边翘开一条后腿撒下一泡尿，轻轻爽爽颠着屁股回家去。这样既有征服者的骄傲，又有独占花魁的满足，却把苦涩的守盼，凄惨的屈辱和更深的孤独留给这个女人。蜜的心里灵醒得很。她不想图得一时的快乐，造成往后长久的苦恼。她装作一个光眼瞎，总也看不见那些眼勾勾的男人。她成了一个憨子，总也弄不懂那些暗藏机锋的调笑。她的耳朵变聋了，总也听不见木楼外的呼哨声和轻轻的敲门声。只是在深夜，她搂着娃仔嘤嘤地哭一场，有时就望定了熊，巴望它就是一个男人。

熊也有了古怪盼变化。它不再像以前那样逗一切人喜欢。它对一切走近女主人身边的男人敏感起来，凶狠起来。平素间它总埋着脑袋迂迂地走动，而一旦发现男人靠近蜜，它就停下来，呜呜地发出警告。起初男人们觉得很可笑，说这个野东西同我们有仇，我们杀了它的野老婆。它记恨我们。后来他们就不再觉得可笑。有的男人借口找蜜借东西问事情，要上她的木楼，熊就堵在门口，无论那男人怎样恫吓它女人怎样叫唤，它横竖不肯让开，有贼心没有贼胆的男人就只好涨红了脸，怯怯地吞着口水避开去。于是寨里就有了传闻，说是蜜的男人的魂魄附在这熊的身上。

最先吃大亏的是寨西头的打炮鬼。打炮鬼搞女人最有本事。还在十六岁时，同一帮后生在暗河口洗澡，就爱当着众人手淫，众人就把他叫作打炮鬼。如今打炮鬼已经四十出头，几十年如一日地爱在人堆里说女人。一天半夜，他就很利索地爬上蜜家的木楼。他原以为蜜也同许多女人一样，男人只要压上身子就酥软。不想蜜不曾酥软。她在睡梦中被打炮鬼搂住，一醒过来就挣扎就骂。已经呼呼大睡的熊也给吵醒了。它摇摇晃晃地走进蜜的房间，两只前爪攀住正在欺负女主人的打炮鬼，接着就是一巴掌。全靠打炮鬼机灵，四十岁的风浪鬼比廿岁的憨后生要机灵十倍，左边脸颊只挨熊抓破了皮。他惨叫一声，从窗户口窜了出去，直直跌下木楼，把脚也崴了。

打炮鬼偷鸡不得蚀了一大把米，男人们觉得好笑更觉得紧张。有的人暗暗动脑筋，总结打炮鬼失败的经验，再去一试身手，这样寨子里又增添了两个脸上破皮淌血的男人。而最后吃亏的是村长，他以为他是全寨子至高无上的人物，披上一件中山装又是那样威风，他可以威风地骑骂一样地骑到女人身上去，结果却是差点没被熊掮断了他的脖子。

这样就有了一帮娃仔大打出手的恶作剧。奇怪的是，不仅男人们要除掉这只熊，就是这些男人的老婆，也大惊小怪地呼吁要杀了这只影响男人风流的熊。全寨人几乎一致认为蜜的男人的魂魄附在这熊的身上。蓝登把女人和熊从乱石下解救出来，这晚上却总也闷闷不乐。晚饭时村长请他们喝熊胆酒，蓝登只是闷着头喝。村长喝酒当中进灶间拿东西，蓝登忽然就低声告诉欧阳雄，村长的颈脖是挨熊抓伤的。他不禁吃了一惊。原先村长同他说是上山挖蜂蜜跌了一跤，挨山石刮伤的，他还深信不疑，不承想村长同那打炮鬼共了一个背时的命运。

这天晚上，村长喝了很多酒，喝了熊胆酒又喝三蛇酒，后来又喝蜂蜜酒，一张肥脸胀成酱紫色如同包着一汪黑血，随时就要皮破血溅似的。他大骂烂红眼睛的老婆，骂她只晓得开腿像一堆死肉。然后他就骂熊。为民除害！他吼道。他气愤地宣布，明天就召集几个男人杀了那只熊。他说的不是酒话。欧阳雄不禁替那女人和熊担心起来。

蓝登忽然就笑了。他说，你们杀熊，那女人必定要同你们闹死闹活，我想把这只熊买下来，带回红水河边的寨子去杀了卖钱。他眨着红眼睛说道。他说他还要同那女人商量一个价钱。

村长猛拍了一下蓝登的背，大包大揽地说卖给你，好像熊属于他的一样。接着他就同蓝登拼起酒量来，干渴得不得了的样子，猛喝狂饮起来。后来就连声喊：我要讨她做老婆，我要拿她来垫床板！蓝登却呜呜地哭起来，哭声很古怪很可笑。欧阳雄忽然觉得蓝登和村长好像都很可怜，还有那个女人，那只熊。

八

在男女私情上，女人要比男人来得灵醒，死了男人的蜜就尤其灵醒。男人心中的鬼怪，蜜不用抬头就能感觉出来。这种时候，她就亲热地呼唤熊，把手伸进那茸茸的黑毛里，像是抱定了一块大礁石，不让自己被急流冲走。可是，蓝登帮她和熊解了围，蓝登定定地望着她，她却不再呼唤熊，不再去抚摸熊。她觉得心里空空的，身子禁不住就要战栗了，就径自跑上吊脚梯，躲进家去。

她没有勇气去看那个来察暗河的后生。因为那个后生时常定了眼神，把目光直直伸进她心里去。她去刨玉米地，后生扛一根青竹从地边过。不哼风流歌，不搭腔，好像连看都没看她一眼，她却觉得他在盯着她。重重的脚步每一步都踏在她的心上，脚步声远了听不见了，她又觉得自己的心也没得了。她去板栗树林里捡树枝，后生提着几个装野猫的铁夹走过树林边。铁夹碰得叮当响，她以为后生撩拨她，响声刺得她的脑壳都要发昏。响声远去了，她巴望那些铁夹不要再响，好证明刚才的响声是后生故意弄给她听的，是属于她的。后生在路边屙尿，蜜正好从后面走来。他不穿壮家男人的宽裆裤，因此屙尿不用把一只大裤管捞起来，而是叉开双腿，解开裤扣，这同蜜那死去的男人一样，她在后面看，觉得威武觉得高大，觉得比一切男人都强。前两天，蜜问几个女人在莫弋岩口洗衣服，女人们就议论来莫弋岩察暗河的后生。蜜不敢插嘴搭话，只觉得一张嘴必定会脸红。她尖起耳朵来听有关那后生的一切话语。女人们说那后生来察暗河也来察女人，想上门入赘。勒达寨尽管蛮荒偏远，却又看不起更蛮荒更偏远地方的人，更看不起从那些地方来这里入赘上门的男人。可是蜜听说那后生要来入赘，不由觉得暗河流出来的水一片发亮，刺得眼睛都花了。她急急地洗起衣服来。

自从听了蓝登要找女人家入赘的传闻，蜜就忽然很想唱山歌，想亮着嗓子甜甜地柔柔地唱，唱得一寨子人四乡八峒的人都来看她。她想唱：

勾魂鬼，
昨夜等你你不来，
前门留有一盆水，
床前留有一双鞋。

她更想唱：

不得风流心不开，
莫弋岩口起青苔，
哥想插柳尽管插，
莫要拔树别处栽。

这些都是她做姑娘时不齿于唱的妖歌，现在她却恨不得满天满地去唱，唱得个头昏脑热才好。然而她又压迫自己不要唱出声来。她有一个引人注目的寡妇的种种难处。她只能苦苦地默默地等待。她时时担心这个察暗河的后生会在某一天早上像暗河一样忽然消失。

蓝登来护她了，她却没说出话来。她一晚上都在懊悔没有说话。回到屋里就大哭了一场。起初是哭所受的欺负和屈辱。这几天寨里人都在咒骂她和熊，甚至打炮鬼到处说她同熊睡觉，日后必定要生出一只人熊来。她们要除掉这只熊，她已经感觉出来。现在连娃仔们都来欺负她了，她就觉得孤独得寒心。在寒心的时候又想起自己总不能同蓝登搭上话，眼看有了机会又没搭上，她就哭得更伤心了。

这夜晚，蜜是睡不着的了。她侧耳听着四处的动静，巴望有呼哨声，更巴望有轻轻的敲门声。村长领受了熊的厉害，寨里的男人是不敢再来的了，这时候要再有人来，必定是蓝登。蜜感觉着他会来了。她巴望蓝登即刻就来。恍惚间，她听着好像有敲门声，心就猛地一跳，再侧耳细听，却又听不到。她怕蓝登胆小不敢多敲一回，赶紧光身跳下床去开门，屋外一团漆黑。她转回到床上，再侧耳去搜寻响动，熬得都困了，总是那只熊在呼呼地打鼾。她头一回讨厌起这蠢笨的鼾声来，吵得她心太烦了。一时间，她觉得黑洞洞的屋里很空很空，自己变得很小很小。

九

第二天晚上，蓝登终于踏着沉重的雷声走进了蜜的房间。

远天响着闷雷，而且越响越近。蜜没有闩门。她晓得蓝登要来。他们还没有说过一句话，但她晓得他必定要来。这晚上她反而没有脱衣。她等他来脱，用一双又粗又硬的大手来脱，粗粗鲁鲁地脱，这样她会感到舒服死了。可是蓝登不敢。他只敢抱住她，只敢亲她……当两人抱成一团的时候，大雨就哗哗地下来了。蜜顿时感觉到浑身一下就轻爽下来。雨声增添了她的温暖，风声带来了她的安逸。蓝登在颤抖，木楼也在颤抖。风声雨声雷声闪电天翻地覆。压抑了两天的雷雨如压抑了几百几千天的情欲一齐发泄。蜜只觉得是在雨中奔跑，在泥泞中挣扎，又觉得是在迎风而立，用了全身的力量稳定自己。她头脑里忽然就冒出一句壮族古歌："莫弋岩是造人的地方，水总也流淌不停。"往昔听来丢丑，往昔听来脸红，往昔不愿多想它，这时候竟想起来了。"莫弋岩是造人的地方，水总也流淌不停。"她想放声喊出来唱出来。她什么也喊不出唱不出。雷声雨声风声很响。

竹床咯吱作响。熊醒过来了。它对女主人房间里的一切激烈的响动有了高度的敏感。有过很多回，只要它立刻进去，总是有事，总有它威风一回的机会，然后女主人总会靠紧它抚摸它，温存一回。这晚上它自然又威风凛凛地走到女人的床前。女人在挣扎。女人在喘息。熊逼近床边，用一股腥臭的气味冲散了人的一场狂欢。蜜吓得喊了一声。熊的一只前爪已经挥动。蓝登昏头昏脑，躲闪慢了，肩膀挨了一下，火辣辣的。他顿时清醒过来，一个翻身从床上跳下来。熊呜呜地哼着，转身又要去抓他。蜜要蓝登快跑。蓝登不能跑也不愿跑。光着身子怎么跑？就是穿上衣服他也不愿跑。他不甘心在蜜的跟前有一点软弱。他要证明他不同于打炮鬼不同于村长他们。他要硬朗朗的。他只恨不得一拳擂翻这只笨熊。他有的是力气，莫说是一只熊，就是一座木楼一架大石山，这时候他都想把它掀翻。熊又一次扑上来，蓝登用一只胳膊拉住它，一拳擂过去。熊的脑袋挨了沉重的一击。蓝登的胳膊被抓烂了。熊吼了一声，蓝登骂了一声。野性的熊已经被人驯化得不太善斗，而原本是人的蓝登却浑身冲突着野性。他要同熊拼个你死我活。杀死你！他喊，不杀死你我不做人！他咬着牙鸷毒地喊。

蜜光着身子抱住了熊，又恨又痛心地骂着熊。熊一点也不明白，这一回女人为什么不要它的保护。它顺从主人的意思，不再去争斗。但它还是对着蓝登呜呜地哼，威胁着这个男人，它要他立刻滚开。它是无论如何不能容忍任何一个男人靠近它的女主人的，尤其是在黑夜。

蓝登当然不能善罢甘休。可是蜜求他快点离开。他急得想大骂起来。如果身边带了牛角尖刀，他要当场杀死这只熊。被一个野东西欺侮，他感到屈辱。而在做爱时被一个野东西欺侮，他更是感到不能容忍的耻辱。可是蜜又不准他伤害熊，他又感到委屈，甚至是嫉妒。他抓起衣服，光着身子走出门去。他甚至不愿在这里穿上衣服，那样他将感到自己一点硬气都没有了。临出门，他发誓，不杀了它我不是人！他压着声音粗着嗓子发誓。

蜜的心都要碎了。她撇下熊，反锁了门，跑下楼梯。风雨已经停了，四处都很安静，一只夜鸟号叫着，孤零零地飞过寨子上空。蓝登还没曾走开。蜜抱住他，生怕他打脱一样；拼命抱紧他，嘤嘤地哭起来。她用温热的舌头舔他的伤口。她说以后惯熟了熊就会同他好的。可是蓝登还是咬着牙，把要杀熊的誓言咬得紧紧的。你要熊还是要我？我要你要你；你可怜熊还是可怜我？可怜你可怜你；女人哭着跪下来，抱紧了他的脚。

十

一场大雨，暗河涨水。欧阳雄他们的拦河网被水冲走了。彩色漂浮物还是没有出现，或者已经被洪水冲走了，或者两条暗河并不相通。欧阳雄和蓝登一大早就去了暗河口。雨还在断断续续地下，看来洪水还在长。蓝登不着急，他说索性再等下去，水消了再拉网。欧阳雄自然明白蓝登的心思，女人已经拴住了他的心。可也替他担心，只昨天一夜晚，就伤得那么重，再往下怎么得了。

暗河调查队给人送了信来，要他们继续拉网，继续守候彩色漂浮物，他们在那边每隔一天投放一个，现在已经有一个暗河口收到了，他们将同时从两个暗河口投放，因为根据原先测量，莫弋岩的海拔点比那两个暗河口低得多，倘若相通，这里肯定是下游。

送信的人还给欧阳雄捎来两封信，一封是省作协的干事陈仁信来的。小陈同欧阳雄的关系不错。他在信里对欧阳雄的前途表示了很沉重的担忧。他告诉欧阳雄，省作协第三次代表大会即将召开，原先欧阳雄被内定为作协副主席候选人，现在已经取消，这两天筹备组对他的理事候选资格还在讨论，有人已经提出他连代表也不能当。乔力倒也还能替他说话，他私下里说了，整了欧阳开了先例，以后没准我们也会倒霉。前些时作协党组派了调查组到北京去，大约去了他们学校和外语学院，希望他妥善对付。欧阳对取消他什么资格倒无所谓，取消了也就轻松了。反正总还没想到取消我做人的资格罢，他想。至于到北京调查，他更无所谓，既然闹到这种地步，还有什么需要证实的呢？通通来问当事人好了。此外，小陈还告诉他，唐颖向作协党组书记表了决心：永不离婚，欧阳雄就是患了癌症她也要守下去。党组书记非常高兴。欧阳雄想，为了他这些人也真操碎了心。

另一封信当然是易雨来的。信很简单，她告诉欧阳雄，系里安排她三个月备课，她决定下个月一日到柳州（还有十天，欧阳雄迅速计算着时日），请他去柳州接她。“我太想去看看暗河了。”她写道，“暗河太有力量了。暗河也太不幸了，倘若它总也不能光明磊落地流淌在蓝天丽日之下的话。我很为暗河感动，但是我又不愿意把全部的感动交给它。我不能忍受将激情永远埋藏在地底的命运。我要把压抑住暗河的那些层层叠叠的地壳通通轰毁。如果我不能做到这一点，那么，欧阳，咱们就在暗河口住下去，老死于暗河之滨。”

看了易雨的信，欧阳雄只觉得眼皮很重很涩，只想一劳永逸地闭上眼睛。其实老死于暗河之滨的念头曾若干次在他头脑里出现过，而这时由易雨说出来，他感到格外的悲壮。

这天欧阳雄开始留心观察体会勒达寨周围的一切。寨前寨后的大山有黑森森的山林包裹，浑厚而温存，易雨一定会喜欢；寨左寨右的石山峭壁如刀削斧砍过，正直而充满力度，易雨一定会赞叹；寨前山上挂着一条弯曲曲的小路，易雨一定要去攀登的；通向莫弋岩的泥路还算平坦宽阔，易雨一定会奔跑着扑向暗河；从莫弋岩里流淌出来的细流易雨当然会叫绝，而他就把莫弋岩的传说告诉她使她脸红一回：然后两人进岩洞去看暗河，因为黑暗森严两人一定会依偎得很紧并且相互温存几回。还有，那清晨的鸟鸣，迟暮的山雀，黄昏的炊烟和水牛，还有一年几次的歌圩，男女青年漫山遍野公开的有声有色的恋爱，易雨都会感到亲切的。他们还可以去看红水河，红水河就在寨前大山的那边。欧阳还没去过，听说要走大半天，这样很好，不要人带路，只朝着方向走，逢山爬山，逢水过水，总会到的。

他同易雨曾经一起嘲笑过对花落泪的大学生式的感动。他自认为自己已经深沉，已经不会“爱上层楼，爱上层楼，为赋新词强说愁”，不承想现在竟对自然风物充满了那么细致亲切的感受。或许这正是一种懦弱，一种害怕尘世纷争的懦弱？或许这正是人需要在自己的故乡——自然界寻找生命的和谐？我怎么能懦弱呢？欧阳雄抗争似的想。我这不是懦弱，我在寻找，寻找生命的和谐生命的方式生命的哲学，那就是自然法则是生命的最高哲学，人类的全部努力都应当以此为最合理的结局，其余都是过程。欧阳雄激烈地想道。

十一

蓝登已经把往昔塞在提包里的牛角尖刀挂上腰间。他那一举一动都聚着一股硬气一股蛮力。欧阳雄暗暗喝彩。有这么一派无所畏惧的英雄气概，愿意爱什么就爱什么，爽神。他没有那么多的瞻前顾后，那么多的畏首畏尾，那么多的虚伪客套和冠冕堂皇的理论。他蹭蹭蹭直出直入，以生死作爱，以性命作证。这样的爱穿得透岩石，穿得透大山，一世人回想起来也不会感到窝囊。爱情根本就不存在什么掠夺的问题。要就是真心相爱，那么就当然要排开他人；要就是肉体占有，那就根本不是爱情。欧阳雄还真想从这后生身上学取几分英雄气概。他晓得自己到底还没有这一股大气。想想自己竟然叫作欧阳雄，竟没有一点雄性之气，真是一种嘲弄。

蓝登自然要遭到勒达寨的男人们的笑话。那些同类，几经努力没有得手，有的甚至还为此受了伤害，自然要为蓝登的受伤大大地欢喜起来。昨天村长还同众人说这个后生不同意他们杀熊，要买熊，原来是想连熊带女人一起买。这一回莫弋大王开眼，也让他尝了一回火色。欧阳雄同蓝登从暗河口回到寨子，路上就有几个男人眨着一律的眼睛向蓝登笑，不说话。村长在木楼里的火塘边闷头抽烟。他晓得他们进家，却不肯回头来打照面。过了蛮久，他收起烟袋要出门前，才看了蓝登一眼，闷着声说，那是惹不得的麻风，你莫想了，想同她做一条暗河，不成的，要命就莫再去惹麻风了。蓝登铁青了脸说，哪样暗河？我要大明摆白仰卵朝天同她来。村长阴险而又不屑地咧出黄牙齿笑了笑，说，你敢大明摆白去？仰卵朝天恐怕熊先抓溶抓烂你的卵！说完村长便出了门。蓝登即刻就起身。我去！他吼道，我大明摆白给你们看！他暴躁地吼道，立刻就要夺门出去。欧阳雄急忙喊他回来。他不听，咚咚咚直冲下楼梯。欧阳雄冲到楼梯口，蓝登却已经冲上蜜的楼上。

蜜不在家。木楼门锁上了。

蓝登骂咧咧地打转回来。腰间的牛角刀摇摇晃晃。他自然有一拳打了个空的遗憾。回到屋，他仰面倒到床上，蛮久才长长地出了一口粗气。

欧阳雄看见村长同几个男人聚在寨口的榕树下，远远地朝这边看。看样子，他们并不想阻拦蓝登向那女人的进攻，只要他敢杀了熊，这女人就理所当然属于他蓝登的了。也许他们会妒忌，但他们会认为蓝登的获取又是理所当然的。有本事就去抢过来，这是山里人的天经地义。

蓝登在床上一躺就是半天。直到黄昏，欧阳雄看见蜜回来了，没有熊跟着。他就赶紧告诉蓝登，他莫名其妙地巴望蓝登能从床上挺起来。果然，蓝登就急急地跑往蜜家去。

蜜已经把熊带回大山林里去了。她一早就牵着熊出了寨子。她不愿蓝登杀了它，更不愿它伤了蓝登。她带了好多红薯玉米在身上，一路上直喂熊。熊不吃。最后她把熊引进了一个小岩洞，把剩下的食物全放在那里，然后转身躲开去。

在回寨子的路上，她抹过好几回眼泪。她想起熊的种种好处，想到它从此将孤零零地在山野里过日子，早晓得这样，还不如当初放它同那只母熊过日子去。她还想到蓝登也许就为了这只熊而恨她，再要是蓝登气短就此离她而去，自己就只有死路可走了。她想起蓝登就心紧，几乎是小跑着回来。她巴望蓝登能看见她哭，她想让蓝登看得见她着急的样子，她要让蓝登晓得，为了他，蜜什么都舍得丢掉。

蜜见了蓝登，这才放声哭起来，为了可怜的熊，也为了蓝登终于没有走掉。

十二

天亮了，蓝登从蜜家出来，昂首阔步，满脸喜气。他打定主意入赘。他觉得太爽神了。蜜是那样的合他的心意，她有了一个仔，证明她是一只会下蛋的鸡，这样一切都合适了。他到村长家拉上欧阳雄，立刻就去暗河口重新拉拦河网，神气好得很。他吹嘘自己一晚上不曾歇过。欧阳雄听了直咂舌头。

中午他们回到寨子，村长拦住他们，他告诉蓝登，那只熊又跟路回来了。他好心地劝蓝登不要去惹它，它回来后又撞木柱又滚地，发了很大的脾气。

欧阳雄以为蓝登又要生出怒气来，不想他竟愕然了好一阵子，喃喃地念叨着怪了怪了。然后就拉了欧阳雄去看。果然，蜜家的木楼前围了不少人，看来熊是闹腾了一场。

这时候蜜已经把熊安抚住了，它紧挨着蜜，一副寸步不离的神气。而大凡围观的男人一说话，它就盯着那人，凹下去的细眼睛显得很深沉，看来它与这些男人们的仇恨也够深的了。

蜜见了蓝登就青了脸喊，你莫过来！蓝澄竟然也不曾着急过去。他同蜜已经肯定要在一起了的，熊只不过是一个碍手碍脚的小东西而已，他犯不着同这个东西计较。反正得把它弄掉就是了。杀了它自然也没得必要，蜜是舍不得的。它到底同蜜相依为命了那么长的日子，杀了它会伤蜜的心，怕是以后对他还要啰唆起来。蓝登安稳地得了女人，性子竟然也安稳下来了。

蜜把熊带上了木楼，众人一面看着蓝登的表情，一面很不过瘾地散去。他们满以为蓝登会同熊来一场恶斗，不承想蓝登如此没得神气，失望极了。

晚上，蓝登只好同蜜到莫弋岩去说话。他们说来说去总离不了那只熊。蜜说了它的好处，蓝登说了它的坏处，像在议论一个人。最后，当蜜被蓝登抱紧了抱得舒服了，她这才同意了蓝登的主意，把熊带到红水河那边去，让它永远不回来。当这些主意定下来之后，蜜不禁连连打起寒战来。

这晚上，寨子里不时传出熊的吼叫声。它吼得非常凄厉非常不平非常绝望。到了下半夜，它还在吼，那吼声同黑夜一样迷茫一样沉重。后来，牛栏里的牛牯们也长一声短一声地哞哞喊叫起来，狗们也叫，高一声低一声地吠，还有鸡，还有山羊，还有打炮鬼家养的果子狸，把一个寨子闹得沸沸扬扬。男人们都站到寨口的大榕树下来。神秘而沉重地揣测其中的原因和将来的祸福，烟头的火星不安地明灭。

后来女人家就在家里祈求莫弋大王保佑。当寨里的这些禽兽终于平静下来之后，四面大山上接着也响起了各种兽类的叫声，有的像笑，有的像哭，有的明显是在发怒，有的则像在骂人。

蓝登一夜不肯睡去。欧阳雄只好陪他坐在火塘边。蓝登整夜里都攒者那把牛角尖刀，随时打算拼命的样子，他一夜都不曾说什么话。只是同欧阳雄说，就是有山神山鬼我也不怕。欧阳雄感觉着他的口气很神圣很庄严，本来想笑，但终于没敢笑。

十三

蜜终于把熊送到了红水河对岸。对岸是连绵百里的大山森林，应当是它最好的归宿。

蓝登和欧阳雄远远地伴随着蜜。蜜趁着同熊温存的时机，把它推下了一个两三丈深的土坑，这才甩脱了它。按照蓝登的办法，那就是用铁链把熊拴在一棵大树下，这样要甩脱更容易。蜜却不肯。她说这样一来熊会被铁链困死饿死。这样就只好采取推它下坑的办法，等到这个笨家伙爬得上来，人也就走脱了。

红水河这一段没有渡口，船家也极少，他们从下游请了一只小船来摆渡。船家汉子对送熊过河的蜜十分惊奇。他问蜜为何把这么乖的一只熊丢了。蜜哑了一样，任哪样问也不搭理。直到重新回到这边岸，回到蓝登和欧阳雄的跟前，她才疲惫不堪地软软地坐到石头上，很响地唉了一声。蓝登很小心地陪她坐，不敢吭声。

他们三人正要起身回去，蜜忽然恐怖地尖叫了一声：撞鬼了！它来了它来了，她说道，它又跟过来了，撞鬼了！她颤着声音说道。她的脸上白得一点血色也没有。蓝登和欧阳雄赶紧顺着她手指的方向看去，对岸的悬崖上只有几丛灌木在风中摇动，哪里有她的熊呢？可是她还是喊，还是指着对岸。蓝登只好再仔细望去，这才失声喊道：当真！接着欧阳雄也从那些黑色的灌木丛中认出了那只黑熊的脑袋。

红水河永远地把他们和那只熊分开了。人和熊彼此沉默地对望着。蓝登显得特别紧张。欧阳雄感到十分新奇。女人已经抽泣起来，而熊，它只能远远地沉默。忽然，熊的身子直立起来，像是要向这边岸向它的女主人扑过来。它立起又倒下，倒下又立起，越来越急促。它跃跃欲试。它要跨越眼前它怎么也弄不明白的鸿沟和河水。

熊终于从悬崖上扑了下来，掉进红水河不见了。

欧阳雄和蓝登从红水河回到勒达寨的当天下午，彩色漂浮物就在莫弋岩暗河口出现了。蓝登同欧阳雄说，他要回家去开结婚证明来。欧阳雄则同蓝登说他要去柳州接爱人，爱人从北京来，要来勒达寨看暗河，还要看红水河。他又问蜜，到时候能不能住她家。蜜连连答应，欢喜得直抿嘴笑直捋头发直扯衣襟。但得她来，蜜说，我们这里苦，没得高楼大院，没得汽车火轮，没得东没得西的，但得她来玩啰，蜜惭愧地说道。欧阳雄就同她说，这里好，这里爽神，这里喝生水都干净些，若不是还有工作，他同爱人都愿意在这里住一辈子。

一九八六年十一月

死 信

记得是今年的四月五日，不过也可能是四月四日或者四月六日，总之是清明时节，是一年三百六十五天里我们当中大多数人对比我们早死的人比较够意思的一天，我和几位朋友去尧山扫墓。这是我客居桂林七年里的头一回扫墓。桂林至今尚无亲友的墓可供我表达后死者的哀思。我的应扫之墓，论血缘，远在南京，近则在一座县城，论友情，还应当扩大到北京武汉成都西安等等地方。北京有我的同学尹俊卿之墓，武汉有我的同学姜天民之冢，成都有我的能歌善舞善打羽毛球的女同学向义光的坟茔。他们都是辉煌过一时的知名作家。我们同窗于北京大学，因为同是插队知青出身，同乐共恨，所以交情非同一般。不承想，倏忽之间，三同窗相继三年托孤而去，英年早逝，令我悲恸不已，肝肠寸断。西安则有陕西作家路遥和邹志安，也是知青出身，我同他们分别有过一面和两面之交，如今也已筑坟于黄土高坡。转瞬之间，人鬼两境，竟成永诀，令我唏嘘弹泪，郁闷难解。清明时节，和着纷纷细雨，我思想起所有比我先死的亲友，而尤其想念这几位知青作家亡友。也许是近几年来我格外看重家庭生活而亡友们在这方面又格外不幸之故罢。俊卿有过不幸破裂的婚姻，再婚本应是幸福的归属，死神却不容他与爱妻幼子多所眷顾，硬把他拉走。天民三十出头方有婚配，娇妻比他年轻十岁，生有一女，女未满三岁，他便抛妻别子而去。向义光君也是三十大几才初为人妇，哺育了娇儿，不知为什么又被迫离婚，她的结局是从穿行于秦岭天堑的列车上飞身坠车自绝。路遥的婚恋情况我缺乏了解，然而据报载，似乎他临终前只是放心不下他那唯一的才十三岁的女儿。路遥死的时候，陕西作协的同事不敢告诉他的女儿，怕小姑娘太过悲伤。大家轮流接送小姑娘上学，聪明的小姑娘感觉到爸爸的情况不妙，一再追问叔叔们，大家不忍心再瞒她了，这才领着她来到路遥的遗体旁，小女儿恸哭着扑到爸爸身上，哭喊着爸爸醒来爸爸我们回去……唉唉唉！我给不是知青出身的妻描述了这情形，不是知青出身的妻和我都酸泪盈眶。还有邹志安，据说是一家七口人就靠他微薄的薪金和爬格子的血汗钱糊口度日，清贫之状报纸上也有惨然的描述。亡友们是这样亡去，给我这幸存者留下长久的不安。我真希望能到他们清冷的坟茔前，给新坟添一抔黄土，烧几张纸钱。可是，至今我哪儿都不能去，我供职的编辑部要求我必须每天按时签到上班，领导教导我们这些有过丰富社会人生阅历的知青出身的编辑有责任给那些新分配来的自由的元素——学士硕士天之骄子做好恪尽职守的榜样，所以今年清明照旧在桂林度过。单位领导准予每人扫墓请假一天，此处我虽无墓可扫，却又不甘心上班，便随几位朋友去扫一个与我素不相识的人的墓。

但他们说他也是老插。人们都把插队知识青年称为老插。朋友们也都是老插。他姓甚名谁，他们告诉了我，我记不住，大概是双姓，不是欧阳便是司马或者诸葛，也可能是司徒、上官。刚死，坟还新。他是怎么死的，他们也告诉了我，我也稀里糊涂记不清楚，好像说是肝癌，也有说是肺癌，也有说是脑癌，有说是肺癌转移成肝癌，有说是肺癌转移成脑癌，关于这一点朋友们发生了一次会诊式的诊断辩论。后来我说反正是死了，管他是什么癌，大家忽然觉得争执很可笑，便各自保留着诊断意见结束了辩论。关于死者的婚恋，有一点是肯定的，那就是此人有一妻一子，妻已成他人新妇，子已随母下堂。但关于他的婚恋故事，朋友们又各执一说，有婚外恋说，有无婚外恋而恶妻虐待说，有离异后才气一位小他二十岁的姑娘恋爱说，有单相思说。我以为种种说法都好玩，任由他们各自去描绘，同享各种人生。此外，大家便不再谈及他。话题不知怎么就乱转起来了：谁谁发了横财尤其是洋财，某某外国银行上海分行的总裁年轻得让我们惭愧难过，中央领导人某某到底是四十九岁还是五十岁，克林顿代表着战后的一代上台，美国佬最终会怎样收拾萨达姆，波黑战事纵横谈，工厂发不出工资和工厂发的洗理费又多了一元五角，等等等等。我们这些老插，就在这位先死者的坟墓前，席地而坐，吃着塑料布上摊开的寒食，喝着三花酒，挤动着各自脸上都很富有的皱纹，大嚼大喝大谈。忽然又都懒得吱声了，然后就收拾东西，骑上自行车，张皇散去。

记得就是那天的傍晚。回到家里，妻不在，茶几上有她的留言条，文称：我去参加我们八〇级同学聚餐，餐后有卡拉OK和舞会，舞会是假面舞会，很好玩，所以可能要回来晚一些。我最恶心于假面舞会，可是妻往往乐不可支，为此我们以一晚上的亲热为代价辩论过；分明是肯定要很晚才能回来，可是妻总是躲躲闪闪地说可能。然而有什么办法呢？年轻的妻能忠贞不移地爱着我，我又有什么理由阻止她这些无可厚非的爱好呢？然而，心情不好是肯定的了，百无聊赖是肯定的了。就在这时——许多事往往就在这时——我发现了这只夹在一堆报纸里的大信封，或者说，它有点儿倔强地从一堆报纸里伸出了头来。

大信封居然没有拆过。看邮戳，是一个多月前的。一个多月来居然没发现，今天就这么轻易地发现了，好像是谁安排在今天给我似的。看寄信人的地址和字迹，是陌生人的。还好，不然又要得罪朋友了。不过我心头依然掠过一丝不祥之感，心里奇奇怪怪的，赶紧拆开信封口。

是一沓文稿，使用的不是方格稿纸，而是商店里买的那种信笺纸，看来作者不仅不是机关干部，甚至还只是一个初次尝试写作做着作家梦的人，这样的人今天已经很少见，七八十年代倒是发疯一样的遍地都是。文稿前有写给我的信：

聂震宁：

你这个大编辑，恐怕早已把我这个老插战友忘到九霄云外去了吧？还记得我们一起在红水河畔插队劳动的那些日子吗？（不对。他是谁？我赶紧看信末的署名，只一个英文字母A。A是谁？他怎么说我同他在红水河畔插队呢？我分明是在右江边插队。）那里是红七军战斗过的地方，下乡的头一天，在贫下中农举行的欢迎大会上，你还代表插青们上台表决心，说一定在红军战斗过的地方扎根开花结果，永葆革命江山不变色。（这倒是有过的。）你当场咬破手指头用鲜血写下“扎根”两个字。（绝无此事！不过当时曾经闪过此念，那时血书成风，我忽然觉得不太好意思，又怕疼，一犹豫，便罢了。）论扎根，你的意志并不比我大，你半年没回城探家，我足有一年零两个月没离山寨。（不对，我也将近有一年没回城。）我曾暗中跟你比试。我认为你是口头革命派，我才是真正的扎根派。我不爱表决心，你能说能写，占了便宜，老是捞到去公社县里地区自治区开会的机会，我恨透了你。你还胆敢跟天津来的女知青谈恋爱，我几次想抓双捉奸，你太狡猾，都躲过去了。（绝无此事！）我那时可看不起对女人有兴趣的男人，我觉得自己很高尚，每当看到男女知青成双结对去赶圩，我很鄙视，我故意不看他们，我为自己的清白高尚感动不已。

一年过去了，两年、三年过去了，先是干部子弟抽出去当工人了，接着是工人子弟也出去了。我们的家庭出身不是太红，迟迟轮不上招工，情绪非常低落。第一个坠落下来的就是你，还记得你偷农民的鸡结果被农民把死鸡挂在脖子上游村吗？（胡说八道！我是偷过鸡，但从未失手。）天津女知青被她爸爸用北京吉普接走了，当晚你就同富农老蔫的小女儿在竹林里亲嘴，我看见了，早就想抓你，不知为什么那次没抓。（天方夜谭！）后来，你又在老插中推行八卦算命、碟仙算命。（这倒是真的。）直到我抽回桂林当工人，你还在那里神神道道地装神弄鬼。

往事不堪回首。不承想你后来发达了，发表小说，得过大奖，当上了编辑。我却一无所成。回城早，结婚早，离婚也早。工厂是越干越没名堂。先是在工厂的工人大批判组，文章上过《红旗》，后来在政工科，也还有样子，我上了首届电大文科班，苦熬了一个大专文凭，在《桂林日报》上发过几篇报道。别嘲笑我，我还有一些很大的文章有待发表，一旦发表，科学史将要改写。去年起，厂里忽然就停产了，一律发百分之七十的工资在家待业。

三年前，我和厂医务室的一位女医生相爱了。她比我小十四岁，刚从医科大学分来。第二年，她就去了美国。她家里反对我们这桩婚事，下决心把这独生女送到美国去，剪断我们的联系，棒打鸳鸯。我知道她是无奈的。她说她不得不离开我，她才二十多岁，必须去闯出自己的事业来。我知道这是借口，这是隐瞒她家里分离我们的真实意图。我不能阻拦她，你想，对我们七十年代的人，事业是多么神圣的字眼！我只恨我年纪大了，又无所长，无力追随她跨洋过海，重新开创事业。其实也未必，有些科研秘密我暂时还不想公开，美国人会感兴趣的。她去了，悄悄地，突然在一个早晨去了！很长时间没有了音讯，这绝对也是她那搞电子的父母亲造成的。有一天，我忽然在我家门口的地上拾到一张纸条，纸条上写有各种莫名其妙的英文，但有一个电话号码是用红笔写的，我明白，这一定是她——我亲爱的卉卉让人送来的。你不知道，我的预感是很灵验的，冥冥中总有一个声音在告诉我什么。从那以后，我才得以给卉卉打电话。可是，后来公用电话亭的人都不肯给我拦电话，我质问他们为什么，他们只是阴险地笑，不理睬我。不说我也知道，这又是她父母亲的“杰作”。今年春节前，我发现阳桥邮局夜间也可以挂长途电话。我必须夜间去挂，不然会被她家里人发现。我们这才得以通话。你知道，通话总是很短暂的，干扰很大，我意犹未尽，就给她写信。可不知道为什么，邮电局收信的那个老女人连看都没认真看一眼，就把信扔了出来，说地址不详。这绝对不可能，我一眼看出这里面有鬼，这个鬼便是她父亲通过电脑发出的指令。后来我干脆把信贴足邮票投进邮筒。没想到，最近几封信全原样退回来了，全是指责我地址不详。而卉卉的电话再也没拨通。我们中断了联系，太恐怖了！我心急如焚！

我情急生智，忽然就在《漓江》杂志上看到了你的名字，你肯定就是那个和我们一起插队的瘦猴聂震宁。（不对，我是胖子。）老插战友，你能帮我的人生大忙！《漓江》发行海内外，请你把我给卉卉的信刊载在上面，让她读到这些信，设法与我联系，并且立刻回来。她一定能看到的，因为她很喜欢看文学杂志。看在老插战友的情分上，请你帮这个性命交关的大忙！

老插战友：A 敬上

又及：为了避免她家找麻烦，暂不告诉我的地址姓名给你，容当后秉。

读了这封信，我不禁疑疑惑惑起来。A 先生到底是谁？他怎要硬把我拉到他插队的红水河畔呢？那个干了那么多好与不好的事情的聂震宁到底是谁？撞鬼了，我想。清明节撞鬼了，我一半揶揄一半紧张地想。A 先生的情爱经历倒很富于戏剧性，吸引了我去读他托我发表的那些信。读罢那些信，大体明白了些什么，我忍不住好笑起来。想起十天前，《南方文学》的汤先生约我的小说稿，我当时曾表示为难，说这几年小说没怎么写，情信倒写了不少，当然是给妻的，不能公开。汤先生也幽默，说情信也可以发表，你写的或者是别人写的，再或者是别人托你发表的。这简直神了，汤先生几乎成了个预言家，A 先生的情信这不就来了！《南方文学》真正在海内外有影响，那位“卉卉”完全有可能看到，将这些信件拿到上面去发表，既还了我的文债，又替 A 先生做了一件功德事，也不枉他与我“老插战友”一场。我当即要通了汤先生家的电话，商谈的结果，汤先生勉强答应。不知道为了什么，这结果竟使我有如释重负之感。

“卉卉”小姐，倘若你是一个真实的存在，能否给我们那位“老插战友”、你的 A 君一个安慰，哪怕就是回眸一笑呢？当然，你的路、你的前程，你尽管走去。如果为难，便罢了。时间、历史永劫不复，没有必要回头去捡拾遗落的东西。明天总是美好的。我们的生命应当属于明天。

A 先生，老插战友，怎么说你才好！你竟然没有老起来。佩服你的好神气，真佩服你！

清明节的深夜，在妻还没有从假面舞会还原回来之前，我把这几封无法投递的死信再读了一遍，改正了一些错别字，配好了上列说明文字，把它们送给读者诸君一娱。

第一封信：

我最亲爱的卉卉：

我要拥抱阳桥邮局！他们竟然友好地慈善地亲切地充满爱心地让我挂通了你的电话。而且他们还不收我的电话费。天下哪有这等好事！我不由分说，甩给了他们一百元。他们咧嘴笑了。

通话实在太短暂！回到家里，心情依然难以平静。一年多来，我没有一刻平静过！此刻，只能用纸和笔，默默地，让每一笔每一画如潮水般起伏涌动，与你继续倾谈。

突如其来的别离，使我陡然之间陷入巨大的悲凉、恐惧、孤独之中。也记不清你走了多长时间。时间和空间都在我的感觉中消失了。我全部的感觉只有你。你是我的时间，你是我的空间。你不知道，我曾以为你会越过太平洋给我挂来电话，就死守在厂部的总机间，督促值班的总机接线员注意我的电话。她们老笑着说没有，那笑里很有内容，我直疑心是你母亲收买了她们，卡断了你的音讯。我又曾以为你会来信，就每天准时守候在厂收发室，看邮递员与收发的陈老头交接邮件，然后亲自动手查找我的邮件。陈老头怪我扰乱他的工作，动手推了我。我不怪他。我只怪你没了踪影，杳如黄鹤……你全部地笼罩了我，而不是那种所谓偶尔映在我的波心。我从未被一位女郎全部地笼罩过，现在，我才发觉我被你全部地、丝毫不剩地笼罩了。以至于我在电话里诅咒、愤怒，最后是哀求、流泪……这也是不曾有过的，如此地不顾一切，如此地沉迷，如此地踉踉跄跄、跌跌撞撞、昏头涨脑。躺在这张大床上，我感觉着空洞而孤寂，闭上眼睛，有落入深渊之感，翻过身去，有陷入海与岸之间的惶惑，无依无靠！我第一次发现自己其实很弱小。是的，宝贝，因为你是我的宝贝，唯一的宝贝！为了这唯一的，我可以放弃一切，现有的一切。随你而去，做走遍人生和尘世的旅侣。只要你爱我，只要你爱我，只要你永远地爱我……我懊悔自己过去曾有过的粗鲁、自负、狂狷、冷漠和犹疑。当你消失的危险一旦出现，我才深切地发觉，其实我一分一秒、一丝一毫也离不开你。为什么过去我出差在外竟然极少给你通电话！为什么我竟敢对你要我通电话、写信的要求付之一笑！我以为你已经属于我了，无须太用心。我是一个混蛋！我是一个无耻之尤！以为自己有多么了不起。哦，其实我不懂得该怎样去爱人，而只关注别人在怎样爱我。现在我懂了，醍醐灌顶一般地清醒了，刻骨铭心地记住了：爱情需要时时珍惜、时时珍惜，以生命、以全部的心智和忠诚来珍惜。我真正地明白了，我亲爱的卉卉，我生命的卉卉，请相信我！

你不知道，刚才，我以恐惧的心情听到了你明确的承诺，就像死囚临刑前获得了大赦，我感动地流下泪来。我贪婪地听着话筒里你的声息。我从来没有这样贪婪过。我不停地埋怨听不清，我是太紧张、太饥渴、太欣喜了！犹如在陆沉之地看到了星辰，犹如在悬崖之巅发现了通途，犹如在连绵的阴霾苦天上迎来了一抹霞光。我分明是在漫长的黑夜之后迎来了朝晖，你是我的晨曦！晚上，我穿上了你的睡衣，仔细地嗅着那上面你留下的气味，那么芳馨，那么优雅，那么清新。睡衣的棉绒多么柔软舒适，使我产生了一种幻觉。我还几次打开了写字台的抽屉，看你遗留下来的一只卷发器，觉得它鲜红得可爱。我今天居然还请人（破天荒地请人）算命。那是一个自称得了真功夫的奇人，常来厂门口摆摊，我从未理睬，今天向他屈服了。他说得挺准，我竟然傻乎乎地让他点了痣——他说可以消除眼前婚姻的苦难。他说要看看你的照片。我竟然也乖乖地交了出来（那时心里漾起一股愉快的温情）。他说是你福相，是声音柔和的姑娘，说你是家教很严的孩子，说你慈眉善颜，说你会体贴我，说你助夫，说我倘若娶了你，福星高照，前途无量。直说得我心里舒坦至极，以至于毫无憎恶地让他在脸上点痣。别笑我，卉卉，即便点坏了，我也无悔，因为这里充溢着一种愿望，一种每每想起都会心醉神迷的愿望。我有点懊恼，你曾不住地劝我把痣去掉，我不在意，也许，早去掉早就顺了。卉卉，你把我弄得都神神道道的了。

卉卉，我最亲爱的卉卉！你真聪明，把电话号码写在那样一张不起眼的纸上，谁也想不到的，可是我想到了。我也够聪明的吧？其实我们这一代人，战后的一代，并不比你们八九十年代的人差，只是生不逢时，又成了“文革”受耽误的一代，时运不济罢了！

想你，万分想你！以至于今天下午，我故意绕远路经过电子大厦，窃望在那里能看到你那电脑爸爸，我和他互相之间彼此敌视，可因为想念你，你长得像他，我竟然愿意见见他了。我前所未有地强烈地时时处处地思念你，我的卉卉！

夜深了。开往北京的特快列车的起动声悠悠传来，令我思绪悠悠飘忽起来。我想我该睡去。只是不晓得能否睡得着。不过，今夜无论能否睡得着，我都是愉快的，因为你今晚在遥远的大洋彼岸说很想念我。倘若我能睡着，是因为愉快，倘若失眠，也是因为愉快，愉快地想念你，我要追赶的太阳——卉！

紧紧地拥抱你！

久久地吻你！

永远爱你的：A

1993年1月16日凌晨2时

第二封信：

我最可怜的卉卉：

刚给你打了电话回来。你说，为什么邮局的那位年轻的小胡子不收我的电话费？他把昨晚上的一百元也退还我。我问他为什么。他眨眨眼睛，很亮的大眼睛，反问我为什么要交钱。说完就独自吹起口哨，吹的是一支港台流行曲子。我忽然想到他也许认识你，你们的年龄接近，也许是同学，便问他，你认识卉卉？他龇牙咧嘴一笑，说是美国纽约的卉卉吗？可能认识吧。我很紧张，赶紧问他是怎么认识你的。他不作答，又自顾自地吹起口哨。哦，卉卉，你和他到底怎么回事？我不相信你和你们这种年龄的人。你们在马路上也会遇上甚至接受求爱者，相爱相亲竟然可以不考虑结婚。我讨厌，看不上这样的年轻人。卉卉，你得跟我说清楚。你知道的，我有很重的疑心病（尽管几乎每一次的怀疑都能发现事实的真相，而我多么希望每一次都是我的疑心病错觉过敏呵），你一定要给我作出解释，好吗？

头很疼。傍晚时分桂林城飘起了毛毛雨，快过年了，冬雨便来了。暮色分外浓重。在苍茫茫的暮色星，我骑着自行车缓缓地行驶在漓江边的滨江大道上，感到，自己成了苍茫的一部分。我不知道该到哪儿去。没有激动人心的等着我。而从前，仿佛十分遥远又十分贴近的从前，我们下班后悄悄到漓江边约会，曾经令我激动难耐。真的，每一次都如此。有时候你约我，我说不太想去，其实是故意的。想想看吧，我的同龄人们，绝大多数在充当着成熟的老成持重的老婆的丈夫孩子的父亲，极少数人发了横财，腆着啤酒肚花钱玩女孩，卑鄙至极！而我，保持着纯正的气息旺盛的精力年轻的心灵，多么好，多么值得骄傲自豪！我说不愿去约会，实在是逗你的，我要你着急，我有点像是得宠的小孩故意撒娇——我在你身旁有时候太像小孩了，其实一点也不理智。可是，现在，你倏忽之间消失了，我不知道怎样才能找到你。我在暮色里如幽灵般游走，孤独是我唯一的食粮，我郁闷得想大声长叹，夜雨平添许多悲凉。而刚才，雨下得略大一些，从电话亭出来，一会儿我的头发就湿透了，我欢快地让雨淋个够——因为你再一次许诺要回到我的身边来，回到我的每一个深夜和黎明里来，回到我的每一次呼吸中来，回到我生命的每一秒钟里来。我祈求你，我要大声地祈求你，我愿意在大庭广众之下大声地祈求你，回来回来回来……你答应了的，你说过保证回来！

我们的人生应当追求什么？我实在不能太确切地回答你。事业？物质？爱情？天伦之乐？养颐而长寿？任何一种界定，都会失去人生的全面而真实的存在。坦率地说，我什么都希望得到。人生的盛宴是为我们而准备的，我们不能愚蠢到只吃一道菜（譬如事业，譬如物质或者其他），而去拒绝甚至憎恶旁的大碗小碟。但是，有一条我想我们应当明确地去追求，那就是良好的自我感觉。什么是幸福？你感到幸福便是幸福。我想你一定会同意。到目前为止，我们真切地感到我们在一起是幸福的，而将来，我们也感到一定会幸福的。那么，我们为什么要放弃这样的追求？为什么要把几乎到了手的幸福抛开？人生时光如此有限，这是令一切清醒的人感到恐惧、悲哀的存在，我们怎能虚掷它？怎能去增添不幸福的成分而去稀释、削减幸福的内容？自古多情伤离别，难道你竟然要亲手来制造这种无价值的离别？我们什么时候变得如此寡情甚至无情？我们不会这么做的，对吗？我亲爱的卉卉！任什么外力也不能迫使我们这样去做，对吗？我生命的卉卉！如果这样去对付人生，虚掷幸福，放弃幸福，屈服外力，那么，我们就实在太愚蠢太软弱太无能太可怜，一句话，太不配有更好的人生了。人生的时光稍纵即逝，我们千万不要让某一段成为一个空洞的过程！

是的，学习是重要的，这也是充实幸福的人生的一部分。可是，你面临的这样一种学习其实毫无幸福充实可言。你不知道将要学什么和需要学什么，要你学会的大体只是无情地离开我，远远地躲开我们的幸福。我们怎么能以鸵鸟的办法来对待这残酷的事实，我们怎么能就此吞噬这苦果痛苦地绝望地气愤难平地去度过余生！不，我们不能！我们是坚强的。我们应当为自己的生命负责。我们曾经坚强过。

现在更应该坚强。幸福的归宿离我们已经近在咫尺，我们千万千万要紧拽住幸福不放啊！这是上帝的旨意，记住，倘若我们自己不自救，上帝也没法帮助我们！

前信收到了罢？那信上字字是我心头滴下的鲜血。我深切地感到，经过这一次变故，我忽然进入了爱情的更为超拔的境界。我仿佛通过了一次炼狱而再生。我明白该怎样爱我的宝贝了。我顿悟到了爱情的真谛，那就是：我的爱人如何爱我固然重要，可更为重要的是要时刻想到该怎样去爱我的爱人。回到我的身边来吧！让我一千次地呼唤你卉卉卉卉卉卉……你会惊喜地发现，我获得了情感的新生。你是我唯一的爱，我爱的是唯一的你。你是我此生的最后一次爱。这样的爱，你在纽约的第五大道和中央公园是找不到的。

又是夜深。雨淅淅沥沥地下个不停。全世界都睡了，而我却没法睡去。我是个夜行人，身体没处去夜行了，灵魂依然在向你飘然而去。我明白这样下去可能会毁掉我的生命，我的年龄正是许多绝症的高发期。可是我没法让自己解脱出来。每天四五个小时的睡眠，却有四五次的惊醒，入眠又是如此的艰难。昨晚上虽说是愉快得睡不着，事实上也有思念你的苦恼在折磨。而今晚上毫无疑问又是一个无眠之夜。我完了，毁了！可是，在我精神业已被摧毁的生命奄奄一息的时候，灵魂还是要寻你而去，他会一路踉踉跄跄一路哭泣，要让你最后看一眼他遍体的鳞伤，灵魂的鲜血是怎样流淌……

我不能再写下去了，悲伤堵塞了我的思绪。此刻，我只想大哭一声，到没有人曲旷野去，对着苍茫的天地号啕大哭，一直哭昏过去，哭死过去，再也不要延醒，免却再去承爱这残酷的感情的熬煎……

紧紧地拥抱你，绝不放开，绝不！

长久地吻你，我的亲爱的卉卉！

永远忠实于你的：A

1993年1月17日凌晨3点

第三封信：

我生命的卉卉：

真奇怪！今晚十一点钟，我冒着很厚密的细雨赶到邮局，居然关门了。我很生气。我拍门，使劲拍门。里面有个守夜的老头隔着玻璃门问我干什么。我说我要给美国打电话。他说下班了，到个体话亭去挂。我说为什么昨晚这个时候还能挂，是不是故意不让我挂？老头没再理睬我，他不敢理睬我。我断然肯定是那小伙子心虚了。他想阻断我们的通话，不收钱只不过是一个幌子罢了。他知道我聪明，有力量，他这种年龄的小伙子不是我的对手，所以只好采取阴谋卑劣的手段来使坏。

可是他没法阻挠我给你写信。

天气真冷，满街的人都说可能要下雪了。我多么喜欢下雪呵。你也特别喜欢。记得我们在北京的雪天，深夜里，依偎成一个人在雪地上走。雪落静无声。我们的脚下，不，全世界，只有一个声音在响。我们不说话，有庄重的感觉，有崇高的感觉，有神秘的愉悦，更有与我的卉合成一体的兴奋。然后，我们回到暖烘烘的宾馆，然后，我们昏头昏脑地拥抱，做事，做烦恼的事，愉快的事，做种种傻事，做永远想起来永远觉得美妙的事情。

此刻，你却孤身一人在纽约。纽约肯定下雪了，你却不能出去深夜踏雪，真的要去，必定得揣上二十美金的保命钱去打发剪径的小黑鬼，倘若他不要钱而要人，还要有更多麻烦！如此这般，你到底要去那里干什么？学习？难道中国那么多东西你学够了吗？难道在中国获得硕士、博士学位的那些年轻人都是不学无术混出来的？而你还只不过是一名学士。你嫌桂林地方小而偏僻，可是纽约大而开放、豪华就能帮助你的学问更上一层台阶？说到底了，你和你的家人是慕虚荣，好像别人出国（其实大多数是出去打工，当等外公民），你不出国便特糟糕似的，没出息似的，没成就似的。哦，我一这么说你便会脸蛋发红、脸蛋发白、脸蛋发青，最后是眼圈发红。我不说了。是的是的，出去看看也没什么不好。周恩来、邓小平、朱德、陈毅这些伟人当年还出去打过工。我也是愿意去的。你老是遗憾我年纪大，这是我最不服气的。我们这一代人，青春期的创造欲受到了抑制，应当学习的时候没学习，应当创造的时候没创造，还有，应当恋爱、社交的时候也基本上是空白或者苍白的。我们应当一律减去十岁，有一个作家曾经这么新奇地振臂高呼，喊也差不多喊了十年，再喊就笑话了。其实，我认为无所谓减不减，我依然感觉自己年轻，你也这么说我（也许是鼓励我）。如果说一个人青春的荷尔蒙、创造欲呈现为一种物质形式的话，那么，这物质我没有消耗，理应在一定的时间里还保存在我的体内。因而可以说，我还是年轻的。我可以和你一起到欧美闯荡。我自信能闯出一番事业来。有一本书叫《曼哈顿的中国女人》，有人骂有人喜欢，但那作者是成功的。她也是咱们老插，老插在曼哈顿一样能成就事业。我看了就觉得来劲，我要在曼哈顿，肯定要比她干得还好。你信不信？你说你相信我是强大的，是吗？可为什么抛开我只身飞越太平洋？让我空守着没有暖气的清冷刺骨的南中国的冬天。你扼杀了我的追求、我的自信心、我的希望、我的热血、我的事业、我的生命！

哦，我的卉卉！不怪你，别哭，别叹气。千万别胡思乱想，求你了！千万别因为我的过激之辞激愤起来，做起糊涂事来。我看美国好莱坞影片，女主人公一激愤就喝酒，就可能同本来并不相爱的男人睡觉。你在那里，千万别这样做，别堕落到洋鬼子的家里去。今天我已经仔细查看了国际航班的班期表，桂林居然没有直飞美国的航班，真正岂有此理！如果有航班，我会直飞纽约。我已经作了充分的周密的运筹，在桂林运筹帷幄，决胜于千里之外的美利坚。我有完全的把握能混上民航飞机，飞越太平洋。到时候，我会踏一路冰雪，怀着雪一样柔软的柔情，冰一样坚硬的表情，去寻找你，用流利的标准的美语询问路人，一直寻找到某一个或者叫约翰或者叫理查德也可能叫杰克逊的洋鬼子的家里，这时你恰好被他搂在怀里蹂躏。我会以奥赛罗的姿势挺立在门口。看你怎样的表情！

写到这里，我的心刺痛了，心灵在痉挛。

我的卉卉！我真想休息了，我的人生之旅太劳累了。别再让我像一只风筝，被你这根红丝线牵引着，欲着地回到你手上，却又被风无情地阻隔，可怜巴巴地在高空挣扎。我要和你、你们一样生活、工作、欢笑、痛苦，一样去追求！

然而，此刻，我只能给你写信，写信成了我唯一的精神活动，除此之外，我还能去干什么呢？我能干，能干很多很多事，可是，命运太不公了，社会太不公了，世道太不公了，什么事也不让我去做，我被扼杀了！

想你想你永远地想念你！

我生命的卉卉！

永远追随你的：A

1993年1月18日凌晨3时

第四封信：

我的太阳卉卉：

今天晚上妈妈不让我出去给你挂电话。她说今天我不在家时，你给宿舍传达室来过电话，约我在家等你晚上再来电话。太好了，你可给了我希望，太阳一般的希望。我当然很乖地在家里守候啦。我装着看书，看《曼哈顿的中国女人》，实际上是竖着耳朵等候传达室陈老头的传呼声，可是陈老头的每一次传呼声都是对我渴望的心灵的一次重击。到后来，我实在是憋得坐不住了，干脆跑到传达室去坐，同陈老头一起烤火，巴望电话铃声会突然响起来。可是，直到陈老头坚定地表示他要睡觉了，我被请了出来，那电话机依然对我表示沉默。我问陈老头机子是不是坏了，他不理我。这老头太不负责任了。卉卉，难道你真的没来电话？这绝对不是你的做法。从前，你最守约，尤其守时，今天绝对是被什么牵挂住了。这我感觉得出来。我不是说不能允许你同人家约会，可是你得想想我的苦恋和守盼——但愿这一切是我瞎猜，不过我感到我真的没有猜错。我简直不知道你的情感方式是怎样一种形态，它变化的速度快得令我惊讶。我不是说你变心，而是说你太潇洒，你笼罩着我，自己却又飘逸而去。如果我种下的是希望而结出的是苦果，呵，我会疯狂地追问命运，我会杀人的！

也许真的是我对你的要求过高了，那么请你原谅。打不打来电话不能说明什么问题。请原谅我的饥渴。饥渴者对佳酿美肴的渴望、幻想理应得到正常人的原谅。

也许你真的是一个坏女孩。你们当中的坏女孩并不少见。那么请你放过我。我只渴望遇上好人，我无力把坏人变成好人。

但是，你要切记，一时的快乐会造成永久的阴影和创伤，我们还是不做或者尽量少做以后回忆起来羞愧不已的事为好。

我自信我能把一个女孩子的心灵填满，倘若不能，要就是这心灵不适合我，要就是这心灵害了某种病。

别以为你远在美国，就没人知道你在干什么。有人会盯着你的，记住！我什么都会知道的，我有铁哥们在那儿，纽约大学有我的铁哥们！

我等你的电话，没有一刻不承想到你的电话。就是此刻，传达室上锁了，陈老头睡了，我还在等你的电话，只要有电话铃声，我就跑过去，擂他的门，把他擂醒。

雨一直还是雨，老不肯变成雪。天一亮我将出去散步。你知道我喜欢在细雨中散步。我从小就喜欢这样。我喜欢细雨淋湿我的头发，然后有一绺头发垂在额前，我满脸严峻悲壮，做成了一个革命先烈或者许云峰或者王孝和或者李玉和的形象，于是心里感动不已。我喜欢雨中散步，还因为在雨中我的思绪总是十分奔涌，我会浮想联翩，大脑能收到你发自太平洋彼岸的电磁波，你相不相信？最近我在研究人的脑电波，又研究了人的第三只眼——松果体，很有成就的。还有灵魂，也是要研究的。

吻你，吻真诚的你——如果你还真诚的话。

永远在迎接你的：A

1993年1月19日凌晨4点

第五封信：

我的另一半卉卉：

又通话了又通话了又通话了！太好了，太好了！有什么比这个更好的呢？

通话时，我感到我们是一个整体，你是一半，我是另一半。我把你这一半给丢了，这全是我造的孽。我曾几乎一刻不曾停歇地折磨你，怨你是折磨，爱你也是折磨，带着你亡命于这纷乱的人世，路途多坎坷，前路多剑戟。我没有足够的钱给你，反过来还让你替我买衣服买鞋买袜子。我有愧，太有愧了！今晚我在电话里向你倾诉了这一切，你一声不吭地听着，我猜想你一定感动得流泪了。不过，我们也不要太想钱。有人说年纪大的男人有钱就能娶到年轻的姑娘，我就特别恨这句话。我就偏没有钱。妈妈送我钱我也不要。我和你是精神至上的结合，我们瞧不起钱，对吗？我们是高尚的纯洁的感人的，是吗？我就要让人们嫉妒我没钱也能娶到你。

今天晚上我向你倾诉得最多。你知道，我平素间是沉默寡言的，你还老埋怨我哑巴。其实，我知道什么时候该说话。我父亲也不爱说话，不爱同人倾诉，结果就在长江采石矶投了江，向长江的波涛倾诉去了。你是长江吗？卉卉，我向你倾诉，你会淹没我没吗？今天晚上我向你无穷尽地倾诉了！

今晚感到轻松了些。电话通得轻松，你的解释也还让我感到释然。我希望是我猜错了。我当然不希望我所怀疑的是事实。我之所以怀疑，并不是一个清查者的态度，而是一个心理上极度脆弱的弱者在寻求安慰。你用解释来安慰了我，事情也就过去了，对吗？昨晚的信千万不要引起你太大的不快，请原谅我，好吗？

今晚写点儿轻松的。明晚上我还得写，后天就是除夕夜，我将给你写一封很长很长的信，从新旧年交替的鞭炮声响起时开始写，一直写到东方之既白。

我亲爱的卉卉，我相信你并没有做过什么亵渎我们的爱情的事，我的猜疑实在是一种过敏。这一次痛苦的离别，使得我的心灵满是伤痕，我实在不能忍受再多一点点刺激了。我们发誓吧，彼此相安，静待重逢的那一天吧，好吧？答应我，让我有充分的理由为我的爱人的纯正、诚实的品格而骄傲。答应我，卉卉！

每每想到我们还要等待那么长的时间才能相见，我都心焦如焚了。

我觉得我的生命力在衰竭……

也许，我的生命的燃料快燃烧尽了……

我有幻灭感，前所未有的幻灭感！

我妈妈也有幻灭感。她不敢正视我。她在偷偷地瞅我，我感觉得到。但我不想同她费唇舌。她就一个愿望，要我尽快再结一次婚。我和他们这一代人有代沟。我知道，他们这一代人总想把我们这一代拉归自己。证明他们保守的力量十分壮大，然后让一代代人生活在他们建构的族类和洞穴的假象之中。

邮局那位小伙子真正奇怪透了。我看他也有幻灭感。他还是不肯收我的电话费。我紧张地问他是不是认识你，他神经兮兮地笑，半天才承认是的。我全身发毛，生怕他当着旁边的人说出跟你有过什么事，我说我不要知道，不要知道？我就逃离了邮局。你们这一代人呵，什么事都可能做得出来，把你们想得多坏都不会冤枉你们的。你们总企图抛弃我们，把天下据为己有，然后年纪轻轻去留洋，年纪轻轻回国来当花旗银行驻中国的总裁，年纪轻轻就当合资饭店的经理，年纪轻轻就当博士、学者、教授！西装革履，一尘不染；秀发油头，细皮嫩肉；举止文雅，谈吐就放洋屁！我恨透了！今天下午在桂林宾馆大门前，有一个白皮小子昂头站在那里，一脸的优越感，我就故意去撞了他一下，他愣了一下，不敢质问我。这就是你们这一代人色厉内荏的形象。哈哈！

可是邮局那小伙子说出跟你的什么事来，怎么办？

我累坏了，心脏也很累。爱情使人舒适愉快，爱情也使人不胜重负。我爱你爱得太累了。

写到这里，先前的轻松感全没有了。桂林连绵阴雨，我感到身上都快发霉了。纯洁白净的雪花不仅没有降临我们的城市，相反，天气已经转暖，连天气也不遂人愿。我知道这叫作地球的温室效应。温室就会害东西发霉长白毛，我特别讨厌温室。我希望冬天冷个够，夏天热个透，磨炼意志，培养力量！

你会为我无敌的力量骄傲吗？我亲爱的另一半，卉卉！

全部属于你的：A

1993年1月20日晨5点

第六封信：

我唯一的卉卉：

你说怪不怪，妈妈今天劝我别老给你挂电话，邮局那个小伙子也劝我别老来给你挂电话，理由都是过年啦，安心在家吧。后来你在电话里也劝我别老挂电话，理由也是过年啦，安心在家吧。你们像是串通好了似的。我盯着小伙子看，心里有鬼的人在我的具有 x 射线 β 射线的眼睛逼视下会心虚地躲开，他却没躲，直看着我笑。我明白了，我和他可能都是被你抛弃的可怜的人。你好心狠呵，卉卉！

好吧，明晚再打一次电话，就该你给我回电话了，年初一弟弟妹妹们都要回家来过，我不好意思再往外跑，再者，也该让他们知道你并没有抛弃我，而且还打电话来贺年，让我脸上有点光彩吧。

今天在大街上遇到了两位同学。我记得他们是在柳州或者苏州或者广州工作的。我问他们是不是回来参加同学会，他们笑笑，大约是承认罢。我说我讨厌同学会，同学会只不过是阔同学和穷同学拉拉手平等民主一回的游戏。卉卉，我实在可怜我们这一代人。我们这一代人生活成长在世纪的皱褶里，历史的皱褶里，民族的皱褶里，人类的皱褶里。畸形是我们的全部特征。我们吃尽了苦头，却又喜欢炫耀痛苦。我们倒霉，私心里却还巴望后来人也跟着倒霉一回。看着我那些衣衫不整，羞于打扮又悄悄打扮然后又满脸慌张羞愧之色的女同学，看着我那些满面尘灰黑斑，大声说话又常常把时髦的术语讲得颠三倒四的男同学，我深感痛心。我就陡然生出强烈的责任感来，我要努力奋斗，我要追随时代，我要证明我们这一代人当中也有强者，正如你们那一代人当中也有弱者一样。看，你爱上了我，便是我强大的明证。我才不去出席什么谈官职级别谈工资福利谈离婚再娶谈子女成绩的鬼同学会。

我不去参加同学会，可你又不要我，卉卉，我忽然感到自己的孤独。

我曾经铁石心肠地离异了我同代人的妻子，又回绝过形形色色的女孩子，自以为强大而无所畏惧，可到了今天，时序进入九十年代，进入了你的光圈和焦点之中，忽然我就成了一个束手待毙的囚徒。我为自己的不幸和无能深感痛心。

人生太短暂太无常了！多给我们十年光阴吧，我们这一代人就绝不会在你们面前张皇失措，他们就不会把我人生的胜利大进军贬斥嘲笑为精神分裂症。

人呵人，还有比人类更对不起自己的动物吗？

卉卉，明天便是除夕了，过年了，一年累到头，让我们好好款待自己一次吧。

我一年中到底干了些什么？我到底能干成什么？我等待你——我永远的卉卉有一天能告诉我意义。

天微微透亮了。有人敲门，可能是催我去参加同学会的，我得躲起来，不能再写了。

吻你，拥抱你，哦，信还不能让同学们看见……

你唯一的：A

1993年1月21日晨6点

最后一封信：

卉卉：

我的脑袋立刻就要爆炸了，我立刻就要死去。

今天晚上去阳桥邮局给你挂农历年最后一个电话。小伙子不在。一位长得胖胖的营业员姑娘很关心地过来看我拨号码，忽然就尖声叫起来，她说我这是拨什么鬼美国纽约电话，区号都没拨，怎么能通呢！我害怕极了，赶紧申辩说我都拨了几个晚上了，都通过话了。她说不可能，绝对不可能。我说绝对如此。她问那么营业员收话费了吗？我说我正纳闷你们为什么不收话费呢！她这才恍然大悟地哦了一声，若有所思地点点头，然后解释道，昨天不拨区号可以通，从今天起不拨就通不了。我说这么说来倒也可以，改革时代事物总是多变，也符合事物的发展规律，只好心虚虚地离开邮局回家。

完了！我们的热线被一只无形的手掐断了。你快给我来电话、来信吧。

我的脑袋立刻就要爆炸了，我立刻就要死去，在大年初一的鞭炮声中死去，全城、全中国的老百姓都在我死去时放鞭炮，我的灵魂一定能得到超度而新生。

想念你，我的卉卉！我要死去了，你快回来吧，我要拥抱你再也不放开！

我的生命就寄望于你了——我唯一的所爱，我唯一的卉卉！

永远追随你的：A

壬申年除夕夜

一九九三年七月

— 森林的故事 —

来从千山万山里，归向千山万山去。

——古诗句

绣球里有一颗槟榔

九十九里旱庄哟总有一眼清泉，
九十九座荒山咧总有一朵花香。
——壮族民歌

在情窦初开的壮族姑娘的壮锦荷包里，常常珍藏着一个美丽的绣球。它是姑娘准备赠给心上人的定情信物。美丽的绣球上，有五彩丝线绣成的花朵，缀着柔软轻飘的绸布穗子，寄托着姑娘对爱情美好的向往。绣球里包着雪白的木棉和黄灿灿的五谷，包容着姑娘对爱情果实的真诚而朴实的祝愿。姑娘的绣球呵，是姑娘的心！

达伦姑娘二十三岁了，可她的绣球却迟迟没曾抛出去。木棉花开了一春又一春，壮家的歌圩开了一回又一回，一个又一个的壮家后生像蜜蜂飞满山坡上，难道姑娘竟然没寻到一个可心的？难道姑娘也是一朵纸扎的花，想插在城市的金花瓶里？难道她长得丑？不，都不是。达伦姑娘很漂亮，四乡八垌的后生都说她是壮山上一朵托着露珠的金花茶，是河边风韵多姿的绿竹。她的心肠呢？众人又都说她心性善，会疼人，就像一眼清泉，只流出不流进，清爽爽的，甜丝丝的。

哑巴见了都想喊个好！那么，如此闪光发亮的姑娘，在爱情上又有哪样为难之处呢？

呵，说出来有多羞人！达伦姑娘一直爱慕着两个壮家后生。那两个后生呢，也都爱恋着达伦姑娘。他们就是同村的勒龙和勒古。恰好这两人又是同年老庚。达伦虽然比他们小两岁，但自小就爱跟他们在一起玩耍。春天，他们一起到坡上采竹笋；夏天，有时去小沟里戽鱼，有时去田垌里捡谷穗；秋天，捡糖稔果，摘山糖梨，有时也去绿竹丛中偷听人家唱山歌；冬天，他们常常围在达伦家的火塘边，小手搭在达伦她阿公的膝盖上，听他讲始祖布洛陀的故事。有一次，达伦的阿妈笑着同勒龙打趣道："勒龙，你爱来我家木楼，索性住过来，给我做仔吧。"不料一旁的勒古觉得被冷落了，赌气起来，哭着跑走了，接连三天不上她家木楼。后来，还是达伦哭着要阿妈亲自去把勒古请来，才算平息了这场小小的风波。

无论是在村里，在大队小学，还是在公社高中，勒龙和勒古始终以达伦的保护者的姿态出现。他俩的四只小铁拳使得那些淘气的男娃仔不敢欺负达伦。平素间，达伦不见了，阿妈到处找。若有人说，跟勒龙和勒古玩去了，阿妈也就放心了。

有一年度荒，他们三个偷偷进深山挖山薯。回来时，天黑迷了路。深山里的冬夜，野兽吼叫，山鸟悲啼，风嘶树摇，交响着各种莫名其妙的怪声，叫人听了毛骨悚然。达伦害怕得哭起来。两个小阿哥虽然心里也寒颤颤的，但还是壮着胆子逗哄她，烧起篝火煨山薯。第一个山薯煨熟了，立刻叫达伦吃。达伦吃着山薯，不哭了，直吃得鼻尖冒出细碎的汗珠，嚷着饱了，他俩才肯动嘴。等达伦躺在火边睡着后，他俩才商量轮流放哨添火。可是，谁都不甘示弱先睡，而且也不好意思挨着达伦睡，结果索性都不睡。尽管睡意不断袭来，两只小脑袋一上一下地点得像鸡啄米，可还是挣着守到天亮。

村里的老人们既为这三个娃仔真挚亲密的友谊所感动，又为他们难舍难分的感情担心，都感叹道："世上只有并蒂莲、比翼鸟。这三只黄嘴雀，日后哪样发落？"他们听了，觉得新奇。并蒂莲、比翼鸟是什么？发落又是怎么回事？达伦心眼细巧，晚上在被窝里缠着阿妈追问。阿妈佯嗔地用手指戳了她一下额头，骂道："癫妹仔，没晓得丑！"

"唔！阿妈讲嘛！"达伦扑在阿妈的胸脯上撒娇。

阿妈无可奈何了，笑道："并蒂莲、比翼鸟就是比方姑娘后生结婚呗！"

达伦急忙用手掌捂住脸，连连嚷道："不许讲，不许讲！丑死了！"接着又伸手搂住阿妈的脖子，凑着她的耳朵，神秘地轻轻说道："阿妈，我不结婚，结婚只许同一个阿哥在一起，我们三个人永世不分开！"

青黄的竹壳再硬，也裹不住竹笋拔节长高；嫩红的木棉花骨苞再紧，终究挡不住花瓣怒放；天真无邪的童年友情如何抵得住如火如荼的青春爱情的冲动？爱情悄悄来到了姑娘后生的心间。然而，它是甜蜜的，又是令人苦恼的。

共蔸树上的两朵花，模样还有不同，难道两个后生在姑娘的心上就没有个轻重之差？哪样说才好呢？姑娘没曾这么冷静地顺理想过。只是她好像更喜欢同那身材匀称、精明能干的勒古在一起就是了。

姑娘冬天要学纺线织壮锦了。勒古会整织梳，自然时常要请他来。而勒古总喜欢邀来勒龙陪在一旁，有意无意地请他帮手。

姑娘春头秋尾要学唱山歌了。勒古也有一副画眉鸟一样圆润清亮的金嗓子，众人都要他同达伦对唱。勒龙被勒古硬拉着陪在一旁。他听不出味道，就不停地递过葫芦水壶，叫勒古喝水润嗓。

姑娘想跳壮家的舞蹈了。县文化馆的同志来村组织年轻人跳壮家的扁担舞，非要达伦同勒古配对不可，说是人才相貌高矮都匹配。勒古扭捏了好久，无奈又是团支部分配他负责文娱，只得跳了。跳得冒汗了，脱下衣服，勒龙立刻替他捧着。

难道勒龙就比不上勒古好吗？谁也没有这么说。腰圆膀粗，一脸老成相的勒龙，他喜欢闷声不响地过日子，闷声不响地砍柴烧炭，闷声不响地挑炭送给达伦家，闷声不响地帮达伦家舂泥墙围菜园。达伦对他比对勒古更和气，好像生怕让他受到一点点委屈似的。可是，姑娘总还是觉得同勒古在一起有话可谈，可以获得壮家姑娘通常所追求的情趣。

这样说来，是勒古获得了姑娘的爱情啦？好像是。为哪样说“好像是”呢？因为他们三个人都没有这样想过，那只是旁人的猜测罢了。

这年的“三月三”歌节，达伦的绣球还是没抛出去。阿妈急得再也忍不住了。晚上，她伴着达伦坐在木楼窗前，望望天上的星星，看看女儿的亮眼睛，叹了一口气，劝说道：

“一个金梭只引得一根金线，一蔸芭蕉只容得一条心，你的绣球也只有一个……”

“我绣了两个绣球！”姑娘害羞地埋下头。

“天师！雷公劈的啵！”阿妈惊慌地叫起来，“若是你两个绣球抛出去，四乡八垌笑你一世人！

“我不抛！”姑娘嘟着嘴道。

“不抛，你绣来做哪样？”

“……”

“众人都讲你中意勒古，是实话？”

“我没想过……都中意！”两手手掌猛地捂住发烫的脸。

“一个金鞍只配得一匹好马。若是他们打斗起来哪样办？若是村上人数落你石榴结籽多心哪样办？”阿妈指出了事情的严重性，索性下了命令：

“你不要害人家，也不要害自己，今年中秋歌节，你给我定下来。”

两个好阿哥哟，像一对亮眼睛，达伦能狠心丢下哪一个呢？她难过得捂着脸，嘤嘤地哭起来了。

达伦不得不开始留心如何两个当中选一个了。

人说达伦的心肠像一眼清泉，这并不假。姑娘的心地确实太善了。平心而论，她似乎更爱勒古一些。也正因为这样，她就更怕自己对勒龙不公道。在选择时，她有意避开那些勒古擅长的事情，而去找另一些很难看出两人差异的事来衡量。

芒种刚过，美丽的山鸡，雄飞雌从，穿山绕林。队里收了秧盆，男人们便扛起猎枪游山打山鸡。这一天，达伦要跟勒龙和勒古去打猎。两个阿哥哪里知道，姑娘已经暗暗决定：谁先打下美丽的长尾山鸡，她就跟他……呵，她一想到这事情，就心跳得慌，头也有些晕。

当山上响起山鸡吱咕咕的叫声，达伦的心也吱咕咕地跳了；当两个阿哥冲过去搜寻时，她的双脚一阵阵发软了；当他们在一株红豆树下看到两只长尾雄山鸡在为一只雌山鸡而打斗时，她的脸唰地红了。一只山鸡发现猎人来了，即刻扑翅飞起来。两杆猎枪端起来了。达伦的呼吸似乎也停止了。她害怕听到枪响，可是，枪还是响了。一只长尾山鸡扑地一声落在草丛中。呵，是勒古打的，是他！姑娘欢喜得脸颊上腾起两朵红云。这时，勒龙的枪也响了。已经飞上半空中的另一只长尾山鸡也打了个横，摔下来了。

“算谁呢？”姑娘为难了，“勒古先打中，可是勒龙打的是飞鸟，不是更难打吗？一个快，一个好，都是莫弋大王一样的神射手！唉，这回不算吧！”

后来，达伦又想出了第二个选择的办法。

村西头有一个瞎眼阿婆。十多年前，她唯一的儿子被调去搞武斗，死在县城里。阿婆哭瞎了眼睛。达伦和一些姑娘常来照料她。这年春天，阿婆风瘫在床，大队卫生员说要用千金草治。可是，那药不易采到，深山里的原始森林才有。勒龙和勒古听达伦说了，立即答应去采。因为保不准哪座山头有，他们便分头去找。达伦送他们到村头。她想：谁先采回来，就跟他。

刚过了晌午，姑娘就坐立不安了。一阵子怕他们迷了路，一阵子怕他们摔伤，一阵子怕他们遇上大马熊，一阵子又怪自己没跟去。想着想着，难过得哭起来，就跑到村头榕树脚守望。落霞在西山头上烧得火红，烧得达伦的心也如焦似焚了。这时，落霞里走来了勒古。他一身汗水湿透了衣衫，采回了一小把千金草。达伦高兴得飞跑上去，头巾飘落在地也顾不得去拾。呵，是他！姑娘忘情地拉住了他的手。就在这时，勒龙却从另一条路上回来了。他的衣服划破了，脸上划出了血痕，采回的千金草却比勒古的多。达伦和勒古笑着跑上去迎接他。然而，当平静下来后，姑娘以犯难了："算谁呢？勒古先回来，勒龙采得多。都是壮山上的好岩鹰！唉，以后再讲吧！"

同村的姑娘来劝她了："百灵配画眉，文龙配肖尼（文龙和肖尼是壮族民间故事里一对坚贞的情侣），自古如此，你同勒古情投意合，好就是了！"达伦噙着泪摇头道："不，勒龙会伤心的！"

又有的姑娘劝她："勒龙家穷，还是勒古好。一家的强劳力，副业几发达，嫁过去包你享福！ " 达伦说："我不是同钱财结婚！"

这些日子，达伦为爱情问题陷入了深深的苦恼。有时她还真怨恨人世间有结婚这桩事情。人，如果永远是童年，像溪水，像山雀，像红花绿草，无忧无虑，无拘无束，自由自在，该多么爽神！

这些天来，不光是达伦在为爱情苦恼，勒龙也在遭受着爱情的折磨。他爱达伦，爱得像潭水一样深沉，像藤萝一样坚韧。然而，当阿爸板着面孔告诉他：人家都说你是一只不知趣的“萤火虫”时，他才如梦初醒。原来，人们都在议论，说那修理织梳，唱山歌，跳舞，甚至那一瞥一看，都是情意的表示，而你勒龙是在人家情人眼前飞来飞去的“萤火虫”。阿爸气愤地要他即刻刹住，不能再去拈花惹草，损人害己了。勒龙激动了，惶惑了。他也隐约记起当勒古打下长尾山鸡时，达伦眼眸里闪耀出的喜悦的火花，想起在大榕树下他们两人是那样亲热地手拉着手……他浑身冒汗了，心烦意乱了。一阵子怪他们不明说，明说了勒龙是忍得住的；一阵子又怪自己懵懂，如今碍住了他们的好事，自己又落得个“萤火虫”的名声；一阵子又想到从此不能再跟达伦在一起了，心里觉得酸酸的……他这样翻来覆去地思忖了好久，虽然割舍感情是痛苦的，但渐渐也想得开了。从此，他时常故意疏远达伦。即便是赶圩，他也推说活路紧，不跟他们去。一开始，达伦和勒古看起来都很难过，不过，久而久之，好像也就平常了。

虽然达伦和勒古的事还没有定下来，但故事写到这里，好像也就该煞尾了。然而，偏偏又节外生枝。

这里离边境很近，近来可恶的越军经常潜过境来埋地雷。一天，社员们到靠近边界的山地做活路，一头牛牯脱缰跑上了山。勒龙去捉，不料快牵住牛绳的时候，牛踩中了地雷。牛被炸死了，勒龙也被炸伤。众人立刻把他送往边防军的医疗所抢救。

勒龙伤得不很重，脸颊被弹片削去一大块，右脚前掌被炸断了。众人都替他心疼叹息：原先好好一个俊后生，忽然成了残废，这一下难娶媳妇了。如今多少姑娘找对象，先挑钱财，再看相貌。这两样，勒龙一样没中。他母亲死得早，眼下阿爸年老多病，阿弟年岁又小，生活的光景在村里是数尾数的，人才上再落下个丑相，还有哪只鸟儿肯来落这根树枝呢？

他出院这天，阿爸和达伦、勒古都来接他。医生替他解了纱布。他下地试走几步，还好，只有一点儿跛。脸上怎么样呢？他问达伦要镜子照一照。达伦眼圈红了，支吾着说没带来。壮家姑娘谁不带一面小圆镜在身上？达伦拗不过，逼不得已把圆镜交给他。忽然，勒龙伤心地咆哮了一声，愤怒地把镜子摔得粉碎。他一手捂着脸上的伤疤，跌坐在床沿上。他心里在绝望地呼喊："这不是我，这不是我！这一下完了……"

这时，达伦哭着扑了上来，紧紧拉着他的手，用力摇着，说："龙，你放心，以后我跟你，我跟你！"

勒古搂着他的肩膀，诚恳地安慰道："龙，莫伤心！达伦会跟你的！"

看到他们之间这真挚的友情，忧虑的老阿爸泣不成声了。

勒龙感动地抓住勒古的手，流泪了。他慢慢地站了起来……

"男女相爱能转让吗？"勒龙回到家，冷静下来后，这问题一直在脑子里翻转。他记起不知是哪一本书上有这样一句话："同情和怜悯不等于爱情。"那么，达伦不正是出于同情和怜悯才决心跟他的吗？说实在的，她同勒古才是情投意合，性格、情趣都是那样的吻合。"可是跟我呢？达伦会过得自在吗？"想到这里，他痛苦地摇头了。

可达伦终归是下决心跟他了。姑娘往日里走路都爱唱歌，就因为晓得他不爱唱歌，这几天连歌也不哼了；姑娘往日里爱说爱笑，就因为晓得他爱沉默，这几天连话也懒得讲了。后生姑娘们跳扁担舞，她不肯去，陪着勒龙静静地坐在家里。勒古也常来，很轻松地同勒龙说笑。可越是这样，勒龙越烦恼。他看得出他们这是在安慰他，心里就像占了人家的宝贵东西一样惴惴不安。他对自己当初答应他们，感到非常懊悔。他试着不再想达伦，可姑娘对他越加亲热。有一天，达伦送来一双亲手纳的新布鞋给他，竟然握了他的手哩。他心跳了。姑娘那柔软温暖的小手，叫人摸了竟是那样舒服。他忽然间不想再放开它，用力握着。姑娘身上散发出来的淡淡的气味也竟是那样的好闻。他奇怪，从小不知拉过她多少次手，为哪样竟没曾有这样的感觉；从小就跟她在一起玩，为哪样就没曾闻得出她自有着一股香气。勒龙陶醉了，像喝了糯米陈酒，脸上火烫火烫的。

然而，当达伦不在身边时，他又陷入了苦苦的思索。他想到这是勒古让出来的幸福，而达伦却是把自己画眉鸟一样的歌喉和锦鸡一样的舞姿，流着泪收藏起来了。他觉得对不起他们，害了他们，有时就悄声哭起来。

他把达伦和勒古一起找来了，淡漠地说他不想跟达伦。勒古气得跳了起来："不行，不行！这不是让。讲定了的！"

勒龙冷静地说道："不。她原先想的就是你，你要逼我去抢夺爱情？抢不来的呀！"

"反正，"勒古倔强地叫道，"你若是不答应，那好，我们三个人一世打单身!”说着，咚咚咚地冲下木楼去。

达伦伏在桌上抽泣。勒龙沉重地喘了口粗气，嗓音低沉地说道：“达伦，你莫哭。把我的心掏出来，也是这句话：你应该同勒古好。你和勒古讲得拢，玩得配，性情也合，你分明早就想他了，如今转来找我，我晓得，是可怜我，同情我。可是，世上该同情的人多啦，怎么能叫爱情呢？更莫讲让了。花能移，树能挪，爱情却不能让的。该他的就是他的。你们要帮助我，照顾我，我都接受，我感谢……(他的眼圈红了)但是，木板钉钉一句话，我不能跟你!”

达伦止住了哭声，伏着头静静地想着勒龙这肺腑之言。

是的，每个人都有追求爱情的权利。有的人使用卑劣自私的手段来牟取，有的人为了本来就不属于自己的爱情或沉沦下去，或铤而走险。可是，这位壮山一样深沉的勒龙，他却希望，爱情的获得，应该像种瓜得瓜那样高尚，像瓜熟蒂落那样自然，像从清泉里掬起的一捧水那样洁净，像水乳交融那样无隙。这是一种多么可贵而质朴的恋爱观!

然而，要做到这一切，又多么不容易呵。眼下，这三个亲密无间的朋友又如何解决这道难题呢？

壮家中秋歌节。圆月像一盏巨大的明灯，把壮乡映照得像个透明的水晶世界。山坡上，小树旁，河两岸，一群群后生和姑娘，打着花伞，提着壮锦荷包，对唱着情意绵绵的山歌。那歌声，像绿林里的溪水，时隐时现，飘忽悠远，闪着月的波光，潺潺地流淌在花的山谷里……

在这样的夜晚，达伦必须做出姑娘婚事的重大而神圣的抉择了。她叫两个阿哥各自带了一把牛角刀，来到村头榕树脚下。两个后生，在姑娘身边一左一右地坐着，垂着脑袋。与其说他们是来定情的，倒不如说是来受审的，那模样又可怜又可笑。本来达伦想强作镇定地劝说他们几句，现在也慌乱了，嗫嚅道："人，不是长尾山鸡……"

"达伦！"勒龙忽然抬起头来，真诚地说道，"我们都懂，你放心。绣球只有一个，剪开了包不住爱情；人心只有一颗，分开了保不住生命。我也跟你说多了，你把绣球给勒古吧。"

"不，给勒龙！"勒古舔了舔发干的嘴唇，颤抖着嗓子说道，"老人家传下来的山歌唱得好……"恰巧，这时从村外大草坪上飘飘悠悠地飞来一道山歌，是两个后生合唱的：

铜锣不打千年响，
明镜不照万年光；
成家不得友情在，
人人记哥好心肠。

勒古接着道："就是这首歌。"

达伦正想说话，姑娘们的山歌也传来了：

高山架桥不用墩，
蜘蛛结网不留门；

心好不用自己讲，
生死关头见分明。

达伦咬了咬嘴唇，掠了掠额前的散发，细声细气地说道：“盐多了要苦，话多了不甜。龙哥，古哥，你们的眼睛比我的亮，你们的心肠比我的好，我不多讲了。今晚，我带来两个绣球，拔出你们的牛角刀来吧，一人拆一个。其中一个绣球里有一颗槟榔。谁得了它，我就……没得到的就永远是我们最亲最亲的——”说到这里，她的嗓子哽住了，朝勒龙投过去怨艾而又无可奈何的一瞥。“最亲的朋友。好吗？”

“不！”勒古喘着粗气说道，“我早就说过，勒龙跟你……”

勒龙微微一笑道：“我不愿呢？莫非你愿达伦转去跟别的人？唉，拿绣球吧，若是我撞了彩……”他不敢往下说了，黑黑的大眼里跳跃着一星火花。他拿起了一个绣球。

勒古想了想，这才接住另一个。

两人悄悄取出刀，就着月光，小心翼翼地挑开绣球的缝线。有点奇怪，勒龙的手很利索。而平时很利索的勒古，这时他的手却在微微颤抖。

达伦的两只手紧捂着脸，身子一阵阵地打着寒战。

这时，草坪那边又传来姑娘们清脆而又充满感情的歌声：

鹧鸪难舍路边啼，

荷花难舍塘中泥，
鲤鱼难舍滩头水，
蜜蜂难舍桂花枝。

后生家豪迈地回唱道：

舍了罢，
舍得油盐苦瓜甜，
鲤鱼舍得滩头水，
跳过龙门上青天！

勒龙干咳一声，再干咳一声，轻松地说道："我的没有！"

达伦慢慢抽开捂脸的双手，久久地凝视着勒龙。两人的目光触电似的碰击着，又赶紧避开。她重又捂住脸，颤着嗓子哀求道："你再想一想……"

"我看清了，"勒龙把绣球塞进了自己的衣袋，"看，勒古的槟榔子！"

泪水却从达伦捂脸的指缝里慢慢地溢出来了。

勒古垂头丧气地怔怔地看着自己绣球里的槟榔子，连连摇头："不行，不行……"

"说话算数！"勒龙威严地喝道，"哪个后生说话是没有根底的？"接着，他立刻热情地搂住勒古的肩膀，像忽然卸下了千斤重担一样轻松，很欢喜地说道："古，快同达伦去把喜事告诉阿妈吧。也该商量日子啦!"转瞬间，他说话已经是大哥哥的口气了。

达伦和勒古都没动身。他们目不转睛地望着勒龙的脸庞。一层银粉似的月光在那上面勾画出一条朴实、坚毅而又柔美的曲线。谁说他脸上有了伤疤就变丑了呢？平常的镜子岂能映照得出他真实的容颜！反而，他们觉得他更美了。而达伦就更强烈地感觉到了这一点。

勒龙说队长约他今晚去讲些事，便头也不回地，一跛一跛地走了。达伦和勒古很难过很留恋地目送着他，直到那宽厚的身影融入迷蒙的月色里。

第二天，勒龙离开了村子。队里照顾他，让他到公社卫生院去学习。

元旦，勒古和达伦举行婚礼。在众人的眼里，达伦的婚事，原来像丝线打结一样难解难分。谁知一眨眼竟解决得不显山、不露水的，妥妥帖帖，让人又惊又喜。结婚这一天，吹木叶唱山歌的，拉马骨胡的，放炮仗的，挤满勒古家木楼前。可是始终没见勒龙来贺喜。勒古和达伦知道他昨夜从公社赶回来了，现在上哪里去了呢？他们着急地到处去寻找。

就在村后的大山脚下，勒龙刚刚用锄头刨开了一个小土坑。他从衣袋里掏出那只中秋夜得到的绣球，轻轻地掰开那拆了线的缝口。呵，他的绣球里有一颗槟榔！他久久地凝视着那深红色的槟榔。直到勒古和达伦呼喊他的声音越来越近了，他才把那槟榔放进坑里，用土把它掩埋好。他想到开春槟榔就会发芽，这里将会长出一棵槟榔树来，不禁微微笑了。然后，他转身朝村里那欢腾的地方，一跛一跛地，很稳重地，走去……

一九八一年元月

八月笙歌

侗族平溪寨，寨背靠一座青奥奥的松树岭，寨前流一条。绿幽幽的榕江。江面宽，江水深，水流急，在新圩附近，汇入柳江。榕江两岸竹多，平溪寨一路特别多，可都是些芦笙竹。这种竹用来破篾扎篮编席，竹硬难撅先莫讲，要紧的是北风天一过，总有几条脆得同竹壳一样。这一带侗家依照这一点编成一句老话:“平溪的竹篮——莫提!”在这一点上，平溪人威风不起来。不过，世上万物看你哪样用，用得好就是宝，用不好就是草。平溪人识得自己竹子的好处，靠精明本事引得人家喊出了第二句老话：“平溪的芦笙——抢手!”平溪的竹子做芦笙，出奇的好。做芦笙，不光要把铜簧片装得正，把音筒装得不偏不歪，竹质还要细要硬要匀。芦笙用上了平溪竹，音质好，共鸣好。侗家的姑娘爱和芦笙吹得爽神的后生配对跳踩堂舞，精明的后生自然千方百计去找平溪芦笙来武装自己了。于是，没晓得从哪一辈起，平溪人就时常在附近几个小圩上卖芦笙。只要捧一个芦笙在圩上一吹，后生们就蜜蜂见花一样围上来，再一报“平溪芦笙”，哪个抓了一个芦笙在手，就饿仔捧了娘奶一样不肯丢开。这几年来，政策放宽，卖芦笙，自然成了平溪人捞钱最蔴的一条门路了。

不过，在平溪人看来，芦笙有一个很大的毛病：不容易坏，岂止不容易坏，而且用得越久越抵钱。平时侗家人夸哪个老歌手的嗓子好，就说："老桑嘎（歌手），老芦笙了！"芦笙吹久了，那声音清亮之外更显得稳实，柔顺里面更显出开阔。"芦笙芦笙，越老越神！"众人自然要爱护自己的芦笙，一支芦笙用十几二十年。芦笙能用这么久，那平溪人还用不用做芦笙？因此他们觉得这是一个很大的毛病。

这几年平溪人在芦笙上捞了不少钱，是因为早十年侗家的芦笙和踩堂舞、多耶歌曾经挨禁过，芦笙挨拿去烧火煮苦艾莱了；前两筹一开放，芦笙自然抢手。可是，就是六垌九溪十八寨，后生和准备当后生的就那么多，就算一人一只吧，不过几年，芦笙自然没得原先那样抢手了。

"路在脚上，只要你肯走！"年轻的竹生这样对他的老庚石根说，"我要给芦笙吹歌飞过山哩！"

竹生，今年八月十五跳了踩堂舞，才算进二十岁。他芦笙做得倒也平常，但是芦笙却吹得蛮爽神；活路做得倒也一般，但是嘴巴却顶得一只画眉鸟。众人笑他屁股尖脚杆长，屁股尖坐不稳，脚杆长走四方。寨里二十岁上下的后生，他是唯一下过三回柳州的"英雄"。后生们很喜欢听他摆龙门阵。

竹生的老庚石根同他恰恰相反。石根做的芦笙好比刚进寨的新娘，个个爱看；他吹起芦笙来呢，却好比八哥学人话，不诚实，逗人笑罢了。众人讲他屁股宽脚杆短，屁股宽坐得稳，脚杆短不肯走动，讲他是一块生根的石头。

“竹生，你讲去哪块地方卖笙？”石根问。

“柳州！”

“卖得成？”石根打了个愣怔。

“为哪样卖不成！”竹生说，“你没晓得，那块地方，新衣新裤摆满一条驾鹤街，政府还特地搭一条绿棚子帮摊贩挡雨；鱼峰商场里，卖药的，耍拳的，卖茶的，卖竹席的，还有瞎子算命，任由各人中意，不碍事。我们的芦笙，亮堂堂叫呼呼的，还怕没得人捧？”

石根还是犹疑：“如今城里人讲的不是吃就是穿，我们这号东西……”

竹生即刻呛白道：“哪个讲的？你去看看，城里人，买花买草，买石头砌假山，大把的是！吃饱了，喝足了，吹吹芦笙，不正合现在讲的文化文明吗！”

“我怕……”石根怯怯地一笑，“我怕人家笑我们土！”

“你莫总用牛眼睛看自己！”——侗家传说牛老实，是因为它的眼睛像放大镜，看什么都觉得大，心里就害怕了——“嘿，山顶看山脚的人小，山脚看山顶的人也小哩！我们看人家洋，人家看我们也洋咯！北京来的教授、大学生，自治区来的同志，哪个不稀罕我们的芦笙！”

竹生的两片薄嘴皮，直讲得石根的两片厚嘴皮裂开笑了。“莫急笑先！”竹生细细的眼睛一闪，“还要多练两段曲。我见人家卖二胡卖笛子的，又吹又拉，曲引众人哩！”

石根又青了脸：“我怕人家笑我们癫……”

正说着，两个姑娘咚咚咚跑上木楼。她俩一个叫梅霞，一个叫梅芳，从去年八月十五跳踩堂舞开始，就分别成了竹生和石根的踩堂舞伴、琵琶歌伴和坐妹的情伴。两个姑娘进了门，先捂着嘴哧哧笑了几声，接着梅霞就同竹生娇娇地说：

“要你们陪我们去一个地方！”

“去哪块？”

“先讲去不去，再讲你听去哪块！”

竹生和石根的眼睛闪出亮亮的光彩来。竹生即刻笑眯眯地说：

“随你们讲去哪块都得！哥妹放木龙（成批的木排），没得半路分龙回头的！”

“我们……嘻嘻！”梅霞说着又同梅芳脸对脸笑起来。梅芳笑了笑，就忍住，说：

“我们想去柳州卖侗锦。”

“嗬！”竹生大叫了一声。石根憨憨地笑着说：

“我们，也打主意去，卖芦笙。”

“一起去！一起去！”梅霞和梅芳欢喜死了，百灵鸟一样一连声地叫起来。

当下，他们就打定主意，今天是八月初八，即刻就开船，快去快回，还不能误了八月十五寨子里吹芦笙跳踩堂舞哩。

天亮的时候，竹生他们已经过了百十里外的地方。顺水船，顺心事，人总不觉得困，看什么都有点新鲜。太阳出来了，他们看两岸青山，觉得青得发亮；看岩边黄色的木楼，觉得黄得如金；看侗寨的鼓楼像锦鸡的尾巴；看寨边的田垌像锦鸡展开翅膀；再看梅霞和梅芳穿的绣了花边的衣裳和百褶裙，胸前戴的一块巴掌大的银牌，抹了油的发髻上插的一把月牙形绿色塑料梳；再看竹生和石根新崭崭的蓝靛缠头布，蓝得有点透暗红的侗布新衣……四个人都好像头一回才认识到这些山水和自己、伙伴是很爽神很美的。姑娘不时咭咭笑起来，后生越发轻巧地划桨，到了水势平缓的地方，竹生还捧起芦笙呜呜吹起来！在太阳下柳江的时候，他们拴好船，吃饱了从家里带来的干鱼和糯饭团，背着竹篓走上宽阔的柳州码头。城里人望着他们说："侗家的后生，吃饱了，出山来风光哩！"

头一次进柳州的石根、梅霞和梅芳，紧跟着竹生，挤进了市区大街。正是下班时分，人碰人，人挡人，人挡车，车挡人。竹生牵头，左一声"快当"，右一声"慢着"，把伙伴们引到鱼峰山公园的围墙下，指着一处空地，说他见有人在这里卖过二胡和笛子。"他们卖得，我们也卖得！"石根说。于是姑娘在几步远的地方摆开她们的工艺品，后生在这边准备炫耀他们的民族乐器。大家紧张地摆布着，时不时互相关照地望望。

竹生先捧着芦笙吹起来。石根依照竹生的布置，拿一根短木棍"笃笃"地敲一个竹筒，一边敲，一边喊："来啊，来啊！"两个姑娘扑哧一声在那边笑起来。石根不敢扭头去看她们。

哦嗬！人来了，一个一个围上来，人圈越围越厚。石根不用敲竹筒了，松了一口气，可是即刻又没晓得该怎样处理自己，憨憨地站在一边，难受死了。竹生的芦笙倒是越吹越响，越吹越爽神。先吹了踩堂曲，吹得强弱鲜明，节奏整齐，他的身架子差不多也要跟着动弹起来了，可是不敢动哩，心里到底有点紧张。后来又吹多耶歌，吹的音调柔柔的，好比是八月十五晚上的微风，把侗寨的笙歌轻轻送来……

竹生看看众人听得定了神，就不再吹了，咳嗽了两声，大声讲起话来。嗬，他的声音有点打漂漂呢。

“这是芦笙，是我们民族的乐器。中央的上海的歌舞团也有，上过电影。我们这个芦笙，是平溪芦笙，我们平溪的竹子做的芦笙，抢手得很哩。北京的教授还来讨要过。上过南宁会演。吹起歌来，想要大声，飞得过三架大山；想要细声，比画眉鸟唱歌还要轻柔。这个东西学吹容易，寨子里八岁的娃仔同八十岁的老爹都认得吹……”说着，他把芦笙嘴塞进嘴里，示范似的，吹了几声。

众人看把戏一样，眼盯盯的看着竹生。卖芦笙，在柳州，实在是一个新把戏。但是，新把戏信的人不多，待到竹生喊出“两块钱一个”时，围着的人群轰轰响了几声，乱了窝的蜜蜂一样，骚动起来，慢慢都走散了。

竹生脸红起来，出门前石根的怀疑应验了。石根在一边沉沉地出了口粗气。

梅霞和梅芳这时也垂头丧气地走拢过来——侗锦一张也没卖掉。

天色差不多黑尽了，街边的路灯亮了。前面不远的地方摆满了一个一个的粉摊，录音机在哐哐地响。街上的行人越加稠密，来来往往，不晓得都在忙点哪样。侗寨来的四个年轻人这时都有点惶惶不安，不知所措，有点后悔了。这当中，最着急的要算竹生了。石根是他动员出来的，生怕对不住他。他东张西望，想寻找一个去处，还想试一试，总不能空手回去吧。忽然，他发现，红灯笼亮闪闪的工人文化宫大门口是一个好地方，忙说："到那边去，那里面有戏院，爱看戏的人，怕也爱芦笙哩！我们就在大门旁边吹，你们就在另一边卖锦。"

伙伴们也不作声，也不笑，反正是没得主意了，听竹生就听到底吧。大家慌忙收拾各自携带的产品，跟着竹生横过马路，一脚追一脚地走……

芦笙又响起来了。竹生要石根同他一起吹，好丑且不管，但求声音响，引来多一些人。

果然，人围上来很多，不少准备进大门的也被引过来了。哎呀，两个高高大大的白种人，一男一女，正要进文化富大门，即刻被笙歌引过来了，站在人群的外面。那两堆金黄的头发，在红灯笼的辉映下，好比是燃烧着的一团大火，刺花了石根的眼睛，他浑身打了一个抖，捧着芦笙，愣怔在那里。好你个竹生哟，你哄牛上树，哄我到这种鬼地方来，我……石根想即刻逃走，可是又不敢走，气得直想哭。竹生，好一个竹生！他先是打了几个顿，调子乱了几声，后来一横下心，索性用力吹，迷头迷脑地吹，一时间，记不得这是在哪里吹笙了。好像是一根竹篙一张竹排，顺水冲下哭娘滩，又紧张又爽神，不敢喘一口大气；好像是在鼓楼前的草坪上，围在火塘边，吹着芦笙，同梅霞跳踩堂舞，心里欢喜得慌，也不敢喘一口大气……嘀，外国朋友也来听侗家笙歌啰！日后回到寨子，又有得摆古（故事）啰！……

"哐哐哐……"忽然，一个很响的乐声压过了悠悠的笙歌。竹生和石根都被吓了一跳。这是一台手提式收录机发出来的声音。人群乱了，因为都在静静地听笙歌，不及提防。大家连忙扭头去寻找放收录机的人。

笙歌无可奈何地停了。竹生也不晓得如何是好，只得任凭那发癫一样的声音张牙舞爪，巴望它快点到别处去。石根气得只是喘粗气，他宽宽厚厚的胸膛气紧得很。

提收录机的是一个穿花衬衣的长发后生。有一个同他样打扮的后生跟在后面，好像眼前没得人一样，大声地问："这里卖什么鬼名堂!"说着两人在哐哐的声音伴奏下，挤进人群里来。

"芦笙!"提收录机的后生的声音比收录机的声音还要响。

"芦笙？喂，侗哥，"后面的那个朝竹生他们喊道，"能不能吹《何日君再来》？"

"关你什么事！"石根火爆爆地吼起来，"你管我再来不再来！柳州又不是你家的!"

"嗄嗄嗄！"粗喉大嗓的笑声同收录机一齐响。石根恨不得上去一拳把两个无赖打倒。他看看竹生，怪！竹生的眼睛里倒放出欢喜的惊讶的光彩。哦，那高大的外国男女挤到收录机旁边，收录机立刻不响了。可外国人连望也没望那两个长头发，径直挤上来。两个长头发碰上了外国人，慌忙也跟过来。

外国男人站在竹生跟前，说起中国话来。

"啊，朋友，请问，芦笙卖吗？"

石根差不多想掉头就逃。竹生也一时不敢作声了。虽说是到过柳州好几次，但还没有和外国人打过交道呢。

外国女人也说话了：

“我们在中国留学，特意到刘三姐唱歌的鱼峰山度中秋节。芦笙，卖吗?”

“卖的，卖的！”竹生猛然醒水了，又点头又答话，“两块钱一个……”石根慌忙悄悄扯了扯他的腰带，要他说话小心。

“噢”的一声，一对外国男女你看我，我看你一女的摊开双手，男的耸了耸肩膀。

“不贵咧，这是……”竹生慌慌的，想解释。

“不不，很便宜，太便宜了！对不起，我们想买两支，行吗?”男的说，“我们很喜欢中国各民族的乐器。”

“好的好的!”竹生慌忙答应。

于是女的打开了钱夹。

“跟他要外汇券!”提收录机的长头发忽然叫起来。

“发癫!”“丢丑!”围观的人群里有人骂。

什么是外汇券，竹生还不懂，就算同金子一样贵吧，怎么能张口问人家外国人要呢！侗家要有侗家的骨气。竹生老老实实接了外国人递过来的四元人民币。

两个外国人各捧了一个芦笙，轻轻试着吹了几声，接着男的悄悄讲了几句外国话，女的就咭咭笑起来。然后，两人一齐向竹生点头：“谢谢，谢谢!”欢欢喜喜地捧着芦笙从那两个长头发旁边走过去。

一群围着的人，已经不再关心竹生和他们的芦笙，倒是撵在那一对外国人的后头，看他们刚买到的芦笙。

“喂喂，伙计！”两个长头发却没离开竹生他们，相反还靠拢来。提收录机的口气照旧是浪荡的，但有点平和了，“你们怎么这样蠢，卖这么便宜！我同你们去卖，带你们去，钱嘛，二一添作五。

竹生和石根都没作声。

“要不然，”另一个长头发说，“你们把芦笙统统卖给我们……”

“不卖！”石根把头仰往一边去。

“噫噫，为什么不卖？那外国佬你又卖？你们舔洋屁股！”

“不卖就是不卖！”竹生冷冷地说，“卖给外国朋友也不续给你们！你们更莫想拿我们侗家的芦笙去捞人家外国朋友的大钱。你的收录机不是蛮雄抖，声音蛮大啰？你拿去捞钱呀！”

说完，竹生和石根背起竹篓，不再理睬长头发，就去找梅霞和梅芳。剧场铃响了两遍，大门前的人已经稀下来了。两个姑娘正在大门那边数钱。竹生和石根走过去，她们见了就喊起来：“卖完了，卖完了！”梅霞抢着说：“先是一帮大学生，讲是中央工艺美术学院的，一人抢着买了一块，后来，又有几个外国人买，后来，就卖完了！”梅芳把手里的纸票朝石根扬了扬。

竹生倒想起来了：“大学生呢？他们买不买芦笙？”

“哎呀，我没记得问了，他们进去看戏了。”梅霞后悔地叫起来。

石根不高兴地嘟哝道：“你们就只顾自己！”

梅芳连忙说：“梅霞，他们不是问我们住哪里叫什么名字吗？还讲过几时要去访我们咧!”

“哦，是咧是咧!”梅霞猛然记起来，高兴地叫道。引得过路的人纷纷往这边望。

石根却忽然慌张起来。眼睛鼓起，问道:“你们照实讲了?”

“讲了,”梅霞只顾高兴，快嘴快舌地说，“他们还用小本子记下来……”

“哎呀!”石根声音都变粗了，“我们卖东西给外国人，万一上级来查……唉!”

两个姑娘吓憨了，做不得声，一脸后悔的意思。

竹生倒无所谓，说:“怕哪样！又不是卖枪卖炮！友谊商店还专门给外国人进咧!”

石根顾不得听竹生的道理，一边催促着“走走走！”一边就先往前走。两个姑娘慌里慌张跟上去。竹生还想劝说几句，后来又想到小心没得大错，只好跟他们走。石根领头，走得风呼呼的。大马路两边的霓虹灯、玻璃柜，花花绿绿、杂七杂八的东西，大家都顾不得看了，直到上了自己的小船，解开了缆子，船摇离了岸，这才稍稍松了一口气，忽然觉得先前的事硬像一场梦。

渐渐地，城市里的灯光被河岸挡住了。月光清澈、明亮起来。八月初十的月亮，在蓝森森的天空上悬着，在灰盈盈的江水里浮着，惹得人想飞上天去摸它一下，惹得人想伸竹篙下水去碰它一碰。它伴随着小船往前浮游，使得小船上的四个侗家年轻人身上心里一阵轻松。竹生划着桨，吹起了口哨。吹了几声，看看三个沉默的伙伴，就唱起来——

月亮照到哪里哪哪里亮，
芦笙吹到哪里哪哪里响，
侗锦摆到哪里哪哪里光，
高伉伉的外国佬来了，
漂漂亮亮的大学生来了，
我们慌慌地跑了像一只毛獐；
好好的勒罕（小伙子）来了，
乖乖的勒娩（姑娘）跑了，
像一只肥嘟嘟的绵羊；
……

梅霞扑哧一声笑起来。梅芳也露出一口白牙齿笑了。石根没笑，但是脸色平和了蛮多。接着，竹生就引两个姑娘讲话。她俩就抢着描述先前卖侗锦的情景，有几个女，几个男，哪个男人捧了梅霞胸前的银牌看了又看，哪个男人捏着梅芳的百褶裙瞄了又瞄，讲了哪样，笑了没有，等等等等。逗得竹生哈哈大笑起来，石根也闷声笑了。

船从柳江进入了榕江，下半夜时，到了一座急水滩前。夜里不好抢滩，他们只好把船拴在一块石头边，人就上到河滩上来，吃了糯饭团，又吃了干鱼。八月夜有点凉浸浸，石根抱来一抱江岸上的干柴枝，烧了一大塘火。大家围着火边坐，竹生就吹起了芦笙。石根也跟着吹。吹着吹着，竹生站了起来，用眼睛把石根也叫了起来。两个姑娘也跟着站起来。两个后生吹着芦笙一弯腰，两个姑娘就连忙抬起一只脚。四个侗族年轻人，围着火塘，在火光和月光的照耀下，跳起了芦笙踩堂舞。

一九八三年三月

砍 牛

黑龙寨，白裤瑶山区最偏僻的山寨。寨里的后生和姑娘，爱打铜鼓，弯腰打一天不见困；爱唱玩表歌（情歌），站着唱一天不想睡；爱去捉鸟，为撵一只画眉鸟，时常跑到贵州省界那边去；还爱上山捉山鼠，最狠的后生，一天一夜挑得回半箩筐山老鼠，“一鼠顶三鸡”，鼠肉很爽口，因此，寨里的众人懒得养猪养鸡。

老人家讲，画眉鸟爱唱，小米鸟爱飞，各有各爱。里龙寨的阿海后生，所爱就同别个不大拢口。

阿海爱上哪点呢?

阿海五年前爱去县中读书。他是全寨独一无二的高中生。读书时爱把外面的新鲜玩意带到山里来。他和汉族同学玩耍时爱久不久吸吸鼻子——他爱悄悄地闻闻他们身上雪花膏的幽幽的香气。后来，他偷偷去百货商店买了一瓶雪花膏，星期天翻了九个坳，回寨送给阿妹……

阿海中学毕业打转回山寨了，所爱又有了新的内容。如今他很爱自家养的那头牛牯。

里龙寨养牛，然而自古不兴用牛。三月撒小米，四月种苞谷。撒小米不用犁，放火烧山，把山烧得黑麻麻的，就把金黄色的小米撒下去，这叫作“砍小米焰”。种苞谷要用脚犁——用脚踩的犁，人还蛮悠闲自在，能一边踩一边唱歌。唱的是“阿妹唷，哥的苞谷种丢下哪个坎？”“阿妹唷，哥想摘两只盛甜酒的葫芦”之类。唱到开心的关节，众人就嗨唷嗨唷地哄笑。几爽神的时节哟！这里是云贵高原的气候，天冷，只能种一造苞谷，完全可以不慌不忙。否则，早早种完地又去做哪样呢？

可是阿海很不耐烦，很不爽神。他看脚犁很像中学历史课本里画的一种古代农具：耒。心想：如今应当用手扶拖拉机耕地了。“机声隆隆，泥浪翻滚”，这是在学校里学到的优美词句，大凡写农村景色的作文，他总要把这优美词句写进去。可是对山寨，这优美词句简直讲的是民间故事里的天堂了。四处是顶天的大山，小路像一根细细的藤条，弯弯曲曲地垂挂在大山的胸膛上，拖拉机如何进得山来？他觉得在这里“干四化”真有点背时。从学校回来他就想：哪怕学习山外的寨子，用牛拉犁，也总强过脚踩犁吧！他打定主意，要在家里分得的一点点责任地里施展这一伟大的抱负。

山寨里也养有几头牛，可就是不用牛。你若问为哪样，回答是：不兴。再问。回答中再补一条：地不平，地里有点石头。若是再问，那就要反问你了：要牛来做活路，留人做哪样？养牛，图的是它不像猪，同人抢口粮，它吃草，养它不蚀本，还能到圩场上卖个大价钱。这些牛，大都不穿牛鼻绳，性子野，要驯成耕牛，还实在不容易。众人看到阿海想驯牛，就笑他癫。但是，在众人的笑声中，他硬是把自家的一头牛牯驯得通了灵性，听人使唤。在一个清清爽爽的早晨，牛拖上阿海从山外仿制回来的犁，嚓嚓嚓，泥浪翻滚了，犁得溜溜刷。众人围满了阿海家的地头，起先做出一副看把戏的样子，任凭阿海舞东舞西，不动声色。后来，娃仔家先惊叫起来，后生家跟着就笑起来，随后老人家才微微笑了。

阿海早早犁完地，去赶圩了，去打猎了，去山外捞钱了，众人的眼睛这才忽然亮堂起来。这样，有牛的人第二年开春也学着阿海驯牛，做犁杖，整地。阿海成了每家必请的顾问。

全寨三十六只酒葫芦，只只葫芦嘴请用牛顾问阿海衔过，六天里他醉了十八回。今年正月十五打铜鼓，众人公推阿海去打领头的大牛皮鼓，这荣誉原是归山寨里讲得话的老人和打猎的英雄享受的，阿海如今享受了。

阿海成了山寨的英雄。他没忘记牛牯在这场变革中的功劳，所以，他愈更爱牛了。当然，阿海也不只是爱牛，他还爱自己的阿爸，爱一个有情意的姑娘。

阿海的阿爸，是一个有着一副榕树根一样皱巴巴的脸庞，一副老牛牯一样粗粗的嗓子，身上散发着牛牯气味的瑶族老爹。阿海并不曾因为多闻了雪花膏的香气，就同散发着牛牯气味的老头子生分。阿妈死得早，阿海是眼见得阿爸又做老子又当妈，把他同阿妹带大的。他敬重阿爸，因为一九五五年阿爸以瑶族歌手的身份，参加少数民族参观团，到过天远地远的北京，戴过的红布条至今还藏在家里那个独一无二的小木箱里。他感激阿爸，因为别人家的大人不愿娃仔出山读书，宁可教他们早点晓得打猎和玩表；阿爸却翻过九个坳，送他上学校。别人家的大人放画眉鸟出笼一样，早早把十几岁的姑娘放出去玩表；阿爸却像关小米鸟进笼一样，要阿妹在家读书。读的哪样书，阿爸并不懂，只是有模有样地坐在火塘边，抽烟，竖耳朵听。

阿海爱的那个有情意的姑娘呢？至今这事还笼着雾罩子，隔着竹壁笆，若隐若现，一时讲不清楚。

姑娘叫作石芸，是一个从大城市来的作家。从前年起，一年间她少说也要来山寨三五回。正月十五娱乐节，六月三十半年节，婚丧喜事，她都要跟县文化馆的同志来。这里离县城九坳十八盘，平素日子里龙寨人进城赶场一回，都成为全家人盘算好几天的大事，亏难人家一个如花似玉的姑娘，远天远地地跑来，这份情意胜过流不尽的山泉水，飞不收翅的红嘴相思鸟哩！石芸到了山寨，见了寨佬山古公佬，就必定来看阿海和他阿爸。必定要阿爸唱几节瑶歌，同阿海谈到深夜。

石芸跟阿海，硬是像线跟针，众人是有眼得见的。她跟阿海上山打猎，歇困时，同阿海脸对脸坐过。白裤瑶不兴男女对脸坐，除非是玩表，除非是两公婆。石芸这一坐，虽是有县文馆的同志在身边，可也害得阿海的脑壳有点晕乎乎的，锦鸡落在跟前都看没见了。去年正月十五日娱乐节，阿海到别个寨子比赛打陀螺，石芸也相跟着去，紧在一旁看阿海。别个后生打陀螺，守在一边的多数是他们玩的老表，石芸守阿海，难道没一点情意？阿海只觉得这情意就像陀螺顶上的七采花纹，转起来害人眼花哩！去年八月十五夜晚，石芸邀阿海到板栗树林里听人家唱玩表歌，回来的路上，月亮很圆很亮，她忽然要阿海唱几段玩表歌给她听，说：

“你阿爸太拘束，蛮多歌都不敢唱给我听，我要听真情歌。”

阿海脸热心跳了，慌慌地问她：

“我还没曾玩过老表哩，你要我唱给哪个听？”

“唱给我听，不行吗？”

月光下的石芸，笑眯眯的，白嫩嫩的，像天上的月亮，光洁动人。姑娘牵出丝线来找针了，阿海再呆头呆脑，也不能不唱呀。他吞吞吐吐地唱了起来——

嗷嘀嘀！
我太想你了，
连夜跑去找你，
又不敢打火把，
怕别人心疑；
轻轻拍门你不答应，
不晓得你睡着还是故意不理；
伸手到处乱摸嘀，
摸着我送给你的那只画眉。
嗷嘀！
爹娘问我去哪里，
我说去找打脱的画眉。

阿海唱了又译成汉语告诉石芸，石芸拍手叫起来：“太精彩了！真绝。我就喜欢这样的民歌！”阿海得戴了一顶高帽，脑壳越发热了，鬼怪的歌就冒了出来——

嗷唷唷！
我同表妹唱罢歌，
不愿进妹家唷愿同妹睡茅草；
我同表妹睡茅草，
不用喝酒哟，抱着葫芦就醉了；
哪里有盛甜酒的葫芦抱唷，
我就只好同表妹要。
嗷唷！
得了表妹的宝葫芦唷，
不用喝酒我也醉了！

石芸又急着要阿海翻译，听了翻译，叫了一声“要死了”，吃吃地笑，照旧蛮爽神的样子，还掏出小本子，就着淡淡的月光，急急忙忙地记录。阿海愈得意，心愈发浮荡荡的，想起后生唱玩表歌，照例是要拉着姑娘的手的，就伸出手去，慌慌张张捏住了城里姑娘柔嫩柔嫩的小手。石芸吓了一跳，正要挣脱那只松树皮一样粗糙的大手，忽然又醒悟了，即刻镇静下来，竟然赞叹道：“哎呀，你们真富于感情，一唱起玩表歌，就进入了情景。”

阿海发觉姑娘并不动情，这一下就有点蒙了，尴尬间松下手来，很后悔自己的唐突。若是别个后生，可能掉头就跑走了，阿海性子柔，只晓得红脸，一下望石芸，一下又低下头。

但是石芸一点也不见怪，那以后照样同阿海在一起，后来还真的用葫芦到圩上买过几次酒，给阿海同他阿爸喝。喝了酒，又请阿海同他阿爸唱歌，唱时她就掏小本子记，打开小录音机，录了又放给他们听。不少后生在一旁望得眼勾勾的。这样，阿海当真是不用喝酒就要醉了。

六月天，阿爸患了急性黄疸肝炎。众人说这是黄眼病。阿海想送阿爸去县医院留医。寨佬山古公佬拄着牛角木拐棍来了。山古公佬，脸盘大庞庞的，脸皮皱巴巴的，眼睛亮堂堂的，胡须白花花的。他留着一条又枯又细、却又很长的辫子，辫尾扎一根红布条，似乎比寨里所有的老人家的辫子都漂亮。他骂理了西装分头的阿海他们几个后生是“人不像人鬼不像鬼”。还曾经骂阿海驯牛是糟蹋牛，牵牛犁地是要挨地龙神报应的。自然，后来阿海帮他家犁了地，他也曾把自己的酒葫芦递给阿海。但是请阿海这样的后生喝酒，他不笑，也懒得看这个“人不像人鬼不像鬼”的后生喝酒，把脸扭往一边去。阿海喝完了他的三大口酒，谢了他三声，他并不曾留下一句话赏给阿海，就拄着棍子走了。实在话，他根本不用拄拐棍，他虽然八十岁了，身板还是硬朗的。他是用拐棍敲打寨里的石板路，预告众人：“我来了！”时常还用它来指点山寨里的众人，包括生产队长这样的人在内。他是二十九年前众人公推的山寨自然领袖——寨佬。寨里一切婚丧喜事、人事纠纷，都得听他公正的处置。哪家断粮饿饭了，他召集众人来帮忙，而且带头捐助，若是你推让不要，他骂得你狗血淋头。只要事情不同国家法令顶撞，山外的工作同志也喜欢请他来当头阵。这几年工作同志不来了，他乐得大权独揽。至于生产队长，只不过算是他的参谋长罢了。

山古公佬看了病人，鼓起眼睛对阿海说："这是夜晚撞见了鬼，所以眼睛黄。要请楼嘎（鬼师）来捉鬼。"楼嘎上山挖山老鼠去了，等了三天才回来，病人已经断气。山古公佬只怪楼嘎回来晏了，还叹息说这鬼阻了楼嘎，是天意。

寨里死了成年人，治丧活动要由寨佬做主。山古公佬拄着牛角木拐棍来指指点点。指点众人把糯米饭同石灰、桐油拌成黏糕，指点众人把装了死人的棺材盖板钉紧，用那黏糕把棺材所有的缝隙抿严实。又指点众人把棺材抬到后园菜地，再指点众人挖一个浅浅的坑，他吆喝一声："放棺！埋半截土！"于是众人放棺，埋土，棺材露一半在外面。这时候，就有忙得气喘吁吁的人双手捧了酒葫芦给他解解辛劳。

这样埋死人叫作"下半葬"。说是白裤瑶传说中的祖宗阿者和雅海定下来的规矩。成年人在五荒六月到八月十五之间的日子里死去，只能委屈受这样的密封和下半葬。因为这段时间里铜鼓已经封存起来，有许多这样那样的鬼神受不得铜鼓惊动，而死了人又是必得要用鼓声送他升天的。再一个原因大约是这段时间没得粮食请众人吃，而死了人又是必得要请众人吃喝的。八月十五之后，又说这样那样的鬼神很中意铜鼓的声音了，苞谷已经收下来了，这才把棺材掘起来，重新摆到堂屋正中，举行一丝不苟的葬礼。葬礼上要敲铜鼓、吹牛角号、唱葬礼歌，还有砍牛。

砍牛，这事落到阿海的头上，包稳要生出为难的事来。可是，牛是要砍的。也说这是哪个哪个传下来的规矩，说是给死人牵牛上天堂作伴，还说是用牛肉代替人肉分给众人吃。在葬礼上，把牛拴在一根埋得稳固的木桩上，两个壮汉各执一把大马刀，在众人的哭声和吆喝声中，猛砍牛颈，咔嚓咔嚓，血涌肉绽，但又不能把牛颈全砍断，还必须把这头被砍得半死的牛弄倒，另一个打赤膊的壮后生手执一柄牛刀，一刀刺进牛的心窝，心血就顺着刀和持尖刀的手喷出来，有人用盛了半桶小米酒的木桶来接血。然后众人一拥而上，趁血酒热，一碗一碗舀起来喝。牛死了，再被砍成几大块，连皮带肉一起煮熟，送葬的见者有份，每人一小块，用芭蕉芋叶包了，分到各人手上，急喉的可以即刻吃，巴家的就把肉塞在衣袋里，当晚全家的菜就有了着落。分到死人名分上的只有一对牛角。牛角绑在拴牛的木桩上，再把木桩移埋在坟前，这样一来，就算死人牵走了一头活牛。

阿海当然很爱阿爸，但是他不愿砍牛。

山古公佬替阿海定下九月重阳后的第九天为砍牛天。他不管阿海同意不同意，就向五大寨三十六小寨发布了砍牛消息，他巴望满天下的人都来看他主持的葬礼。

重阳后的第八天，寨子里在山古公佬的拐棍指点下忙成一团，准备葬礼。可是阿海死不肯露脸，他咬着牙不肯开口同意砍牛。晌午，山古公佬在家就着一只山老鼠的肉，喝了两斤开锅暖酒，脸红耳热的，嘟哝着只有他懂的话，用牛角木拐棍敲响了阿海家的门楼。

“颠倒颠了！”山古公佬的拐棍连敲几下楼板，“没有老竹哪来的笋！没你阿爸，哪来这头牛？你爱牛还是爱阿爸？你阿爸为人在世，老实得同一块青石，累死累活，没给你添一个后娘来造孽，一世孤寒睡光床，比五更鸟都不如，五更鸟孤寒了还晓得叫几声，你阿爸连哼都没晓得哼。现在他好不容易熬到了升天，你还没舍得给一头牛同他作伴！这事体，你做得太绝门了，你不怕众人骂，我这个寨佬还怕众人看衰了哩！”

“人死了，何苦要牛也死！”阿海轻声说。

“不要牛死，吃不成牛肉，莫非你想吃人肉？”公佬粗声说。

“这是迷信话！”阿海说着，无可奈何地摇了摇头。

“迷信！什么叫迷信？你莫同我讲洋话！我早就讲过你们老子，他不该白白送米给你们出山读书。书是好书，可进了你的肚肠就变成鬼怪了。拿洋话来吓我！前回地区工作同志来，还讲过尊重民族习惯，为哪样这句好话你就没学回来呢？你莫同我鼓眼！你砍牛，我也不图你哪一点。我老了，明年是鸡年，我满八十了，几颗龙牙还要留到阴间吃供果，咬不动你家的牛肉！我来讲你，是怕你背了祖宗，对不住你的阿爸。”

阿海心烦了：“没有牛，我哪样犁地？”

“犁什么地，用脚犁！”

“如今是八十年代了，还……”

“是咧，我活了八十年了，吃盐比你吃米多，喝酒比你喝水多，没见过你这个人不像人、鬼不像鬼的后生！”山古公佬气得头皮发痒了，一只手猛地把白头巾抓散了，把那条细长的辫子也抓得更乱了。后来，两只手指从发缝里拈出了一个什么小东西，搓了搓，放在眼前看了又看。

这时候，阿妹跑进屋来，一脸的欢喜，大喊了一声“阿哥”，忽然见到山古公佬摆着架势坐在正堂的草墩上，吓了一跳，慌忙怯生生地叫了一声“公佬”。

山古公佬的眼睛狠狠地盯在阿妹的脚上。她刚从中学回来，虽然穿了身瑶家衣裙，可脚上穿的却是一双白网鞋。公佬即刻把脑袋晃起来，小辫子像一条猪尾巴甩来甩去：“人不像人鬼不像鬼。进门大声喊那样？粗喉大嗓的姑娘家，日后还唱得成玩表歌？”——玩表歌是细声唱的。

阿妹望着阿海抿嘴偷笑起来。过了一下，看看公佬没得什么要指责的了，这才细声细气地对公佬说，她同石芸阿姐一路来的，还有十几个同路，说是来看砍牛。

山古公佬的脸膛即刻大放光彩，连连用拐棍指着阿海，说：“看看，怕是中央都来人啰！”

阿海悄悄问阿妹：“他们是哪样晓得的？”

“石芸阿姐讲是县文化馆传给她的。”

“县文化馆又是哪样晓得的？”阿海急了，瞪大了眼睛。

“六月天吴馆长来，我就同他报过了时辰。”山古公佬一脸的得意颜色，“砍牛是瑶寨大事，四乡八垌还不都传到了？人家同志稀罕我们，看重我们，才天远地远跑来，你还不肯砍？你舍不得一头牛，对得起青藤一样缠你的石芸姑娘？唉，你敢不砍牛，我先砍你的脑壳！你莫以为我吓你。唉，我八十岁了，还想图你哪一点？我也不想活了，见到你们这些人不像人、鬼不像鬼的……”

十几个人的一支小队伍，有背画夹的，有背照相机的，有提录音机的，还有背电视摄影机的，五花八门，说说笑笑，好比去历史博物馆观看什么罕见的展品一样，欢欢喜喜地来参加山寨悲哀的葬礼。

石芸姑娘自然成了领路人。她二十一岁的年纪，身材蛮苗条，眼睛蛮水灵，衣着蛮朴素。经常下乡的缘故，皮肤有点黑。她选择隐秘的里龙寨作为自己的生活基地，从这里汲取了大量的神奇的创作素材，描绘出了使大都市的读者瞠目结舌的民族风情，受到了某一位文学老前辈的赞扬。

石芸领着同行者顺顺当当地进了山古公佬家。山古公佬此刻正在阿海家舞弄牛角木拐棍。他们就先在公佬的家人招呼下，围着火塘烤火。

烤火就得聊天。他们就聊起了桂西北高原性的寒冷天气，聊起了瑶族妇女这时候还光着腿穿短裙，男人的花边白裤只扎到膝盖，于是就赞叹他们吃苦耐劳的精神，也慨叹他们生活的贫寒。随后又感动地说到国家前年给三方多白裤瑶同胞发放了三十多万元的救济款。他们都做着同社会直接相关的工作，自然有不少社会学和民族学的知识。其中有一个戴黑瑁宽边眼镜的中年男人，是石芸的老师，作家老朱。

这时他就一句一句地慢慢讲道，贫穷同愚昧是一对孪生兄弟。石芸即刻愤愤不平地插话道：

“可是，我写了一篇小说，反映他们从脚犁到牛犁的变迁，嘛，编辑部不肯用，说没有民族特点，要我写他们的玩表风情故事，一写就当真发了。哼！”

大家就轻声笑起来。

“就拿这砍牛来说吧。”石芸说道，“残忍的程度先不说，本来就很贫困了，好不容易养了一头牛，一下就砍掉，岂不可惜！这不正是由于愚昧而导致了贫穷吗？”

大家又叹息了几声。

“当然，”石芸忽然微笑了，“此话概莫外传。若是当真不砍牛，我又少了一件绝好的民族风情素材喽！你们也就白跑啦！”

大家都心照不宣地笑了起来。

话声刚落，楼外传来滴答滴答的响声。石芸连忙朝大家做了一个神秘而又滑稽的鬼脸，低声说：“我同你们讲的留辫子的寨佬来了。”话刚停，山古公佬就进来了。

“公佬，你老人家好！”石芸叫起来，声音又甜又脆。所有的人都站了起来。

“公佬，这些同志都是上级来的呀！”石芸大声说道，声音不仅依然又甜又脆，还有那么一点恰如其分的娇气。

“哟嗬嗬！”公佬张开了嘴，露出黄牙齿和黑牙根，坐到正对大门的位子上，笑眯眯地大声说道：

“昨夜画眉鸟在金竹笼里跳上跳下，半夜还唱咕咕的，我就估准有贵客要来了。嘀嘀!”

大家也就按常情常理笑起来。电视台记者小张看了公佬扎着红布的小辫子，早就想笑了，这时就趁机大笑起来。山古公佬以为自己的演说很成功，脸膛放出了一点红光。

“来看砍牛?”公佬问。

“专为这个来哩!”石芸连忙答道。

“老人家，你们这个风俗很罕见，很有研究价值呀!”作家老朱大声说道。

“是啰！是啰！”公佬连声应道。什么“罕见”，什么“价值”，他完全莫名其妙，但可以断定，这是好话，照应不妨。

“阿海!”石芸忽然惊叫起来，不知几时阿海已经闷声不响地站在门边了。因为大家只顾跟公佬说话，不曾留意。

除了公佬照旧坐着（而且还眯起眼睛），其余的人连忙在这惊叫声之后站起来。阿海羞怯地朝大家微微一笑。

石芸拉着阿海的胳膊走到火塘边。阿海感到了姑娘小手的柔软温暖，一身都酥了。

“来，我来介绍一下，这位就是我的小说《玩表新歌》里的主人公模特儿阿海同志，其中的玩表歌都是他和他父亲唱的。阿海，这两位是作家老朱、老莫，这两位是画家老詹、老王，这位是摄影家老严……”她介绍得蛮得体。对公佬，统而言之“上级来的”，生怕乱了他老人家的脑筋；对阿海。进了一步，逐个介绍，但又一律采取以老字带姓的介绍方式，她怕阿海的智力接受不了太多的名字。其实，阿海在中学得过全校背诵课文比赛第二名。这段光荣历史他告诉过石芸，智力自我感觉良好的青年女作家石芸倒忘记了。

“来，坐吧。一边烤火一边谈。冷吧？”石芸让阿海在身边坐下，采取了大姐姐关怀的口气。其实她比阿海还小两岁，个子比阿海小巧多了，不晓得为什么，她反而觉得自己年纪大，个子也大，而阿海蛮可怜。

她问阿海冷不冷，是因为看到他只穿着那种扎到膝盖的花边白单裤，冻得嘴唇有点发乌。去年，阿海曾经打主意换上长裤和棉毛裤。石芸晓得了，反而着急起来，劝他“保持民族特色”。阿海爱石芸，连她的话也爱听，于是就听她的话，穿着半截白单裤，顶风冒雪地保持了民族特色。石芸一方面同别人慨叹这种不甚适应气候的服饰，一方面想到民族特色保持住了，觉得蛮惬意。

“我们这次来，”石芸说，“专门为了看你家砍牛。准备好了吧？”

“我……”阿海犹疑着，偷看了一眼山古公佬。公佬威严地闭着眼睛，挺着腰板坐着，牛角木拐棍靠在两腿中间。他想了想，蛮小心地说：“我不想砍牛，打铜鼓就得了嘛！砍牛……我舍不得！”

“啪啪”，众人都听得见火塘里的柴火细细的爆响声。

公佬照旧威严地闭着眼睛，火光在他那张大庞庞的皱脸上一闪一闪。

“哦？”老朱拎着一截拨火的细柴枝，愣了一下，老成持重地点点头，说道：

“当然啰，砍牛是有点可惜。不过，唔，然而，这是你们的民族传统习俗，现在，少数民族就存在着一个民族习俗失传的危险。最近，一些外国学者到我国来，一开口就提出要看我国民族原封未动的东西，越原始越好，就怕我们掺进现代成分的东西，说那是四不像。人家希望我们永远保持传统的东西，说这样才有考察价值。看看，人家把我们看成宝，我们自己倒以为是草。”

公佬慢慢地睁开了眼睛，盯着阿海。

“对嘛，”石芸画眉鸟一样的嗓子又响起来了，“砍牛，据说场面很隆重，还有许多仪式，还要唱葬礼歌。这个民间文学艺术的遗产太宝贵了！再说，”她忽然做了一个有点羞涩又有点娇媚的笑脸，“阿海哥，我们坐了一夜的火车，又走了大半天路，就为了看砍牛。你看……阿海哥！”

不知为什么，大家都轻轻笑了，公佬没有笑，只是盯着阿海，逼视着阿海，阿海懒得理睬他。倒是石芸姑娘一个含情的笑容，一声“阿海哥”，忽然就促使阿海打定了砍牛的主意。在牛和姑娘之间，自然他要选择姑娘，白裤瑶家的后生应当舍得为自己所爱的姑娘牺牲一切，甚至生命，何况一头牛！

第二天，天色阴沉沉的，寒风呼呼地啸叫。楼嘎定下砍牛的时辰是午时正刻。天蒙蒙亮，山古公佬的牛角拐棍就迫不及待地舞起来了。他指点众人在阿海家刚收过的苞谷地上栽稳砍牛桩。曾经为阿海争得过荣誉的牛牯，被七八根藤条紧紧地拴在木桩上了。山古公佬上上下下地指指看看。因为有山外的同志尊敬而又好奇的目光相随，又有一架架古怪的机器朝他这边放着奇异的白光，他一身都发热了，牛角木拐棍指点得愈发勤。

没曾过午，成百上千的白裤瑶人从四面八方的寨子汇集到里龙寨。住在更为偏远的拉古寨的舅爷也来了，带着由他那里的亲友组成的砍牛队伍，排成一排，直挺挺地站在阿海家的石楼前的场坝上，各人喝了三竹筒小米酒，接受了阿海的哭拜。这是昨夜公佬教给阿海的，是请求他们帮助砍牛的意思。于是舅爷接受了外甥的恳切请求，把绑在裤带上的钥匙取出来，打开了两把大马刀鞘上的锁。马刀是舅爷借来的。马刀已经有了百把年的历史，不晓得砍过几多头牛，但还是亮铮铮的。

瘦巴巴的楼嘎说午时正刻到了，三声铁炮就响起来。砍牛的队伍走进了砍牛场。然后舅爷领着阿海两兄妹和所有闻讯而来的男女亲朋，各人拄一根竹枝，抓一把青草和小米穗，一个跟着一个，哀哀地哭号着，缓缓地走进了砍牛场，环绕着那头牛，把手上的草和小米穗拿去喂牛。牛不肯吃，烦躁地甩牛角，把众人吓开去。忽然，牛看见阿海了，愣了一下，两条前腿的膝盖一弯，竟然跪了下来。阿海哭声更响了，也跪了下来，把手里的青草和小米穗递到牛的嘴边，这牛也真通灵性，慢慢地吃了。一阵寒风猛地扑来，两个大玻璃球一样的眼睛，淌出了两滴很大很亮的泪珠……

作为寨佬的山古公佬，威风十足地站在一把黑布伞下。布伞由另一个老人替他撑着。这意思是：不能让老天爷晓得。亲人哭丧喂牛的仪式结束，他叫人把不愿同牛分开的阿海扶走，再叫人把牛拍打站起来，他就捧着一只小竹篮，从里面抓出一把把小米，撒向牛背，一面撒，一面嗷唷嗷唷地唱起了葬礼歌……

然后，在全场的呜呜呐喊声中，两把马刀起落，牛颈断开了一半，鲜血四溅，牛头耷拉下去，可牛还没曾死，那两只大眼睛，悲哀无奈地望着在寒风中欢呼的人群……

从头至尾，闪光灯在刺眼地闪，摄影机在嗒嗒地响，画家们在飞快地画，作家们大饱眼福地搜索素材……

丧礼按部就班进入了打铜鼓。鼓场在寨后的山脚。远方来的客人们又都随着众人涌去观看。打铜鼓对石芸是多见不怪的了。她缓缓地走在后头，作家老朱因为眼睛不方便，也慢慢地走在她的身边。她用那水嫩水嫩的白蒙蒙的小拳头擂了擂脑壳，长长地舒了一口气，叹道："超负荷，真累坏了，前天还跟小李搬家具，连夜又跑来……"老朱采取了一种老师和长辈的口吻说："为了这点民族风情，你真是不顾一切了！赶快找个地方休息一下吧！别累倒了，下个星期天，你和小李的婚礼，我还等着喝你们的喜酒呢！"刚说完，看见阿海朝他们走来，老朱又说："那就到阿海同志家歇一歇吧！"

一九八三年五月

猎人之死

狂风，暴雨，惊雷，山洪，参天大树瞬息间被腰斩，大山峰巅顷刻间被轰平，乃至地震消息，暴力镇压新闻……一切力的压抑和爆发，一切力的进取和摧毁，都使我想起了你，古郎！你这个二十四岁的巴楼（白裤瑶族人自称巴楼）猎人！

想起了你，我的眼前便会幻化出桂西北黛绿色的莽莽云雾大山，终日爆发出吼声的山林（那吼声或急促猛烈，或低沉徐缓，总之，山林一刻也不会安静）。当然，想起了你，眼前幻出的最鲜明的形象还是你……

白布头帕裹着长长的黑发，白布花边裤配着黑布上衣，这便是你黑白分明的硬调子的白裤瑶族服饰。你只有一米六五的瘦身架，走路却总是把脚抬得高高的，脚步声咚咚作响。也许是不甘于在县城街上因瘦小而被人忽视吧？我把这猜测告诉你，你咭咭地笑了起来。你自豪地告诉我，这是因为常年走山路的缘故。

县文化馆的同志认识你，请你带我去你们野猪寨。你和我第一次见面，就只是微微笑，微笑之后就说不能带我去。你不愿带我去，想必定有其他原因。文化馆的同志一问你，果然。

你龇了龇整齐的白牙，笑道："我要去山老虎老林子打猎！"我立刻注意到你肩上背着一支崭新的双筒猎枪。这猎枪好像同你这猎人还没有合成一体，你一只手捏着枪的皮带，不停地动上动下，放松拉紧。

"打猎？时时打猎，必得今天要打？"文化馆的同志失望了。

"嘿嘿，今天硬是急着想打咯！"你同我们面对面站着说话，然而我觉得你的眼睛分明是在望着背后的猎枪。"我刚从契卡强（金城江）买得枪回来。"我一灵醒，试探着问你："刚刚买得新枪，想立刻开一回新张？"

"欧欧，你讲中了我的心水。"你欢喜了，欢喜我注意你的新猎枪。你立即回头把猎枪看了又看。

"那好，我同你去，我也喜欢打猎。"我慨然表示道。当然，我所说的打猎，只是星期天与未婚妻到郊野用气枪打小麻雀，而且，其间更多的活动是拥抱、亲吻、谈诗歌。无论如何是不能拿来与瑶山狩猎相提并论的。不过我倒是真心实意想跟你们巴楼猎人去打一次猎，这是早先就有的愿望。

"不得，不得！"你刚点头，忽然又连喊了两声，再把我打量一眼，犹疑地说道，"我这回是去打野猪啵，你，做得？算了，明天我给别个来接你。"

野猪并不是时时都能遇得到的。我估计你是在试我的胆子，就大咧咧地拍了拍你的肩膀，说："莫慌！跟着你我是不慌的，有野猪就打嘛！"显然，我的态度是暧昧的，有点紧张。你却全然不察。也许，你把我当成巴楼猎人了；也许，你以你说一不二的性格来估计我的性格。其实，我们这些人，在世俗的交往中，有多少句话是说一不二的呢？

“当真？那就走！”你转身就走。我赶紧跟上去。于是我们结成了伙伴，生死之交；于是，你在我跟前演出了一幕威武雄壮而又不可思议的悲剧。

在域外的路边米粉摊前，你就着两碗米粉喝了一斤米双酒，面色不但一点不红，反而更显出了铁青色。我说再给你打些酒带在路上喝，你一点也不推让地给我空葫芦，又一声不谢地接过盛满了酒的葫芦。你那接受馈赠无动于衷的神气，我当时感到有点不习惯。现在才知道，你们是不兴向老同道谢的，你把我看成了生死老同。

你腰间挂上褐色的酒葫芦和暗红色的牛角刀，手里提着新买的双筒猎枪，大声对我说：“当真你不怕？那就走！”我担心你醉了，可是你却稳稳地把步子抬得高高地在前面走了。你的两只猎狗，一黑一白（连猎狗你都注意到了反差对比，多么鲜明的粗线条的审美感觉），它们欢畅地箭一样射往前头去。你唔唔地欢呼了两声。再往前走，你竟唱起歌来。唱的当然是巴楼人的歌，而且唱的是传说中巴楼的英雄始祖阿者：

嗷唷唷！

楼刻王（汉官）骗去了巴楼的金印，

像一只天狗要把月亮侵吞；
月亮有神保护哟，天狗乖乖滚走，
阿者夺金印哟，却要撒下鲜血淋淋！
夺一只金印哟填上了九百条人命，
夺回了金印哟怎能忘掉大山一样重的仇恨！
嗽嗬！
巴楼女人的衣裳从此印上金印花纹，
巴楼男人的白裤从此绣上五条血手印！

这是一首长歌中的一节，描述的是一个复仇的故事。的确，至今巴楼女人的衣裳上还印有金印花纹，男人的白裤膝盖处还绣着五条鲜艳的红线。当然，大家都说是绣着好看而已。我也正是这样来看你们的服饰，收集你们传统歌谣的。只觉得这些歌谣想象奇特超拔，有民俗学和民族学价值，很美，很有力量。至于这和你、你们到底有多少性格气质上的联系，我几乎没有注意到，因而谈不上去研究了。

你在前头时而大声时而含混地唱歌，我跟在后面却在揣摩你这次进山老虎原始森林的真正意图。如果说仅仅因为弄到了一支整个白裤瑶都没曾有过的双筒猎枪，急于试试身手，那么，野猪寨哪一种野味也不少，何须舍近求远，岔进这里来？如果说专程单枪匹马进山林来打野猪，那么，这就极少有了。野猪是最丑陋最凶恶的猛兽，一副蠢样子、馋样子、丑样子、蛮样子，披头散发，龇牙翘嘴，讨厌至极！它连大马熊和虎豹也不如，大马熊还有点逗人的憨相，虎豹还有一副健美的身姿。山里猎人，若不是猎荒，若不是防野猪践踏庄稼，单枪匹马与它狭路相逢时，一般也就让它过去了。你是断然不会去做众多猎人不敢做的事的，因为我看得出你聪明灵醒。你跟我那样说，只不过想试试我的胆量罢了。何况，从你的脸上，看不出一点激战前的紧张激动的表情；你眼睛里闪动着轻盈的波光，哪里像立刻就要跟野猪恶战！简直像去游山逛水，像去听画眉鹧鸪唱歌，同山猴子耍戏。

你到底要干什么呢？我想问个明白，但不敢。我晓得巴楼猎人的脾气，说一不二，最容易因为被别人怀疑而激动。先前你明白同我讲过了是去打野猪。我不能像娃仔一样追着你问个不休，只好采取迂回战术，问你一共打得过几只野猪。

记得你说九只，紧接着你又说："若是今天山神保佑，就够十只了，满十最难哩！"

我心里一怔，真的是去打野猪！

"哪有想寻野猪就包稳寻到的？"我小心翼翼地问你。我觉得你这一次出猎当真很奇特，有浓厚的神秘色彩。

"我晓得它在哪一路。"你说。

这越发奇了！我连忙问："你守它很久了？"

"三百六十五天！"你声音是冷峻的，仿佛怀着深仇大恨，仿佛一颗心冷酷得再也不能回暖，仿佛愤怒坠住了你那厚厚的双唇，双唇已经不愿开启。

"怪事！"我轻轻叫了一声，"这事的头尾根基，是哪样子？"

你回过头来，面孔是冷的，眼睛却是热的。哦，先不问这故事的头尾根基，你，便是一个谜，谜有深浅难易之分，你是我感到一时难解的谜。

猎狗窜回来，又把你引往前去。它们不吠，只紧张地哼。聪明的猎狗追寻野猪时不会乱吠的。否则会惊动野猪，使那猛兽及早做好准备，或逃跑，或进攻，都将迅猛得可怕。看看这时候猎狗紧张的模样，大约它们寻到了野猪的踪迹。

我紧跟你跑上前去。虽然脚下是厚厚的腐烂的落叶，我跑起来仍然哗哗响。而你，脚步轻捷得几乎听不到有什么声响。寻找野猪不能过早地发出声响，那个大耳装的猛兽，所觉特别灵敏。

在一截烂泥地上，出现了杂乱的野猪蹄印，有小有大，有一种特大。特大的蹄印无所顾忌地从其他蹄印上粗暴地压过去。这时，我注意看到，你脸上露出了一丝笑容，那是狞笑，一种紧张而又自信的狞笑，一种恶斗前为能施展自己的力量而兴奋的狞笑。狞笑只在你脸上停留片刻，便消失了。你又紧绷着面孔，追着野猪的踪迹，迅速往前走。在一座山坳前，野猪蹄印分开了。有一串直接连上坳去，有一串连上坳边，而那一串特大的蹄印，竟没有上坳，而是顺着右边山坡脚去了。我听说过，“急行军”的野猪过坳，“公的过坳边，母的走坳口，棕毛野猪坳下掉头走”。那一串特大的蹄印肯定是棕毛野猪的。棕毛野猪在它同类中最凶猛。而且棕毛野猪的蹄印如果“蹄缝夹蹄瓣”，那么，“落井井也烂”。看这蹄印就知道前头那棕毛野猪有多么大，多么凶猛！这你不会不知道。可是，你径直撵着棕毛野猪的蹄印去了。一点也不犹豫，一点也不耽搁，一切都像是既定，一切都像是义无反顾。

“这不是去找死吗!”我想喊，“这到底是为什么!”可是，出于对猎人的尊重和对自己面子的维护，我终于没有喊出声来。

你一面轻捷地往前走，一面回过头急促地招呼我：

“莫慌，脚步放轻点!”

“莫怕，离我远点好!”

“莫急，等一下你先上树!”

“记住，不许你帮我!”

……

我不能回答你。我简直不清楚自己到底在干些什么。当危险莫名其妙地降临时，我常常对危险与我的关系也莫名其妙。我只能按你所说，把脚步放轻，与你拉开距离，甚至准备爬树了。唉，我真后悔，真痛恨自己的懦怯无能，哪怕我比当时的情绪好一些，你也许就……

“去拦头！赶野猪!”你突然大声喝狗。我们走进了一条峡谷。你指着山坡，要两只猎狗分别从两翼包抄上去，要它们把野猪往回赶。

黑狗略一思索，便从右边山坡斜着身子往前冲去。白狗却围着你打了几个转，显然，它在为能否战胜那庞然巨兽忧心。你猛地飞起一脚，把白狗踢得翻了几个跟斗。它委屈地哼哼，只好顺着左边山坡跑去。

你处理了胆怯的白狗，转过脸来，似乎要处理我了。你不慌不忙地说：“聂同志，你莫走了!”

“不!”我的回答使你微微一惊。

“危险！你在这里等我。”你又说，“先前你哄我。老实讲，你一点也不像打过猎的。我，我不该带你来……”

“不！你不晓得，我们写文章的，什么事都要经历点才好。不怕!”

“那……当真你不怕？那就走!”你说，“前头不远是大河，它跑不脱了！你去看我哪样收拾它!”

你又一次查看猎枪。

我跟你往前走，既没有胜利的渴望，也没有失败的恐惧。我的决绝的回答，只能证明我比白狗好一些，我是人，有自尊而已；然而，我还不如那只黑狗，它毫不犹豫地冲上前去，我不能，这也因为我是人，我有理智。我能这样盲目地跟你去拼死，就已经放弃了许多理智了。其实我已经后悔了!

峡谷里，几乎一切都失去了声息，听不见秋冬之交时节的虫鸣和鸟鸣，也听不见山林的吼声，甚至连我自己的脚步声也听不见……

一只狗狂吠起来了!

你敏捷地伏到峡谷当中的一块大石头后面，同时吆喝我藏到山坡上的一块巨石后面去。我当然去了。你把猎枪的枪口对准了前面。

我为即将出现的危险紧张得浑身发木，却又眼巴巴地期待那危险尽快出现。我似乎看到了那体壮如牛的棕毛野猪在狂奔，在冲撞，山在旋转，云在旋转……唯有你，你一动不动地伏在石头后面，在棕毛野猪面前，你稳得如同一块生根巨石，你冷静得如同寒冬里覆盖着白雪一片的黑石头！

左边山坡的草丛唰唰作响。你稍一侧耳，立刻跳了起来，粗声骂了一句：“发瘟！”白狗从草丛中钻出来。它没有去拦野猪，也可能是见了野猪就吓得跑转回来了。它羞怯地跑到你的跟前，但不敢靠近你，与你保持着一丈的距离，一对长耳朵倒下去，贴着后脑壳，黄幽幽的眼珠流出祈求怜悯的光波，静默着，连哼也不敢哼，间或轻轻地摆两下尾巴。可怜的狗！它必定也意识到那棕毛野猪是不可战胜的。也许，它还不愿把那猛兽往回撵，是为你的安全着想呢！我为这只如负重罪而不知所措的狗难过起来……

枪响了！你新买的双筒猎枪，鸣响了清脆有力的第一枪。白狗倒在了殷红的血泊中。你第一枪打死的是自己临阵退却的猎狗！

黑狗回来了，立刻发疯似的绕着血泊中的白狗转。我这才发现，黑狗是公的，白狗是母的，它们是一对夫妻。黑狗悲哀地嘤嘤哭泣，不时伸出柔软的舌头，轻轻地舔白狗脸上的血。

“走！”你冷酷地对黑狗喝道。

你头也不回地往来路走去。

正常人的求知欲和职业的兴趣，使我再也不能忍受你这哑谜的折磨。晌午，我们在溪水边吃干粮。我喝水，你喝酒；我问一句，你答一句，对话我至今还记得一清二楚——

“这头棕毛野猪你见过？”

“自然。”

“它去过你们寨子?”

“它原本就在哪边，是野猪王!”

“一定危害很大?”

“那不！不然不算野猪王!”

“做过点什么坏事?”

“什么坏事都做过。”

“你们制不住它?”

“粉枪打不穿它的厚皮。”

“它怎么跑过河这边来了呢?”

“去年，我们要同它拼命，它自己怕了!”

“怪了!”

“不怪，它是野猪精。”

“怎么过的河?”

“不晓得是游水还是腾云。”

“过河来后还作怪吗?”

“这边没得人烟，它也不再出山。”

“野猪也改邪归正了?”

“管它！反正要报仇，要杀它!”

“怎么能向野兽报仇呢?”

“怎么不能呢?”

“众人斗不过它，你单独就得吗?”

“得。我找得好枪，胜也得败也得，反正要报仇!”

“怎么能同一只野猪拼命呢?”

“怎么不能呢?”

“人比野猪高贵，为杀一头野猪而死，不可惜?”

“若是挨一头野猪欺负，还算是人?”

“它只欺负你一人? 为什么独你一人来!”

“全寨子。只有我家同它有血仇。”

“你家哪个挨它弄死?”

“阿爸!”

“杀父之仇!”

“不报杀父之仇算不得巴楼人!”

“可是，报仇也该多叫些人来嘛!”

“阿爸的仇儿子报! 喊人来帮，丢丑!”

“报仇也该有个方法。”

“我搭火车到契卡强买了这支枪。”

“……我总觉得，它不惹你了，何必……”

“……仇呢? 兴它欠血债，不兴我讨还?”

“……它是畜生!”

“人就是不能让畜生欺负!”

“它如今老实得连山都不出了，何必……”

“我们不同你们。你们同别个有仇，见面还握手!”

“那是人同人，这是人同野兽，不能比!”

“人同人有仇也要解，酒解刀解都得。人同野兽，只有刀枪来解!”

“它改邪归正了嘛。”

“信得过?”

“……”

“记住，我同它打，你莫帮！你若帮，我先打你的脚！”你做出一个严厉的表情，紧接着忽然咭咭地笑起来。不知道你是笑我的迂腐胆怯，或是笑自己的英雄气概，不过看得出，你的笑声是豪迈而轻松的。我几乎要疑心先前讲的那一长串话，是不是你在诓我。当然，巴楼人应该是不诓人的。也许，有了前面那一长串疾恶如仇的誓言，又加上这一小串豪迈轻松的笑声，才形成一个巴楼猎人的完整形象。说老实话，你的笑声停了，我开始爱上你了。一种感动的爱，一种崇敬的爱。崇敬和感动，有时并不能被我们深刻地理解，但是，却能被我们深刻地接受!

我记得，你还告诉我，这头棕毛野猪当年曾是那样凶悍猖獗，见人就冲过来，见牛羊就扑过去，大白天也敢走过寨边，而现在却有点怪了，在山里躲躲藏藏，没得点神气。“怕是要老死了!”我说，心里不觉动了一点恻隐。你突然气愤起来，脸色越发铁青，你说:“它想恁安然去死?我要先收它的命！”这么一说，你便加快了步伐，急匆匆地，向你估计那野猪过夜的一片冲槽山林赶去。你要赶在它自我毁灭之前毁灭它!

我们到达那片冲槽山林时，山林已经黑成一团，像被一大块黑土布裹紧；两边的大山和天空连成了一体，黑黢黢的，分不出山有多高，天有多矮；风不大，四周只有山林的粗犷的叹息声；远处传来低沉的吼声，我说好像是野猪的吼声，你说那是林涛声。稍停了停，你又说那头棕毛野猪在山那边吼，我倒一点也听不出来。我真佩服你的神经，大概是强烈的复仇意念使得你的敏感达到了出神入化的程度。

你帮我弄来三根藤条，然后要我爬上一棵大樟树去。我爬不上，你就顶着我上。你要我坐在一条大枝丫上，用藤条把身子同大树枝绑在一起，这样一来，睡着了也不会掉下树来。“你呢？”我问。“我？是人是鬼就看今夜了！”你平静地说。

你又喝酒了，黑暗中传来咕噜咕噜声。我犹豫了一下，最后还是提出，最好能同你在一起，到时候或许能帮一帮。

“你帮哪样？”酒气从树下直冲上来。“你就是阿者、黎水保、潘老勇（黎水保和潘老勇都是传说中白裤瑶的英雄），我也不用你帮！”

说完，你和那只忠实勇敢的黑狗离开树下。轻轻的脚步声，显得非常稳实坚定。我忽然觉得自己是多么的渺小无力。我瑟缩在山林的一个角落，你却驰骋在山林任一个地方。你是山林的主人！

我倚坐在高高的树上，心却沉入了黑夜的深渊。你在这黑夜里做着战斗的准备，你的眼睛，你的心，一定会感到很亮堂。你是山林里的最强者！

我感激夜的遮掩，不至于让你看见我委琐的形状。

即便没有夜的遮掩，你也清楚我是一种什么形象。

我倚坐在树上胡思乱想，急待着战斗打响。

忽然，风停了，山林静寂得像凝固了一般。

“嘭！”你打响了一枪。黑狗英勇地吠起来。“扑啦啦！”这一定是棕毛野猪摔倒了。打中了！这么快！积蓄了多时的仇恨，只这么轻轻一下，就报了。

我忍不住对着黑暗喊道：“古郎，要得！”

“嗷——"野猪吼起来了。一棵大树随着吼声咔嚓响着，倒下了。一定是野猪狂怒着推断了大树。我又听见你刷刷刷的滚动声，哎呀，你还没曾爬起来？或者是差点被倒树压住？

“嗷吼！”野猪简洁地吼了一声。汪汪吠着的黑狗突然发出一声哀叫，那声音似乎在腾起来，紧接着，稍远处传来“扑”的一声响——猎狗完了！

你为什么还不开枪！我想喊，可是喊不出来，胸口像塞了棉团，喉咙口一阵痉挛。你到底怎么样了！我把眼睛睁得发痛了，可是，眼前只是一片漆黑。

野猪仍在不停地吼着，哗啦啦地扑着，它盯住你了。你始终未能爬起来，我听见你还在地上刷刷刷地滚动。人与野猪短兵相接，多数是要吃亏的。你一定陷入了这种危急的境况，几乎没有间歇容你举枪射击。你只能凭着机智躲避那庞然大物的进攻。然而，这是不可能持久的啊！

野猪向人报复的持续性是骇人的，而你与野猪周旋的持续性更为骇人！刷刷刷！你发疯一样跑往远处去；扑扑扑！野猪也发疯一样紧撵着往远处去。“嗒！”你的枪托打在野猪的腰上或是头上；“嗷！”野猪怒吼着又是一扑。搏斗声渐渐远了，弱了；忽然又越响越烈地往我这边传来。你始终跑在前面，你被紧逼着——你们的奔跑声揪住了我的心……

我后悔没弄一支枪来。我后悔听了你的话，没有作丝毫助战的准备！……我，不配到这老林子来！

终于，我盼来了又一声枪声！野猪绝望地嗷叫了两声，

而你也随着大喊了一声，顿时，都不再发出声息。恐怖的寂静哟……

完了！

穿林风骤然猛烈起来，啸叫着，铺天盖地，山林在剧烈地颤抖……

然而，野猪寨的父老兄弟并没有呼叫，也没有颤抖。第二天下午，你和棕毛野猪一起被抬到山寨前的大榕树脚下。大榕树是平静的，父老兄弟们的脸上也是平静的。几个扎着花白辫子的，脸上都刻着各种奇形怪状的伤痕的老阿公，相互望了望，只是点点头，似乎这一切早在预料之中。其中一位阿公不动声色地说了这么一句：

“成了！”

我呆住了！古郎，难道你这传奇式的搏斗竟不能引起众人的惊奇？难道你还算不上巴楼人中的英雄？这么平静，这么不动声色！啊，简直和你的英雄壮举一样传奇！忽然间我又醒悟了。古郎，你只不过是一个普普通通的真正的巴楼猎人！这样，你也就满足了。对吗？

古郎，至今我时常想起你！想起你，也想起你的父老兄弟，桂西北深山老林里的巴楼人！想起了面对一个战死的猎人而发出的不动声色的一句话：

“成了！”

一九八三年七月

山魂

云贵高原的余脉，红水河的上游。天界山老林子，是黑色的老林子。山太高了，山太莽了，雾罩子太密了，天太低了，山林，就黑密麻了。绵延百把里，总是这样，春天是黑色，夏天也是黑色，秋天还是黑色，冬天就更是黑色了。只是，春的黑色上浮着几片云一样轻一样薄的嫩绿；夏的黑色中时常辉映幽幽的淡淡的蓝光；秋的黑幕上闪动一簇一簇红色的火和黄色的火，那是枫树、栗树和山楂树一类；大约只有冬天，老林子才是扎扎实实的黑色。这里难有大雪，下了小雪，雪披在黑色的山林上，斑斑驳驳，显得山林更黑，显得山林更深更沉。

难道，因此，从黑山林里走出来的瑶族汉子们，总染上一身的黑色?

黑色的盘头巾，黑色的衣服，黑色的胶鞋（这些胶鞋，原先总有黑有黄有蓝，但都渐渐地成了黑色），再有，就是腰间挂着的牛角刀和葫芦水壶，肩上背着的猎枪同赶山棒，总也从深黄里透出黑色。这便是天界山老林子里的瑶族汉子们的基本形象。

他，岩，如今就成了这样一副模样。

三年前，他不曾有这么爽看。岩原本是林场伐木队个个都晓得的“香草”。在黑山林里，在硬朗的参天老树下，一个瑶族后生，被人取了个香腻腻软绵绵的姑娘的外号，是一种奇耻大辱。他曾是伐木队里唯一用手帕擦汗的后生，唯一晓得缝补衣衫的后生，众人哈哈大笑时，唯一微微低着头，轻轻地闷笑的后生。他怕熊，怕鬼，怕一个人单独在一个地方。剽悍的瑶族后生们，嫌弃怕死的人远远超过嫌弃自己的仇敌。这样，他又曾是唯一被笑酒歌笑哭过的瑶族后生。在达努节之夜，瑶族汉子们要聚在大大的火锅同深深的酒瓮旁，互相唱笑酒歌，互相进行幽默风趣的嘲笑和批评，唱到妙处，众人一齐双手拍着膝盖，哈哈大笑，唱的人笑，被唱的人也笑。然而，丢脸的是，他却被笑哭了，流出了绝不是一个瑶族好后生的眼泪。这样的后生，配叫作岩吗？当然不配，只配叫作花或者香草。香草经不得太阳晒，而他时常擦的雪花膏同香草一样香，于是就叫他做香草。这是三年前的情形。为了这，他含恨离开了伐木队。

然而，就是那个香草后生，这时候，正在黑森森的林子里，不择高低地走着，一双变黑了的黄色解放鞋，咔嚓咔嚓地踏断脚下的树枝，硬朗得很。一杆黝黑的猎枪，一把刀柄发黑的牛角刀，在背上，在腰间，随着身子的晃动，在晃动；山林，随着他身子的晃动，也在晃动。

明天又是达努节。这一回，他却无所顾忌地大摇大摆地走向当年把他笑哭过的那帮后生中去。

他原本就是一个真正的瑶族后代，天界山猎人的传人。然而，他又是母亲守寡养大的独生儿子。在他的记忆里，父亲只是一个血肉模糊的死人。父亲是林场的跑教（流动教学）老师，被老熊举起摔下了山崖。在寨子里居住的母亲，一方面决心守寡，一方面决心再也不让岩进入黑色的山林。教他怕山，教他怕水，教他怕熊，怕野猪，教他怕一切可怕的东西，巴望他永远依恋在母亲的围裙下。父亲死时；岩三岁，他吃奶就吃到了十一岁，他同妈共床睡到了十四岁。妈怕别个娃仔欺负岩，就时时把他带在身边，带在织布机旁，带在香草地边，香草把他熏成了香草一样的后生。香草瑶家欢喜，香草一样的后生却讨人嫌。

母亲病死了，不能再带他了，在林场当护林员的外公，一个有白胡须的黑衣猎人，把他带进了黑山林。岩不愿同外公到天界山主峰下的护林员小木头房过一辈子，十八岁的后生就成了场部的伐木队工人。在香草地边长成的岩，到又霉又潮的黑山林里砍木头，伐大树，喊起号子来。

他首先害怕的是人。伐木队的后生大都是瑶人。他们是真正的瑶人，他们欢喜喝酒，邀他喝，他不晓得喝，不敢喝，他们就不理他。他们欢喜唱野山歌，唱“想妹多，想妹日夜睡不着”，唱“半边床铺起青苔”，他不晓得唱，不敢学唱，他们就不理他。他躲着众人，又总以为人家在笑他，背后响起笑声，就慌得脸红。

这时，就是那个爱红脸的后生，却在山林里大声唱起歌来。他有很亮的嗓子，却有意吼出很粗犷的声音。

他这样唱——

一箭穿得过三架山，

哥就从三架山穿过去；

一刀划开了三层布，

一只野鸡飞出来！

……

他唱这歌的时候，眼睛闪动着很亮的光。他看到了那双浓黑的野野的眉毛下，深潭一样又黑又亮的大眼睛，那么惊诧，那么欢喜地望着自己，完全是一副仰视的模样……三年没见着她了。她也在伐木队里，是炊事员。岩今天就专为去看她。当然，也为了向三年前欺负他的人挑战！

五月的穿山风，时常在树顶上舞弄。不像冬天，铺天盖地。太柔和了，不爽神。他觉得一点也不爽神。他有青桐树干一样的手臂，有紫胶漆色泽的皮肤，他有力气，他想多多地派上用场，就像一个原先被人看迂了的人，一时有了大本事，总急着雄抖雄抖，看看原先看过他的人如何惊讶。

风在林子里打旋。他觉得蛮好。可就在这时，前方右侧，有笨重、迟缓而又漫不经心的脚步声。是一只大熊！腥臊味已经很浓了。他应当避到一边去了，可是已经来不及了。黑熊已经从草丛里走出来，粗大的身子带断了一棵碗口大的小树。它身上沾了许多草叶，屁股上有鲜血，肯定是刚刚蹭死了一只不服输的小动物，一副踌躇满志的神气。它正要往前走，却又发现了岩，小小的、发亮的眼睛直盯着岩。他们之间只隔五六丈远。他必得稳稳地站住不动，一动也不能动。这时候，拔刀、解枪也来不及了，而且也根本不能这样做。天界山林区已经完全禁猎，熊尤在首要保护之列，万不得已，为了保护人而打死了熊，林场保卫科将要像侦破杀人案一样，反复查证，而且你的名声将因此大跌，你不是一个机警有能耐的天界山人。躲避熊的伤害。尤其需要胆量，唯有胆大，才可能心细，才可能甩开这只猛兽。

人与熊，静默地对峙……

四年前，他却被一张熊皮吓得跳出窗外去。那又是怎样一种狼狈的情景！他同她在屋里讲话，正在兴头上，一侧头，忽然见到一只熊走进门来，浑身一时全麻了，大叫一声“妈呀”，跳窗就逃，撇下姑娘，一点也没想到该做成一个具有骑士风度的瑶族后生的形象。姑娘没有逃，反而哈哈大笑，一拳头揍在熊的脑壳上。熊叫了一声“哎哟”，是灵披着熊皮。灵，这个瘦条条的精灵鬼，丢开熊皮，尖声大笑。

他伤心得想哭，因为他不如一个姑娘。

她也是瑶族人，然而却是一个真正的瑶族人。她叫作蓝山妹，也是一个真正的大山的阿妹。一只假熊蒙不过她的眼睛，一个假后生同样也蒙不住她的爱情。他得过她的爱，又害怕过她的爱，如今又十分想往她的爱。

……黑熊嗒嚓嗒嚓朝他走来了。他还是不能动弹。熊，这个又蠢又霸蛮的东西，你一动弹，它就会发怒，把你撕成几大块。眼下，最坏最坏的办法，那就是当熊的前爪攀住肩膀时，顺势倒下装死。这法子，他没有试过，是外公告诉他的。外公过去曾经两次用这法子从熊爪下逃脱。而一个老同叔，就在外公身边，浑身颤抖，被熊识破了假象，一巴掌扇歪了脸死去。熊不吃死人肉，它只要验证掌下之物死了，而且不是由于它的威力而死的，它就会索然无味地走开去。检验是残酷的。一次，外公被熊把胳膊扭脱臼了，但不能叫，这需要意志，大山一样坚忍的意志；另一次被一只小熊搔胳肢窝，不能颤动，不能笑，这同样也需要意志，大山一样沉稳的意志。

岩这时候什么也不能多想。若想情势再迟缓一些，又面临这样的挑战，他最先会想到的，必定是蓝山妹，她能看到他这般临危不惧，一定会诧异不已，而他将感到非常的得意、爽神，哪怕自己立刻就要死去。

熊走近了，好像眯缝起眼睛来笑。岩照旧像岩石一样一动不动……

蓝山妹并不曾因为一张熊皮把他的男子汉的皮扒掉了而讨厌他。她心疼他。为了他，她曾同灵打过架，像母豹子一样凶狠。那是因为灵扭住岩的胳膊，要他喊他阿爸，他居然也喊了。这伤了她的心。打架之后，她就破口大骂岩，骂他的软弱胆怯。她恨不得他凶狠再凶狠些，恨不得要鼓励他勇敢地打她一次。若是他当真能像野猪一样暴烈地揍她一顿，包稳她会欢喜得发狂的。强女子尤其需要强有力的爱。可是，他不是野猪，他是任野猪践踏的一棵香草。

多么奇特颠倒的爱情方式！是她先拥抱了，把他紧紧地搂在怀里，用富于弹性的丰满的胸脯贴紧他，在一个风嘶树摇的夜晚，在那熊的嚎叫，野猪的咆哮都被风声镇得软塌塌的时刻。是她先亲他，像一只饿极了的母鸡，急促地狂热地啄他的脸，厚厚的红红的嘴唇在一张白净的细嫩的脸上磨来擦去，他觉得很爽神，但又一径把脸转开去，他倒成了个羞答答的姑娘，那天早晨的雾罩子真厚，那天早晨的山林真沉寂。

他很感激她，感激她的豪爽，她的胆量，她的爱。可是，他不敢……

后来，他们怎么分开的呢？怪那个野心勃勃的队长么？斧头砍不断树，应当怪斧头，怪自己刀口钢不够。那个满脸黑胡须的老公猪，家里一窝娃仔，还来想蓝山妹的好事。蓝山妹不理睬他。吃不着果子他索性就砍树，他在小叶常青榕树下逮住了他们俩。蓝山妹叫岩莫理他，岩不敢，她就自己跑开了。岩被胡子队长带到了全队工人大会上，要他交代。他浑身抖得像风吹樟树叶：

“是她先……”

“后来呢？”

“后来我也……”

后生们在小声咒骂他，骂他是蜗牛，骂他是泡心木，骂他是沼泽地的烂泥巴，这时候，他连香草也不配！

她忽然从屋外闯进来，带进来一股风。她必定在外头听了些时候，一进门就破口大骂：

“是我先要他同我好，是我先抱他，亲他，不就是男人同女人的事吗！你还不晓得？都生了一窝崽了！问哪样？”

岩照旧是那样软塌塌：

“不不，后来，在木头堆上那一回，是我先……”

“那回不算！”她愤怒得大叫起来，“都是我教你的，统统不算数！”

后生们哄笑起来。灵竟然鼓掌叫好，当着众人喊道：

“你同我好，我不用你教！”

蓝山妹飞快地盯了灵一眼，随即就死死地盯着岩，那两道浓黑的野野的眉飞扬起来，深潭一样又黑又亮的眼睛，黑的是失望，亮的是愤恨。而他呢，像只被大雨打湿了绒毛，又落在人手上的雏雀，缩头缩脑，众人都在鄙夷地望他，他被这些目光压迫得浑身酸疼。

那以后，她不仅不再亲他抱他了，反而同众人一起欺负他。

架在两座大山间的运木索道，也成了伐木队的后生到山那边的公路搭汽车的缆车。他是唯一不敢坐索道木架过山的后生。灵同几个后生骗他上索道木架接木头，他一上去，木架就飞快地滑往对山去。是灵他们整的。他们哈哈大笑，他又喊起妈来。他拼命抓住索道缆，木架减了速，却停在半道上。两边是黑森森的大山，底下是黑密麻的深谷，风在呼呼地吼，木架在风中晃，他骂着，哭着，哀求他们拉他回去。她来了，发出尖尖的痛心的大笑，末了又叫众人不要拉他……

熊在离他两丈多远的地方停住了。晌午的山林里已经很阴暗，熊瞎子大约还不能看清跟前的是活人还是死人。它在犹豫，也许还很惊诧，为什么有如此肖然不动地站着的人。

他很紧张，但不怕！

……面对严重损害自尊心的侮辱，一个真正的瑶族后生，一拳擂过去，本可以回敬对方，而且决不需要第二拳，也不需要宣言。可是，他那时不行。反而越加委琐，一听到不明底细的笑声，整个脸就刷地发青，害怕别人奚落。

达努节之夜，笑酒歌在天界山老林子里回荡。岩本想躲得远远的，可是外公来看他，伐木队的后生们拉着白胡子打猎英雄要喝酒，他自然不能走开。外公是那样的豪爽，他是席中的长者，又是老林子里的英雄，每个人都敬他的酒，每个人的酒他都喝。他喊一声，远山都要回音；他笑一笑，每个人的心房都要震颤。他喝下第十碗酒后，就吆喝起来：

"你们这点黑熊、花豹子，为哪样不唱歌！唱呀！"

外公竟自先唱起来：

啊，今天是达努达努，
啊，今天该唱歌跳舞；
学猴子跳也很好看，
学老熊跳也很好玩；
莫学那只蜗牛，
时时总想缩头；
学画眉叫也很好听，
学鹞鹰叫也很爽神；

莫学那只五更鸟，
只晓得苦苦哀叫；
……

后生们一齐双手拍膝，用很粗犷很宏大的声音大笑。

岩也照例双手拍膝，但他只会微笑，轻轻地咧着嘴笑。

蓝山妹端起一碗酒，请外公润喉，然后，笑嘻嘻地要灵接着唱。

灵是这帮后生的头，他就唱：

啊，今天是达努达努，
啊，今天该唱歌跳舞！
老英雄你是只虎王，
你的后人是只羔羊；
你很爱唱很爱笑很爱大山，
他很怕唱很怕笑想躲在羊圈；
你有瑶山的魂，
雷公不能把你摇动；
他的兔子的心，
时时总在跳怦怦；
……

后生们照规矩拍膝大笑。

外公也照例拍膝，但没有笑。他眯缝起眼睛盯着岩，岩流下了悔愧、屈辱的泪水。

灵他们还唱了岩的种种丑事。岩哭出声来，哭得好伤心。外公这晚上醉得一塌糊涂。有人说，很久没见老人家醉酒了。

第二天，外公到场部找场长，然后把岩领走了。场长同意让岩同老人家在一起做护林员。

岩走了，走向最偏远的天界山主峰去了，心情是恐怖的，感情是悲凉的，自尊心刻着伤痕，记忆中带着仇恨；咬起牙，走了。临走前，他想再看一眼蓝山妹，总寻不着她。他同灵第一回说了一句瑶族汉子的话：

“同她讲，三年后我来扳牛角!”

……

三年后，他从老林子的最深处走出来了。他身上印着各种伤痕，心灵饱受了山林的种种折磨，长成了另外一副手脚，昨晚同外公喝苞谷酒，吃了一只羊崽，然后一夜只说了一句话：“我要到场部去看那些家伙。”他总还是不爱多说话，但是，说一句是一句。外公借着酒热说了一夜的话，他只是睁着眼睛听。火塘里的火焰舞来舞去，他却一动不动，把沉思的眼睛直盯着火。

“岩，你也该出去走走了，只是千万莫要做山鬼，山鬼是没得魂魄的，专同人造孽。瑶家人，有了一身的力，有了一身的胆，还要有大山一样的魂，有了大山一样的魂，人就同山一样稳了，在山里就生了根……”外公深深地吐了一口粗气，天亮前倒在火塘边睡着了。

眼下，他就山一样稳实地站在大黑熊跟前。

忽然，一阵风卷着落叶扑过来。大黑熊额上长长的毛被风掀到脸上，一下遮住了它的眼睛。愚蠢的家伙慌忙在原地打了一个转。岩瞅准这个空子，黑衣服隐入了黑色的山林深处。大黑熊转眼失去了目标，深为奇怪，嗷嗷叫了两声，十分扫兴地走了。

岩的脸上露出了一丝狞笑，照旧赶他的路。

他不晓得自己到底还该不该同蓝山妹结婚。他没有太多地去想这件事。他晓得自己该怎样同她说话相处，她才喜欢才折服。她晓得该怎样同灵、同后生们拼力气、比胆子，他们才不敢欺负他。他这就要去让他们见识见识。他还兴奋地想到，若是蓝山妹嘴硬，他要揍她一顿，或许她会欢喜哩，若是灵胆敢再喊他“香草”，他要给他尝尝香草打嘴的滋味。至于胡子队长呢，瞪他一眼就足够了。岩故意把胡须留得竖直拉碴的，头发乱得像一堆茅草。很合适，这样去看她，看他们，用硬硬的鼻音说话，简直太美妙了！

天色已经很昏暗了。他走得很快。穿山风已经从树顶上扑下来，灌满了整个林子。飞扬起来的只是落叶，被折腾的只是草和野花。树却很稳，大树不摇动，小树也不摇动，大树同小树互相依靠，而且，受不了猛烈的山风的树种陆续被淘汰了，留下的是硬汉子。当然，也有硬朗的大树成批被风折断的事情发生，但是，只能是被折断，而树根是极难拔起来的。

岩被疾奔的穿山风激动着，很快就翻过了一架大山，走进了一片狭窄的畲场。这畲场叫作红兰畲，长了很多的红兰草。红兰草酿成的红兰酒，红红的，香喷喷的。天界山的瑶族人把这酒留到红白喜事时才用。岩忽然想，若是当真把蓝山妹讨过来，两人就来这里采一回红兰草。当一对后生男女去采红兰草，众人就晓得他们将要结婚了。这是很得意的时候。岩的心里被红兰草拂起了一股柔情。他到底还是眷恋着蓝山妹的。即便是粗粗的过山藤，藤条里总会有柔情；即便是硬朗的青桐树，树干上总长有细枝嫩叶。何况是这样一个后生，怎么能不想心爱的姑娘！

弃场右边的山林里，有熊的嚎叫声。岩有点警觉，因为这嚎叫声是怒气冲冲的。这时候，从林子里跑出一个人来，一个女人，一个背着背篓的女人，一个慌慌张张但又默不作声的女人！蓝山妹！蓝山妹正朝他跑来。他怔住了。原先设想的种种表情，尤其是冷漠、骄矜的样子，都来不及摆出来，就迎了上去。他很惊讶，这简直是山神作祟，是鬼使神差，否则，她怎么晓得来这里守候他？谁告诉她今天要来的？无论如何，太爽神了！他晓得该怎样对待她。他紧走几步，然后停下，等待她扑过来。

“大哥！大哥！”她脸色煞白，喘不上气来。

他张开双臂，一下就把她搂进了怀里。他不作声。熊一样粗壮的身子，就往下压去。他们倒在草丛里。她背上的背篓被压扁了。“山神哟，山神哟！”她软绵绵地瘫在他的臂弯里，一下闭上眼睛，一下又睁开眼睛，睁得好大好大，“当真，是你！”

他只是嗯了一声，一只粗黑的大手，就去扯她的衣服。

“你放开我！”她挣扎着，“我看眼花了。”

“嗯?”

“我找人去救命的。想不到，是你!”山妹的口气里透出了失望。

“嗯?”他抬起身子来。

“熊把人逼在树上。想不到，是你!”山妹的眼睛里流出了失望。

“嗯?”他一下跃了起来。

她也爬了起来。山林里那只熊叫得很紧。她只那么简单地看了他一眼，就要跑开去。他一把拽住她的胳膊。一定拽得很有力，她身子颤抖了一下。

“在哪里?”

“林子里。”

“哪个?”

“灵。”

“嗯? ”他警觉起来。一下就看到她压扁了的背篓，塞满了红兰草。他应当全明白了，可又不甘心，甚至冲腾起一股火气，“你们来干什么?”

“放开我!”她吼叫着，挣扎着，脸扭得很可怕。像一头发怒的母豹子！他赶紧松开手。

林子里，熊在摇树，刷啦啦响。一阵风扑过鼻场，异常突兀、猛烈。

她张皇地四下望着，远山是树，近山是树，只有树在风中摇动。她毅然回过身去，就往山上跑。岩紧撵上一步，又一次拽住她。

“你嫁给我!”他发狂了。三年的守望，三年激动着的战胜她的欲望，全部毁灭了。

她也绝望地吼起来：“你去救他！去救他！”

“你嫁给我！”他喊道，“我就去！”

“山鬼！”她的脸上突然涌上了一股愤恨的神色。她骂他山鬼！见死不救的人，瑶家人就骂他是山中的鬼怪。看来，她大约宁可自己死去，宁可灵也死去，也绝不接受他这种山鬼似的交换。她自有大山的魂在身上。而他，只是一个山鬼，见死不救，作祟的山鬼！三年，他只成了个没有魂的山鬼！

他像一口气灌下了一葫芦苞谷酒，头昏脑热，踉踉跄跄地，就往山上跑，一面跑一面解下猎枪，她紧紧跟在他身后。“滚回去！”他回头吼了一声。好！终于像一个汉子一样吼她了。她停下了。好，太爽神了！岩觉得浑身一阵轻松。那么，她是折服了，敬慕岩的勇猛和力量了？可是，她骂岩是山鬼。啊，三年，岩只成了个没有魂的山鬼！“山鬼！山鬼！”先前那尖利的叫骂声猛一下又震击着他的脑壳。岩的心里难受得发痛。

“好好，让你们看看我这个山鬼！”他心里悲怆地呼喊。这喊声击打着他全身的每一根神经，他觉得蓬乱的头发都激动得竖了起来。他这时巴望能快快同熊恶斗起来。他拼命奔跑，好像离熊越近，就离骂他山鬼的尖叫声越远，自己才得到真正的解脱。好像山鬼这骂声比凶恶的大黑熊还可怕万倍。

他从下风处钻进林子。只要枪一响，熊就会转来撵他。大风天，引熊要顺风走，在适当的地方再放一枪，熊只要停一停，风就会从后面把熊额的长毛掀到它脸上，这就是人脱身的机会。

他在林子里开枪了！一枪、两枪，再放了一枪。他似乎在发泄什么，枪声里迸发出愤懑，并发出悲哀。

他引着怒不可遏的大黑熊，顺风飞跑起来。这时候，先前在路上想象的种种得意的模样，种种炫耀的意思，一点也不记得了。他心里只在悲怆地呼喊："好好，让你们看看我这个山鬼！"啊，三年，有了一身的力，有了一身的胆，可还不曾有大山一样的魂！山妹还是照旧看迂他，那两道浓黑的野野的眉毛照旧飞扬起来，照旧，深潭一样又黑又亮的眼睛，黑的是失望，亮的是愤恨。而他呢，模样成了架大山，可魂魄还是只打湿了绒毛，缩头缩脑的雏雀！还没有长成外公说的真正的瑶人！他的心里交织着悔愧、悲凉、烦恼的感情藤萝，这藤萝同山林里绊脚的藤萝一样，拉扯着他的脚步。熊逼得很紧。岩渐渐感到气力不支了。他预感到将要同熊展开一场厮杀。他忽然非常巴望来那么一回，可能他会用牛角刀戳死熊（最好不这样，这样做在天界山是丢丑的，保卫科会搅得你名声大跌），可能他会被熊撕成碎片，然而，这倒是很爽神的。他晓得，这时候，蓝山妹同灵一定在看着自己。好吧，你们看看岩是不是山鬼吧！

风，忽然停了。黑熊像一道黑色的闪电，扑近了。一时间，没有别的办法躲避这猛兽了。就在这时，身后响起了枪声。熊就地打了个转，长嗷一声，寻找打枪的人。又响了一枪。熊转回身，大约想去镇压又一个袭击者。岩一下热血冲涌上脑壳，这一定是灵放枪救他！

不，这是万万不行的。岩需要同这只熊搏斗，太需要了！尽管身子已经软塌下来了，尽管脑壳已经发昏，他还是要同这只熊来一场。哪怕，自己即刻就被熊弄死！

他朝熊又放了一枪！熊像一道黑色的闪电，扑上来了……

一九八四年五月

黑森林　白姑娘

桂西北的大山是黑色的山。红水河上游的森林是黑森林。黑森林里的雾是黑色的雾——白晓霜头一回对白色的雾有了这样的感觉。黑雾一动不动，大约是永不消散的了。黑雾摆出一副死气沉沉的面孔。黑雾很沉重。黑雾很冰冷。黑雾很苦涩——她嘴里苦得发木。雾里不见天地，人往往会觉得世界寥廓而空洞，白晓霜却觉得天地越发窄小，黑雾会同了黑石山、黑森林，聚集在她的头顶上，身前身后，压过来，压过来，压得她喘不过气。她斜靠着百叶箱的立柱，松木立柱雾一样软。她闭上了黑色的眼睛。

如果黑雾就这样沉寂下去，把黑森林凝固起来，晓霜也就会在这凝固的沉寂中沉寂下来。可是不行。黑森林永远不会凝固。黑森林里有万千生命跃动。这时候，黑雾里就响起了画眉的鸣叫。那只讨厌的画眉鸟，总固定在晓霜头顶上的一个位置，总在重复一串古怪的声音，不厌其烦。像在挑逗黑森林里的这位白姑娘。像在故意学舌，学一个姑娘的哭声。姑娘的心很痛地抽搐着。

她害怕听到哭声。她已经哭得太多了。她需要麻木的安静，忘却一切的安静。要哭，这时就只有哀号，这倒也能博得大山回声的安慰。回声粗犷而深沉，会使她想起远方的父亲。回声会使她感动得浑身发软。浑身发软的时候她又会想念死去的母亲。然而，同情的语言重复几遍还会惹人讨厌，何况大山的回声，只是重复她的哀号，既空洞乏味，又有点同她逗乐的意思。她烦躁得几乎要骂起来。于是索性不哭。更何况，有了那宏大的回声，越发显出了世界的广大和她的渺小、孤独。她害怕孤独——她又祈望远离一切人，尤其祈望远离一切熟识的人。她祈望远离一切人——她又害怕孤独。她需要安慰——她又讨厌空洞的安慰。她需要的是能支撑她，搀扶她，抚爱她，拥抱她，与她合为一体的安慰。尽管她没有得到这样的安慰，但是想象着这样的安慰，就禁不住热泪盈眶。

黑森林，黑石山，黑雾，照出了她孤独的身子。鸟啼和大山的回声，报告了她的孤独。而真正造成她的孤独的，却是人们，天界山林场的人们。

强奸案发生在天界山林场二十岁的白姑娘身上。一开始，照例会有愤恨和同情。憎恨罪犯，那个一口大黄牙的跛子老苟；同情不幸的姑娘，全林场最白的姑娘。这样的情绪延续了若干天之后，渐渐就淡了。接着便有许多好奇，种种猜测以及显然的厌恶和冷落，投放到白姑娘身上。不幸，已经给予过她同情，那么，剩下来的，便是对事件的客观了解。

天经地义，顺理成章。人们急于了解事件的全部细节，几乎是流着涎水地描绘或者听取大黄牙与白姑娘之间如此这般的细节。精彩！有人叫道，不晓得是说描绘者还是说那事情的本身。人们急于探询白晓霜是如何反抗的，有经验的于是慷慨激昂：母鸡不停脚，公鸡难打花！这些议论，吓得她浑身冰凉，脑壳胀痛。她还从人们的眼睛里，读到了厌恶和冷落。尤其是那厌恶之意，似乎在指出，白姑娘身上沾着一世人也洗刷不掉的污物。

白晓霜原是个十分光鲜的姑娘，生态站五个姑娘中的佼佼者，黑森林里最白的姑娘。一白遮九丑——可她既白又端庄，是一个叫人肃然起敬的姑娘。林场的男人们几乎都曾经纳闷过：这妹子的脸皮为哪样恁白嫩，恁光鲜？林场的女人们则一面疼爱而放肆地拧她一把脸蛋，恨恨地赞叹她“为哪样恁白咧”，眼睛里一面流出嫉妒的光来，如一线垂涎闪亮。白晓霜一径笑着，甜甜地笑，笑得叫一切人心里发痒。她爱笑，静静地笑。她爱脸红，却是腾的一下，红云遍布。一句好话，她脸红了。一句粗话，她脸红。男人一声招呼，她脸红。女人一声招呼，她也脸红。同宿舍的姑娘丢失了一块香皂，一叫嚷，她也莫名其妙就脸红。简直脸红到了岂有此理的地步。白脸蛋腾两朵红云，素雅的白衬衣托一张红面孔，由不得一切人不动心。白脸蛋纤尘不染，一身净扮，或月白，或藕黄，或浅蓝，或淡绿，轻轻地，掬一抹月白色的笑，淡绿色的笑，又由不得一切人不沉静下来。

五天前，在姑娘时常一面唱歌一面采撷鲜红的覆盆子的密林深处……鲜红的覆盆子撒了一地，被人的身体压成了浆汁，一滴一滴，像殷红的血……

跛子老苟没有逃跑，很爽快地让保卫科押进城去了。这条老公狗，临走前，还龇起大黄牙，爽爽地对围观的人说：“黄花女！”丑闻的全部耻辱，却留给了白姑娘。议论和目光像无数索套，将永远勒紧她的记忆，而且，记忆越动弹，那索套会勒得越紧。唯一的办法就是让头脑麻木起来，丢掉记忆和希望。然而，这对一位情窦初开，对生活充满了种种幻想的少女，又是多么残酷。

她想到了死。

可是，一想到死，即刻就觉得心被掏走了，整个胸腔空洞而且发寒。她还没曾活够，多少美妙的幻想还没曾实现。她舍不得他——一个歌声很像蒋大为，宽肩细腰显着英武倜傥的气派，方方的微黑的脸总挂着温和的微笑，说话滔滔不绝的林业技术员。她曾经是那样羞涩、那样顽强地抵御他疯狂的拥抱。现在，姑娘追悔莫及了，早知今天不如早给了他。他去桂林开会，不曾晓得。若是晓得了……每一想到这，姑娘的腿就发软得要跪下。她盼望他明天就回来，她又盼望他永远不回来。

在黑雾里，她闭上了黑色的眼睛，感觉着自己已经消融在黑雾里。这块过去她最害怕来的偏远的生态样地，现在成了她喜欢来的地方。她默默地来，默默地坐着。百叶箱盖也没打开，生态样树也不曾细心看过，因为，回到站里也不会有人同她要数据。那四位大姑娘，她们嫌她脏，她从她们的眼睛里看得出来。而她却晓得，除了刚从林校分配来的小乔，其余三位都同伐木队的后生睡过觉，而且不止一回吓得她心慌意乱。可是，她们却嫌她脏，她很委屈地想。她们的眼睛在提醒她的肮脏，她很痛苦地想。

只有黑森林不嫌她脏。只有在黑森林里她才感觉着自己照旧是纯洁的，是无辜的。她愿意就在黑森林里一直坐下去，坐下去，直到死去——自自然然地死去，自自然然地忘却一切。

头顶上的画眉鸟不晓得几时停了啼叫。不远的地方，却有一个人在哭，在呻吟着哭，在尖着嗓子哭。哭声很古怪，甚至有点儿可笑。一阵子凄厉，像一个娃崽被人揪疼了大叫；一阵子低吟，像一个老阿婆嘟哝着诉说不幸。白晓霜有点惊奇，有点关切，更多的是同感。她憨憨地听了蛮久。她想问一声，然而缺乏豪爽气概。喊不出声来，她竭力朝声音传来的地方望去，雾还很浓，什么也看不见。忽然，她又觉得这哭声不像是人的，而像是……像是一个怪物的叫声。她很用心地听着，一时间，倒也忘却了自己的痛苦和烦恼。她巴望雾即刻散去。

森林上空，林涛由远及近，由弱而强地响起来了。黑森林结束了清晨片刻的安静，又开始了一天的喧嚣。黑雾蠕动了，缓缓地，不慌不忙地散去。

晓霜透过薄雾，终于看到正前方有一个人，佝着背，蹲在大树下，一个浑身着黑衣的人。那人肩头不停地耸动着。晓霜想走过去，但又有点害怕。她希望那人转过脸来，看看究竟是谁。隔着几十步远，又有薄雾遮挡，硬是认不出来。

一阵风呼地直灌进林里来。那人浑身不住地打颤，猛地一转过脸来，白晓霜惊讶得要叫起来。那是一只猴！那只猴肯定也看见了白晓霜，怔怔地往这边看。然后，长长地尖叫一声，转身走开去。它一条后腿悬吊着，走路一跛一跛。雾快要散尽了。白晓霜紧跟上两步，看清楚那猴的一条后腿正滴着血，半个脚掌已经断掉，是一只伤猴。晓霜怕老鼠，怕蛇，甚至怕青蛙，却不怕猴。场部守大门的猴老爹养了一只老猴，可以引得她红了脸笑半天。眼前这只猴引动了她的兴趣。她悄悄地跟上去，辨认出猴子身上有不少伤痕，已经结了紫黑色的血痂。猴脸也肿了。她想起来了，这就是人们通常所说的独猴，一只被猴群抛弃了的独猴。

秋天，猴群来山地里偷苞谷，寨子里的人事先在地边的岩石上涂了黏胶之类的东西。猴群进地前，母猴爱把猴崽放在岩石上坐，埋伏在周围的人看看时候差不多了，就敲锣呐喊。猴群逃跑时，母猴无论如何也抱不起被粘住了的猴崽，只好恸哭着落荒而逃。对这样的劫难，猴群是要追究事故责任的。它们往往要痛打负责放哨的那只猴子，咬它撕它，直到它流血。然而，猴子们又会在鲜红的血面前胆战心惊，于是就把那只流着鲜红的血的猴子抛下，整个猴群跑开去。被撇下的猴子就成了独猴。猴要群居，独猴就往往会经受不住风雨吹打和伤病折磨，郁郁死去。只有极少的独猴，硬撑着活下来，重新回归猴群。有的猴子遭人打伤，或者被猎人的铁夹夹断了脚，或者被别的猛兽伤害，分明还可以活下来，只因为它身上淌着血，就要成为被开除的对象。晓霜听了这样的故事，心里难过了好多天。她害怕当一个独猴。眼前这只独猴大约是被猎人的铁夹夹断了脚掌。往昔为独猴难过的同情心又泛起来了，白晓霜悄悄地跟着它，很关心它到底往哪里去，人与猴一直走进了密林深处。

独猴已经不怎么叫唤。它默默地爬着，艰难地爬着，间隔蛮久才尖叫一声，大约是呼唤同类。独猴爬进了一片山槽杂木林里。杂木林里枝叶密集杂芜，一片幽黑。许多动物总会钻到暗中去静候死亡。独猴是不是预感到自己就要死了呢？它孤零零地往前面爬，有时在地上留下几滴血，有时又没有血，大约那伤口结了痂又被碰破，碰破了又结痂。它跌跌撞撞，时常被藤蔓绊倒，又一声不吭地站起来，继续往前爬，就像有一个既定的目标在前头一样。白姑娘能想象得出猴子那一双黄眼睛，流露着哀怜的光，那张有如一个呆子的神情的猴脸，显出无可奈何的痛苦。独猴爬到一棵野蟠桃树下，坐下来，抱起那只受伤的脚，一下一下地舔脚上的伤口。

然后，很快地东张西望了一回，就伸出一只前爪，在身边丛生的杂草里胡乱拨弄了一下，抓出一把草来，塞进嘴里，很快地嚼嚼，吐出来，认真地看了看，又很快地塞进嘴里，再嚼，再吐出来，再认真地看了看便敷在伤口上。它默默地做着这一切，俨然一个瘦骨伶仃的小老头，料理着残生。白晓霜为独猴没有绝望而感动。她已经把这只独猴当作一个人来看待。

独猴敷好了伤口，继续默默地往前走。敷在伤口上的草渣掉了，它停下来，再敷上去。走了两步，那东西又落下来，它就索性不再理会，照旧往前走，一直挣扎着来到一座黑石绝壁前。桂西北的猴子是山猴子，非依山住洞不可。壁上正好有一个小岩洞，洞前有几根粗大的山藤，一直垂到绝壁下面的草地上。独猴到了这里，似乎有了生气，一蹦一跳地过去拽住一根藤条，大约要顺着藤条攀上去，要寻那岩洞作为养伤的住所。它在选择藤条。几根藤条，拽了一根又扔开，再拽一根，再扔开，这样煞有介事地摆弄了几回，才选定了一根。它拽着藤条，往上攀缘，因为后腿受伤，只能用两只前脚使劲，速度显然很慢。忽然，它大叫一声——直吓了白晓霜一大跳——可能是伤口碰撞了石头，疼得大叫起来，停止了攀缘。白饶霜估计它要掉下来，不觉竟有点担心。终于，独猴又继续往上爬，一下一下地往上爬，没有了猴气，倒像一个老人，一个遭受了伤害的老人。

独猴爬进了岩洞，先是长叫了两声，便很久很久没再吱声。林涛忽然猛烈起来。晓霜觉得该回去了。

他回来了。白晓霜刚疲惫地回到房间，他就带着一团暖烘烘的气息，几乎是扑着跑了进来。白晓霜即刻全身发麻了一样，喘不上气来。"回来了？怎么一个人去那块样地？等了你好久！看看，给你买的东西，红豆琥珀坠子，两只白玉鸳鸯，小巧吧？白瓷观音，我总觉得像你，越看越像你，我也买了两个，开会的同志总笑我多要了一个第三者。我说就是再来一百个一千个我也不转眼珠子！我买两个白玉观音，一个给你，一个我要摆在我的书桌上，天天看你！还有断臂维纳斯，一种残缺美，不过，若是活人断了胳膊，鬼才讲好看。嗯？当然，若是你断了胳膊，随便你成了哪样，我都照旧……噫，你哭什么？哎呀，什么事？这么大声哭干什么！哎哎……"

有人敲门。林场技术科科长神色严峻地把他叫出去了。

姑娘在听候"宣判"。

他没有再进来。直到深夜，他仍然没有进来，没有进来宣判姑娘的死刑。然而，这正是无声的死刑宣判。

第二天清晨，是一个没有雾的阴惨惨的清晨。红着眼睛的她看见他红了眼睛。他在去样地的路上拦住她。起先是无言相对，他红了眼睛盯着晓霜，晓霜红了眼睛盯着黑森林。接着，他说了三句话：

“当真挨老苟……他做成了？”

她脑壳轰地炸了，炸得直颤。

“你为什么不反抗！”

她心口一阵冰冷。冷得直颤。

“你死去算了，混蛋！”

他大踏步走了，把林中小路上的枯枝败叶踩得咔咔响。

她硬撑着没倒下去。原先就盼着他的支撑，原先只以为没有他的支撑扶持就会倒下去，现在反而无所谓了。希望是坏东西，引诱人追求它，引诱人苟活着，其实到头来总还是失望。与其到老了才失望，才发觉上当受骗，还不如早点明白过来，那样还会过得清楚坦然一些。彻底失望，也就彻底清醒。白晓霜这时就感到彻底的清醒，真正的平静。没有了最后的一丝牵挂。该怎么样就怎么样吧，最终也就是一死。没有牵挂地死去，多好！

脑子里一片空白，眼前的一切景物都视而不见，密密匝匝的树木青藤：青桐、楠木、泡桐、苦楝、枫木，甚至高大的擎天树，还有燕子藤、牛皮藤、狗屁藤、铁线藤、鸡血藤……都没能挡住她的去路。白晓霜不停地走着，走过了生态样地，白色的百叶箱给了她一个冰一样的沉默；走过了阔大的乔木林，挣脱了黑色的森林的沉重的压抑。

不能自由行走的杂木林弄醒了她。她忽然惊慌起来，到哪里去？做点什么？到底怎么办？全是她解答不了、也不想解答的难题，纠缠成一团乱麻，塞在她的脑壳里。她害怕想这些难题。因而急于要找另外一个不相干的事情来想一想。

她忽然想到了昨天那只独猴。

去看那只独猴，她想，去看那只因为被人伤害，就被猴群抛弃的独猴，她凄凉地想。想起那独猴挣扎着往前爬行的情景，她竟觉得难受起来。

独猴正端坐在绝壁上的岩洞口，既沉静又庄重。白晓霜硬是觉得它像一个人。因为，太难得看见一个猴子长时间这样安分守己了。独猴的目光是那样的平和，又若有所思。它在眺望着绝壁下的黑森林，又像在眺望黑森林尽头的天边。自晓霜的出现，并没能惊扰它智者一般的眺望和沉思（或者它并没有发现白晓霜）。那副模样，甚至使白晓霜产生了这样的感觉，自己满可以同它并排坐在那洞口上，一样既沉静又庄重，一样智者一般地眺望和沉思，用这些和谐的举止神情进行心灵的交流。人同猴居然能够进行心灵的交流，是晓霜从来没承想过的。她似乎已落到了一只独猴的境地。她似乎同那独猴共属一个种类了。而在这以前，谁开玩笑说她与猴子同类，她必定感到被侮辱而躲到背地里抽抽噎噎一阵子。

忽然，独猴长长地尖叫了一声，又抓腮又搔耳，急促地东张西望，又连续发出了几声长长的尖叫。紧接着，它站起来，在洞口一跛一跛地走过来走过去，十分焦急的样子。然后，它一面拽着青藤溜下绝壁，一面小声地吱吱咕咕。到了地上，就踉踉跄跄地往更深的林子跑去，吊着的脚，一甩一甩的，显得很可笑，大约伤口又被石头磕碰，出血了。它不时停下来舔一舔，又匆匆往前跑。

白晓霜心里纳闷，不晓得独猴为了什么这样激动。她赶紧跟上去。当独猴又一次长啼之后，密林深处竟传来了连续几声猴啼，前面有猴群！原来是独猴灵敏的感官发觉了猴群。它要投奔猴群去了。白晓霜踌躇了一下，觉得再跟去已经没什么意思了。她放慢了步子。

密林深处有一大块布满嶙峋怪石的空地，一大群猴子在那些怪石上嬉戏，上蹿下跳，又闹又叫。独猴刚走到看得见它们的地方，就不再吱声了。它放慢步子，尽量不惹同伴注意似的，悄悄地走过去。那条很可笑地吊着的伤腿，也不随便甩动了，看得出，它十分检点自己的举止，尽量表现得卑微低下一些，很有点投奔他人、寄人篱下的乞怜的味道。它终于不露声色地混进了猴群。晓霜远远地停下来，直看到独猴成功地归队，她想，自己该回去了。就在这时，猴群骚乱了起来。

猴群最初的骚动是偎依着蹲在一块最高的石头上的两只猴子引起的。它们惊惶地尖声大叫，而且是不停地大叫，紧接着几乎所有的大猴子都跟着叫嚷起来。叫声没停，有几只猴子便乱成一团，有的又腾又扑，有的转身捂脸又回身撕咬。很快，一只猴子被掀翻，连续翻了几个空心跟头，在地上瑟缩成一团，没有尖叫，而是哀哀地求饶一样地啼叫。它不停地舔自己的一只后腿——是那只独猴。白晓霜认出来了。独猴的伤口出血还没止住，猴子们怕了，讨厌它了。几只猴子把它掀翻之后，便不再理睬它。一大群大猴子很快就聚在一起，七嘴八舌地讨论着，不时又发出一两声尖叫。几只小黄毛猴子却仗了父母的势力，围绕着瑟缩成一团的独猴，冲上去咬一口或者抓一把，一下子又慌慌张张地躲开去，以为独猴会奋起还击。其实独猴根本不敢动弹，甚至连刚才被大猴子们围攻时的哀叫也没有了。小猢狲们是虚张了声势吓唬自己。过了一阵子，一只粗哑的叫声响起来了，发出这叫声的一只老猴，它弓了弓身子，往密林里走去。于是，空地上就只剩下那只孤零零的独猴。它，又一次被猴群抛弃了。

黑森林忽然死一样的沉寂，林涛声不晓得几时平息了。天色阴沉沉的，压得很低很低。东南边天空聚集着厚重的大块乌云！玩弄阴谋似的，屏声敛气地，涌往森林来，渐渐遮了半边天空。大山顶上的森林与天融合了，整个黑森林就像直立起来了一样，森严而恐怖，巨大而浓重。才是近午时分，大地就阴暗得如同傍晚。气温异常的闷热。在这样的情景里，接受着闷热的熬煎，人会忽然感到天地永远停止了运转，万物屏住了呼吸，世界就将永远这样凝固起来。

夏天的头一场暴风雨就要降临天界山林。

独猴还缩成一团，一动不动地蹲在那里。白晓霜看着，很有些不忍，几乎想跟它招呼一声，想说它该回岩洞去了，转而又想到这是一只猴子，而且是一只未驯化的野猴子，同它对话就太可笑了。

独猴到底还是往回走了，在昏黑的林子里，形孤影单地慢吞吞地走，像即刻就要被黑森林一口吞噬，就像一个垂死的人挣扎着，走着生命的最后一程……白晓霜怕惊吓了它，赶紧让到一旁去。

山顶上闪了一道火光，紧接着便是一个惊雷炸响，奏响了暴风雨的前奏。一串沉闷的雷声在森林上空隆隆滚过，又一声落地惊雷，简直就落在白晓霜的脚边，震得她从脚到头一阵发麻。她还来不及从惊悸中回过神来，一阵狂风就猛地席卷而来，她的身子被卷得几乎要飘浮起来。惊雷接二连三地炸响，森林里有大树被劈断了枝丫的撕裂声，狂风冲撞着、搅动着黑森林。整个黑森林剧烈地战栗着，轰隆隆地怒吼。林间的茅草，犹如一个疯女人的长发，披散了，甩过来，荡过去，宣泄着强烈的痛苦。

大约雨已经落下来，风声雨声搅和在一起，听不出来。而树叶太厚密，大雨初降是不容易穿透的，当人在密林里感觉到雨滴的时候，雨必定已经下了一阵子。白晓霜身上零零落落地洒了一些雨滴。她刚拔腿跑了几步，忽然想到这时候已经没有用了，索性就大步往前走。这时风雨的喧嚣声减弱了一些，林间接二连三地传来哗哗的泼水声，聚集在树顶上的雨水，到了一定的分量，便倾泻下来。白晓霜被一股水柱劈头盖脸泼湿了全身，呛得几乎喘不上气，风再一吹，直冷得瑟瑟发抖。

前头传来独猴凄厉的叫声。这猴子精虽然伤了一条腿，逃跑起来倒也不慢。

暴风雨的势头减弱了几分。不过，这就像伐树，锯口裂开后与大树倒下前常常会有倾斜着的片刻静止，紧接着大树就会轰然倒下。暴风雨只有片刻的安分，然后就猛烈震怒了似的地重新扑下来，翻山倒林，好像要对刚才片刻的安分索取回报一样。这一下，它就不再客气了，要一直疯狂地放纵下去，直到淫威耗尽。

白晓霜淋得浑身湿透。面孔被雨水扑打得生疼，眼睛不断地被雨水遮住。她没有去抹脸上的雨水。她觉得这样有点痛快。她还觉得心里有点感动——她想象，倘若他，还有林场的人们，看到自己这一副可怜的样子，说不定要同情落泪的——她在以自己的同情心来揣度别人。她巴望得到同情。虽然那同情还不曾得到，只是作了一番设想，她便感动得哭了起来。她大声哭了起来。风雨声很响，她觉得放声哭才舒服。郁积太久的苦闷必须导泄，不然，会憋毁了一个弱小的姑娘。似乎又由于受了暴风雨那自由放纵的气势的感染，她也很想自由放纵一番——自由放纵地哭；很冷，那么就自由放纵地颤抖。

一连串的尖叫声，在她的头顶上响起来。是独猴的叫声。她发觉已经走到绝壁下。独猴正拽着藤条，悬荡在半空中。风猛烈地刮，把它刮得荡来荡去，不能往上爬。它在吱吱乱叫。早先那绒绒黄毛，挨雨水浇得贴紧了身子，几乎看不出来。它本来就不大的身体显得更瘦小。脚上的伤口，被雨水浸得发白，吊在空中，不时还要被身旁的石头磕碰一下。每磕碰一下，晓霜就觉得很紧张——一种害怕疼痛的紧张。

独猴必定已经气力不支，不再吱声了，只抱着藤条，僵死了一样，任凭风雨扑打，任凭风雨摇荡。那情景，像一个落水的人抱了一根木头死也不肯松手，像一个落山的人抓住崖畔的树枝不敢轻易动弹，独猴必是也晓得自己处境的危险，坚定了意志紧抱住藤条，打算歇足了气再往上爬。目的是明确的，就是要活下去。活下去！白晓霜不由自主，竟在心里呐喊起来。冷飕飕的身子，这时却有点发热，就像自己在用力。她甚至想喊一声：坚持住，莫松手！其实，不用喊，独猴也会尽全部力量来坚持。一切有生命的东西都会竭尽全力来求生，人和猴当然也不例外！

只是，独猴硬是不能再往上爬了。有一阵子风势弱下来，白晓霜原以为它会趁机往上爬，它却一动不动。再来了一阵狂风，它终于松开了藤条，横着摔了下来，沉重的落地声和凄惨的叫声震撼了白姑娘的心。她呆呆地看着近处的这只猴子，不晓得该怎样帮它一下。但猴子还是动弹了，挣扎了，站起来了。这伶俐的家伙倒还真能对付空中危险。它竟然弓起身子，慢慢地走了两步。然后抬起脑壳无可奈何地朝绝壁上的岩洞看了两眼，再向四处的黑森林看了看，那张瘦削的面孔依然是那样的毫无表情、满不在乎的样子。并没有一点沮丧和慌张。它举起一只前脚，用掌背揉搓眼睛，并且很可笑地连连吐了几口唾沫（大约雨水进了嘴巴，令它讨厌），接着就慢慢地往一片草丛走去。草丛后面的岩壁是倾斜的，可以遮挡风雨。它径直走到岩壁下，缓缓地坐下来，然后抱起那条伤腿，用心地舔起来，不时又抬起头，冲着呼啸的风雨，冲着翻动着的黑森林，长嚎一声，龇牙咧嘴地，做出愤怒不屈的模样。

看来，独猴依然要挣扎着活下去。白晓霜放心了。这时，她才忽然想到自己还在雨中站着，脑壳冻得发疼。该回去了！她忽然非常渴望回到林场那间温暖的小屋里去。

白姑娘从黑森林里回来，淋湿了的衬衣紧贴着身子，把姑娘全部的美妙之处都凸现了出来。若在以往，她自然不敢这样出现在众人的面前，万不得已也会耸起双肩，抱起双臂，捂着胸脯，小心翼翼地逃过去。眼下，她却有点无所谓。经过场部时，看到一帮办公室的人在走廊聊天，她自顾自地走过去，目不斜视，甚至眼皮眨也不眨。她感到紧张，一种自豪的紧张。泪水浸上了眼眶，雨水流进了眼眶，她也不揩一揩，笔直地走，只觉得天地之间，四处一片空漾。她麻木了自己的一切感觉，笔直地走过去，顶着风和雨走过去。她想像自己的脸上必定像独猴一样不动声色，不禁感到爽神。多少年后，她还为这一次的不动声色自豪，甚至这样的自豪将延续到她生命的终止。

她病倒了。人们以为她从此就永远病倒了。她又站起来了。人们以为她从此该走了，像许多人一样，藏污纳垢一般地避走他乡。似乎这样才合乎人情常理。

然而她丝毫没有走的意思。场部领导来问她，有什么要求，她只是摇头，不肯吐出领导预先准备接受的“调动”二字。对她的没有要求，领导感到疑惑不解。更为令人疑惑不解的是，她竟敢去参加团支部组织的周末舞会。舞会上没人敢邀她跳舞，她就一动不动地坐在那里，犹如一个勇士受刑一般地端坐着。多少善良的人心里巴望她离去，这对她和对大家都会好过些，可是她硬是不走。她当然也敢去大食堂打饭了（自从事发后，她全都是躲在小屋里吃方便面），头两回，在众目睽睽之下，她镇静地站在队列里，镇静地从炊事员手里接过饭菜，饭菜量超过以往，然后镇静地端着饭菜折回小屋，然后，通通倒掉……她要不动声色地活下去。

他忍不住了，那位觉得自己蒙受了巨大的损失，有蒋大为一样美妙的歌喉的技术员忍不住了，一直拿眼睛跟着她（她不肯看他，但感觉着他的目光）。他不敢再到她的房间来。他害怕人们的笑话。在一个僻静的角落，他如一只猎狗拦住了一只小山羊，逼着她停下来。

“为哪样硬撑着这张脸皮？”

她早就在等待这样的问话，可是猛一听到，还是禁不住一阵脸热心跳。她不作声。一双冷冰冰的黑葡萄似的大眼直瞪着他。不过，事后回想起来，当时根本没把瞪着的人看清楚，人是常有视而不见的时候的。

很多天后，独猴从草丛里走出来，伤脚已能着地。它欢叫一声，把白姑娘吓了一跳，独猴盯了姑娘一眼，即刻往密林深处跑，虽然一跛一跛的，但跑得还算快。白姑娘觉得心里一阵轻松，又想跟上去看它要去干什么。远处传来了马熊的吼声，山雀的叫声，还有笑声——是果子狸在笑，猴群的吵闹声又传来了。独猴又一次尖声大叫起来，一蹦一跳地，直往前窜。它是要回到猴群中去。它还是要回去！它还会不会挨打，挨抛弃呢？白姑娘担心着。伤口的血止住了，它不会再让同伴讨厌了吧？白姑娘想道，心里不禁有点轻松。

独猴消失在黑森林的深处。白姑娘就坐在绝壁下，等候它回来，心里又祈望它莫再回来。直到太阳沉下黑森林的西边，半个月亮已经升起来，独猴终于没有回来。白姑娘有点高兴，又有点伤感，只得起身往回走。起风了，黑森林浑身都在激动。林涛——黑森林的呼吸，越发强烈，越发博大，越发不可遏止。白晓霜忽然觉得，林涛似乎不仅是黑森林的呼吸，这巨大的声息里，交织着黑森林里一切生命的呼吸，小至一只小鸟、一棵小草，甚至一只蚂蚁、一粒苔藓，大至马熊和攀天树，当然她想到最多的还是那只独猴，是它们的呼吸交汇成这巨大的声息。往后，她想，只要一听到黑森林的呼吸声，都会记得起那只独猴的叫声的，它的叫声也交响在呼吸声里。她也愿意自己的呼吸、自己的笑声喊声能交响在黑森林的呼吸声里。

一九八五年十一月

玩鸟者

我曾经漫游过天界山大森林。我至今仍百思不得其解的是，居住在大森林里的少数一些人却也有一个养鸟的爱好。当然，城市人家饲养鸟雀，借此造成田园的意境，开拓生活的雅趣，很可理解。而森林本来就是小鸟的荟萃之地，鸟类的伊甸乐园，各种鸟雀，雄飞雌从，晓歌晚唱，各显神姿，既不吝啬歌声，又不十分畏首畏尾，人们只管尽兴观赏就是，为何偏要囚禁几只起来玩赏呢？人的爱好就是如此不可思议。

不可思议的爱好一旦程度太深，往往就会成为怪癖。在天界山的大森林里，我就遇到了一位古怪的养鸟者。

那位养鸟者爱鸟爱到近乎如痴如醉的程度。他吃饭提着鸟笼，赶街提着鸟笼，上厕所也提着鸟笼，将来恐怕死也要死在鸟笼旁边。他养的画眉鸟，有能斗的，也有善唱的，有慷慨悲歌之士，也有缠绵悱恻之君，可谓生旦净末丑，行当齐全。

那是一个傍晚，一群人围着，兴致非常高，看他和一位瑶族汉子斗画眉。两只鸟笼放在地上，紧相挨着。两只画眉鸟虎视眈眈，羽毛颤颤，气势汹汹。瑶族汉子的那一只在咕咕地叫嚣，在笼里跳来跳去。而他的这一只却不然，张着黄蜡色的喙，默不作声，绿豆色的眼珠直瞪瞪的，闪射出鸷毒的光芒。蓦地，它如电光一闪，猛扑上去，双爪揪住了对方的脑袋，同时尖刻的喙寻找对方的眼珠叮啄。那位可怜的失败者躲闪着，挣扎着，哀叫着，最后颤抖着缩成一团。直到这时，这位胜利者仍然只是张开喙，并不作声，像在喘息。而通常的画眉战斗胜利时，都要长鸣的。这一只就冷静得未免有点可怕了。

斗鸟在观众的欢呼声中结束。我随着胜利者的主人回家。路上，我很赞叹这只英勇善战的画眉鸟，并接过鸟笼，不停地把玩，学着鸟叫挑逗它。它仍然不吱声，只是把脑袋慢慢地探出笼来，眼睛里流露出一线哀怨的幽光，像有无限心事要诉说似的。我请教他，这只鸟为什么如此凶猛。他微微一笑，说："你应该问我，它为什么如此沉默。它呀，是一只哑鸟！"

我只听说人类有哑巴，没想到鸟类也有哑巴。我叹为观止。

"想想看，"他启发我道，"我们都见过哑人，他们往往容易激怒，那是因为他们的意志无法用声音表达。而哑鸟呢？同样的道理！"

正说着，前面传来一声声激昂高亢的画眉鸟鸣，简直像一个姑娘在嘎嘎大笑。我惊诧莫名，叫了起来："哎呀，你养的什么画眉鸟呀，叫得这么响亮悦耳！"

"聋鸟！"他大声说道，像在炫耀什么奇珍异宝一样，"它怕配偶听不见，就拼命叫。我用它做'媒鸟'，引得它的很多同类钻进了我的索套。"

他径直把我引到屋檐下。这里一排挂着五只画眉笼。其中一只正在伸长颈脖没命地喊叫。那歇斯底里的叫声震得我的耳鼓嗡嗡直响。它叫着，忽而又侧着脑袋，像在搜寻着什么回音，忽而惊奇地四处眺望，也许正在惊诧为什么世界变得如此静寂。

我也惊诧得啧嘴起来。

“看看这只，怎么样?”他指着另一只正在唱歌的画眉鸟，矜矜自得地问。

无可否认，这只画眉鸟的模样更是神极了：蛇头，蛙眼，鹅胸，鸭背，黄腊嘴，金脚，猫爪，厚毛，长坠尾，完完全全具备了一只能斗善唱的画眉鸟应有的优点。而更奇特的是，它的歌声美妙至极。时而如泉水叮咚，银笛轻吹，时而似秋风低啸，少女抽泣……我笑出声来。

是的，我为这只神奇的画眉所慑服了。我呆呆地望着它，忽然奇怪起来，它为什么很长时间都一动不动呢?也许它已经沉醉在鸟类音乐的意境之中了吧?我想试试它的活动，便朝它轻轻一挥手，然而它却纹丝不动；再一挥，依然如故。我索性捡了根树枝伸进笼里去，轻轻地触了触它的身子。它也只是缓缓移动了一下双脚，一长声一长声地哀号起来，颤悠悠的，如诉如泣。

“扑哧!”他突然笑出声来，“你还没看出?它的瞳孔坏了，一只盲鸟。你知道吗?有些民间艺人正是由于双目失明而获得令人叹服的音乐天赋!”

我怔住了。心底里涌出一股复杂的情绪，说不清是叹服还是怜悯。

这夜晚，我在他屋里留宿。他跟我大谈其养鸟经。我却很难专心去倾听，心里老是想起那哑鸟、聋鸟和盲鸟。我深抱憾意地说：“如果，它们没有这些残疾，那就太好了。”他不以为然地摇摇头，矜持地说道：“如果没有这些残疾，它们能有这么厉害吗？你还不明白其中的科学道理？”接着他神秘地压低了声音，“告诉你吧，它们都是被我整治成这种样子的。”

我吃了一惊，望着他，说不出话来。

他仍然兴致勃勃地说着：“我昨天又用聋鸟诱捕到两只画眉，准备把它们弄成一哑一盲，送给你！”

“我不要！”我的声音有些颤抖了，“你这样做，有什么意思嘛！”

“一种生活雅趣！”

“雅趣？难道你不觉得这雅趣太不雅了，甚至过于残忍了吗？”

他竟然爆发出一阵朗声大笑，直笑得眼泪溢了出来，好不容易才停住笑，揩揩泪水说：“残忍？我是为了它们好！”

“为了它们？恐怕主要还是出于你自私的需要吧。”

“完全正确！说穿了，人对动物的关系从来都是自私的。不能满足人类的需要，精心饲养它们干什么呢？”

“可是，你这一弄，它们就不再是一只完美的画眉鸟了。”

“这又有什么可悲哀的呢？得此失彼，古难两全。你的恻隐之心用在这方面可就太缺乏科学性了吧。”

面对他振振有词的雄辩，我哑口无言了。

这一整夜，我失眠了。屋外不时传来聋鸟的几声惊叫，盲鸟的几声抽泣。甚而我还好像看到哑鸟徒然地张着喙，喉管沙沙响着。想到明天又要有两只可怜的小生灵惨遭摧残，我心里难过极了。当他的鼾声越来越响时，我悄悄起身，走到屋外檐下。看到就要遭害的两只小鸟，此刻却是一副万事如意、安逸舒心的神气，不时轻声啁啾着，轻歌曼语似的，我鼻腔微微发酸了。我轻轻抽开笼门，沉醉在梦幻中的两只小鸟，疑惑了片刻，匆匆飞走了。

翌晨。他当然很诧异于鸟的失踪，继而便把怀疑的目光投在我身上，冲我一笑，不无戏谑地说道："不过也无所谓。它们终究飞不出这天界山大森林的。也许有一天还会落在我手里哩。"

"是吗?"我忽然莫名其妙地心慌起来，抗争似的反驳道："当然，鸟雀舍不得离开美丽可爱的大森林，但你不一定能再一次逮住它们。再说，森林这么辽阔，像你这样对待它们的人毕竟是极少数，而爱护它们的人到处都是!"

我终于离开了他。聋鸟的呼吁和盲鸟的悲啼伴送我走了很长一段路。当那令人心碎的鸟啼渐渐消失时，长空上响起了一串欢快的啼声，有两只画眉正在相互追逐，嬉戏。我想，或许这正是昨天夜晚我放走的那两只小生灵吧!

一九八二年六月

森林的报复

她，不停地飞着，不停地呼唤着。在天界山森林，在仲春的早晨。

她，一只已经被森林里的玩鸟者剪圆了舌头的金嘴鹩哥，一个偶然的机会，挣脱了樊笼，飞回密林深处，去寻找往日的生活和歌声，往日的爱情和欢愉。

别了，金竹编就的鸟笼！那锃亮夺目的色泽，曾恰到好处地给她黑色的连衣裙映上了一层富丽堂皇的光彩。可口的小米，喷香的蛋粉，鲜美的菜芽，清甜的水，都是笼里常置的佳肴。只要是她愿意吃而又不与科学饮食理论相悖的一切东西，玩鸟者都会变戏法似的放进笼里来，盛在两只精巧雅致的景泰蓝小磁钵里，任她享用。服侍皇上的公主也就不过如此尽心尽意罢。那么，她还有什么不满意的呢？

也许，她不满意仅仅吃喝玩乐。对这位天赋极好的鸟类表演艺术家，艺术事业上的造诣成就无疑是至关重要的。可她毕竟也演红了的呀！玩鸟者为了把她造就成出类拔萃的表演艺术家，曾经两次细心精确地替她施行了剪舌头的手术。果然，没过多久，她便一跃而成为鹩哥艺术界的明星。一次鹩哥表演比赛，她唱的是压轴戏。那要等所有对手把观众逗惹得捧腹之后，才轮到她表演，这就要求她必须具有更高超的技巧才行。然而，他还是成功了。一出场，她只是不紧不慢地问几位对手：“喂，演得怎么样？他们笑不笑？”于是引起了观众们一阵哄堂大笑。剧场效果达到了最高潮，喝彩声和溢美之词潮水般涌来：

“啊啊！无与伦比的天才！”

“造物主的精英，自然力的声音，缪斯的灵魂！”

“人类的艺术家见鬼去吧！谁还能比得上这只小鸟，表演得如此的惟妙惟肖，如此的美妙至极，如此的韵味无穷，如此的……叽里呱啦！”

……

这些简直是对当代艺术顶峰的赞语，现在都为她所有了。难道她还不满意？太过分了。

可是她自以为并不过分。她并不企求高于这些之上的什么东西。她既成不了皇上的公主，也不愿作为一件艺术玩物被人收藏。她只是祈望重新获得作为一只鹩哥应当有的自然生活。

当然，不要以为她是那种敢于为理想献身的英雄，执着追求自由的勇士。她实实在在只是森林世界芸芸众生之一，充其量也就是森林艺术界颇有名气但并非至高无上的一角。她之所以放弃在玩鸟者家中美好的一切，回到这原始拙朴的密林深处艰难跋涉、餐风露宿，原因全在于她作为森林之子的自然本性尚未泯灭殆尽。这本性对她身心的冲动，就像熔岩对地壳的冲腾，激流对大坝的撞击。她想自由自在地舒展收敛了多时的羽翼；想跟幼时的朋友们在一起痛痛快快地聊上几天几夜，丝毫不用作假学舌；更想投入情柔心痴的情郎的怀抱，接受他的爱抚，跟他絮语谈情，建立一个美满安适的小康之家。她年岁已经不小，很想当母亲。

她，不停地飞着，不停地呼唤着。亮晶晶的眼睛闪烁着热切希冀的光芒。金色的喙一张一合，呼声隐隐含着幸福激情的战栗。

她消瘦了，憔悴了。边幅不整，鸣声沙哑。几天来，她流了太多的汗水，遭受了太多的风吹雨打，承受了多时没有承受过的运动量，过早发福的身体的新陈代谢发生了急剧紊乱。她拉肚子了。仅仅一宿，身体就接近虚脱了。也许是喝了浮游着密密麻麻的孑孓的脏水，也许是多吃了几条肥腻腻的小青虫。蛋粉和纯净的水养细养嫩了的肠胃，一时适应不了这些粗糙肮脏的食物。然而，饥不择食，否则饿死，有什么办法呢？即使如此，她也没有产生过倒退的念头。没有！这念头在她脑子里哪怕像电光石火瞬息一闪也没有过。她的整个神经系统都在为寻觅情郎和挚友们发来的感情信息高度兴奋着。她一心一意地渴求挚友们的理解，情郎的爱抚，像旱地的幼芽渴求阳光雨露，像浅水的鱼儿渴求滔滔江河湖海。为了这似乎很小然而却很神圣的目标，再险恶的折磨她都能置之度外。此刻她什么都不怕，唯一害怕的只是这追求的落空。倘若真的落空了，她简直不知道怎么活下去。

她当然不相信自己会失败。她并没有忘本。在穿着打扮上她一直保持着朴素的本色，粗糙的食物她也能渐渐适应下来。至于共同语言，她也自信还是有的。剪圆了的舌头，谈吐当然不凡，能在高级的人类那里获得那么多的赞誉，鸟类当然没有理由排斥她了，甚至反而会为她的深造归来举行盛大的林中音乐会哩。她决心要把自己的艺术无保留地献给最亲爱的乡亲们……

她自信会成功，所以心境是愉快的。在她眼里，仲春早晨的森林景致，既是朦胧的，梦幻般的，又是明朗的，充满希望的。林间弥漫着似有若无的薄雾，像一层缥缈柔扬的轻纱，遮掩着远远近近的青草绿树，大大小小的各色花朵。整个森林显出一种扑朔迷离、若实若虚的美。她怀疑这是梦境。蓦地，一束明丽的阳光投射在她的身上，立刻使她清醒振奋起来。从密密的绿叶间射下来的阳光，像一柄柄利剑，把雾纱撩拨开了，映照得绿叶上的露珠更亮，青葱的苔藓更青，细嫩的绿茵更绿，艳丽的花儿更艳。“啊！”她美不堪言地长叹起来。她想作一首抒情诗，一开口，诗句便像喷泉一样涌出来了：“眼前有景道不得！”这是玩鸟者经常教习她的诗句，为的是取悦于比较高雅的宾客。然而这时她一念出口，就后悔了，真害怕从林中的某一个角落突然爆发出一阵嘲笑。不过还好，林中的小鸟们都正在各显神通地吊嗓，练发声，吵吵嚷嚷，热火朝天，没有谁留意到她的洋腔怪调。她稍稍松了一口气。

由于雾的遮挡，她看不见鸟儿们在什么地方，只好静静地听她们唱。林中千百种鸟儿，鸣声都是那样充满真情实感，表现出自然乐感和天赋美质。喜鹊的声音虽然沙哑了些，但她的欢乐情绪却具有强烈的感染力；金翅雀的声音算不得嘹亮，但流露着女性的温柔；云雀的声音虽嫌轻荡，但显然是一种毫不矫饰的率真；画眉鸟的歌唱功力较深厚，但绝不作追求时髦、哗众取宠的卖弄；至于啄木鸟的定音鼓声，锦鸡两口子的争吵，乌鸦老太婆的叹息，这时在她听来，也都显得那样的坦诚可爱。哦哦，听，那是谁在歌唱？是她的亲人，是她的兄弟姐妹，还有他！从那密林深处传出来的一串串和鸣铿锵的中音，多么悦耳，多么熨帖，多么撩人心旌！她忽然想起了儿时的摇篮，母亲的抚摸，林中的游戏，以及与他第一次羞怯而愉悦的幽会……她激动不已，情不自禁地放声唱了起来……

这时——

她的心，像森林中的薄雾，甚至像空气一样轻盈而自由。

她的心，像绿叶上的露珠，甚至像从叶间滤下来的阳光一样明朗而清纯。

可是，她唱着唱着，也不知过了多久，忽然惊诧地发现，不知什么时候周围的鸟儿们都没有了声息。林中一片静寂，就像猎枪响过之后一样恐怖静寂，像森林大火之后一样死气沉沉。他们呢？他们为什么飞走了？难道他们没听到我的歌声？或者正因为我，他们才躲开了？她惶惑了，心焦如焚，跳上跳下，跳左跳右……

她，不停地飞着，不停地呼唤着。亮晶晶的眼睛布满了忧郁的阴云。金色的喙一张一合，呼声隐隐含着孤独凄惨的战栗。

几只小鹩哥正在一条清澈的小溪边玩耍，不时发出一串串撒金豆似的笑声。

盼望光明的人，哪怕只看到一点星光也会激动不已。孤独的她，哪怕只看到这些陌生的小孩子也很兴奋。她害怕失去他们，便小心地向他们问好，那谦卑的口气是一个长者在后辈跟前完全不应有的。

尽管如此，小鹩哥们仍然惊慌失措地往后退了几步。她微笑着凑上前去几步，他们又急忙退几步，挨挨挤挤地缩在一起，像提防一个敌人似的。她无可奈何地停了下来，脸上仍然挂着温存宽容的微笑。她认为这些小孩子们怯生。

“孩子们，你们怕我？我不跟你们一样是鹩哥吗？"

“……”

“说不定你们的父母亲还是我的兄弟姐妹，你们还应该叫我阿姨呢!”

“……”

“你们干吗不作声?”

“你为什么说话这……这么难听?”一只稍微大胆一些的小鹩哥怯生生地说。

“是吗?”她吃了一惊，还从来没听到有谁这样评价她的嗓子哩。她有点儿遗憾，但仍很宽容地说道:“你们还小，不懂得，我这是经过特殊训练的呀，好不容易才达到目前这个水平……”

“嘻嘻!”两只小鹩哥窃笑道，“这个水平，还要特殊训练！可怕极了，一点儿都不像我们鹩哥的声音。”

“像妖怪！”一只最小的鹩哥忽然紧张地低声嚷道，“像妖怪叫。

说不定，她是妖怪变……”话还没落音，呼噜一声，小家伙们都惊恐万状地腾空飞起来，任她怎么喊，怎么解释，越喊越解释，他们逃得越快，一眨眼逃得不见了踪影。

这突如其来的事变，倒像是妖魔鬼怪猛地吓了她一大跳。欢乐，如同小鹩哥一样逃离了她，她目瞪口呆了。

一样的声音，有人吓得唯恐避之不及，有人乐得唯恐落于人后。多么奇怪的现象！

那是哪一次？数不清哪一次了，玩鸟者当着许多贵客的面，不住地指挥她表演。她困了，不想唱了，还不行。命令，请求，央求，哀求。于是她无可奈何地叹一句：“唉，说就说吧！”一时四座皆惊，赞声啧啧。可是，现在她对小鹩哥们毫不吝惜地说了多少话，却吓得他们四散逃奔。多么不可思议！

也许，小孩子们少见多怪吧？但愿如此。老伙伴们，还有他——心心相印的他，绝不会跟孩子们一般见识。啊！快些见到他们吧，要不，她会愁死的！

威严而冷寂的森林之夜。月亮在森林上空浮游，放出清冷惨淡的光辉，斑斑驳驳地撒进林里来，越发显出其寒意。

远处，有一只雄鹩哥在唱着忧郁的夜歌。啊！她听出来了，是他！是她日夜梦魂萦绕地眷念着的他。那歌声显得是那样的孤寂，那样的怅然若失，那样的缠绵悱恻，那样的凄然愁苦。这只能是痴情的失恋者才唱得出来的。“他在思念我，思念得好苦哟!”她感动地想着，鼻腔一酸，泪珠儿脱眶而出。

她，朝着情郎飞去，迎着那歌声呼喊。亮晶晶的眼睛闪烁着委屈感动的泪光。金色的喙一张一合，呼声明显地含着兴奋急切的战栗。

夜色朦胧，路径难辨。她一会儿撞到树上，一会儿被荆棘划破肌肤。当终于来到他身旁时，她已经是羽衣褴褛、浑身血迹。她抛却了女性惯有的羞涩，主动地挨着他的身子站，闭上眼睛，浑身颤抖，等待他那一声喜出望外的惊呼，以及随之而来的强有力的拥抱，啊!她将会浑身酥软地依偎在他温暖的怀抱里，一动不动……可是，一切都很平静。他连歌也不唱了。她诧异地睁开眼睛。他已经跳到另一条树枝上去了。

“你……”她一跺脚，委屈得泪珠儿直在眼眶里滚动。她生性好强，此刻倒不愿意在他跟前轻易掉泪。

“原谅我……”我无力地垂下了脑袋，眼睛不敢接触她那哀怨的目光。“今早上，我们就见到了你。可是，你的声音……太……”他偷偷瞅了她一眼，噎住了下半截话。

“太什么?”她慌忙追问。

“太……可怕了!”

她震惊了。他壮起胆子，继续说道：

“你的声音太怪了，一点儿也不像我们鹩哥叫。你变了……”尽管，我们认出了你，而且我急切地想跟你……可是一听到你的歌声，我们伤心地失望了，大家都预感到猎人来了，所以慌忙敛声匿迹……”

“可是，我……”她终于忍不住抽泣起来，“我为了你才回来的……”

“他难过地摇了摇脑袋：“可惜回来的不再是过去的你了。”

“为什么！为什么！”她忽然发疯一般地吼起来。一股气憋在胸膛里快要爆炸了。“我是被人弄去的，你们为什么不同情我，反而采取这么残酷的报复！”

他慌忙解释道：“不不，我们不是报复你，要报复也只能报复那残害你的人。可是……”

“可是，你却不理我了！”她感到头晕目眩，身子不由自主地摇晃起来。

“你这声音，我听了就害怕，就恍惚觉得你是另外一个什么可憎可恶的东西。”

“你们要赶我走？”

“不……只是，我，不能跟你一起……”

想到从此将孤独地活在世上，她感到了一种死的恐怖。终于，她痛苦地号啕大哭起来：“刚才你为什么还唱怀念我的歌？你为什么骗我来找你……”

他默默地望了她一眼。

她从他的一瞥里感受到了留恋不舍的情感，她看到了一线希望。可是，这一线希望像流星一样一闪即逝了。他沉痛地说道：

“我怀念从前那位纯洁率真的女歌手！我悲悼她的消逝……”

说着，他几乎也要哭起来了，最后悲凉而悯怜地看了她一眼，不声不响地消失在茫茫的夜色里。

她，不停地飞着，不停地呼唤着。她已经筋疲力尽了，飞得越来越缓慢，呼声越来越低沉。亮晶晶的眼睛已经被忧虑吞没，变得黯淡无光。金色的喙，一张，一合，滴出了一滴殷红的血珠……

一九八二年八月

人猴恩仇录

猎人的枪口撞了彩，铁夹开了宝，该哪样享用？天界山森林的猎人的回答是吃光喝光。皮子卖钱喝酒，兽肉见者有份，一声呼啸，八方来人，围起一口火塘，解松裤带，吃啊喝啊，喊五魁八马四季财的彩话，发咬牙切齿的赌咒，明明彼此之间只隔着一口火塘，却像隔着一片林子、一架大山，歪脖扯颈、粗喉大嗓地喊叫。“博命捞来的，博命喝啰！”猎人们博命一样地喊。猎人的兴奋，是无所畏惧的兴奋；狂热，是光明磊落的狂热。

天界山寨的黄老大，近时给山外来的采药队带路，捞得蛮多钱。可是不曾见他呼啸招友，也不曾见他开火塘支大鼎锅，而是躲在木楼里喝闷酒，喝了闷酒就打老婆。三天不见他背枪，七天不见他上山。哦，黄老大，是天界山森林第一个捞了钱反而心烦气闷的猎人。

黄老大并不是不合群的独猴，他家里往昔也传出过五魁八马四季财的划拳声；黄老大也不是个小气鬼，他也曾经同众人一样在见者有份的欢乐中喝大碗酒吃大块肉。他有各种各样的外号，如“大炮客”“急喉鬼”“肥佬”之类，却不曾有过“独猴”和“小气鬼”的称号。当然，黄老大是黄老大，自有不同旁人之处。比如打猎爱抢猎路，爱放头炮，等等，有点好大喜功。可是，有了见者有份、有福同享的分配原则，好大喜功就不见得是坏处了。所以说，黄老大还算得上天界山森林一个真正的猎人。真正的猎人捞得蛮多钱，竟然不肯招呼众人喝酒，还变成了一副蔫头耷脑的样子，这就很古怪。

正好这时我到了天界山寨。众人一致撺掇我去找黄老大。半年前我和他喝过酒，彼此熟识了的，于是我就去找他。

“他瘦了！”这是一个尤其可疑的变化。他从来就是个肥佬，胖脸上时时闪着一层得意的野心勃勃的油光。眼下油光消失了，脸也不胖了，疏朗朗的黄胡须长在他近四十岁的人的脸上，蔫蔫的；人也显蔫蔫的了。

“听说你捞了一水！”我在他屋里一坐下，就紧勾起话题。他的脸色却陡然变了，像一只惊疑的麻雀歪过脑袋，直瞪瞪地望我，慌忙问道：

“你听哪个讲的？他们哪样同你讲？他们哪样讲我？你……”

他古怪紧张的神情吓了我一跳。我猛然间闪过一个念头：是不是他神经出了什么毛病，万一他发癫……我从小就怕癫子，这时心里发寒了，连忙说没有，并且斜眼看后路，作好退却的准备。忽然他又勾下头，阴沉着脸，好像在思索一个已经思索了很久而又不得其解的严重问题。

“你讲，”他张了几回嘴，才发出声音，眼睛里现出一种急切求助的神情。“你老实讲，那猴子精，它见过的人，丢久了还记不记得？”

“唔……”我沉吟着。他问了一个古怪的问题，大约与他近日古怪的表现有联系。我想了想，支吾着给了他一个回答：“这要看哪种情况。它的主人，丢久了恐怕它也记得点的；若是平时间过往的人，莫讲丢久，就是转一个背，恐怕它也记不得了；若是……”

“看来，恐怕，是记不得的。哦?”他急忙重复我的话，好像是落水人惊慌当中抓得了一根木头，生怕木头又转打脱一样。这时候的黄老大，一副六神无主的样子，寻求安慰的可怜相。三年不忧愁的人，一忧愁起来就特别忧愁，一忧愁起来就有点可笑。

“哈，你这个黄老大，你忧什么！你一世人杀了几多猴子，捉了几多猴子，莫非还怕猴鬼来报仇?”我笑着说。

“嘿嘿!”他尽可能放松地笑。当然，有意放松地笑，笑得总不会放松的。接着，他把身子朝我这边斜靠过来，把热喷喷的酒气直冲我的脸，极诚恳地说：

“这一回不同，这一回不同！你是知文识墨的人，这事情，我可以同你讲，你同我排解排解。那帮伙计，我还没曾好同他们讲……”

这样，黄老大就给我讲了他最近的一件事——

两个月前的一天，黄老大只身闯进天界山森林的西垌塘原始林区打猎。西垌塘地僻林深，山高崖险，没有人烟，猎人骂它是山鬼的窝。猎人要进一回西垌塘，是一件从年头商量到年尾的大事情。当真进去了，总要成群结队，共进共退。这天早晨黄老大只身进去，完全是他爱抢猎路的急喉性子作怪。一只麝香背上挨了他一枪，直往西垌塘逃。麝香包，桂西宝。他眼红心热了，奋起直追，就迷头迷脑地追进了西垌塘。麝香过沟，他过沟；麝香过山，他过山；后来麝香跌下了悬崖，他也跌下了悬崖。

黄老大被挂在绝壁的一棵大树上。挂在黄老大身上猎枪同短刀掉下了崖底。

黄老大趴在树上喘够了气，定稳了三魂七魄，这才转来观察自己的处境，一观察，浑身凉透了。上是光溜溜的十丈石壁，再往上就是空漾漾的天；下是光秃秃的百丈石壁，再往下是黑森森的树林。西垌塘，山鬼的窝，喊天是山答应，喊地是山答应，喊人也是山答应！看来，只有在这里等死，渴死，饿死……黄老大重新喘起大气来，喘出了哭声，有哭声却没得眼泪。人在又悲哀又焦虑的关头，常常哭不出眼泪。

黄老大干哭了几声，想起男子汉大丈夫流血不流泪，就咬着牙挺住不哼了。可是，他停了，近旁却有人哼起来。他吃了一惊，忙慌四处扭头寻找。背时鬼！是一群猴子。离黄老大五六丈远的绝壁上，有一个小岩洞口，一群猴子，有的挤在洞口，有的吊在洞口旁的青藤上，朝他做鬼脸，扮死相，怪声怪气地哼。他一阵失望，一阵心火躁，先叹一声，再骂一声："老子一枪……"枪没有了，也就没有必要再骂下去。他闭上了眼睛。忽然，响起一声老猴的叫声，声音粗犷浑厚，有点气力不胜的颤抖。黄老大不得不睁眼看一看。一只老猴盘腿坐在洞口，正望着他。先前嘲弄他的猴子，竟老实下来了，吱吱地叫，像正在恶作剧的顽皮小孩，忽然见了黑脸板板的父亲，就假装正经乖觉起来，十分可笑。

显然，全体猴子都发现了这个挂在树上的怪东西，这个它们大约从未见过又有点跟它们相像的怪东西。西垌塘的猴子多见木叶少见天，孤陋寡闻，想必还不曾领教过人的种种好处和坏处。所以，它们似乎不怕人，也不晓得能不能欺负人，或许还想同人交朋友呢！

但是，虐杀过无数猴子的黄老大，身处逆境，手无寸铁，面对着密密麻麻一大群猴子，心里发毛了。他晓得猴群对人的报复是疯狂的，但他没想到这是与人素无恩怨的西垌塘猴子。

时当下午。黄老大感到又饥又渴。虽然是秋天，不远的地方就有结了深红色果子的无花果树，结了黄鲜鲜果子的山梨树，但是，他的救命恩人却是一棵不供果实给人类的岩松。为这一点，他有点讨厌岩松。更讨厌的是猴子。它们竟然捧着一只只野果，慌慌张张的，不歇气地啃起来。老猴啃得慢一些，但是，鬼晓得它啃的是什么野果，大约很酸，它啃一口，要挤眉弄眼好一阵子。黄老大看得腮帮子都发酸了，口水直涌，如果这老猴在他跟前，不挨他狠狠地掴一个耳光才怪呢！

老猴并不晓得那人发狠要掴它的耳光，却从身边抓起一只果子，咬了一口，就扔给他。黄老大没提防，接不住，心里倒有点惊奇。又一个果子飞过来了，他赶紧接住。猴群欢呼起来，接着，许多猴子争先恐后地扔果子给他。他忙乱地接了一阵，到手的总共有十几只，有无花果、山梨子、山楂果之类。他既惊奇愉快，又非常小觑猴子们，认为它们愚蠢无比，居然白送这么多果子给他。他急急忙忙地大啃大嚼起来。忽然，猴群里传来嘿嘿的笑声，是老猴望着他笑。老猴满脸的皱纹乱扭，左看看，右看看，好像在对它的子孙们说：你们看，几爽神哟！黄老大觉得这只老猴真是愚蠢得可笑至极！填饱了肚皮，生的欲望越发强烈了。他非常嫉妒猴群占据的岩洞上悬挂的藤条。那些藤条又粗又长，直连到崖顶。可惜离他有几丈远！他恨不得能飞过去抓那些藤条。那是唯一的生路。陷于绝境，看到唯一的生路却不能走过去，使他无可奈何得要发癫！

黄老大眼勾勾地望着那些藤条。

起先猴子们同他共进晚餐，这时候看到他老望着藤条，于是几只猴子就玩起藤条来。有的顺着藤条往上爬，有的拽着藤条荡秋千，一面玩，一面拿眼睛来瞟黄老大，很有点卖弄技巧讨黄老大欢心的意思。

老猴的身边也垂着一根藤条，相当粗。老猴伸出一只爪子弄了弄它，又望望黄老大，再缩回爪子来搔了搔脑壳，像是动脑筋考虑什么事。接着它站起来，又抓住藤条，左摆右摆，一使劲，藤条就往黄老大这边飞来。可惜，藤条没曾飞近黄老大就又荡了回去。黄老大暗暗叫可惜。猴子们却要戏一样地欢呼起来。紧接着，就有几只猴子把手里的藤条连连往他这边甩。他捞了几回没捞到，浑身直冒汗。他正焦急，有一只母猴，肩上骑着一只猴崽，拽着一根藤条，很有力地往黄老大这边荡过来。离他很近了，他猛地伸手一捞，刚捞到藤条，就赶紧用力一拉，竟然把那猴母猴崽甩得离开了藤条。它们惊叫着直往悬崖下跌去。顿时很多猴子惨叫起来。黄老大一惊，手一松，藤条又荡了回去。可是那猴母猴崽已经直直跌下了百丈深谷，必死无疑的了。

几乎所有的猴子都用两只前爪捂住脸，哀哀地乱叫乱嚷。老猴在洞口走来走去，走来走去，然后又坐下来，望着绝壁下黑森森的树林，一阵山风吹过来，拂动着老猴头上已经变白的毛发……

黄老大立刻担心的是猴子们再也不把藤条荡给他了，同时他还害怕猴群采取报复行动。

猴群只是沉浸在哀悼同类的悲恸之中……

深山的夜很快就来临了。远处的鹧鸪在嘶叫，它在为寻不到伴侣而张皇；对面山上有山鹰的悲鸣，它在为黑夜的来临而愤懑叹息。崖下的山林变得越来越深沉，又越来越躁动不安，越来越黑，涛声越来越壮阔猛烈。猴子们依然在哀恸，小猴子短促地啼叫，大猴子一长声一长声地悲叹，黄老大听来，这全是在骂他。他很悲哀，悲哀的是得罪了这些有可能救他一命的猴子，就此断了生路。猴群同黄老大怀着各不相同的悲哀，去熬度那漫长的秋夜……

黄老大一夜不曾睡着，猴子们一夜也没有安静，大约是在哭灵，或者猴群过夜就是这样躁动不安。天微微亮时，几只猴子就溜出洞来耍戏；当阳光照到这面绝壁时，猴群的欢娱又同昨天没有什么区别了。黄老大的心情稍稍轻松了一些，但又担心猴子们忘记了荡藤条给他的游戏，想了想，他就轻轻地摇树枝，借以提醒它们。可是它们全不在意，不予理睬，一只只直顺着藤条往崖顶爬，不一阵，洞口只剩下那只老猴同几只行动迟缓的母猴。看来，大批的猴子谋生去了。老猴德高望重，在家安度晚年。它一副老态，长久地坐在洞口，身上少了许多猴气，甚至，它很像一位老人。

黄老大把生的希望寄托在老猴身上，他不停地摇树枝，眼勾勾地望老猴，企图用目光唤醒它的记忆。这很可笑也很自然，他把它当成了一个人。而它又可能把他当成一只奇怪的猴。他同它长久地对望着。

终于，老猴又开始甩藤条了。黄老大激动得浑身发热，心跳咚咚。他主动地伸手等接藤条。虽然藤条几次都没有荡到他手上，但他这伸手的动作明显激发了老猴甩藤条的热情。老猴越甩越用力，其余几只母猴也跟着甩。黄老大眼看成功在望，欢喜得笑了起来。受了他的感染，老猴又一次地挤眉弄眼，这大约是它很欢喜的表示吧。

“天神哟！山神哟！命哟……”黄老大在心里疯狂地呼喊起来。他，抓住了一根又粗又长直连到崖顶的藤条！好像老猴还在甩另一根藤条，好像老猴在手舞足蹈地欢呼，好像老猴在笑，好像老猴又盘腿坐下来，用一双黄幽幽的眼睛，深沉而柔和地望他，好像……黄老大什么也没留心，什么也记不得，甚而至于这时谁来问他是人是猴、姓甚名谁也答不上了，他只晓得有了生路，他只晓得快爬上去！他发癫一样，拽着藤条往上蹿，往上蹿……好像只剩下最后一丝气力了，他终于爬上了崖顶。他终于瘫软在崖顶，他得救了。他兴奋得哇哇大哭起来……

“天神哟！山神哟！命哟……”他拄着树枝，趺趺撞撞地往回走时，嘴里喃喃地哼着。

“天神哟！山神哟！命哟……”他回到家，瘫软在旱獭皮床铺上，对来看望他的伙计们，长长地叹着。

很快，死里逃生的黄老大又重上猎场，仍然是一个爱抢猎路、爱放头炮的猎人。他得猴子救助的故事惹得众人大笑了三六一十八回。众人都说猴子太精了往往要做蠢事，一定把他当成了猴王，否则不可思议。他想想也有道理，于是也同众人一起讥笑猴子们的愚蠢，愚蠢的证据是居然救了他这个人。

不久前，广东那边来了一支采药队。一天，黄老大正在山里打猎，他老婆——一个同他一样肥大的女人，钻进山来找他，急得披头散发的，欢天喜地地把他往回拉。采药队巴望能捉到一只白头老猴，说这是名贵的药材。黄老大的老婆耳朵尖，很快就得了这个信，抢先同采药师傅订了个三十块钱的带路价，拉来黄老大就要他去带路。

“这样，恐怕不大好吧！”黄老大犹豫道。

“有钱还不好？撞鬼！”老婆的嗓门比老公的还要粗，“三天打得一只黄猿，你得几多钱？还不够你灌黄汤马尿呢！”

“是不是嫌钱少？”采药师傅眨着眼睛笑道。

“不是不是！”他连忙辩白。为什么犹豫呢？他又讲不出。

“啾，啾，钱，少是少了点！”他老婆转着眼珠子，急急地说。

“那就四十块吧，不能再多了。”采药师傅说。

“合了合了！”女人表现出十分知趣的优点，然后一推黄老大，“撞鬼！还不快打主意去！你还算得是个男人？”

黄老大忽然又发觉自己的犹豫很可笑。一个猎人竟然不敢去逮猴子！尽管那老猴救过他，但那当然是猴子太愚蠢，把他当成猴王的结果。还有什么好犹豫呢？四十块钱是一笔天界山人眼中很大的数目，差不多能买百把斤米酒，而酒又是那样的香，那样的爽口提神！到后来，黄老大就把采药队一伙人带到西垌塘里的那座悬崖上。

捕猴是狩猎中最有趣的一项。四面插上红旗，猴子们胆战心惊，挤成一堆，它们怕血。因而怕一切红色。不过，这一次操之过急，大部分猴子外出未归，在那岩洞里只捕得几只母猴，得了许多珍贵的猴结（猴的胎衣，可入药）。老猴也被捉住了，它行动迟缓，刚拽着藤条要荡到那棵岩松上，就被扎着安全带的采药师傅擒住了。它作了一下挣扎，被采药师傅用刀子划破了头皮，鲜血直流。它怕血，浑身打颤，束手就擒。

黄老大不愿去参与擒拿，就坐在悬崖顶上喝酒解渴。到底这是他死里逃生的地方，触景生情，就好像有点对猴子们不起的意思。不亲自动手，总算对得起它们的了。可是，当老猴被铁链锁着，吊上悬崖顶时，黄老大一看那白发上沾着一片殷红的鲜血，还是大吃了一惊。奇怪的是，老猴一面打颤，一面东张西望，目光停在黄老大的脸上，立刻，也不打颤，也不转头了。一双黄幽幽的眼睛，一眨也不眨。射出的是两道冷峻的光芒，充满了惊讶、怨恨的神情。别人也许看不出，黄老大却看出来了，不仅看出来，甚至立刻感到脸上热起来，赶紧把脸掉往一边去……老猴盯了他很久。

黄老大跟在队伍后头，闷闷不乐往回走。走进一道峡谷，两边山上突然响起许多猴子的尖声大叫。被铁链拖着往前走的老猴，也发出了一声愤怒的吼声。顿时，石子、树枝、野果乱七八糟的一些东西，从山上飞下来。奇怪的是，猴子们专往走在队伍后头的黄老大身上扔。他不及提防，头上肩上挨了几下。“它们认出我了！”他不禁打了个冷战。采药队一伙人朝山上乱放了几枪，猴群被吓走了。大家哈哈大笑起来，笑猴子精作怪。可是黄老大却感到别人在笑他，浑身一阵燥热……

“心里头不爽！”黄老大摆了摆头，一副不堪回顾的神情。“也难讲这些猴子精记不记得我，可是，讲到根基上，硬像是丢失了点什么东西，到底是什么东西，也讲不清，就是不爽神，怪了！”

我觉得，作为一个剽悍的猎人，他这种负罪般的情感不免有点儿女情长，然而这又是自自然然从他心里生出来的，多么复杂，多么微妙，又多少有点古怪。我安慰他：“算了！人同猴子，哪有这么多人情良心好讲的。”

“是倒是，不过……”他难堪地微微一笑，话没说完，忽然又勾下头，阴沉着脸，好像在思索一个已经思索了很久而又不得其解的严重问题。

从黄老大的木楼出来，已是深夜。天上的星斗益发璀璨明亮。近处一间猎人的家里轰然爆发出一阵响亮的笑骂声，然后又有两个汉子（我想他们的个子一定很粗壮），放纵了粗犷沙哑的嗓子，吼着五魁八马。这是一伙刚从森林血战野猎归来的猎人。往昔，猎人黄老大也曾这样惊天动地地吼过。一个天界山森林里真正的猎人，能这样吼叫，即使吼哑了嗓子，也是很爽神的。

一九八三年八月

驯猴人的悲剧

在天界山森林，有人爱好饲鸟，爱好饲鸟的人喜欢斗鸟；有人爱好养猴，爱好养猴的人喜欢驯猴。逢着赶圩天，总有十把个驯猴人领了猴子，聚集到天界圩的东头大榕树脚，聊天，吸烟，喝水。猴子也聊天（乱叫乱嚷），吸烟，喝水。围着看热闹的人，有老爹，有女人，也有娃仔，还有娃仔们的平素脸孔板板的老子，既然是来看猴子，所以都可以不分辈分地乱笑乱叫。这是不收费的演出，甚至众人说比看县剧团演出还过瘾。

天界圩东头大榕树脚的猴子表演，实在也别具一格。天界山森林里的驯猴人，既不驯猴子翻跟头，也不驯猴子走钢线，而是驯猴子模仿人，模仿人的动作姿势，甚至于音容笑貌。主人吸烟，猴子就从主人的烟盒里拈出一支烟来，同主人接火，深深地吸一口，然后从鼻孔徐徐喷烟，主人坐下，猴子也坐下；主人跷二郎腿，猴子也照做不误；主人哈哈大笑，像有根无形的绳子扯动了猴脸，猴脸上的眉眼也乱挤起来，满脸堆叠起皱纹，嘴巴张得大大的，发出嘎嘎的怪声。最厉害的是猴子竟能讲点人话。

主人问它：“你是猴子吗？”

它就轻轻地答道:“西(是)!”

虽然说出的是漏风的话，到底也难能可贵了。

主人问它:“坐一下，好不好?”

它就有点矫揉地说:“袄(好)!”

这时候，总有些娃仔学妖精，跟着喊:“割你的鸟去，好不好?”

“袄(好)!”猴子憨里憨气地答。

于是围观的所有人都开心大笑起来。

主人好像自己也挨了哄笑，即刻大声问猴子:“割这个娃仔的鸟来炒辣椒，好不好?”

“袄!”

“好不好吃?”

“袄西!”硬是逗人笑得前俯后仰，流眼泪。

就这一点而言，可能比看县剧团演出过瘾。

天界山森林里会讲话的猴子也只有一只，众人就叫它做猴王。猴王的主人叫猴老爹——是否他原来姓侯，或者因为驯猴的名气而得了这个光荣称号，这就不得而知了。反正你见了他，叫他猴老爹，没有不答应的。

猴老爹逢圩必来天界圩参加驯猴表演，这好比逢春花开、逢望月圆一样，成了定规。据统计，天界山森林目前有三十多个驯猴人，每圩只有十把个来，猴老爹则是唯一的圩圩来。如果成立驯猴协会，他必定全票当选会长。

古怪的是，今天逢圩，大榕树脚却迟迟不见猴老爹露面。

猴老爹不露面，害得驯猴例会黯然失色了。往昔的驯猴表演，总是在猴老爹出场时形成高潮。猴老爹往往背着一只大竹篓，那猴王背着一只小竹篓，一前一后，从容不迫地走过来，不由得你不笑！可是，这么绝妙的一老一“少”，今天直到太阳歪过了榕树顶，还不见影子。蛮多观众耐不得性子，东走一个，西走一个，只剩下一点娃仔在那里吊瘾。十把个驯猴人点着猴老爹的名，操娘骂妈，好像别个来与不来无关紧要，而猴老爹不来却成了极其严重的背叛。

同行们冲他生气，实际上是对他高超驯猴技艺的推崇。这猴老爹驯猴，确实与众不同。他最鄙薄那种铜锣一敲，猴戏开场的浅薄耍法，认为那样一敲，把众人的心都敲浮了。

“这哪算得驯猴子，这是敲锣吓猴子，猴子怕了，自然就跳就翻，这算哪样本事！猴子归山，要通就通山里人的灵性，我们用不着敲锣打鼓，放一个屁也要猴子捂一回嘴巴，这样才算得本事，你们看——”猴老爹瞪直眼睛，憋了憋气，即刻得心应手地打了一个响屁，他的猴子（就是猴王）居然也就学了人样，赶忙用一只脚掌捂嘴。

众人笑得滚尘。

“你们莫忙笑！”猴老爹得意，皱巴巴的脸上放出红光。“我这猴子，如今晓得帮我烧火，米汤漫了，它晓得揭锅盖，平路上还晓得帮我背个小背篓，鬼灵精！我抽烟，他也要抽，硬是学得似模似样的。那些耍猴的江湖客有这个本事吗！”

天界山森林驯猴人从此找到了衡量驯猴本事的标准：看猴子学人样学得像不像。这是十分开心的乐事，是天界圩每圩最重要、最精彩的节目。

猴老爹当然坐上了驯猴人的头把交椅。曾经有不少驯猴人不远几十里，翻山越岭上他家请教，进行观摩学习。猴老爹驯猴的方式十分严厉，使得观摩学习者有点惨不忍睹。比如教猴子用后脚直立走路，要它走多远，少一步也不得，胆敢擅自放下前脚，就用牛角尖刀刺它的前脚掌，痛得那猴王哇哇哭叫起来。其实，猴子就是猴子，能要它通几多人性？就说猴老爹夸海口的猴子烧火吧，有人亲眼看见，那猴王怕火怕得要死，只是乱塞柴火进灶，好几次把火弄熄了。猴老爹就抽一根燃着火星的柴火直戳猴脸。再点燃火后，猴王烧火这才老实了些。看的人心里有点难受，回到家一想，也有道理，就试着学做起来，果然有些效果，心里也就不难受了。

严厉的猴老爹，终于驯化了猴王。那猴王不仅能后脚直立走过圩场，能烧火揭锅盖，能讲“袄西”，还能主动给猴老爹养的猪崽抓痒，同猴老爹带的小孙仔逗玩，这也是来观摩学习的同行们亲眼得见的。猴老爹的独仔在城里工作，结了婚，有了一个两岁的男娃仔，爱猴子的猴老爹也爱孙仔，把小孙仔抱回山里来住一时。那天他从城里抱了娃仔回来，过天界圩又买了一只猪娃，给猴王抱。一路走。一路有人围过来看热闹。回到屋里，猴王不用猴老爹教训，就很自觉地同猪娃和小娃仔玩耍。娃仔哭了，它晓得去逗他、哄他，猪娃饿得嗷嗷叫，它晓得拎潲桶给它。这使得观摩学习的人们深受感动，在天界山森林传为一大奇闻。

可是，今天，猴老爹却缺席了，令人感到多么大的遗憾呵！

众人冲着猴老爹发了一通牢骚，接着就研究猴老爹缺席的原因。有一个后生同猴老爹住得最近（猴老爹住的是独家村），他说昨天猴老爹的猪娃突然病死了，猴老爹杀了猪娃，包稳要喝三杯两盏，把不准醉到今天还没曾醒哩。众人就笑着骂猴老爹“灌马尿”，“巴不得天天死猪”，“黄胆水恐怕也吐清楚了”，等等。有的还设想他同猴王对面筛酒吃肉。众人大笑一阵，就打主意散场回家了。

忽然，有一个娃仔尖着嗓子喊，说是才先猴老爹在圩上，他亲眼见的。这一喊，众人又觉得怪了，一时又不急走了。于是，就有一个后生自告奋勇去找猴老爹。

后生去了一阵，就独自转回来了，嘴里连连喊：“怪了怪了！”众人连忙追问见到猴老爹没有。后生涨红了脸膛，说见了。见了还有什么怪呢？

“怪！猴老爹脸青刷刷的，去邮电所，要往城里打电话，怪不怪！他讲他的小孙仔死了！”

众人一愣怔：先前不是说猪娃死么，怎么变成娃仔死了？

“恐怕你听错了啵！”先前报告猪娃死的后生满腹狐疑，“我不信！明明昨天我二叔公讲给我听的，还讲亲眼见那猪崽刣好了，用铁钩挂在灶门口上头，莫非有假！”

“你不信你就去问啵！莫非我还冤枉他！”报告娃仔死的后生争辩道。

“我去我去！”一个中年汉子看来好奇心很强，把猴子交给别个牵，一面拍屁股一面大步进圩去。

中年汉子去了一阵，也独自转回来了。两个后生没曾等他走近，就打抢问他：

“哪样？猪死人死？”

中年汉子的黑脸膛越发黑煞煞的，风急火燎地走过来，粗喉大嗓地答道：

“猪也死人也死！”

说完，他慌忙去牵自己的猴子，好像生怕这家伙即刻就逃跑一样。

“到底是怎么回事？”

“呀，今天怕撞鬼了！”

“怪了……”

是怪了！古怪的驯猴人总是要出古怪事的。猴老爹家当真是猪也死娃仔也死。昨天猪娃死在圈里，猴王惊慌失措地来向猴老爹报案。猴老爹赶忙把猪娃开了膛，打理好后，挂到灶门口上头。今天一早，猴老爹和老太婆下地去挖红薯，叫猴王守家，等到转回来，发现地上洒了很多鲜血，再一看，灶门口上头又挂了一只猪娃——仔细一看：哪里是猪娃哟，是赤条条挨破了肚子的小孙仔！猴王正把昨天猴老爹杀猪的尖刀在水桶里洗来洗去，毫无疑问，是这家伙干的好事！昨天猴老爹把死猪娃开了膛，今天它就依样把睡着了的娃仔开了膛。牛角尖刀和燃着火星的柴火驯化出来的猴王，模仿人样的成绩应当算是高得不能再高了！

猴老爹和老太婆一时间如何惊愕，如何痛不欲生，实在难以描述。而猴王又如何学猴老爹惊愕，如何学猴老爹痛不欲生，我也实在不忍写出来惹人发笑。你能面对着一个可爱的娃仔无辜地死去发笑吗？可他偏偏又是一个可笑的游戏的牺牲品。

“唉!”中年汉子把猴老爹的不幸遭遇同众人讲完后，沉沉地叹了一口气。然而众人连气也叹不出来了。

大榕树脚的驯猴人在悲怆而又懊悔的气氛中，默默地散去。

五天后，又逢天界圩。大榕树脚不见了驯猴人，聚集着的是一帮老观众，在叹息，在议论。平时最瘾看驯猴的娃仔们，吓得张嘴瞪眼，脸变了颜色。

听说猴老爹悲极恨极，竟没杀猴王，只是怒吼着把它赶走了。然而就在当晚，猴王又从山里跑回猴老爹家，在紧闭的大门外哭泣，并且用头撞门。猴老爹在屋里厉声骂它：“你滚！你这个祸根，你这个没得良心的畜生！”猴王硬是不肯走开，直闹了大半夜。第二天猴老爹开门，发现猴王已经撞头死在门前。

许多驯猴人很快就把自己的训练有素的猴子卖掉了。一个时期内，天界山森林的人卖猴要价特别便宜。

一九八三年八月

后 记

只谈为什么一本自选集取了一个并不大气的书名《长乐》。

快要编完这本集子，南方的第二阵秋风吹来。与许多稍稍读过一些古诗词的中国人雷同，忽然就想起了辛弃疾著名的咏叹："却道天凉好个秋"，切莫以为我在这里接着要说明自己"而今识尽愁滋味"，我还不至于如此矫情，如此小布尔乔亚。此时想起辛词，实在只是一个识尽南方酷暑滋味的人迎接凉爽秋风时的欢悦和慨叹。在南方，我由衷地喜欢秋天。这里的夏天酷热而且漫长，冬天又太过短促而且不像冬天，因而春天也显示不出它的鲜活来。于是秋天愈见其可爱。该绿的一切依然丰富地绿，枫叶渐次点染出冷静的寒意，稻田成片地黄了，凝重而圆融，秋水微澜平静但不瑟缩，鸟雀雍容大度且有些智慧。几天前我去了一处大山深处的温泉，深深体会到秋天里的温泉才最是温泉，它的不愠不火，它的融洽适度，称得上是秋意的一部分。南方之秋，丰富，平静，凝重，圆融，冷静，智慧，雍容大度，不愠不火，融洽适度，快乐之秋！于是，在高朗的秋夜，在惬意的秋风里，我忽然决定就用《长乐》做书名。

我不讳言我喜欢自己的《长乐》。主要的原因并不在于这篇作品为我赢得过荣誉和读者。我过于长久地享受这篇不足六千字的作品所带来的快乐，几乎可以写成又一篇长乐式的幽默故事，同时也从另一个侧面暴露出《长乐》之后我的小说创作长进不大的事实。当然我也可以说自己更喜欢后来的某篇作品，以此来抗争所谓长进不大的判决，顺便同评论家们做一回游戏。然而这纯属自说自话，读者心中有秤，作品不容我多嘴。何况文章千古事，耍这种小滑头没用。

我之喜欢《长乐》，坦言之，主要的原因在于我现在特别为自己曾经平和过幽默过而感到高兴。不知道从什么时候开始，我发现自己的幽默感与平和感俱减，紧张感与干巴感俱增，时不时义正词严，久不久急火攻心，闹腾之后又总要懊悔好一阵子。进而感到文化圈里平和气息幽默情调也日见其少。

本来是兴之所致随机而来的幽默，却要当心别人较真，弄得你脸干干的也就罢了，弄出麻烦吃起官司来才讨厌。时有“近期灭谁”一类险情传来，时有“文革”语言见诸文艺批评，文艺批评见诸帮派圈子。平和者常有滑头之贬紧随其后，幽默者定有贫嘴之名不离其身。相声没人笑了，小品没人叫好，都说幽默笑料今不如昔。近期我看了一些传统相声名作的录像，老实说许多就是不如现今的高妙。想想恐怕不是菜肴不好，乃是食客胃口欠佳吧。

不独我们中国人如此，欧美人也好不到哪儿去。据报载，前不久国际幽默大会在瑞士闭幕，大会发表声明指出，幽默在我们的生活里正在成为越来越困难的事情，人们越来越不会笑了，英国人在经济并不景气的五十年代，平均每天笑十八分钟，到了经济高度繁荣的九十年代，每天笑的时间剧减至只有可怜的六分钟。参加幽默大会的德国精神病治疗专家迈克·蒂兹分析道："我们似乎创造了这样一个社会，人们都拼命地表现，期望获得成功。达不到这些标准，心里就不痛快，便产生耻辱感。许多人因此认为，他们没有理由笑。"剧作家们抱怨："现在创作一部能把人逗乐的喜剧比五十年前难多了。"这情状是不是与我们相类似?

中国人应当是推崇快乐的。"学而时习之，不亦说乎。有朋自远方来，不亦乐乎。人不知而不愠，不亦君子乎。"《论语》开篇就谈愉悦快乐，提倡君子不愠，可以想见，伟大的教育家孔子讲课一定态度平和幽默到家。先秦诸子大都提倡幽默，否则断然写不出那么多寓言杂谈来。至于后来我们的幽默怎么就渐渐稀少了，道学家的嘴脸装死相的官人怎么就日见其多，快乐怎么就有了虚假性、盲目性、保守性，几千年的历史一言难尽。然而，人健康地活着，快乐是不应该没有的。而要快乐，幽默是不能没有的。我们可以揭穿谎言，摒弃愚昧，抨击保守，提倡实话实说。但决不能放弃快乐的天性和权利。其实实话实说也有幽默趣味，中央电视台的节目《实话实说》就笑声不断。合乎道德的现代化理应给人类带来更多的快乐。譬如网上漫游就给我们带来了无比多的乐趣，网上常有大小幽默故事，这是人所共知的。

说这么些，就一个意思，我希望自己为人为文能够逐渐地平和快乐起来，逐渐地幽默下去。为此集过去并非都是幽默风格的作品以《长乐》命名之。尽管我知道这只表明我的风格爱好，并不保证今后就能做得到。因为这将要求你丰富，平静，凝重，圆融，冷静，智慧，雍容大度，不愠不火，融洽适度。谈何容易！这是南方之秋的境界。在我的很多友人当中，迄今只有我敬重的一两位长辈作家到达了这等境界。至于我，过去是少年气盛，现在是杂务缠手，毁誉缠身，明知乃匹夫之勇，仍要拍案而起，树欲静而风不止，心欲幽而口难默，看来，要达到这等境界，用北京话说：慢慢练吧。

然而，有一点我自信能够做到：无论如何，保证平均每天笑的时间要大大超过英国人的六分钟的指标。

然而，还是要长乐——无论南方的最后一阵秋风吹来时，我已经去了什么地方。

一九九八年秋于南宁

再版后记

我不曾想到过《长乐》还有再版的机会。文学创作的人总是在朝着新作品努力，特别是作品集，一部接着一部写下去、出版下去就是了，很少有作品集重印再版的。不承想，过去20年里，我没有一部接一部地写下去，以至于迄今为止我最好的作品还停留在20年前。读者有需求，出版社有兴趣，这就有了再版的机会。

有心的读者可能会注意到，《长乐》初版后记的时间是1998年秋，也就是那一年的10月，一个多月后，我就携着这部书去往北京，到国家新闻出版署报到，1999年初就任人民文学出版社社长。至今刚好20年。一切恍如昨日，仿佛我还身处广西出版界，然而物是人非。广西师范大学出版社出版此书时，当时社长是萧启明，现在再版此书，社长已经是张艺兵，总编辑是汤文辉，他们一如既往地给予我友谊和支持，而出版社也一如既往地春暖花开、遍地书香，得到出版界、学术界许多朋友和广大读者的推崇和喜爱。在这家出版社出版此书，并且再版，我要衷心感谢启明、艺兵、文辉诸友，感谢再版的责任编辑罗财勇和装帧设计者陆润彪，以及所有为此书做了工作的出版社诸友。

记得我在此书初版后记中写的最后一句话是："然而，还是要长乐——无论南方的最后一阵秋风吹来时，我已经去了什么地方。"当时写下这句话，指的就是我即将赴任人民文学出版社社长，可一时间似乎又不是很顺利，暗含着要笑对人生的意思。后来，事情渐渐也就顺理成章地进行下去了。现在，20年过去，北方的最后一阵秋风即将吹来，我想，无论人生顺逆如何，我们终归还是要长乐下去的吧。

2018年秋于北京